이세계의 황비

III

이 세계의 황비

임서림 장편소설

Gloria

D&C BOOKS

차 례

후일담

외전

15. 끝이 좋아야 모든 것이 좋다

15. 끝이 좋아야 모든 것이 좋다

차가운 거미가 허리를 타고 오르는 기분이다.

오히려 대연회 첫날 루크레티우스와 함께 연회장으로 나아갔을 때보다 더더욱 긴장되었다.

불편함이 극에 달한 때에, 응접실 밖에서 사만다가 고하는 목소리가 울렸다.

"비 전하! 에오스 신궁의 성녀, 이즈비타 님께서 드셨습니다."

나는 떨리는 목소리가 티 나지 않기를 바라며 대답했다.

"안으로 모시세요."

문이 열렸다. 그리고 눈부실 정도로 온통 흰색으로 치장한 여인이 들어섰다. 긴 은발을 바닥에 끌리도록 늘어뜨리고, 두 눈은 보석으로 짠 안대로 가린 여인.

현재 이 대륙에 단 하나 남은, 신이 내린 권능의 소유자. 유일하게 황제가 주제하는 세속의 권위에 지배받지 않는 사람이었다.

그리고 어쩌면 내가 고향으로 돌아갈 방법을 알고 있을 수도 있는 사람.

그녀의 입이 열려 내 질문에 대답해 주는 순간, 지난 1년 반 동안 내가 간절히 바라고 또 바란 것이 이루어질 가능성이 있기는 한 것인지 알 수 있게 되리라.

마치 상아를 깎아 만든 여신상 같은 여인이 신비로운 미소로 초대에 답례해 주었다.

"이리 따로 초대해 주시니 기쁩니다."

나는 마주 고개 숙여 인사했다.

"아니요. 저야말로 성녀님을 뵙게 되어 영광입니다."

성녀 이즈비타는 정말로 신비로운 사람이었다. 외모는 물론 목소리도 도저히 평범한 인간으로 보이지 않았다. 그녀가 성녀라는 사실을 모른 채 만났더라도, 절대 그냥 평범한 사람으로는 생각할 수 없었을 것이다.

외모도, 목소리의 울림도, 조금만 과장한다면 주변의 공기마저도 신비롭다. 내가 이 세계에 온 뒤 이곳에서 비현실적인 무언가를 본 것이 있다면 이 여인이 유일했다.

그렇다. 성녀는 홀로 신비 속에서 살고 있는 동떨어진 존재였다.

성녀는 눈을 가리고도 모든 것이 보이는 듯했다. 나와 인사를 나눈 직후, 그녀의 고개가 내 옆에 앉은 루크레티우스에게 향한다.

"폐하께서도 계실 거라는 말씀은 듣지 못했습니다."

그는 살짝 코웃음 쳤다.

"짐은 공식적으로는 이곳에 있지 않소."

성녀는 살짝 웃음을 터뜨렸다.

"과연 그렇게 되는 거군요. 예, 저도 말을 맞추어 드리지요. 저는 오늘 개인적으로 황비 전하만을 뵌 것입니다."

"그것 참 고맙군."

내용과는 다르게, 루크레티우스의 말투는 비비 꼬여 있었다.

성녀는 여전히 전혀 맹인처럼 보이지 않는 자연스러운 걸음걸이로 내 앞으로 다가왔다. 그리고 그곳에 마련된 손님용 자리에 앉았다. 역시 눈을 가리고도 다 보이는 것 같았다.

내가 너무 빤히 바라보았는지, 성녀는 작게 후후 웃었다.

"제 눈이 보이는지 아닌지 궁금하신가요?"

헉? 들켰나? 마음까지 읽는 건가?

"죄, 죄송해요. 움직임이 너무 자연스러워서……. 제가 실례했습니다."

성녀는 자애로운 미소로 부드럽게 넘겨주었다.

"괜찮답니다. 사실 누구나 그러지요. 저기 계신, 공식적으로 이 자리에 안 계시는 폐하께서는 절 처음 봤을 때 '정말 맹인이냐?'라고 대놓고 물어보셨는걸요."

내가 경악하여 올려보자, 루크레티우스는 대수롭지 않다는 듯이 반응했다.

"난 그때 열두 살이었어. 그리고 신기하긴 하잖아?"

"……."

이 인간은 어릴 때도 똑같았구나.

"그러니 너무 부담 가지지 않으셔도 됩니다. 이 눈은 빛은 볼 수 없지만, 대신 다른 것을 볼 수 있지요. 그 덕분에 일상생활에도 지장이 없답니다."

"그건 맞아. 발아래 땅이 파인 곳도 기가 막히게 알고 피해 가니까."

이마에 식은땀이 흘렀다. 설마 그 땅이 파인 곳이라는 게, 저 인간이 직접 팠던 함정을 말하는 건 아니겠지?

"그때나 지금이나 나이도 전혀 먹지 않은 얼굴이야. 여전히……, 사람이 맞긴 한 것인지 알 수 없군."

루크레티우스의 목소리에는 분명한 불쾌감이 묻어났다.

성녀는 눈썹 하나 깜짝하지 않았다. 똑같이 날카로운 목소리로 루크레티우스의 무례하기까지 한 말에 답을 돌려주었다.

"폐하나 비 전하와 똑같은 사람이랍니다. 딱히 세간에서 말하듯 신성하지도 않고, 그렇다고 폐하께서 생각하시는 것처럼 괴물인 것도 아니지요."

루크레티우스는 낮게 혀를 찼다.

"여전하군, 그 속을 긁는 태도는."

"폐하께서도 어린 시절 그대로 조금도 변함없이 성장하신 듯하여 참으로 기쁩니다."

둘 사이의 공기에 스파크가 파팍 튀는 것 같은 착각이 일었다.

성녀는 선황을 암살한 다음날, 루크레티우스의 즉위가 결정될 때 그를 도왔다. 그래서 이 둘이 어느 정도는 친분이 있고 호의적인 관계일거라 생각했는데, 어째 아닌 것 같다.

나는 우물쭈물 그들에게 물어보았다.

"저……, 두 분 친분이 있으신 것 아니었나요?"

루크레티우스가 웃으며 되물었다. 절대 기분 좋은 미소가 아니었다.

"왜 그렇게 생각하지?"

"그야, 성녀께서는 폐하의 즉위를 도왔으니까요."

성녀는 아무렇지도 않게 툭 던졌다.

"저는 사적인 감정을 공적인 자리에서 내비칠 정도로 미숙한 사람은 아니랍니다. 일단 저분은 유일하게 적법한 황위 계승자였으니까요."

루크레티우스는 빙긋이 웃으며 그녀의 말꼬리를 잡았다.

"그래. 매우 당연한 일이야. 그러니까, 비나. 그 일은 절대 내가 저 여자에게 빚지거나 한 게 아니라고."

둘은 마치 가시 달린 공을 서로에게 내던지듯 대화하고 있었다. 그런데 이상하게도 상대방에게 말하는 것이 아니라, 내게 말을 거는 형태로 대화가 이어졌다.

성녀가 내게 말을 걸었다.

"어머, 공식적으로 여기 안 계신 고귀하신 분께서는 타인에게 받은 은혜가 너무 당연해서 쉽게 잊어버리시는, 기억력이 나쁜 분이신 모양입니다. 이거…… 비 전하께서 정말로 고생이 많으시겠어요."

으득, 하는 소리가 들렸다.

이, 이거……, 이 가는 소리 맞지? 그것도 분명히 루크레티우스가 이 가는 소리 맞지?

잘못 들은 거 아닌가 의심했지만, 루크레티우스가 숨기지도 않고 성녀를 노려보고 있는 것을 보면 틀림없었다.

둘이 서로에게 보이는 기세가 제법 흉흉해서, 나는 홀로 식은땀을 흘리며 사이에 끼여 있을 수밖에 없었다. 이게 고래 사이에 낀 새우의 슬픔인 거구나.

루크레티우스가 성녀에게 민감하게 반응하는 것은 어쩌면 이해할 만했다. 성녀는 이제 세력이 쇠한 교권에 남은 유일한 상징이자 권위 그 자체였다. 다른 성직자들에게는 황제로서 세속권을 어느 정도 발휘할 수 있지만, 성녀에게는 불가능했다.

그녀는 신의 딸이지, 인간이 아니기 때문이었다.

결국 무슨 일이 있어도 그의 영향권 하에 들어갈 수 없는 존재에게 드러내는 반감으로 보였다. 적어도 태후는 적으로서 같은 영역 안에서 서로의 힘을 가늠하며 싸우는 것이라도 가능하지만, 이 여인을 상대로는 그것도 불가능했다.

직접 성녀를 보고 있자니 분명하게 알 수 있었다. 이 사람은 적어도 반은 이 세계에 발을 딛지 않고 사는 사람이었다. 내가 이 세계와는 동떨어진 곳에서 왔기에 확신할 수 있었다.

나와 완전히 같지는 않다. 아마 나처럼 다른 세계에서 온 이는 아니리라. 그러나 루크레티우스나 다른 이들처럼, 이 세계에서 평범하게 살아가는 인간들과는 사는 영역이 다른 사람이다.

눈앞에 빛이 비추기 시작하는 것 같은 느낌이 들었다. 그러나 이 빛이 진짜일지 가짜일지는 아직 몰랐다.

점점 고조되는 긴장을 느끼며 천천히 입을 열었다.

애초에 성녀를 황비궁 응접실로 초대한 이유는 황제와의 말다툼을 감상하기 위해서가 아니었다. 그녀에게 물을 것이 있었기 때문이었다.

"잠시만 제 이야기를 들어 주시겠어요?"

루크레티우스에게 차가운 미소를 날리던 성녀는 표정을 풀고 내게로 얼굴을 돌렸다. 눈이 가려졌는데도 몸을 꿰뚫는 듯한 시선이 느껴졌다.

어디서부터 시작해야 할까? 잠시 망설였다.

역시 처음부터 해야 할 것이다.

한마디 변명하자면, 나는 정말 심하게 긴장한 상태였다. 목과 어깨가 딱딱하게 굳고 머리도 백지였다. 때문에 말을 수도 없이 골랐건만, 내 입에서 튀어나온 것은 결국 헛소리였다.

"다른 세계의 존재를 믿으시나요?"

'도를 믿으십니까?' 같은 말을 해 버리고 말았다.

잠시 침묵이 내려앉았다. 한참 만에 나온 그녀의 답은 난처한 되물음이었다.

"다른…… 세계요?"

눈을 가리고 있어 표정을 제대로 읽기 힘들었지만, 지금 성녀가 당혹해하고 있다는 것은 누가 보아도 명확했다.

아아, 첫발을 헛디뎌 버렸다.

이대로 손에 얼굴을 묻고 잠시 나의 헛짓거리에 대한 쪽팔림과 반성의 시간에 젖고 싶었으나, 그럴 여유가 없었다. 나는 방금 전한 말이 절대 헛소리가 아니라고 강변하듯이 평범한 안색을 유지하려 애썼다. 아무렇지 않게 대화를 이어 가려 노력했다.

옆에서 루크레티우스가 크게 숨을 들이키는 소리가 들렸다. 분명 웃음을 참고 있는 소리다. 틀림없다.

어디, 이따가 두고 보자고!

루크레티우스에 대한 응징은 미뤄 두고, 당장은 이쪽이 급했다. 나는 눈앞에 있는 제1 목표에 집중하기로 했다.

"네. 성녀께선 신의 음성을 들으실 수 있다고 들었습니다."

"글쎄요……."

성녀는 애매모호한 미소를 끌어올리며 희고 긴 손가락으로 입가를 쓸었다.

그녀의 표정에서나 목소리에서도, 약간의 당혹감 외에 어떤 것도 읽어 낼 수 없었다. 마치 온몸을 흰 베일로 덮은 사람을 눈앞에 둔 것 같았다.

어쨌든 계속 밀고 나가 보자. 계속 찌르다 보면 베일의 틈이 보이기는 하겠지.

"신께서 성녀께 이곳이 아닌 다른 세계에 대해 말씀을 내려 주신 적은 없나요?"

"……."

여전히 속을 단 한 가닥도 읽어 낼 수 없는 기계적인 미소가 매끄러운 침묵 위를 겉돌았다.

잠시 생각에 빠져들었던 듯, 이즈비타는 고개를 한 번 갸웃거리고 날카로운 말끝을 내게 쿡 찔러 넣었다.

"한없이 부족한 저로서는 감히 알 수 없는 일들이랍니다. 한데……, 비 전하의 말씀을 듣다 보니, 다른 세계의 존재에 대해 확신하고 계신 듯한 느낌이 드는 건…… 제 착각일까요?"

"……."

정말 눈이 보이지 않는 사람이 맞을까? 아니면 앞을 보는 것이 아니라, 다른 것을 꿰뚫어보는 눈을 가졌기에 아는 것일까?

결국 나는 탐색을 포기했다.

성녀는 내가 이 세계에 와서 만난 그 어떤 사람보다 속이 읽히지 않는 사람이었다. 아마 눈을 가리지 않고 앉아 있었다 해도, 마찬가지였으리라.

이럴 때는 취할 수단은 하나뿐이다.

직진!

몸 쪽으로 꽉 찬 직구!

오로지 그것만을 노리고 입을 열었다.

"예, 믿고 있어요."

옆에서 루크레티우스의 놀란 시선이 나를 향하는 것이 느껴졌다. 왜 패를 바로 보이는 것인지 이해할 수 없는 거겠지.

하지만 어쩌겠나. 목마른 사람이 우물을 파는 법이다.

지금 상황에서 더 급한 것은 나고, 대체재 없이 주도권을 온전히 쥔 사람은 성녀다. 그리고 여기서 루크레티우스의 역할은 철저히 제삼자였다.

"아뇨, 이건 정확한 표현이 아니네요. 저는 알고 있어요."

그에게는 끼어들 만한 명분도 무엇도 없다. 그렇기에 그는 이어지는 대화를 막을 수 없었다.

"왜냐하면 제가 바로 그 다른 세계에서 왔으니까요."

공기가 고체로 굳은 것 같았다.

딱딱하게 굳은 분위기 속에서 정체 모를 성녀의 불투명한 시선이 여전히 나를 향하는 듯했다. 그녀가 이쪽을 응시한다고 확신할 수 없는 것은, 역시 아무것도 읽을 수 없는 탓이었다.

속으로 심호흡을 했다.

자, 이제 이쪽에서 먼저 던졌으니, 반응을 보여 줘. 그래야 나도 어떻게 대응할지 결정할 거 아냐.

크게 선방(?)을 날렸으니, 이제 상대방의 반응을 보고 다음 수를 생각해야 한다. 그러나 이 정체모를 인간은 호락호락 내가 생각한 구도대로 따라와 주지 않았다.

그녀는 고요히, 그저 이쪽을 응시하고만 있었다. 사람을 손 위에 올리고 관찰하는 루크레티우스나 재상의 태도와는 또 달랐다. 마치 그림 속에 놓인 정물이 된 기분이었다. 성녀의 나에 대한 태도는 저 멀리 놓인 나무나 풀을 대하듯 했다.

"……."

"……."

불유쾌한 침묵과 침묵이 서로 꼬리를 잡으려 뜀박질을 벌였다.

지금 내 귀에 들리는 듯한 환청은 아마 내 머리가 돌아가는 소리만은 아닐 거다. 성녀 역시 뇌를 풀가동해서 고민하는 중이겠지.

마침내 더는 참지 못하고 입을 열려던 참이었다. 한 발 앞서 루크레티우스가 입을 열었다.

"그녀의 말은 사실이야. 내가 보증하지."

그의 크고 굳은 손이 여전히 내 손 위를 보호하려는 듯이 덮고 있다. 다시 낯이 뜨거워지는 것 같았다.

지금 이러고 있을 때가 아니라고, 이 화상아!

……라고 대놓고 화를 낼 수는 없으므로, 내 쪽이 다시 말의 고삐를 잡아채어 쥐었다.

성녀의 입이 드디어 열렸다.

"다른 세계의 존재라……. 게다가 비 전하께서 그곳에서 오셨다라, 저로서는 그 말이 사실인지 알 수 없군요."

가슴을 쿵 하고 세게 얻어맞은 것 같았다.

"그 말은……, 제 말을 믿지 못한다는 말씀이신가요?"

성녀는 고개를 저었다.

"저로서는 알 수 없는 것이 너무나 많다는 의미입니다. 확실히 타인의 말을 들어 보면 비 전하께서 이 대륙의 이들과 다른 특이한 외모를 지니신 것은 분명한 것 같습니다만. 그것이 제 견식이 모자라서인지 아니면 정말로 이 세계에 전하 같은 외모의 사람들이 없어서인지는 확신할 수 없으니 말입니다."

목이 탄다. 혀가 뻑뻑했다.

"저는 당신에게 무언가 정치적인 이유로 이런 것을 바라고 요구하고 있는 것이 아니에요."

나는 몸을 일으켰다. 루크레티우스가 놀라 손을 뻗으려 하는 것을 일부러 피해 성녀에게 다가섰다.

"당신에게는 신의 뜻이 닿는다지요. 그렇다면 이 세계에서 나의 질문에 대답해 줄 사람은 당신밖에 없어요."

"……."

"정말로…… 다른 세계에 대해서 알지 못하나요? 당신의 신께서는 그에 대해 어떤 말도 해 주시지 않았나요?"

나는 거의 매달릴 듯 그녀에게 가까이 다가섰다. 그 정도로, 진심으로 절박했다.

그렇기에 성녀의 입에서 나온 말은 내게는 청천벽력과도 같았다.

"저는 단 한 번도 신의 음성을 들은 바가 없습니다. 그러니 그분의 뜻도 알지 못하지요."

뒤통수를 얻어맞은 것 같았다.

때문에 터진 말들은 하나같이 거친 어조를 타고 있었다.

"뭐라고요? 당신은……, 당신은 성녀잖아요! 신의 말을 듣고, 기적을 실현하는 유일한 사람이라면서요!"

그런데 어째서 그 기적은 내게 오지 않는 건가.

아마도 이 세상에서 기적이 가장 절실하게 필요한 사람은 바로 나일 터인데.

거의 비명에 가까운 신음이 섞인 목소리는 내가 듣기에도 절박했다. 하지만 성녀의 목소리는 내 절박함을 비웃기라도 하려는 듯이 더없이 침착했다.

"모두들 제가 태어났을 때부터 저를 신능神能을 갖고 신의 뜻을 따르는 성녀라 추앙하였죠. 하지만 저는 일생동안 단 한 번도 신의 음성이나 존재와 닿은 적이 없습니다. 아까 말씀드리지 않았습니까?"

성녀의 목소리는 덤덤하기에 더더욱 잔혹하게 들려 왔다.

"저는 폐하나 전하와 같은, 그저 평범한 한 사람의 인간이라고요."

"그런……."

"저는 신의 딸도, 기적의 체현도 아닙니다. 그러니 신께서 정말 존재하시는지도 알 수 없습니다."

모든 희망이 무너지는 것 같았다.

유일한 가능성.

대륙 전체를 아우르는 권력을 한 몸에 가진 황제 루크레티우스도 이 문제를 해결해 줄 수는 없었다. 그저, 그 가능성을 가진 유일한 사람을 내게 알려 주었을 뿐.

단 하나뿐이자 마지막 가능성이 사라진 것이다.

그대로 다리에서 힘이 풀렸다. 앞으로 고꾸라지려는 순간 루크레티우스가 등 뒤에서 부르는 당혹한 목소리가 들렸다.

"비나!"

그 손길이고 목소리고 모두 거부하고 싶었다. 눈앞에서 마지막 희망의 불이 꺼졌으니까.

그대로 절망의 늪 속에 빠지려는 찰나였다.

성녀가 뻗은 손이 내 손을 잡아 나를 지탱해 주었다.

최고의 장인이 일생의 공을 들여 조각한 듯한 흰 손가락. 그 손은 눈처럼 흰 레이스로 감싸여 있었다. 대리석이나 상아로 깎아 만든 듯한 모양새라, 부드럽고 따스하다는 것이 도리어 기이했다.

그 부드러움과 온기는 살아 있는 사람의 손이라는 사실을 내게 주지시켰다. 동시에 잔인한 현실을 인식시키는 것이기도 했다. 그 다정함이 마치 나를 희롱하는 것만 같았다.

그래서 나는 힘을 주어 밀어냈다. 아니, 밀어내려 했다.

그런데 성녀의 고운 두 손은 보이는 것보다 강한 힘으로 내 손을 쥐고 놓아주지 않았다.

나의 의아함에 대한 대답처럼 성녀의 목소리가 들려왔다.

"한 가지 확인해 보아도 좋을까요?"

"무엇을요?"

"굉장히 무례한 일이라는 것은 저도 알고 있답니다. 그러니 미리 양해와 사죄를 구하겠습니다."

성녀의 입에서 나온 말은 전혀 예상하지 못한 내용이었다.

"죄송합니다만, 당신의 과거를, 기억을 확인해 보아도 좋을까요?"

"네?!"

과거? 기억? 그것을 볼 수 있게 허락해 달라고?

도저히 이해할 수 없는 요구였다. 어떻게 내 기억을, 과거를 본다는 말인가?

멍한 눈으로 성녀를 올려다보았다. 그녀는 조금 난처하다는 듯 웃었다.

"당사자가 허락하고 진심으로 마음을 열어 주지 않으면 저도 볼 수 없어요. 하지만 제대로 열어 주신다면 당신의 기억을 '볼' 수 있습니다."

그 말을 다른 사람이 했다면, 나는 아마 상대의 정신 상태를 의심했을 것이다. 그러나 말을 꺼낸 사람은 성녀다. 그녀는 조금 전 자신의 입으로 스스로의 신성함이나 신의 존재를 부정한 주제에 순식간에 손바닥을 뒤집는 말을 했다.

이해할 수 없었다.

"방금, 신도 다른 세계도 없다 하셨잖아요?"

그녀의 입가를 감도는 미소는 부드러웠다. 그 다정함이 진심이기를 간절히 바라고 싶을 만큼.

"저는 모른다 했습니다. 없다 한 적은 없지요."

"그런……!"

"저는 신성하지도 기적을 행하지도 못합니다. 신의 뜻도 음성도 들은 바 없습니다. 그러니 알지 못한다 말씀드린 것입니다. 솔직하게요. 제가 알지 못한다 하여 존재하지 않으리라 생각하는 것은 아닙니다. 그리고 비 전하의 기억을 읽을 수 있느냐고 물으신다면, 가능합니다. 그러니 전하의 기억을 읽는 것으로 말씀이 진실인지 판단할 수 있겠지요."

나는 거의 응석을 부리듯이 말했다.

"처음부터 그리 말을 하시면 될 것 아닌가요?! 왜 그렇게……!"

사람 희망을 다 박살 내 놓을 듯이 말하는가 말이다.

성녀는 다정한 목소리로 사과했다.

"죄송합니다. 이건 제 버릇이라서요. 다들 제게 신의 존재를 묻고 기적을 구한답니다. 그러니 드러내 놓고 신의 존재나 그분의 뜻에 대해 왈가왈부하지 않는 것이 버릇으로 굳어 버렸답니다."

"……."

"제가 단 한 마디를 말하면 사람들은 그것을 백 마디로 해석한답니다. 개인적인 의견을 말해도 사람들은 그것이 신의 음성이나 되는 듯이 받아들이지요. 그러니 쉬이 입을 열지 못하고 정확히 꼬집어 말하지 못하는 건, 제 입장상 어찌할 수 없는 일입니다."

내 손을 쓸어내리는 성녀의 손끝은 더없이 상냥하고 따스했다.

나는 허탈하게 웃었다.

"그러니까, 직업병이라는 말씀인가요?"

처음으로 작게 '풋' 하고 성녀의 입에서 웃음소리가 터졌다.

"재미있는 표현이네요. 그런데 정말 그 말이 맞는 것 같군요."

그녀는 다시 물었다.

"제가 당신의 기억을 보아도 될까요?"

나는 되물었다.

"그것이 가능한지는…… 다시 묻지 않겠어요. 그래서 정말 제 기억을 보면, 그것으로 제가 온 곳으로 돌아갈 방법을…… 알 수 있을까요?"

성녀의 입술이 열렸다. 나는 마치 재판관 앞에서 판결을 기다리는 죄인이 된 듯이 순종적으로 그 대답을 기다렸다.

"확언드릴 수 없습니다."

"……."

실망을 넘어서 조금 화가 나려 했다.

내 원래 성격대로 행동할 수 있다면, 아마 루크레티우스 정도의 상대기만 했어도 대놓고 화를 냈을 거다. 태후 앞이라고 해도 절대 참지 않았을 거다.

그런데 이 여자 앞에서는 그럴 수가 없었다.

성녀의 존재 자체가 베일처럼 두른 분위기 때문이기도 했지만, 사실은 무엇보다 그녀가 가진 능력이 대체불가능하기 때문이었다.

성녀마저 안 된다 한다면, 대체 누구에게 방법을 구해야 할지 가늠조차 되지 않았다.

결국 성녀의 대답 여하에 따라, 그녀의 의지에 내 귀환과 관련된 모든 것이 달려 있었다.

그녀가 한 말 중 한 가지 이상한 것이 있었다. 나의 기억을 확인하는 것과 나를 집으로 돌려보내 주는 것 사이에 대체 어떤 연관관계가 있다는 거지?

날 정말 집으로 돌려보내 줄 가능성이 있다면 기억 정도는 기꺼이 보여 주리라. 하지만 그러리라는 보장이 없는 상태에서 기억과 마음을 그대로 보여 주고 싶은 사람은 당연히 없다. 거부감이 생기는 것이 자연스럽다.

신중히 말을 골랐다. 어찌 되었든 심기를 거스르고 싶지는 않았기 때문이었다. 이 여자는 내 마지막 동아줄이니까.

"한데, 제 기억을 보시면 그걸 통해서 저를 돌려보내 주실 방법을 어떻게 찾으실 수 있는 건가요? 확답은 하실 수 없어도 가능성은 있다고 하셨죠."

성녀는 고개를 끄덕였다.

"그 부분은 확실히 자세한 설명이 필요하겠군요. 누구든 타인에게 기억을 보여 주는 건…… 당연히 거부감이 드실 테니까요. 제가 비 전하의 기억을 확인하고자 하는 이유는, 비 전하께서 정말 다른 세계의 존재라면 어째서 이곳으로 오게 되셨는지 자세한 과정을 확인할 수 있을 것이기 때문입니다."

"과정이요?"

성녀는 마치 생각을 읽은 듯이 말했다.

"예. 비 전하께서 굳이 제게 다른 세계의 존재에 대해 이야기하시는 것을 보면 아마도 돌아가실 방법을 찾는 것 같은데, 맞는지요?"

나는 고개를 끄덕였다.

"비 전하께선 혹시 에오스님과 그분의 신궁, 사제들의 역할에 대해 알고 계시나요?"

기억을 뒤졌다. 떠오르는 것이 몇 가지 있었다.

"기억과 기록, 역사를 의미한다고 들었어요."

"그래요. 우리들은 대륙 전체를 돌아다니며 자신이 보고, 듣고, 경험한 모든 것을 기록하지요. 이 모든 기록을 죽기 전에 에오스의 신궁에 바칩니다. 이를 저장하고 지키는 것이 신궁의 사제들이 가진 가장 큰 의무입니다."

그러니까, 대충 이 대륙의 실록 같은…… 건가?

"그리고 이 기록을 관리하는 책임자가 바로 저이지요. 방대한 기록이라 인력으로는 감당하지 못합니다. 하지만 제 눈은 빛을 볼 수 없으나 다른 것을 볼 수 있습니다. 사람의 기억 같은 것을."

"그 기록들이…… 무슨 연관이 있다는 말씀이죠?"

성녀의 미소는 마치 빛나는 것처럼 보였다.

"당신이 정말 다른 세계에서 온 이라면, 비슷한 일이 유사 이래 이미 있었는지 확인할 수 있을 겁니다. 당신과 같은 이들이 있었다면 그들이 자신들이 온 곳으로 돌아갔는지, 방법이 있는지도 확인해 볼 수 있고요."

나는 이해했다. 어째서 그녀가 '가능성'만을 말했는지. 확인하지 못한다 했는지, 이해했다.

그리고 이 대륙이 생겨난 이후 모든 기록을 그러모은 그 방대한 기록 속에서라면, 나와 같이 다른 곳에서 온 이들에 대한 기록이 남아 있을 가능성 역시 있었다.

아니, 제발 있기를 바란다. 그것만이 내가 매달릴 수 있는 유일한 가능성이었다.

성녀는 보석 안대를 풀고 손을 내밀었다. 희고 아름다운 손이었다.

"자, 이제 손을…… 주시겠나요?"

나는 말없이 손을 마주 내밀었다.

내내 감겨 있던 눈꺼풀이 올라갔다. 그녀의 눈은, 그 안은 깊고 깊은 심연이었다.

어둠이 내 의식을 집어삼켰다.

—띠리리리…….

시끄러운 자명종 소리가 방 안 공기를 울렸다.

요란한 알람 소리에 잠에서 깨어야 할 방 주인은 아직 이불 속에 폭 파묻혀 있었다. 속에 번데기 대신 사람을 하나 품은 고치 상태인 이불은 방 안 공기를 때리는 소음에도 미동하지 않았다.

창밖은 아직 어둠이 깔린 시각. 11월의 어느 날, 새벽 6시 무렵인 지금은 해가 뜨려면 아직 시간이 필요하다. 그래도 침실 밖에서는 부산스러운 소리와 기척이 오갔다. 이 방 주인이자 오늘 중요한 날을 맞은 소녀의 어머니가 평소보다 일찍 일어나 아침 식사와 도시락을 준비하고 있었기 때문이었다.

자명종 소리 너머로 통통통 도마 소리가 울린다. 보글보글 찌개 끓는 소리는 알람 소리가 너무 시끄러워 묻혀 버린다. 그러나 맛있는 냄새는 닫힌 방문 사이 틈새를 비집고 방 안으로 기어들었다. 덕분에 소녀는 꿈속에서 맛있는 식사를 하는 듯 입맛을 다셨다. 이불 고치 속에서 말이다.

그녀는 지난 밤 지나치게 긴장해 버렸다. 덕분에 새벽 3시가 넘어서야 간신히 잠들 수 있었다. 그로부터 겨우 3시간 남짓밖에 지나지 않았다. 간신히 잠든 지 겨우 두세 시간. 한창 맛나게 꿈속을 헤맬 때다.

혼탁하고 두터운 잠의 늪 속에서 허우적거리는 소녀의 청각을 자명종이 성실하게 두드렸다. 오늘을 위해 특별히 마련된 이 시계는 울리기 시작한 지 5분이 지나자 알람 소리의 종류를 바꿨다.

더 시끄럽고, 떠 요란하고, 더 귀에 거슬리는 것으로.

지성이면 감천이라 했던가. 혹은 떨어지는 물방울이 바위를 뚫는다고 해도 좋다. 기계의 부지런한 임무 수행이 결국 결실을 맺고 있었다. 시끄러운 금속성의 소음에 때려 맞은 소녀는 천천히 잠에서 깨어나는 중이었다.

여러모로 다행이었다. 조금만 더 늦어졌다면, 방 밖에서 먼저 깨어나 움직이고 있는 소녀의 어머니와 언니가 방으로 쳐들어와 등짝을 두드려 깨우는 대참사가 벌어질 것이 분명했으니까.

아직 그녀의 정신은 물먹은 솜 같은 몸에 짓눌려 해롱거리는 중이었다. 자명종에 인격이 있다면 정확한 시각을 맞추어 부지런히 일한 지금까지의 노력이 헛되다 한탄할 지경이다. 그래도 그 부단한 노력이 효과가 아예 없지는 않아서, 주인의 정신은 느리지만 분명하게 의식 수면 위로 부상하고 있었다.

의식이 막 잠에서 벗어나 눈을 뜬 순간, 소녀는 현기증이 일 정도로 격렬하게 벌떡 몸을 일으켰다.

당연했다. 오늘은 그럴 수밖에 없는 날이니까.

그녀의 성은 사, 이름은 비나.

평범한 대한민국 고3 여학생은 드디어 잠에서 깨어난 것이다!

지끈거리는 머리를 안고, 최악의 컨디션으로 가장 중요한 하루를 시작하게 되었다. 절로 비명이 터져 나왔다.

"으아아!"

그렇다. 드디어 수능 날 아침이었다.

"괜찮아?"

딸에게 묻는 어머니의 목소리는 걱정으로 가득했다.

하긴 오늘 하루로 비나의 12년 학창생활이 결과를 맺는다. 부모로서 걱정되지 않을 리 없다.

그래서 평소 빵 같은 것으로 알아서 아침을 때우곤 하던 집안 분위기였지만, 오늘 하루만은 어머니도 평소보다 두시간은 먼저 일어나 아침 준비를 하고 있었다.

비나는 우울한 표정으로 고개를 저었다. 누가 보아도 알 수 있을 정도로 눈 밑이 새까맸다.

"아니. 아……, 완전히 망했어. 잠을 하나도 제대로 못 잤어……. 어떡해……."

비나는 우는 소리를 하며 그대로 주방 식탁 위로 엎어졌다. 콩, 하고 테이블이 작은 비명을 질렀다. 아픈 건 싫었으므로, 그녀도 매우 천천히 약하게 테이블에 이마를 대었기에 소음은 절대 크지 않았다.

"아이고. 어쩐다니……."

둘째 딸을 걱정하는 어머니의 목소리가 울리기 무섭게, 비나의 등 뒤에서 불쑥 나타난 언니가 좌절하며 엎어진 동생의 등짝을 한 번 팡 때렸다.

"뭐가 벌써 망해!"

"악, 아팟! 언니!"

비나의 언니 비인은 동생보다 2살 위였다. 지금은 서울 소재의 모 여대에 재학 중이다. 그녀는 자신이 2년 전에 경험한 인류지대사 날 아침을 맞은 동생을 심심하게 위로해 주었다.

"어차피 긴장해서 잠 못 잔 게 너 하나뿐이겠냐? 나도 2년 전에 그랬어."

비나는 하늘에서 떨어진 동아줄에 매달리듯이 반색을 하고 물었다. 테이블에 처박혔던 그녀의 머리가 반짝 들렸다.

"진짜? 언니도 그랬어?"

비인은 히죽 웃었다. 누가 보아도 얄밉다고 평할 표정이었다.

"응. 그래서 망했지."

"으아악!"

다시 비나는 비명을 질렀고, 비인의 낄낄대는 웃음소리가 동생의 비명과 교차했다. 오늘 집에서 비나 다음으로 초조하고 걱정스러운 심경일 두 자매의 어머니가 밉살맞은 소리를 늘어놓는 장녀의 어깨를 때렸다.

"얘는! 하필이면 오늘 그런 얘기를 하니? 어서 밥이나 퍼!"

"네, 네~!"

비인은 키득거리며 주방에서 바삐 움직이는 어머니 옆에 섰다.

저렇게 말하는 비인 역시 오늘은 공강이었다. 꼭두새벽부터 일어나 식탁에서 마주앉을 이유가 없었다. 결국 비인도 동생의 수능 날을 맞아 걱정이 되니 이러고 나온 것일 터였다.

비나도 그 사실을 잘 알았다. 그도 그럴 것이, 늘 비나가 아침부터 등교를 준비할 때 이것이 바로 대학생의 특권이라며 침대를 굴러다니던 것이 언니의 평소 모습이기 때문이었다.

평소와 다른 모습을 보이는 것은 언니만이 아니었다. 어머니는 수능을 앞둔 딸을 위해 새벽같이 일어나 소화 잘 되는 메뉴들로 아침상을 거하게 차렸다. 잘 쓰지 않는 보온도시락을 꺼내어 점심 도시락까지 싸는 중이었다.

새벽같이 끓인 국과 갓 지은 밥, 바로 만든 반찬 세 가지. 평소라면 상상도 못할 호사. 아침 반찬과 도시락 메뉴 속에서는 미역이나 계란, 죽 등은 전혀 보이지 않았다. 미끄러지거나 깨지거나 죽 쑤는 것을 피하려는 엄마의 세심한 마음 씀씀이일 터다. 비나는 가슴이 뭉클해지는 것을 느꼈다.

그때였다. 휴대폰이 메시지 알림음을 울렸다.

—딩동!

잠금 화면을 열어 보자, 아버지가 보낸 메시지가 막 도착해 있었다.

아버지는 어제 회사 일로 출장을 나가 오늘 저녁에야 돌아온다고 했다. 어제 출장가기 전에 아침에 직접 태워다 주지 못하는 것을 어찌나 아쉬워하셨는지 모른다.

비나는 어차피 수능 날에는 차가 막히니까 지하철을 타고 갈 거라고 아버지를 안심시켰다. 실제로 가족이나 친척이 태워 주는 차를 탔다가 길이 막혀 제 시간 안에 수능시험장에 들어가지 못하거나, 경찰 오토바이의 뒤에 매달려 아슬아슬하게 들어가는 사례를 인터넷에서 너무 많이 보았다. 그러니 수고 면에서도, 또 안정성 면에서도 지하철이 낫다. 뭔 이상한 사고라도 나지 않는 한.

어제 그 이야기를 비나나 비인이 출장 가는 아버지에게 열정적으로 설명을 이미 마쳤다. 그런데도 뭔가 더 도와주지 못하는 것이 아쉬운지, 아버지는 출장으로 집을 나서면서도 한숨을 푹푹 쉬었다. 그런 아버지가 둘째 딸의 수능 날을 잊지 않고 메시지를 보내 왔다.

비나는 환하게 웃었다.

우리 딸! 파이팅!

짧은 메시지 옆에는 몇 달 전 가르쳐 준 어설픈 이모티콘이 붙어 있었다.

어쩐지 웃음이 나왔다. 비나는 웃으며 메시지에 답을 보냈다.

네! 아빠도 파이팅! 사랑해요!

평소라면 절대 하지 않았을 낯간지러운 멘트를 써 넣어서 보냄 버튼을 눌렀다.

그때 어머니가 물어 왔다.

"시험 몇 시에 끝나니?"

비인이 대답을 가로챘다.

"3시, 4시? 그쯤이지?"

"아마 4시쯤일 거예요."

옆에서 비인이 따끈한 소고기 장조림을 한 조각 집어먹다가 한소리를 들었다. 큰딸을 혼낸 어머니는 밥그릇 세 개를 상에 내려놓으며 작은딸에게 말했다.

"그래, 그럼 끝날 때쯤 갈게."

"응? 회사 일은요?"

작은 디자인 사무소에서 일하는 자매의 어머니는 요즘 회사에 큰 프로젝트가 한창 진행 중이라 엄청나게 바빴다. 야근을 밥 먹듯 할 정도다. 그 사실을 잘 아는 비나는 눈을 동그랗게 떴다.

어머니는 부드럽게 웃었다.

"걱정 마. 반차 내면 돼."

옆에서 비인이 휘익 하는 휘파람 소리를 낸다.

"우와! 부럽다!"

큰딸의 주책을 어깨를 치는 걸로 핀잔을 준 어머니는 큰일을 앞둔 둘째 딸에게 물었다.

"좋은 날이니까, 저녁에 맛있는 거 먹자! 뭐 먹고 싶어?"

좋은 날이 될지는 사실 시험 결과에 달렸다. 잠을 설쳐 버린 몸 상태가 상당히 안 좋아서 비나는 조금 불안했다. 그래도 어쩐지 다 잘될 것 같은 기분이 들었다.

그래서 그녀는 활짝 웃으며 대답했다.

"김치찌개! 엄마가 만든 김치찌개!"

눈앞이 흐렸다.

바로 앞에 앉은 성녀의 아름다운 얼굴조차 제대로 보이지 않았다.

성녀의 손이 내 손에 닿고 그녀의 처음 열린 시선과 눈이 마주친 순간, 의식이 검게 변했다. 그러고는 익히 알고 있는 기억이 마치 눈앞에 펼쳐지는 영화 화면처럼 스쳐 지나갔다.

수능 날 아침.

내가 이곳으로 떨어지게 된 바로 그날

평범했지만 행복했던 우리 가족.

벌써 내가 이곳으로 온 지 1년 반 정도가 지났다. 그곳에서는 어떻게 되었을까? 난 이미 죽은 걸로 처리되었을까?

내가 지하철로 떨어지는 장면을 미현이가 이미 보았다. 그걸 생각하면 나는 벌써 사망한 것으로 처리되었을 수도 있겠다.

하지만 나는 이곳에 있다. 상처 하나 없이, 안전하게. 그 지하철에서는 내 피 한 방울 남아 있지 않을 것이다. 시체가 없으니 단순 실종으로 처리되었을 수도 있겠다.

어느 쪽이든 상관없다. 사망이든, 실종이든, 수능 치러 나간 나의 소식을 그날 그런 식으로 듣게 되었을 가족을 생각하면 가슴이 찢어질 것 같았다.

"*엄마…….*"

그러고 보면 엄마가 직접 싸 준 도시락은 이 세계로 떨어질 때 어떻게 되었을지 모르겠다. 그렇게 새벽같이 일어나 날 위해 싸 준 건데, 선로에 떨어져 다 짓뭉개져 버렸을까?

"*아빠…….*"

그러고 보면 책가방도 흔적이 없었다. 그건 작년 생일선물로 아빠가 내가 갖고 싶다는 걸 사 주신 거였다. 그건 또 어디로 갔을까? 안에 들어 있던 책이나 문제집들은?

"*언니…….*"

이 세계에 올 때 코트는 입고 있었다. 그러나 그 안에 내가 갖고 있던 물건들은 없었다. 사라진 물건 중에는 내 휴대폰도 있었다. 화장실 조명이 좋다면서 언니랑 우스꽝스러운 표정으로 같이 찍은 사진들이 거기 들어 있었다.

에일 공작의 성에서 가족에게 받은, 가족의 모습이 들어 있는 그 물건들을 얼마나 찾았는지 모른다. 하지만 없었다. 애초에 숲에서 눈을 떴을 때, 나는 내 한 몸과 걸친 옷 외에 아무것도 갖고 있지 않았다.

벌써 그리운 얼굴들이 기억 속에서 흐려지려 하고 있었다는 사실을 이제야 깨달았다. 가끔 꿈속에서 보이는 모습마저 점점 안개 낀 듯 불명확해 지고 있다는 것을.

성녀의 불가사의한 능력에 의해 재생된 과거의 기억은, 가족들의 모습을 내 눈앞에 생생히 불러와 주었다.

그동안 그립지 않았던 것은 결코 아니다. 기억하지 못한 것도 당연히 아니다. 단지, 떠올리면 그만큼 더 사무치도록 그리울 것이 뻔해 의도적으로 되새기지 않으려 노력한 것뿐이다.

그러나 바로 이 순간, 무엇보다 생생하게 눈앞에 되살려진 가족들과의 마지막 기억은 내 모든 그리움과 슬픔을 가둬둔 둑을 무너뜨려 버렸다.

"*엄마아……!*"

둑이 굳었던 만큼 안에 고인 그리움과 슬픔은 어마어마했다. 모든 감정들이 일시에 터져 나왔다.

나는 그 강렬한 감정의 격류 속에 속절없이 휩쓸렸다. 그대로 성녀에게 매달려 눈이 녹아내려 버릴 듯이 오열했다. 성녀는 마치 어머니를 대신하듯 다정하게 감싸 안아 주었다.

길고 긴 오열 끝에 터져 나온 말은 단 한마디였다.

"*돌아, 돌아가고 싶어……!*"

“이제 좀 진정이 되셨나요?”

성녀의 목소리는 어린아이를 어르는 어머니의 자장가를 연상시켰다. 그녀가 나를 안고 그 목소리로 달래 주지 않았다면, 아마 다시 정신을 차리는 데 더 긴 시간이 필요했을 것이다.

간신히 오열을 진정시킨 나는 힘없이 고개를 끄덕였다.

“네…….”

내 입에서 나와 허공을 돈 뒤 귀로 다시 돌아온 목소리는 직접 듣기에도 과히 좋지 않았다. 마치 쇠를 긁는 듯 완전히 쉬어 버렸다. 누가 일흔 먹은 할머니 목소리라고 해도 믿겠다.

정신이 들자, 마치 그간 적립한 적립금이 한 번에 터지듯 민망함이 우르르 몰려왔다.

오늘로 겨우 두 번 본, 그것도 제대로 얘기해 본 것은 오늘이 처음인 사람 앞에서 이런 추태를 보이다니. 나는 빼꼼 눈만 움직여 성녀를 보았다.

그녀의 얼굴을 제대로 보기도 전에 기겁해 버렸다. 성녀의 아름다운 흰색 예복 가슴께와 어깨 근처가 얼룩져 있었다. 흰 천이 물에 젖어 색이 짙어진 얼룩.

저것이 누구에게서 온 것인지는 분명했다. 누군 누구, 어딘 어디야? 내 눈에서 나온 거지!

아, 이대로 그냥 접시 물에 코 박고 죽고 싶……지는 않다. 그냥 이불 속에 얼굴을 박고 한두 시간만 혼자 있고 싶다. 그러나 지금은 그럴 여유가 없었다.

성녀의 한숨을 닮은 목소리가 궈전을 울렸다.

"솔직히 아까까지 완전히 믿지는 못했습니다만……, 지금은 그러지 않을 도리가 없군요."

나는 고개를 들었다.

"당신은……, 정말로 다른 세계에서 오신 분이시군요."

드디어 인정해 주었다. 내가 어디에서 왔고, 어떤 존재인지.

그동안 가능성 외에 인정하지 않고 돌려 말하고만 있던 성녀의 입장에서는 상당한 진보라 할 수 있을까.

그러나 내게는 '이제야, 겨우.' 정도의 감상이었다.

"네……."

"정말로……, 도저히 어떻게 보아도 제가 아는 그 어디와도 다른 사회, 다른 사람들이 살아가는 낯선 공간이었어요."

그녀의 목소리는 어쩐지 조금 들떠 있었다.

"흥미롭군요."

이 이상 표정 관리가 힘들었다. 내 얼굴에 피어오른 불편한 감정들을 알아본 것인지, 성녀는 곧 진심으로 미안해하며 웃었다.

"죄송합니다. 이런 지식이나 기록에 대해 흥미를 가지고 분석하는 것은 저희 교단에서는 필수적인 소양이라 마치 숨 쉬듯이 하게 되어 버린답니다."

"……."

그렇다고는 해도 좀 심했다.

"고향과 가족에게서 떨어져 외로워하고 그리워하고 계신 당신

앞에서 적절한 말은 아니었네요. 다시 한 번 사과드려요."

그녀는 내 심기를 읽고, 자신의 잘못을 솔직하게 사과했다.

정말 화가 나고 용서하고 싶지 않다 해도, 약자는 이쪽이었다. 나는 성녀 앞에서는 루크레티우스를 대할 때보다도 더욱 약자가 될 수밖에 없었다.

그러니 내게는 다른 선택의 여지는 없었다. 마음이 풀리지 않아도, 풀렸다고 말할 수밖에 없는 것이다.

"괜찮……습니다."

말은 그리해도 불편한 심기가 그대로 드러난 모양이었다. 성녀는 내 손등을 다정히 쓸어 주며 속삭이듯 말했다.

"걱정하지 마세요. 최선을 다해 도와드리겠어요."

나는 고개를 번쩍 들어 올렸다.

"정말이신가요?!"

자애로운 미소와 함께 고개를 끄덕이는 성녀의 얼굴은, 가끔 집 근처에서 보던 성당의 성모상 같았다. 머리 위에서 후광이 내리비치는 것처럼 보였다는 소리다.

나는 기쁨에 가득 차서 외쳤다.

"감사합니다!"

이번에는 가식이라곤 1그램도 끼지 않은, 순수한 진심에서 우러나온 말이었다.

성녀와 나는 머리를 맞대고 골머리를 앓았다. 실마리를 찾기 위해서였다. 루크레티우스는 의외로 얌전히 그녀와 내가 대화를 나누는 것을 지켜보고만 있었다. 무슨 생각인지는 모르겠지만, 지금은 차라리 고맙다.

"당신이 그 깊은 골로 떨어졌던 순간에 덮쳐 온 커다란 것이 무엇이라 하셨죠?"

깊은 골? 잠시 얼떨떨하다가 곧 성녀의 표현이 무엇을 의미하는지 깨달을 수 있었다. 내가 지하철 플랫폼에서 선로 쪽으로 떨어진 순간에 본 게 뭐냐는 말이었다. 그러니까 덮쳐 온 것은 지하철을 말하는 거겠지.

그런데 이쪽 말로는 표현할 방법이 없었다. 잠시 고민하다가 그냥 그대로 말해 주기로 했다.

"*지하철*이에요."

"*지……하철?* 그건 무슨 용도의 물건인가요? 건물? 아니, 움직이고 있었는데……."

그녀는 어설프게 한국어 발음을 따라했다. 성녀는 나의 기억 속에서 본 이질적인 것을 계속해서 물어 왔다. 난처함 속에서 최대한 제대로 설명할 용어를 찾을 수밖에 없다.

하긴 에오스는 역사와 지식, 기록을 관장하는 신이라 했다. 그 성녀라 그런가, 왜 이렇게 호기심이 많아?

"음, 그러니까 한 번에 많은 사람들을 이동시켜 주는 마차 같은 것이에요."

"그렇군요."

이걸로 호기심이 충족된 것인지, 다시 예의 의식이 시작되었다.

성녀는 다시 내 손을 쥔 채 눈을 떴다. 그녀의 눈 속에 가득한 어둠이 또 내 시야를 삼켰다. 동시에 내가 한국에서 겪은 마지막 순간이 반복되었다. 마치 비디오 플레이어를 구간 반복하는 것처럼.

우리는 근 한 시간이 넘도록 이 작업을 되풀이하고 있었다.

나는 이번이 몇 번째인지 모를 추락을 과정을 다시 겪었다.

전날 제대로 못 자서 컨디션이 완전히 엉망이었다. 그러다 보니 마음만 다급했다. 빨리 시험장에 도착해서 요점정리를 해 둔 프린트를 마지막으로 확인하고 싶었다. 그게 큰 역할을 할 수 있을 리도 없건만, 큰 시험을 목전에 둔 학생에겐 꽤 절실했다.

그러고 보면 우리 집 앞 역에 아직 홀딩 도어가 설치되지 않은 점도 겹친 불운 중 하나였다.

선로 저쪽에서 전동차가 켠 빛이 보였다. 그러자 플랫폼 안에 안내 방송이 울렸다.

"전철이 들어오고 있습니다. 노란 선 안으로 피해 주세요."

안내방송을 당연하다는 듯이 무시했다. 그대로 서서 지하철이 선로로 들어오는 것을 기다렸다. 초조한 마음에 발이 도리어 노란 선 밖으로 조금 나와 있었다.

전철이 들어오며 휘잉, 거센 바람이 플랫폼을 휘감았다.

—빠아아앙!

지하철이 들어오며 경고음이 거세게 울렸다. 경고등 빛이 시야를 아득하게 채운 순간, 급격한 현기증이 일며 몸이 앞으로 고꾸라졌다.

등 뒤에서 오늘 만나 함께 시험장으로 가기로 한 미현이의 목소리가 들렸다.

"안 돼! 비나야!"

미현이는 어떻게 되었을까?

눈앞에서 같은 반 친구가 지하철에 치이는 것을 보고 제 정신으로 수능을 볼 수 있었을지 모르겠다. 아무 잘못 없이 피해를 봤을 친구에게 미안해졌다.

이런 생각을 떠올려 보는 것 자체가 오늘로 처음이었다. 그동안은 이 순간의 일을 자세히, 그것도 몇 번씩이나 반복해서 확인할 여유가 없었다. 아니, 기회가 없었다 봐야 했다.

이런 방식으로 과거를 영상처럼 되살려 거듭 확인하는 건 솔직히 말하자면 한국에서도 불가능했으니까.

기록된 영상이야 돌려볼 수 있겠지만, 사람의 기억을 드라마나 영화 화면처럼 '재생'하는 건 21세기 지구의 기술력으로도 말이 되지 않는 일이었다.

결국 이 부분만큼은 성녀의 힘이라 봐야 할 것이다. '기적'에 해당하는 힘.

내가 이 세계로 떨어지게 된 당시의 일을 제외하고 보면, 성녀의 존재와 그녀의 힘은 이곳에서 처음으로 만나게 되는 신비였다.

마법. 기적. 용.

나는 그런 신비로운 존재들을 지금껏 이곳에서 단 한 번도 만난 적 없었다. 그렇기에 초반에는 다른 세계로 왔다는 사실을 믿기 힘들었다. 그저 지구상의 다른 곳에 온 게 아닐까 하고 생각하고 싶었던 적도 있었다.

그러나 몇몇 이질적인 환경들과, 아예 21세기 지구와는 전혀 다른 문화와 언어, 시대상을 보고 희망을 접을 수밖에 없었다.
신도 마법도 눈에 띄지 않았다. 그러니, 그저 인간들 사이에서 인간으로서 살아남기 위해 발버둥 쳐 왔을 뿐.

그 순간이었다. 내 눈앞에 펼쳐지던 과거의 기억이 정지화면처럼 멈췄다. 과거의 나는 지하철 플랫폼에서 선로로 떨어지고 있었다. 의식이 멀어지던 바로 그 순간.
성녀의 목소리가 내 주의를 끌었다.
"이것이로군요."
"네?"
내가 질문하자, 마치 대답처럼 눈앞에 펼쳐진 화면이 쭉 당겨지듯 커졌다.
나는 처음으로 '그것'을 볼 수 있었다. 나를 이곳으로 데려온 그 불가사의한 현상을.
이미 거쳐 왔으나, 원체 찰나였고 의식이 흐려지던 때라 정상적으로는 절대 확인할 수 없었으리라. 선로 한 가운데 뚫린 거대한 구멍을.
"저건…… 뭐죠?!"
생각을 정정했다. 아니, 거대하지는 않다. 심리적으로, 그리고 성녀가 내 기억의 정지 화면을 확대시켜서 그렇게 느껴진 것에 가깝다. 두 줄의 지하철 선로 가운데 뚫린 구멍은 사람 하나가 간신히 빠질 수 있을 정도의 크기였다.
나는 얼떨떨하니 중얼거렸다.
"*싱크홀인가?*"

더듬어 보면 서울 여기저기에 싱크홀이 뚫려서 사고가 벌어졌다는 이야기가 당시 꽤 화제였다. TV에서는 그 구멍을 이루고 있었을 몇 십 톤의 흙과 돌이 어디로 사라진 것인지를 놓고 전문가들이 갑론을박을 벌였다.

가장 대세였던 의견은, 사람들이 지하수를 과용한 것이 근본적인 문제라는 것이었다. 물이 사라진 그 공간을 메우기 위해 토사가 빠지며 거대한 구멍이 뚫렸다고.

그런데 어쩌면 그 뻥 뚫린 공간을 이루고 있었을 것들 중 일부가 어디로 간 것인지 알 수 있을 것 같았다. 아니, 확신하게 되었다.

그것들은 나처럼 아예 다른 세계로 흘러들었을 수도 있다.

"세상에……!"

누구나 자신의 발아래가 갑자기 무너지리라는 걱정은 하지 않는다. 하늘이 무너질지, 땅이 꺼질지 걱정하지 않는 것은 가장 기본적인 일. 그러니 '기우'라는 표현도 생겨났겠지.

바로 그 땅에 뚫리는 기묘한 구멍들은 당시 곳곳에서 우리를 걱정하게 만들고 있었다. 그러나 그 걱정도 매우 안일하기 짝이 없다. 그 사건들은 TV 뉴스 속에서, 인터넷 기사 속에서나 존재하는 것이었다. '자신'의 일은 아니었다.

다들 '나만은 괜찮겠지.', '내게는 그런 일이 벌어지지 않겠지.'라며 근거 없는 믿음 속에 살았던 것이다.

그 믿음이 얼마나 얄팍했는지 이걸로 분명해졌다.

약 1년 반 전의 내 발아래 펼쳐진 정체불명의 싱크홀은, 어찌 본다면 나를 달려오는 지하철에서 구한 은인이었다.

동시에 안전한 변세계로 나를 끌어들인, 가장 증오스러운 원수이기도 했다.

'팟!'하는 효과음이라도 필요할 것처럼, 내 눈앞에 펼쳐졌던 순식간에 영상이 사라졌다. 다시 정상적인 시야가 돌아오자 눈앞에 앉은 성녀는 다시 자신의 눈을 감고 보석 안대를 두르고 있었다.

멍하니 앉은 내게 성녀의 목소리가 들려왔다.

"그것이었군요."

"그렇……네요."

"당신을 이곳으로 데려온 현상……."

성녀의 말끝이 애매하게 흐려졌다. 그녀는 무언가 깊은 고민에 빠진 듯했다.

나는 애가 타서 설명을 줄줄이 늘어놓았다. 좀 더 자세히 알게 해 주면, 그녀가 무언가 실마리를 잡아 줄 수도 있을 것 같았다.

그녀조차 단서를 잡을 수 없다면 희망이 사라진다. 다시 처음부터 찾아야 한다.

"그건 *싱크홀*이라고 불리는 현상이었어요."

"*싱크홀*?"

"네. 그러니까…… 갑자기 나타난 구멍들이요. 바다 깊은 곳에도 나타나기도 한다는데, 가끔 저렇게 대도시 도로 같은 곳에 나타나기도 했어요."

성녀는 고개를 끄덕였다.

"그래요. 어쩌면 그 현상들 중 일부는 다른 세계와 겹쳐지며 벌어지는 이상 현상이었을 수도 있겠군요."

그녀는 꽤 깊은 고민에 빠진 것 같았다.

"어렵군요. 사실 당신이 이곳으로 오게 된 원인 중, 이건 사실 가장 최악이에요."

"그렇죠……."

나는 입술을 깨물었다. 차라리 정말 초월적인 누군가의 변덕이든 의지든, 무언가가 개입된 것이라면 나았을 것이다. 상대에게 매달려 부탁이든 요구든 할 수 있을 테니까. 대상이 명확한 것이다.

그러나 이것은 반대였다. 자연적으로 벌어지는 현상이라면, 나는 태풍이나 지진에 휩쓸린 것과 같다. 자동차 보험에서도 그런 것에 휩쓸린 데 대한 보장은 안 해 준다. 자연재해에 휘말린 불쌍한 나를 누구도 책임져 주지 않는다!

나는 성녀에게 매달리듯 간절히 바라보았다.

"어떻게……, 방법이 없을까요?"

말하면서도 얼마나 어려운 일인지 알고 있었다. 하지만 빌어먹을 신이니 무엇이니 하는 것의 존재를 알 수 없다지 않나. 원망할 대상도 책임지라 요구할 대상도, 아무것도 없었다. 그러니 내게 유일한 구원의 가능성은, 지상에 존재하는 마지막 기적의 체현, 그녀의 존재였다.

성녀.

실제로 그녀는 내게 처음으로 '가능성'을 보여 주고 믿게 해 주었다. 그녀가 아니라면 나는 내가 어째서 이곳으로 왔는지 아직도 모르고 있었으리라.

성녀는 무거운 얼굴을 천천히 들어 올렸다. 이즈비타의 따스한 손길이 내 손등을 다시 달래듯이 덮어 주었다.

"지금으로서 확신은 할 수 없어요. 확언도 드릴 수 없고요."

"……."

가슴이 미어질 것만 같았다. 또 눈시울이 뜨거워지려 했다. 나는 애써 눈을 깜빡이며 눈물이 흘러넘치려는 것을 막았다. 그러나 다음 순간, 성녀는 그 이름처럼 신성한 미소를 띤 채 내가 간절히 바라던 답을 주었다.

"하지만 찾아보겠어요. 어떻게든, 당신을 집으로 돌려보낼 방법을요. 에오스의 신궁에 축적된 이 대륙의 역사 시작부터 그 모든 기록들 속에……."

그녀는 잠시 멈칫했다. 그러나 곧 결심한 듯이 말을 맺었다.

"확신은 할 수 없지만, 어쩌면 당신을 위한 답이 존재할지도 몰라요."

결국 견디지 못한 뜨거운 눈물이 넘쳐흘렀다.

"고마워요."

내가 할 수 있는 말은 하나뿐이었다.

"정말…… 고마워요."

그리 눈물과 대화를 섞어 나누는 그녀와 나의 등 뒤에서, 루크레티우스는 내내 아무런 말없이 지켜보고만 있었다. 성녀를 막지도, 나를 막지도 않고서. 그는 분명히 내게 한 약속을 지켰다.

그야말로 폭풍과도 같은 일주일이었다. 그래도 표면적으로 큰 문제나 사건 없이 시간이 빠르게 흘렀다.

대연회 같은 큰 행사가 있었으니 정신없이 느껴지는 것도 당연하다. 게다가 내게 벌어진 일들은 그것만이 아니었다.

루크레티우스와의 일도 있었고, 드디어 성녀를 만나 집으로 돌아갈 가능성에 대해 실마리도 잡았다. 정말 폭포수처럼 밀려드는 거대한 사건들이었다. 나는 그 격랑에 휩쓸려 떨어지지 않기 위해 애써야 했다.

발을 디디고 굳건히 서서 버틸 수 있도록 온 힘을 다했다. 돌아갈 방법을 찾기 위해 최선을 다했다. 그리고 황비로서 공적인 일에 조금도 소홀하지 않았다.

둘째 날은 앓아눕는 바람에 연회에 참석하지 못했지만, 셋째 날부터는 정상적으로 참석했다.

첫날과 조금 달라진 것이 있었다면 아마 이것이리라. 셋째 날부터 여러 왕녀들과 공녀들이 보내는 질시와 분노의 시선을 조금 즐기게 되었다는 것.

루크레티우스에 대한 어떤 확신이 조금의 여유를 주었다. 그렇다고 아직 그의 곁에 남겠다고 결정한 것은 아니었다. 여전히 나는 돌아갈 생각이었다. 집으로, 고향으로, 가족들의 곁으로.

게다가 내가 그에게 가진 감정에 대해서는 여전히 확신이 서지 않는다. 그가 내게 보이는 감정을 인정한 것과, 내가 그에게 가진 감정은 별개의 문제다.

한 남자가 한 여자를 사랑한다 해서 그 감정이 반드시 쌍방향으로 통할 수는 없다. 그의 감정을 같은 감정으로 돌려주는 것은 내 의무가 아니었다

하지만 하나만은 인정하지 않을 수 없겠다.

……나는 적어도 그의 감정에 흔들리고 있었다.

설레고 있다. 이 달콤한 감상을 부정하는 것은 불가능했다.

오로지 그에만 취해 있을 수도 없었다. 이것이 정말 진짜인지 나 자신도 알 수가 없었다. 정말 절실한지도. 뛰어난 외모와 좋은 조건을 가진 상대가 내게 보이는 호의에 단순히 반응한 것일 수도 있었다.

나는 자기 자신을 객관적으로 보려 노력해 보았다. 남녀공학이었던 초등학교 이후로는 여중, 여고를 다니다 졸업했다. 당연히 내 또래의 남자에 대해서는 잘 모를 수밖에 없다. 딱히 자주 대해 본 적도 없어서, 연애에 대한 환상이나 꿈도 많았다.

한마디로, 나는 연애에 대해서는 면역이 부족했다. 그런 내게 저런 수려한 외모에, 황제라는 최고의 신분, 막강한 재력과 권력, 그리고 단 한 사람에게만 보이는 다정함까지 갖춘 상대가 구애해 온다.

설레지 않고 배길 수 있을 리 없었다.

그래서 더 나 자신의 감정에 의심이 갔다. 그렇게 좋기만 한 조건을 바닥에 넉넉히 깔고서야 반응하기 시작한 이 감정이 진짜라고? 그렇다면 나는 꽤나 속물적이고 이기적인 인간일 터다.

그리고…… 만약 루크레티우스가 저렇게 아름다운 외모를 가진 남자가 아니었다면, 과연 내가 망설이기는 했을까?

실제로 내 첫 남편이 될 뻔했던 선황을 보고 내가 얼마나 절망했던가.

선황을 처음 만난 그날, 루크레티우스를 처음 보고 차라리 이런 남자가 남편감이면 낫겠다고 생각하기도 했었지.

그런 한편 정말 내가 그의 황비 자리에 앉아 구애를 받게 되리라고는 상상도 하지 못했다.

게다가 그가 황제가 아니라면, 그 절대적인 권력과 부를 한 손에 쥐고, 지금 내가 누리는 이 모든 호사를 그가 제공해 주고 있지 않다면, 과연 내가 그에게 흔들릴까?

……확신할 수 없었다.

지금의 내 감정적인 흔들림에 대해 진짜라고 자신 있게 말할 수 없었다. 모든 세속적인 조건을 제외하고, 그라는 남자 하나로 인한 것인지 의심이 들 수밖에 없었다.

그렇다. 나는 자기 자신을 지나치게 잘 알았다.

사비나라는 인간은 정말 속물이다. 그러니 내가 정말 루크레티우스라는 인간에게 흔들린 것인지, 아름다운 외모의 황제에게 흔들린 것인지 모르겠다.

아니, 처음에는 그렇게 의심하고 무서워한 주제에, 지금 이렇게 흔들리니 어쩌고 하고 있는 것을 보면 너무나도 분명했다. 조금 낯부끄러워졌다.

내가 혼자 부끄러워 하고 있든 말든 시간은 자연스럽게 흘렀다. 어느새 대연회의 마지막 날이 밝았다.

지난 이레간 느낀 것이지만, 여기는 사람들의 바다였다. 그 해일처럼 밀려드는 인간의 파도는 나를 지치게 만들기에 충분했다.

나를 부르는 목소리들이 다시 넘실거렸다.

"황비 전하."

"오늘도 정말로 아름다우십니다."

누구인지 얼굴도 기억나지 않는 이들이 내게 아첨하며 접근했다.

"지금 입으신 은색 드레스는 정말로 아름답습니다."

"곧 제도에 은색 드레스 열풍이 불겠군요."

그러자 다른 누군가가 '오호호' 웃으며 평했다.

"그렇죠. 보세요. 벌써 아가씨들이 날개 모양의 이어커프를 많이 들 하고 오지 않았나요?"

이 말을 꺼낸 부인의 절친한 친우로 보이는 다른 부인이 쾌활하게 나도 모르는 사실을 설명해 주었다.

"연회 첫날 비 전하께서 하신 그 장신구가 폐하께서 로시나트의 공방에 특별 주문하신 거였다는 소문이 벌써 짜하게 퍼졌답니다."

"맞아요. 그 장신구 하나로 로시나트는 작년 1년 치 수익을 한 번에 벌었다던가요?"

아마 그 로시나트라는 곳은 크렌시아 제국 내에서 손에 꼽히는 장신구 공방인 모양이다. 장인 로시나트는 자신의 이름을 넣은 세공 장신구들을 귀족 부인들에게 팔아 금화를 쓸어 모으고 있다 했다.

부인들은 한껏 호들갑을 떨었다.

"역시 폐하의 총애가 지극하셔요."

"곧 좋은 소식이 있으시겠죠."

그녀들은 과장되게 오호호 거리며 웃었다. 지나치게 속이 보이는 아첨이 꽤나 짜증 난다는 사실을 새삼 깨달았다.

그런데 이 이어커프가 그렇게 비싼 거였단 말이야?

나는 나중에 루크레티우스에게 한마디 해야겠다고 마음먹으며 그녀들의 말을 받아쳤다. 이런 일은 잘못하면 내 이미지만 구기니까.

역사에서 폭군의 곁에는 반드시 요부가 있었다. 그래서 폭군의 타락을 그 요사스런 여자에게서 찾는다. 욕은 당연하다는 듯이 그녀들에게 먼저 향한다. 나는 똑같은 꼴을 당하고 싶지 않았다.

"세상에…… 저는 이것이 그리 과분한 물건인 줄은 미처 몰랐네요. 알았다면 그리하시게 하지는 않았을 텐데……."

내 얼굴색이 눈에 띄게 어두워지자, 부인들은 파랗게 질려 나를 달래기에 바빴다.

"하지만 그 정도는 황실의 내탕금에서 극히 일부랍니다!"

"그렇죠! 태후궁에 들어가는 예산에 비하면 새 발의 피죠!"

"그렇죠!"

"비 전하의 검소하심은 유명한 걸요!"

나는 조금 안도하며 그제야 표정을 풀고 미소를 띠었다.

"다행이네요."

내게 말을 걸고 싶어 안달이 난 자들은 한둘이 아니었다. 현재 사비나 르 크렌시아라는 사람은 제국에서 가장 고귀한 신분의 여성이다. 또한 황제에게 가장 가까운 사람이기도 했다.

연회 첫날부터 황제는 사방에서 몰려드는 격렬한 러브콜을 일관되게 철벽으로 방어했다. 그 일이 자꾸 반복되자, 어떻게든 결과를 얻어 돌아가고 싶었던 사신들은 타깃을 바꾸었다.

그러니까, 바로 나로 말이다.

"안녕하세요, 비 전하. 첫날 이래 처음 뵙는군요."

우아하게 미소 짓는 육감적인 미녀는 두 눈에 선명한 도전적인 호승심을 감추지 않았다. 나는 부드럽게 그녀의 인사에 답했다.

"그렇군요. 오랜만이에요, 루디아 왕녀."

남쪽의 대국. 제노아의 왕녀 루디아.

오늘 그녀는 최대한으로 치장한 것 같았다. 눈부신 진주와 같은 광택을 가진 드레스는 그녀의 풍만한 가슴과 잘록한 허리를 그대로 드러내 주는 디자인이었다. 짙은 색으로 잘 그을린 피부 위로 늘어진 아름다운 백금빛 고수머리와 진줏빛 드레스가 그녀의 멋진 피부색을 한껏 강조해 주었다.

같은 여자인 나도 반쯤 드러난 그녀의 풍만하기 짝이 없는 가슴에는 절로 눈이 갔다. 남자들이야 말할 것도 없었다. 그러나 대놓고 보지는 못했는데, 이유는 정말 간단했다.

그 누구도 감히 대국 제노아의 적통 왕녀에게 성희롱을 할 수는 없었으니 말이다. 외교적인 문제를 일으킬 생각이 없으면 그저 눈에 띄지 않도록 소심하게 훔쳐보는 정도가 다일 것이다.

물론 나는 눈치 볼 필요가 없는 위치이고, 또 성별도 여자였으니 마음껏 그녀의 멋진 가슴골을 감상했다.

'와, 저기에 컵도 하나 꽂을 수 있을 것 같아.'

루디아는 내 시선을 어떻게 해석한 것인지 자랑스럽게 어깨를 폈다. 그러자 육감적인 가슴이 멋진 기세로 출렁였다.

나는 순수하게 감탄했다. 정말 대단한걸? 저런 가슴이 있기는 했구나.

그녀는 으쓱거리며 내게 속삭여 왔다.

"저와 잠시 개인적인 대화를 할 시간을 주지 않으시겠어요, 비 전하?"

"개인적인 대화라. 무슨 대화를 원하시는 건가요, 루디아 왕녀?"

루디아는 색이 옅은 물빛 눈동자를 들어 나를 관찰하듯 빤히 바라보았다. 한참 만에 나온 그녀의 목소리는 내가 예상하지 못한 대화 소재를 품고 있었다.

특히나 이렇게 공개된 자리에서, 당사자인 내 앞에서 대놓고 꺼낼 수 있을 거라 예상할 수 없는 무례한 말이었다.

"정말로…… 특이한 피부색이시로군요. 북쪽 사람들처럼 흰 피부도 아니고, 그렇다고 우리 제노아 인들처럼 짙은 색도 아니에요. 아마 에일 공작의 정부였던 비 전하의 모친께선 머나먼 곳 출신이셨던 모양이에요."

"……!"

주변에 늘어선 이들의 얼굴 위로 경악 어린 표정이 스쳤다.

나의 출신에 대한 소문 중, 에일 공작이 숨겨 둔 사생아일 거라는 이야기가 마치 사실처럼 떠돈다는 이야기는 알고 있었다. 그러나 이를 정말 진실인 것처럼 내 앞에서 입에 올릴 정도로 간이 큰 여자는 처음이었다.

이건, 그러니까 공개적인 모욕이었다.

잠시 손에 든 샴페인 잔을 머리에 쏟아 주고 싶다는 충동이 강하게 들었다.

그러나 나는 이성적인 현대인이다. 상대는 무례하기 짝이 없는, 한참은 내가 사는 시대보다 뒤떨어진 문명에 사는 여자다. 그래, 더 문명인인 내가 참자 꽤나 인종·문화 차별적인 소리를 속으로 중얼거리며 애써 분노를 내리눌렀다. 어찌 대답할지 고민하고 있는 사이 루디아는 눈을 반짝이며 다시 입술을 놀렸다.

"아니신가요? 제가 들은 소문 중에는 이런 것도 있답니다. 떠돌이 집시 출신으로 잠시 총애하던 애인을, 공작이 공녀로서 선황께 바친 것이라고요."

마치 아무것도 모른다는 듯이 천진하게 웃는 루디아 왕녀의 얼굴은 이루 말로 다할 수 없이 역겨웠다.

어떻게 저런 말을 대놓고 하지?

제국인들은 황제가 나를 지극히 총애한다는 사실을 잘 알고 있다. 그렇기에 뒤에서는 어떤 소문을 서로 주고받아도 감히 내 앞에서 하지는 못한다. 지금 이 여자는 자신의 모국인 제노아의 국력과 자신의 미모를 믿고 나를 사정없이 깎아내리고 있는 것이다.

이걸 그냥 보아 넘기면 내 이름이 사비나가 아니다!

생긋이 마주 웃으며 입을 열려고 했다. 그러나 나는 말문을 트지 못했다.

누군가의 익숙한 목소리가 마치 국어책 읽는 듯이 딱딱하게 들려온다.

"아, 이런!"

이와 함께 루디아 왕녀에게로 무언가가 날아들었다.

—촤악!

바로 누군가가 쏟은 와인이었다.

"꺄악!"

루디아 왕녀는 비명을 질렀고, 나는 경악하여 손을 보았다. 잠시지만 멋대로 움직여 왕녀에게 와인을 부어 버린 것인가 했던 것이다.

그러나 아니었다. 내 손에 들린 크리스털 잔에는 호박색 샴페인이 우아한 기포를 뿜어 올리고 있었다. 무엇보다 왕녀의 아름다운 드레스를 습격한 액체는 붉은 색이다. 난 레드 와인을 마시고 있지 않았다. 그럴 의도가 있었어도 물리적으로 불가능한 결과였다.

내가 아니면 누구인 거야?

경악하여 뒤돌아보자, 익숙한 얼굴이 눈에 들어왔다. 조금 전 지나치게 어색한 목소리가 누구 것인지 바로 알 수 있었다.

"폐하!"

그렇다. 내가 했소, 하고 빈 크리스털 잔을 들고 있는 인간은 바로 내 법적인 남편, 루크레티우스였다.

루디아 왕녀는 정면에서 와인 세례를 받았다. 덕분에 그녀의 옅은 백금발과 진줏빛 드레스는 온통 붉은 얼룩으로 더러워져 버렸다.

"아아아!"

루디아는 손수건으로 어떻게 처리해 보려 애썼지만 소용이 없었다. 와인 한 잔을 통째로 뿌렸다. 손바닥만 한 손수건으로는 어림도 없었다. 도저히 안 된다는 것을 깨달은 루디아는 결국 울음을 터뜨리고 말았다.

"너, 너무해요!"

주변으로 소란이 들불처럼 번졌다. 익숙한 목소리를 듣고 온 것인지, 왕녀의 오라비가 바람처럼 달려왔다. 그리고 이 참상을 보고 눈에 살기를 띠었다.

"감히……! 누구 짓이지?!"

그의 날카로운 눈이 주변을 살피다가 내게 멎었다. 코로넬 왕자는 애먼 나를 추궁하기 시작했다.

“당신입니까?! 감히 제노아 왕국의 왕녀에게 이런 무례를 저지르다니! 황제 폐하의 총애가 아무리 깊다 해도 이리 무례하게 굴 수는 없습니다! 제국과 제노아 사이에 전쟁이 일어나도 괜찮은 겁니까?!”

‘난 아니라고! 내가 한 거 아냐!’

내가 다급하게 입을 열려던 찰나였다. 루크레티우스의 손이 내 어깨를 잡아당겼다. 덕분에 말을 시작할 타이밍을 놓쳤다. 놀라 그를 올려다보았다. 내가 힐난하듯 눈빛으로 물었다.

‘이게 무슨 짓이에요?!’

그는 눈빛으로 답해 주었다.

‘내가 알아서 하지.’

그는 자신의 말을 그대로 지켰다. 루크레티우스의 입이 열린 것이다.

“그대가 잘못 안 듯하군.”

그러자 코로넬이 발끈했다.

“폐하! 아무리 여인에 대한 애정이 깊으셔도 이런 일을 덮어 주시려는 건 말이 안 됩니다! 질투 때문에 제노아의 왕녀를 모욕하다니요!”

루크레티우스는 상대를 매우 짜증나게 하는 그의 전매특허인 미소를 얼굴 한가득 띠었다.

“짐은 루디아 왕녀를 질투하고 있지 않다만?”

코로넬의 표정이 멍해진다.

“……네?”

하긴 당연했다. 지금 코로넬은 구체적인 상황을 알지 못했다. 뒤

늦게 와서 그가 본 것은, 와인을 뒤집어 쓴 누이와 그 앞에 선 나다. 내 뒤에 선 루크레티우스가 일을 벌인 당사자이리라고는 미처 생각하지 못한 것이 당연했다.

누구라도 여자들끼리의 말다툼 끝에 모욕이 오고 간 것이라 착각하기 딱 좋은 구도이긴 했다. 그러나 제대로 상황을 파악하지 않고 나부터 몰아붙인 대가를, 그는 꽤 비싸게 치르게 되었다.

루크레티우스는 바닥에 붉은 색 액체가 몇 방울 남은 크리스털 잔을 코로넬 왕자를 향해 보여 주었다.

"그녀에게 쏟아진 와인은 짐이 '실수로' 쏟은 것이네만. 그러니 그녀에 대한 질투 때문에 쏟았다는 말도 맞지 않지. 내가 그대의 누이동생을 질투할 이유가 뭐가 있겠나."

"네?!"

코로넬 왕자의 미간이 일그러진다.

그는 누이동생에게 질문하듯 고개를 돌렸다. 루디아 왕녀는 울먹거리느라 제대로 대답하지 못했지만, 그녀의 입에서 코로넬 왕자가 바라는 부정의 답은 나오지 않았다. 결국은 침묵을 통한 긍정을 한 셈이다.

코로넬이 혼란 속에서 되물었다.

"실수…… 말씀이십니까?!"

루크레티우스는 얄밉기 짝이 없는 미소를 띈 채 고개를 끄덕였다.

"그렇다네. 이거 정말로 미안하게 되었군. 잠시 손이 미끄러졌거든. 그대의 '누이동생'이 나의 '아내'에게 너무나도 놀라운 말들을 하는 것을 듣고 지나치게 경악하여 손이 미끄러지고 말았어."

나는 진심으로 놀랐다.

그는 루디아를 코로넬 왕자의 '누이동생'이라 칭하고, 나를 자신의 '아내'라 칭했다. 이 일이 사적인 일임을 강조한 것이다. 실수라 말해 빠져나갈 방법을 마련하는 동시에, 먼저 모욕적인 언사를 한 것이 루디아 왕녀임을 잊지 않고 언급했다.

무엇보다, 일을 직접 벌인 당사자는 제국의 황제다. 아마 나였다면 코로넬은 길길이 날뛰면서 나에 대한 처벌을 주장했을 것이다. 아까 스스럼 없이 전쟁 운운한 것을 보아도 알 수 있다. 진짜 전쟁을 벌일 생각이 없어도, 전쟁을 핑계 삼아 나에게 중벌을 주려 했겠지.

그러나 황제를 상대로는 그것이 불가능했다. 여러모로 공식적인 자리에서 벌어진 일이지만, 이 일을 섣불리 공론화하기 상당히 어려워졌다.

설마 그것까지 전부 계산해서 한 일인건가, 이 인간?

코로넬 왕자는 잠시 머리를 굴리는 것 같았다. 주변의 긴장된 시선이 그에게 집중했다. 코로넬이 어떤 선택을 하는가에 따라 이 일은 간단한 해프닝 정도로 끝날 수도 있었고, 아니면 최악으로는 전쟁까지도 벌어질 수 있었다.

한 잔 때문에 벌어지는 전쟁이라니, 조금 그렇다. 역시 전쟁이 일어나는 것은 싫다. 나 때문이 아니지만 내 탓처럼 느껴질 거 같단 말이야.

역시 긴장감에 가득 차서 코로넬 왕자를 잠시 바라보았다. 침묵이 무도회의 춤곡 사이에서 한참 어색하게 흘렀다. 마침내 코로넬은 길게 한숨을 쉬었다.

"하아."

그리고 결론을 냈다.

"사소한 실수로군요."

코로넬의 옆에서 흐느끼고 있던 루디아가 제 오라비에게 억울하다는 듯이 외쳤다.

"오, 오라버니!"

그는 누이동생을 달랬다.

"폐하께서 실수라 하지 않으셨느냐."

아마도 본국에서부터 그들을 시중들며 온 듯한 시녀들을 불렀다.

"루디아를 휴게실로 데려가서 돌봐 주거라."

시녀들은 여전히 울음을 그치지 않는 루디아 왕녀를 부축하여 휴게실로 데려갔다. 아마도 푹 젖은 옷을 갈아입히고, 머리를 감기고 얼굴도 씻기겠지.

그나저나 저 드레스 진짜 비싸 보이는데, 하필이면 새빨간 와인을 통째로 쏟아 부어 놓았다. 빨아서 다시 활용할 수 있으려나. 그러고 보니까 비단은 세탁도 못한다고 했었던 것 같은데.

나는 한가하게 흰 드레스의 안부에 대해 걱정하고 있었다. 그 사이 루크레티우스와 코로넬 왕자 사이에서는 긴장감의 불꽃이 파팍 튀었다.

"누이가 많이 놀란 모양입니다."

루크레티우스는 빙긋이 웃으며 입바른 소리를 했다.

"안타깝군. 하긴 내가 실수를 하기 전에도 충격을 꽤 받은 모양이었어. 그러니 그런 말도 안 되는 헛소리를 하였던 거겠지."

"헛소리요?"

코로넬의 의아한 질문에 루크레티우스는 웃는 낯으로, 그러나 눈만은 지극히 가라앉은 상태로 답했다.

"황비의 출생에 대해 뜬소문들을 떠들더군. 특히 입에 담기도 참담한 소리들을 하였어."

코로넬은 콧방귀를 뀌며 웃었다.

"그저 아녀자가 떠도는 소문을 입에 올린 것뿐 아닙니까. 게다가 정말 뜬소문일지는…… 또 모르지요."

루크레티우스의 눈매가 날카롭게 빛난다.

"호오, 그대는 그 소문들이 신빙성이 있다 믿고 있는 모양이군."

코로넬은 사람 좋은 미소로 허허 웃었다. 그러나 입에서 나오는 말은 표정과는 전혀 달랐다.

"아닙니다. 하지만…… 가끔 시일이 흐르고 보면 세간에 떠도는 뜬소문 중에 가끔 진실이 섞여 있기도 하더군요."

루크레티우스는 나직이 경고했다.

"왕자는 너무 순진하군. 그리 남들의 말을 잘 믿다가는 나중에 아마 큰 코를 다칠 수도 있을 걸세."

"주의하지요."

맞받아치는 코로넬의 표정은 더없이 자신만만했다.

대연회는 큰 사고 없이 무사히 끝났다.

아니, 사고가 아예 없었다고는 말 못하겠다. 루크레티우스가 루디아 왕녀에게 와인을 뿌린 건 절대 사소한 일이 아니었으니까.

겉으로는 봉합하고 지나갔지만, 여인에게 매우 모욕적인 일을 한 것은 분명하다. 그녀가 내게 한 험한 말과 비교해도 루크레티우스의 행동이 훨씬 과했다. 모르긴 몰라도 적어도 한두 번은 제국이 제노아 왕국을 상대로 외교적으로 접어주어야 하리라.

"에효."

한숨소리만 깊어졌다.

대체 그런 짓을 왜 한 거야, 이 인간?!

나는 연회가 끝나자 당연하다는 듯이 단장실까지 따라온 웬수 같은 남편을 노려보았다. 루크레티우스는 얄밉게도 어깨를 으쓱했다.

"왜 그래?"

"당신이야 말로 무슨 생각이에요? 아무리 욱해도 그렇지. 제노아는 에일 공국과 다르잖아요."

내 말에 루크레티우스는 히죽 웃으며 고개를 끄덕인다.

"그래. 많이 다르지. 손가락으로 눌러 줄 필요조차도 없는 개미 같은 에일 공국과는 말이야."

"그런데 대체 왜?!"

그는 어쩐지 스산한 미소를 지었다.

"수고를 들여서 눌러 줄 필요가 있거든."

"……."

내가 놀라 입을 다물자, 그는 안심시키려는 듯이 웃었다.

"그러니 부담가질 필요 없어. 그대 탓이 아니니. 어차피 선황 대에 타 왕국들은 물론 속국들의 콧대가 꽤나 올라갔지. 내가 선황과는 다르다는 것을 보여 줄 필요가 있어."

올라간 그의 입꼬리에서는 어쩐지 피 냄새가 배어나올 것 같았다. 설마, 대연회 첫날 내 앞에서 제노아의 국보인 '여신의 푸른 눈물'을 언급한 것도 무언가 계산하고 있는 게 있어서 그런 건 아니겠지?

소름이 돋았다.

대연회의 마지막 연회가 끝나고 함께 내 침실로 들어가며, 그는 내게 이런 제안을 해 왔다.

"대연회가 끝나고 나면 한 가지 일을 해 보지 않겠어?"

의아한 얼굴로 고개를 들었다. 어두운 조명 아래서 더 분위기 있어 보이는 그의 얼굴이 시야를 가득 채웠다. 답지 않게 조심스런 태도가 조금 수상했다.

"무슨 일을요?"

그는 듣는 것만으로도 매우 부담스러운 말로 운을 띄웠다.

"원래대로라면 황후가 해야 할 일이야."

"네에?!"

질색을 하려는 나를 그가 살살 달랬다.

"너무 그렇게 질색하지 마. 아주 특별한 일은 아니니까. 원래 황후가 해야 할 일지만, 선황이 살아 있던 때 카틀레야는 그쪽에 전혀 관심이 없었거든. 그쪽으로 가야 할 예산을 자기 개인적인 곳에 유용했지. 선황은 알면서도 묵인했고."

궁금해졌다. 어쩐지 태후가 하기 싫어한 일이라니까 관심이 팍팍 생겼다.

"무슨 일인데요?"

"사실 진짜 업무라기보다는 얼굴마담에 가까워. 황실에서 전시용으로 벌이는 일에 황후가 얼굴을 내밀어 자비로운 국모인 척하는 거지."

"흐응?"

"제도 롬부르크에는 빈민들이 넘쳐나. 원래도 그러긴 했지만 선황의 제위 기간에 급속도로 늘었지. 그런데도 이에 대한 대처는 거의 없었어."

"아!"

어쩐지 알 것 같았다.

"선황의 제위 기간 제국 경기는 그렇게 좋지 못했어. 전에 말한 대로, 선황은 역사적인 성군이었던 조부의 치적을 깎아 먹으며 제 치세를 다 보냈지. 그 결과가 몇 년에 이은 흉년에다가 제국 남부를 휩쓴 전염병이야."

"그런……."

이런 이야기는 전혀 들은 바 없었다.

생각해 보면 당연했다. 나는 이 세계로 떨어진 이후, 에일 공작 가문에서 지내다가 황궁으로 보내졌다. 일반적인 서민들이나 빈민들이 생활하는 곳에는 발걸음 한 번 할 여유도 이유도 없었던 것이다. 흉작과 전염병 얘기를 들을 틈이 전혀 없었다.

"그런데 흉작이라고요? 그러면 작년도 그런 건가요? 난 그런 이야기는 전혀 듣지 못했어요!"

새해가 온 지 얼마 되지 않았다. 그러니 작년 추수기에 제대로 된 수확이 없었다면, 몇 년간 흉작이 이어진 상태에서 아무리 국력이 견실한 제국이라 해도 타격이 클 것이 분명하다. 루크레티우스는 약간 흥분하려는 나를 달래며 설명을 이어 갔다.

"다행히 작년은 평작이었어. 그나마 최악은 면했지. 전염병은 아직 남아 있지만 그래도 기세가 꺾이긴 했어."

"……."

괜히 바쁜 것이 아니었던 모양이다, 이 인간. 그러나 한 가지 의문이, 아니 의심이라 하는 편이 좋을 생각이 떠올랐다.

"그런 얘기를 지금까지 안 하다가 하는 이유는 뭐예요?"

그는 능글맞게 웃었다. 내가 잘 아는 표정이었다. 거짓말 하는 얼굴.

"그야 당신에게 부담을 주기 싫었던 배려였지."

나는 부드럽게 웃으며 그의 팔을 꼬집어 주었다.

"어물쩍 넘기지 말고 제대로 말해요."

그는 결국 항복을 표시했다.

"말했잖아? 이건 본격적인 황후의 일이야. 내가 하라 한다 해서 그대가 하겠다 할지도 알 수가 없었고, 무엇보다…… 그대가 할 수 있을지 가늠해야 했어."

"그러면…… 이제는 내가 할 수 있을 거라는 판단이 선 건가요?"

루크티우스는 내 손등에 가볍게 키스하며 고개를 끄덕였다.

"응."

"……."

그는 다시금 내게 물어 왔다.

"어때, 해 주겠어? 강조하지만 강요하는 것은 아니야."

갈등은 짧았다.

아직은 내가 집으로 돌아갈 수 있을지 불확실했다.

집으로 돌아갈 방법이 있다 해도, 지금 내 입지를 확실하게 다지고 태후를 상대하려면 할 수 있는 일은 전부 해 보아야 한다. 그 일을 맡음으로써 제국 내부 상황에 대해서도 파악할 수 있고, 황후의 대리로서 입지 역시 굳힐 수 있으리라.

"그래요. 해 보겠어요."

사실상 태후와의 정면 싸움에 적극적으로 뛰어들게 된다는 의미이기도 했다.

잘 알면서 스스로 선택한 것이다.

태후의 출산 소식이 도착한 것은, 대연회의 마지막 날 바로 이튿날 아침의 일이었다.

황녀 탄생.

안심해야 마땅한 일일지도 몰랐다.

그런데 도리어 더욱 지독한 불안감이 내 몸을 감쌌다. 격렬한 폭풍이 몰려오는 소리가 들리는 것 같았다.

태후는 다시 딸을 낳았다. 그렇다 해서 그녀가 순순히 황위를 포기하려 들 거라고는 기대할 수 없었다. 그러면 이제 어찌 나올까.

갓 해산한 태후는 별궁에서 움직이지 않았다. 루크레티우스의 간자들이 별궁을 이리저리 감시하고는 있으나, 내부의 감시가 철통

같아 마땅한 소득이 없다 했다.

이와 함께, 전혀 예상 못한 다른 소식 하나가 뒤따랐다. 토루카 후작이 재취에 성공한 것이다. 뛰어난 명문가는 아니지만 그래도 몰락 귀족까지는 아닌 집에서 어린 신부를 얻었다 했다.

루크레티우스는 내 침대맡에서 이 사실을 전해 주며 거리낌 없이 비웃었다.

"이번에 새로 들어온 토루카 후작부인의 나이가 올해 열여섯이라지."

"열……여섯이요?"

너무 어렸다. 후작의 나이는 결코 신부와는 어울리지 않는다.

"그래. 후작의 입이 아주 귀에 걸렸다더군. 참고로 말하자면 릴리아나가 그렇게 사모해 마지않는 후작의 장남은 올해 열일곱이야. 딱 자기 딸 뻘 여자를 얻은 셈이지."

나는 입을 딱 벌렸다.

"어이가 없네요."

"뭐, 딱히 새삼스러울 건 없는 일이야. 후작부인은 최소한의 지참금만 가져왔는데, 결혼식 날 부인의 친정으로 보낸 후작의 선물만으로도 지참금의 세배는 되는 금액의 물건들이었다던가……."

들을수록 가관도 아니었다.

"뭐, 돈으로 아내를 사는 것도 딱히 특별한 일은 아니지. 그리고 딸 뻘의 여자와 재혼하는 것도 말이야."

"……그래도 나로선 좋은 말이 안 나오네요."

루크레티우스는 산뜻하게 웃어 보였다. 그의 입에서 튀어나온 대사는 표정과는 정반대였다.

"좋은 평을 해 줄 필요 없지. 어차피 곱게 죽여 줄 생각이 없는 자야. 욕을 좀 더 한다고 대수일까."

"……."

아, 그래. 맞다. 요즘 자꾸 깜빡깜빡하는데…… 이 사람 원래 이런 인간이었다.

그러나 그 일종의 허락에 내 마음이 편해진 것도 사실이었다. 좋은 게 좋은 거라고 생각하기로 했다.

어쩐지 그에게 조련당하고 있는 듯하지만, 기분 탓이겠지. 쓸데없는 생각들은 잠시 미뤄 두고 그에게 물었다.

"그나저나 후작이 부인을 새로 들였으니 클로디스의 입지가 줄어들겠군요."

"그렇겠지."

루크레티우스는 살짝 웃고 있었다.

"하지만 장점도 있어."

"장점?"

"이번에야 말로 토루카 후작의 아들놈을 믿고 부릴 수 있겠지."

"아!"

그의 말을 바로 이해했다.

맞는 이야기다. 클로디스가 궁지에 몰렸다는 사실은 중요하다. 토루카 후작이 새로 부인을 들인 일은, 지금 그의 불확실한 신분에 치명타를 가한 것과 다름없다. 젊다 못해 어린 후작부인이 아들을 낳으면, 서자의 위치로 떨어진 그와 그의 남동생이 복권될 가능성은 아예 사라지는 것이나 마찬가지다.

그의 외가가 나름대로 힘을 쓰려 하고 있으나 한계가 컸다. 황제에 의해 반역죄를 쓴 채 죽은 여인의 아들을 복권시켜 주는 일은, 황제의 권위 혹은 그에 준하는 권력이 있어야만 가능하다. 즉, 루크레티우스가 직접 복권시켜 주거나 태후가 황제의 대리인으로서 권력을 쥔 뒤에 복권시켜 주거나, 둘 중 하나뿐이었다.

그런데 이 중 한 가지 가능성이 아예 날아가 버린 것이다.

아무리 후작이 장성한 아들을 아까워한다 해도, 후계자를 얻기 위해 새로 들인 젊고 아름다운 부인에게 마음이 가지 않을 리 없다. 그 총애하는 부인이 새로 늦둥이 아들을 낳는다면 후작의 마음이 어디로 향할 지는 뻔할 뻔 자였다.

설사 클로디스가 온몸을 바쳐 태후를 돕는다 해도 제대로 된 보상을 받지 못할 가능성이 컸다. 게다가 태후 역시 끝내 황자를 얻지 못했다. 내가 판단하기로 클로디스는 결코 승산 없는 가능성에 기대어 자기 자신을 소모할 타입은 아니었다.

일이 이렇게 되지 않았다면, 클로디스는 아마 둘 사이에서 적당한 거리를 유지하며 양쪽 모두에 줄을 대어 두고 외줄타기를 하려 했으리라. 누가 승리하더라도 자신이 원하는 것을 얻을 수 있기를, 그렇게 바라고 또 계산하고 있었겠지.

그러나 상황은 클로디스가 원하는 대로는 굴러가 주지 않았다.

태후가 황권을 손에 넣을 길은 요원해졌다. 이 상황에서 그가 자력으로 후작위를 되찾을 방법은, 새로 들어온 그의 어린 계모가 아이를 낳지 못하는 것뿐이다. 이제 갓 열여섯이 된 신부가 자식을 낳지 못하길 기대하기에 그 가능성은 너무나도 낮았다.

결국 클로디스의 입장에서는 온 힘을 다해 루크레티우스를 돕지 않으면 자신의 위치를 찾을 수 없는 상황이 된 것이다. 그런 의미에서 루크레티우스는 클로디스를 이성적으로 신뢰할 수 있게 되었다.
"……."
생각해 보니 조금 위화감이 있었다. 이렇게 바로 후작의 재혼이 성사되다니?
태후가 황자를 낳아 기세가 오른다면 후작의 재혼이 성사되는 것도 그러려니 할 수 있다. 한데 지금은 태후가 다시 황녀를 낳아, 그녀의 승리 가능성이 줄어든 상황이었다.
내가 알기로 지금까지 후작의 재혼 문제는 루크레티우스의 방해로 제대로 이루어지지 못하고 있었다. 릴리아나의 약혼 문제와 같은 이유로 말이다.
부자연스러운 타이밍에 후작의 재혼이 결정되었다. 그 여파로 클로디스는 온몸을 바쳐 루크레티우스의 승리를 위해 헌신하지 않으면 아무것도 얻지 못하게 되었다.
너무 이야기가 잘 맞아떨어지는 거 아냐?
나는 참지 못하고 물었다.
"혹시…… 이번 후작의 재혼…… 당신이 손을 쓴 거예요?"
루크레티우스는 대답 없이 피식 웃었다.
"역시 나의 황비는 머리가 좋고 눈치도 빨라. 아마 그대와 나의 아이도 누굴 닮든 영리하겠지."
이 인간이 드디어 미쳤구나!
아, 아니다. 원래부터 미쳤지?
나는 혀를 쑥 내밀어 그의 헛소리에 대한 대답을 대신했다. 그리고 전혀 상관없는 곳으로 끌려가는 말머리를 이쪽으로 잡아 돌렸다.
"일부러 후작의 재혼이 성사되게 했다면……, 역시 당신은 클로디스를 못 믿었던 거군요."

루크레티우스의 미간이 설핏 찌푸려진다. 그는 불쾌감을 감추지 않았다.

"그래. 그 말만 번드르르한 놈을 어떻게 믿겠어. 적어도 도망칠 구석은 완전히 없애 놔야 믿을 수가 있지. 그나저나…… 계속 신경 쓰이는 건데 말이야."

"네? 뭐가요?"

"대체 왜 그놈 이름을 그렇게 다정하게 부르는 거야? 듣는 남편 기분 나쁘게."

"……."

사만다는 대연회가 끝난 직후 내린 명령에 당황했다.

"예? 비 전하의 공식적인 일정을 짜라는 말씀이신가요? 바로 내일부터요?"

나는 고개를 끄덕였다.

"네. 이미 폐하께는 말씀드려 두었어요. 이제 급한 일은 끝났으니 일정도 무리 없겠죠."

루이스가 안색이 일변하며 사만다를 도와 나를 말리려 들었다.

"하오나, 전하. 너무 무리하시는 건 아닌지요? 대연회 전에 낙마 사고가 있으셨습니다. 그 후 내내 과로하시다가 중간에 앓기까지

하셨지요. 지금은 좀 휴식을 취하시는 것이 나을 듯합니다.”

엘자도 옆에서 열렬하게 고개를 끄덕였다. 율리아 역시 입을 열지는 않았지만 표정을 보아 하니 생각하는 건 비슷한 모양이었다.

아그네스까지 옆에서 나를 말리려 들었다면 꽤나 볼만했겠다. 내게는 참으로 다행히도, 아그네스는 다른 볼일 때문에 잠시 자리를 비우고 있었다.

나는 어찌 보면 당연하고도 고마운 그들의 걱정을 한마디로 잘랐다.

“곧 태후가 돌아올 겁니다.”

“…….”

무거운 침묵이 내리깔렸다.

시녀들의 얼굴에 짙은 긴장감이 어렸다. 모두 나의 처지와 상황을 잘 이해하는 자들이었다.

태후는 약 사흘 뒤 귀환하기로 결정되어 있었다. 태후는 아이를 낳기에 결코 젊은 나이가 아니었지만, 그럼에도 그녀는 출산 이후 3주도 채 채우지 않고 바로 거동하려 하고 있었다.

이유는 뻔했다. 너무 오래 황궁을 비우고 있다고 판단한 것일 터다. 하긴 그녀가 황궁을 나간 지 이제 약 한 달이니.

내가 느끼기에 태후는 여전히 내내 황궁에서 나와 루크레티우스의 목숨을 노리고 있던 것 같았다. 당사자는 없어도 그 영향력은 마치 유령처럼 남아, 밤의 어둠 속에 숨어 나를 노리고 있었으니.

실제로 그녀의 시도는 매우 유의미한 결과를 만들었다. 나는 죽을 뻔했고, 에일 공작가는 풍비박산이 났다. 그런데 태후는 아무런 문제없이 황궁으로 돌아오려 하고 있었다.

황궁에 없을 때도 그렇게 무서웠는데, 다시 돌아오면 어떨지 벌써부터 걱정이 태산이었다.

그래서였다. 그녀가 돌아오기 전에 먼저 움직일 필요성을 느꼈다.

2주간 로우손의 보살핌을 받으며 정양한 덕분에 몸 상태가 매우 좋았다. 이제 나의 입지를 확실하게 세울 방법을 찾아봐야 했다.

"후……."

여전히 집으로 돌아갈 수 있을지는 불확실했다. 성녀가 답을 주기까지 한참 더 기다려야 하리라.

어쩌면 지금 내 행동은 아무 쓸모없는 일일지도 모른다.

그러나 만에 하나 돌아갈 길이 아예 없다면, 결국 이곳에서 살아가야 한다.

그렇다면…… 정말 이곳에 정착하는 것 외에 어떤 가능성도 남지 않는다면……, 그의 곁도 괜찮지 않을까.

그런 생각이 대연회 첫날 그의 품 안에서 울고 난 뒤, 조금씩 들기 시작했다.

아이러니하게도 성녀와의 대면 이후 더더욱 구체화되었다. 성녀는 반드시 나를 돌려보내 줄 방법을 찾을수 있다고 장담하지 못했다. 한편 루크레티우스는 나에게 한 약속을 지켰다. 성녀를 만날 수 있게 해 주었고, 나를 막으려 하지 않았다. 내 선택을 존중해 준 것이다. 그런 그의 태도가 결정적으로 내 마음을 움직였다.

원래는 집으로 돌아갈 길이 없다 해도 황궁에서 도망칠 작정이었다. 실제로 루크레티우스에게 초반에 요구한 일도 그것이었다.

탈출하게 도와 달라고.

어쩌면, 아주 작은 가능성일지도 모르지만, 이곳에 남을 수도 있지 않을까 하는 생각이 들기 시작했다.

아직은 그래도 좋지 않을까, 하는 희미한 가능성 정도였다.

루크레티우스 앞에서 드러낼 생각은 없었다. 한 번 다른 가능성을 의식하자 그에 따라 앞으로의 계획에도 변화를 줄 필요가 생겼다.

그렇다면, 만약 정말로 이곳에 남게 된다면, 더 굳건한 입지를 세울 필요가 절실했다.

그리고 정말 여기에 남은 일생동안 정착해야 한다면, 이 세계가 어떤 곳인지 제대로 알아야 하겠다는 생각 역시…… 이제 겨우 들기 시작했다.

16. 식은 쇠는 두드려서 달구어야 한다

16. 식은 쇠는 두드려서 달구어야 한다

이곳의 정치체제나 사회제도가 내가 살던 21세기의 한국과는 완전히 다르다는 사실은 잘 알고 있었다.

아니, '알고 있다고 생각하고 있었다'는 것이 더 정확한 표현이리라.

내 이해가 얼마나 피상적인 것이었는지, 이곳으로 온 지 1년 5개월이 좀 안 된 지금에서야 깨닫게 되었다. 사실은 조금도 이해하고 있지 못했다는 사실을.

루크레티우스가 내게 요구한 황후로서의 의무 대행이란, 매우 전시적인 행동이었다. 진정한 의미에서 황후로서 일하는 게 아니라 황실이 이 정도로 백성들을 신경 쓰고 있다는 생색내기에 가까웠다.

한국에서도 영부인들이 고아원에 들르거나, 국회의원들이 투표철만 되면 서민들의 생활공간을 찾는 일들이 잦았다. 여기서도 비슷한 맥락이겠지. 나는 막연하게만 생각했다.

실제로 내가 현장에 가게 된 명분은 예상을 벗어나지 않았다. 단, 이해의 범위를 벗어난 일은 따로 있었다.

나는 그동안 내가 이 세계를 꽤 오해하고 있었다는 것을 새삼 깨달았다.

모르는 게 당연하긴 했다. 내가 처음 이 세계로 떨어진 뒤 나를 받아준 것은 에일 공작가였다. 아무리 제국 내 백작가보다 못한 세를 가진 가문이라 하나, 황가의 후손이며 작다 해도 공국을 다스리는 가문이었다.

에일 공작의 성은 크렌시아 황궁에 비하면 별장도 안 되는 수준이지만, 한국에서는 몇 백 평 부지에 세워진 3층짜리 부잣집보다 훨씬 크고 넓었다. 그렇다. 일단은 명색이 성을 가진 집안이었다.

그 뒤에는 크렌시아라는 대륙 최강 대국의 황궁으로 왔다. 황제의 후궁이었다가 1황비가 된 지금 내 소유의 1황비궁 규모만 에일 공작가의 성 다섯 개쯤을 합친 크기였다. 게다가 본궁과 황후궁은 더 컸다.

이런 곳에서 그야말로 호사의 극치를 누리고 살았다. 배를 곯아 본 적은 처음 에일 공작의 숲에서 헤맬 때 외에는 없다. 입는 것도 쓰는 것도 모두 최고급. 황궁에 온 뒤로는 내 몸 하나 씻고 정리하는 일도 직접 한 적 없다.

이런 생활이 이 세계의 평균적이거나 일반적인 수준일 리 없다는 사실을, 왜 생각하지 못했을까?

빈민들에게 황실의 은혜를 내린다는 취지의 행사에 참여해서 처음으로 목도한 하층민들의 삶은 가히 충격적이었다. 말이 제대로 나오지 않을 지경이었다.

"……."

"비 전하?"

나를 수행하던 의전관이 의아한 표정으로 고개를 들었다. 내 심기를 살피려는 듯 조심스러운 태도였다.

그는 한껏 조심스런 태도로 말했다. 그는 악취를 가리기 위해 향수를 뿌린 손수건으로 코와 입을 가리고 있었다.

"귀한 분께서 보시기에 좋지 못한 광경입니다만…… 송구하오나 잠시만 참아 주소서."

나는 고개를 저었다.

"아뇨, 괜찮아요."

지금 내가 방문한 곳은 제도 구석진 곳에 마련된 임시 빈민 구제소였다. 얼기설기 천막을 치고, 무쇠 솥을 몇 개 걸어 꿀꿀이죽으로밖에 보이지 않는 멀건 죽을 끓이고 있었다. 밀알 몇 톨 씻은 데 밀기울을 푼 물이 검은 무쇠 솥 안에서 펄펄 끓었다. 누가 보아도 사람 먹을 것이 아니었다.

저런 것이라도 받아먹겠다며 몰려든 줄은 끝이 보이지 않았다. 그들은 하나같이 다 닳은 누더기로 간신히 살을 가리고, 맨발로 오물 가득한 바닥을 밟고 있었다. 그 상태로 자신의 차례가 와서 죽 한 그릇 받아먹기를 애타게 기다렸다.

솔직히 말하자면…… 난 내가 운이 좋았다는 생각을 해 본 적이 없었다. 차라리 나쁜 편이라고 생각했다.

수능 날 시험도 제대로 쳐보지 못하고 이 세계로 떨어졌다. 그리고 좋은 사람들이라고 믿었던 에일 공작가에 의해 늙은 황제의 첩으로 팔려가지 않았나. 결혼 첫날밤엔 죽을 뻔했다. 리즈벳과 태후에게 시달리며, 몇 번인가 목숨을 위협받았다.

나름대로 치열하고 힘들게 삶을 개척해 왔다고 생각했다.

그러나 기실 나는 정말로 운이 좋았던 거였다고, 여기에 서서 인정하지 않을 수 없었다.

내가 떨어진 곳이 에일 공작가의 숲이 아니었다면?

그들이 나를 황제에게 팔아넘기기 위해 거두지 않았다면?

……그랬다면 지금 이 자리에 깨끗한 몸으로 호사스런 비단 옷을 입은 채, 저들을 불쌍하다는 듯이 내려다보고 있을 수 없었을 것이다. 아마도 저들 사이에 끼어서 죽 한 그릇을 얻어먹기 위해 누더기를 여미며 서 있었겠지.

그렇다고 해서 새삼 에일 공작가의 인간들에게 감사할 마음이 들었다는 것은 결코 아니었다. 그들은 나를 팔아넘기고, 결국은 죽이려 했으니까. 나를 죽이려 한 사람을 용서하고 감사할 정도로 메저키스트적인 취미는 없었다.

그저 자신의 행운에 안도했을 뿐.

그렇다. 지금 저기에 선 것이 내가 아니라는 사실에 감사하고 안심하고 있었다.

정말로 속물적이고 이기적이지만 어찌할 수 없는 나 자신의 모습이기도 했다.

그렇기에 지금 이 광경을 보고 도저히 무시할 수가 없었다.

어쩌면 지금 저기 비루하게 선 이들 중 한 명의 모습이 나였을 수도 있었으니까.

이곳의 사회체제나 정치체계가 현대 한국에는 감히 비교할 수 없고, 조선시대와 비교해도 이쪽이 뒤떨어지는 수준이라는 것은 알고 있었다.

제도 롬부르크 구석에 마련된 난민과 빈민을 수용한 구제소는 정말로 생색내기 수준이었다. 외곽의 성벽에 기대어 빗물조차 제대로 가리지 못하는 천막을 몇 개 얼기설기 걸어 놓은 것으로 건물을 대신하고 있었다.

그나마 천막에 앉을 자리라도 하나 얻은 이들은 개중 운이 좋은 편이었다. 거기에 들어가지 못하는 사람들도 많았다. 그런 이들은 성벽에 기대어 하늘이 비를 뿌리지를 않기만을 빌었다.

빈민들은 그런 천막으로 하늘을 가리고, 다 닳은 누더기로 바람을 막았다. 그리고 하루에 한 끼 더운 죽을 얻어먹기 위해 구제소 앞에 마련된 솥 앞에 줄을 서고 있었다.

혹은 거리로 구걸을 하러 나서기도 했다. 더러운 차림새로 귀족님들이 지나는 곳에 옹기종기 모여서 푼돈을 구걸하며 손을 내밀다가, 거칠게 달리는 마차를 피해 도망 다녔다. 그러다 높은 이들의 눈에 저들의 모습이 불쾌하다는 이유로 군사들에게 쫓겨나 다시 이곳으로 돌아오는 것이다.

그런 생활이 그들의 삶이라 했다.

그들이 사는 곳은 도시의 온갖 오물이 모이는 곳이기도 했다. 애초에 제도 롬부르크의 하수 시설은 제대로 정리되어 있지 못했다. 당연히 오물들이 거리에 쌓일 수밖에 없는데, 더 나은 곳에서 사는 이들은 자신들이 사는 곳을 더럽히는 오물들을 모아다가 멀지 않은 이곳 빈민가에 내버렸다.

마치 저들이야말로 오물이니 오물 옆에서 살아야 마땅하다는 것처럼. 그렇다. 여기는 도시 전체의 하수구였다.

내가 할 일이라는 것은, 그나마 빈민굴에서 내게 보이기 위해 청소하고 정리된 곳을 둘러보며 몇 번 웃어 주고 황궁으로 돌아가는 것이 다였다.

믿을 수가 없었다.

그게 다라고? 그런 꼴을 놓고 손 흔들어 주고, 웃어 주고, 그냥 돌아가면 된다고? 이대로 돌아가서 따뜻한 방 안에서 기름진 음식을 먹고, 부드러운 비단 옷을 매만지며 편히 잠들라고?

정말 아무것도 제대로 알지 못하는 나지만, 그건 아니라는 것만은 알 수 있었다.

사만다가 옆에서 말을 걸었다.

"이제 다 둘러보셨으니 황궁으로 돌아가시면 됩니다."

나는 멍하니 물었다.

"그게 다예요?"

"예."

"여기서 그냥 둘러봐 주고 가는 게 역대 황후들이 하던 일이라고요?"

사만다는 고요히 답했다.

"하지 않으신 분들도 많습니다. 태후께서도 황후가 되신 이후 단 한 번도 이곳에는 발걸음하시지 않으셨고요."

"……."

머릿속이 진탕이 된 것 같았다. 사만다가 다시 물어 왔다.

"어찌 하시겠습니까?"

잠시 입술을 사리물었다.

어떻게 할까? 무엇을 할까? 아니, 내가 뭘 할 수 있을까?

……일단 분명한 것은 하나였다.

"……끝까지 전부, 다 둘러보고 생각하겠어요."

빈민굴을 구석구석 돌아보고 바로 향한 곳은 루크레티우스의 집무실이었다. 이번에도 선객이 있었다. 그러나 시종은 개의치 않고 나를 안으로 들여보내 주었다.

나 역시 조금도 신경 쓰지 않고 안으로 들었다.

나를 맞은 것은 루크레티우스와 정무를 논의 중이던 재상이었다. 저번에도 이렇지 않았었나?

언제 들어도 중후하고 멋진 목소리를 가진 재상님이 흰 수염을 쓱쓱 쓸어내리며 웃었다.

"오랜만에 뵙습니다, 황비 전하."

나 역시 예의를 차려 인사했다.

"저도 오랜만에 뵙습니다."

루크레티우스는 빙긋이 웃더니 보고 있던 서류에 국새인 것이 분명한 인장 반지를 찍었다. 결재된 서류는 재상에게 넘어갔다.

"예산안은 논의한 대로 하지요."

"예, 폐하."

루크레티우스의 시선이 이제 제대로 나를 향했다.

"그나저나 무슨 일이시지? 나의 황비께선."

저놈의 느끼한 멘트는 진짜 장소와 때를 가리지 않네.

이번에는 쓸데없는 데 신경을 쓸 생각이 없었다. 무시하고 단도직입적으로 나갔다. 옆에 재상이 있는 것이 좀 걸리기는 했지만, 그 앞에서 못할 말도 아니었다.

"빈민 구제소에 다녀왔어요."

"그래, 내가 해 보라고 했었지. 꽤 고생한 모양이군. 안색이 안 좋아."

나는 고개를 저었다.

"조금도 고생하지 않았어요. 난처할 정도로 말이에요."

루크레티우스의 얼굴에 의아한 빛이 떠올랐다. 그답지 않게 솔직한 반응이 돌아왔다.

"무슨 말인지 모르겠군."

여전히 의심이 갔다. 정말 저 표정이 진심일까?

나는 솔직해지기로 했다.

"정말 그 정도 일만 하고 오라고 날 보낸 거예요?"

루크레티우스의 얼굴에 의아한 빛이 감돌았다. 놀랍게도 그는 진심으로 내 질문의 의미를 이해하지 못하고 있었다.

"진짜 그런 참상을 보고 한번 훑어보고 웃어 주고 오는 걸로 끝이라고요? 나한테 상황 파악해서 대책을 마련하라고 보낸 게 아니라?"

너무 어이가 없어서 절로 목소리가 높아졌다.

이어서 나는 더욱 경악할 상황을 목도하고 말았다. 제국의 황제와 공작이며 동시에 재상, 두 권력자가 전혀 이해하지 못한 듯 눈을 동그랗게 뜨고 있었다.

재상이 물었다.

"대책이라니요? 무슨 사고라도 벌어진 것입니까, 비 전하?"

루크레티우스 역시 재상의 말에 동의했다.

"상황 파악? 대책? 의미를 모르겠군. 빈민굴 상황이야 늘 그런 것을. 그걸 어찌할 필요가 있나?"

재상은 고개를 갸웃갸웃하다가 무언가 생각난 듯 말을 이었다.

"아, 혹시 대대적으로 그곳을 치우는 일을 말씀하시는 겁니까? ……더럽고 구질구질한 곳이라 비 전하의 마음에 차지 않으시는 것은 이해합니다만…… 현실적으로 무리입니다."

"네?"

대체 뭐라는 거야? 치워?

"실제로 켄티우스 폐하 치세에 빈민들을 제도 밖으로 몰아내고 빈민굴을 정비하려는 시도가 있었습니다만…… 효과가 겨우 2, 3년을 갔을 뿐입니다. 그들은 그늘에 스는 곰팡이처럼 다시 생겨났지요. 그리고 현재 제국의 재정 상태로는 시행할 여력도 모자랍니다."

나는 다급하게 물었다.

"쫓아낸다고요? 사람들을 쫓아낸다고 해서 근본적인 해결이 되는 건 아니잖아요. 제대로 된 대책을 세워야 하지 않나요?"

내게 향한 루크레티우스와 재상의 눈빛은 기이한 물건이라도 보는 듯했다.

내가 알 수 있는 것은 하나뿐이었다.

이들은 내가 왜 이러는지 이해하지 못하고 있었다.

루크레티우스가 나로서는 도저히 납득할 수 없는 말을 내뱉었다.

"대책? 해결? 무슨 말을 하는 건지 모르겠군. 필요한 만큼은 하고 있어. 지금 빠듯한 재정 상태에서도 구제소를 운영하고 귀한 식량을 풀고 있지. 동시에 군사들로 하여금 폭동의 싹이 보이지 않도록 제대로 관리하고 있어. 그 이상 뭔가 더 필요한가?"

그는 제국의 황제다. 즉 크렌시아 제국 전체가 그의 책임 하에 있다는 말이 된다.

그런데도 어째서?

나는 멍한 채 대답했다. 너무 당연한 말을 굳이 해야 하는 현실이 당혹스러웠다.

"당연하죠. 제국 수도에까지 저 정도로 빈민들이 넘친다는 건, 결국 제국 전체로 보면 수도와는 비교할 수 없는 정도로 많은 사람들이 거지꼴로 떠돈다는 의미잖아요. 당연히 국가에서 대책을 세워 사람들을 돌보고 직업을 가지도록 도와야 하잖아요?"

"어째서?"

"……."

그제야 나는 깊이 실감했다.

이들이 살고 있는 곳은 내가 살던 21세기의 한국이 아니다. 서울에 여기만한 규모의 빈민굴이 들끓으려면 정말 극단적인 일이 벌어져야 하리라. 엄청난 재난이나 전쟁이 벌어지는 경우. 전염병이나 흉년이 좀 오는 정도로 오늘 내가 본 아수라장이 벌어질 일은 절대 없었다.

내가 태어나고 자라온 한국은 그런 상황이 벌어지지 않도록 최소한의 안전장치와 국가적인 제도가 정비되어 있다. 있을 때는 미처 깨닫지 못했지만, 21세기 문명국가 중에서도 20위권에 들 정도로 뛰어난 수준이었다.

이곳은 조선시대보다 오히려 몇몇 부분 뒤떨어진 데가 많았다. 새삼 깨달았다. 내게는 너무나 당연한 그것들이 실제 역사에서는 얼마나 지난한 과정과 시행착오를 거쳐 완성된 것인지를.

이 세계에는 내게는 너무나도 당연한 제도는커녕, 그 개념조차 제대로 정립되어 있지 않았다.

하긴 한국에서도 100년 전만 해도 여자가 참정권을 가지리라 상상도 하지 못했다. 서양에서조차 복지 개념이 등장한 지 100년이 될까 말까했다.

이들과 나 사이에는 사실상 수백 년에 해당하는 시간적 격차가 놓여 있다.

그 간극이, 갑작스레 내게 엄습해 들어왔다.

지구에 있을 때 이런 이야기를 본 적이 있다.

과거로 타임슬립한 주인공이 자신이 이미 알고 있는 미래의 상식과 지식으로 과거를 바꾸는 이야기. 그리고 그가 집으로 돌아갔을 때, 바뀐 과거의 나비효과로 인해 그 자신의 존재마저 사라져 버렸다.

이야기를 다 읽었을 때, 나는 이런 생각을 했다.

'미래인이 과거를 제멋대로 행동해서 바꾸면 바뀐 과거가 제대로 된 미래일 수 있을까?'

난 사실 정해진 미래라든가 절대적인 신의 존재는 믿지 않는 편이다. 때문에 이 세계에 신의 존재가 있는지 알 수 없다던 성녀의 말에 절망하면서도 한편으로는 안도했었다.

나를 되돌려 보내줄 수 있는 거대한 힘이 없다는 것은, 곧 내 운명을 제멋대로 결정 지으려 할 사기적인 존재 역시 없다는 의미이니까. 그렇다면 내가 어떤 미래를 만들더라도, 그 미래는 온전한 내 선택의 결과이리라.

그런 만큼 지금 고민이 될 수밖에 없었다.

빈민굴의 상태를 보았을 때, 경악하는 한편으로 이 상황을 타개할 수도 있는 방법 몇 가지가 바로 떠올랐다. 물론 내가 전문적으로 아는 것은 아니지만, 도시를 관리하는 이들에게 대략 설명하면 21세기 한국과 똑같은 수준은 무리라도 현 상황을 조금 나아지게 하는 데 충분히 도움 될 수 있을 것이다.

그러나 그렇게 하는 것이 과연 옳은 일인지 알 수 없었다. 내가 멋대로 한 작은 일 하나가, 이 세계의 자연스러운 흐름을 빗나가게 할 수도 있지 않을까? 그 불안감이 나를 놔주지 않았던 것이다.

물론 이곳은 지구의 과거가 아니다. 그러니 적어도 내 행동의 결과로 미래가 바뀔 거라는 불안감은 없었다.

과연 그렇다 해서 내 마음대로 행동해도 좋을까?

내가 루크레티우스를 도와 태후를 물리치는 데에는 거부감이 없다가 이런 일에 불안해하고 걱정하는 이유는 간단했다. 루크레티우스와 태후의 싸움은 매우 흔한 황족간의 권력 다툼이었다. 내전으로 이어진다 해도, 이 세계의 궁정에서는 얼마든지 벌어져도 이상하지 않았다.

그러나 오늘 내가 떠올린 일은 전혀 달랐다.

나는 놀랄 만큼 소탈하게 나를 대해 준 루크레티우스조차도 어디까지나 이 세계에서 태어나 자란 사람이라는 사실을 알았다. 빈민굴 상황을 근본적으로 해결해야 하지 않느냐는 물음에 그가 보인 표정이 잊히지 않았다.

그의 표정이 말하고 있었다.

'왜 그래야 하지?'

적어도 21세기 한국 사람들에게 빈민굴의 상황을 보여 주면 근본적인 대책이 필요하다는 데 많은 수가 동의하리라

물론 가난한 이들은 제 잘못으로 가난한 것이니 알아서 하게 두라는 사람이 있을 수 있다. 하지만 그런 이들조차 사회지도층이라면 약자의 처지에 신경 쓰는 태도를 보일 필요가 있다고 생각하지 않은가.

여기에는 그런 개념이 없었다.

루크레티우스나 재상이 귀족 출신도 아닌 나를 꽤 존중해서 대해 주고 있었기 때문에 진작 눈치채지 못했다.

아, 아니다. 생각해 보면 내가 초반에 뻥을 쳐 두긴 했다. 내가 고향에서는 명문가 출신이라고.

루크레티우스처럼 의심 많은 인간이 진심으로 믿었을 리는 없다. 그러나 내 행동과 지식, 태도는 분명 이곳에서는 어지간한 귀족가에서 태어난 영애들로서도 쉽게 배울 수 없는 고급 교육을 받은 결과물이다.

그는 적어도 무의식적으로 나를 귀족에 해당하는 계급 출신일 거라 판단하고 있으리라. 이곳 사람들에게 계급과 신분에 따라 상대를 다르게 대하는 것은 숨 쉬는 것처럼 당연한 일이다.

그들 입장에서 잘못된 일도, 틀린 일도 아니었다.

루크레티우스로서는 폭동이나 반란의 기미가 일어나지 않는 선에서 저들을 적당히 '관리'하는 정도면 충분하다. 인권이니 복지니 하는 개념을 제대로 이해할지 모르겠다. 아니, 이해하지 못할 것이 분명했다. 나도 어렴풋이만 알고 있는 내용이라 이해시킬 자신도 없다. 그렇다면 아예 시도하지 않는 것이 낫다.

이번 고민으로 깨달았다. 이곳은 정말 낯선 곳이다. 내가 태어나 자란 세계와는 너무나도 동떨어진 곳. 막연하던 이질감이 갑작스레 확 와 닿았다.

'여긴 내 세계가 아니야.'

나는 함부로 행동할 자격이 없었다.

이곳에서 살아갈 확신도 없으면서 무책임하게 굴 수는 없다. 제대로 그 결과를 감당한 자신도 없었다.

그렇다면…… 이대로 눈을 돌려야 하나?

"……."

그러자니 양심이 또 찔렸다.

오늘 낮에 빈민굴에서 보았던 어린 소녀의 모습이 떠올랐다. 겨우 대여섯 살은 되었을까? 그 아이는 마치 하늘에서 내려온 천사를 보는 경이로운 눈으로 나를 올려다보고 있었다.

맨발에 천을 감아 신발을 대신한 꼴로, 손톱이 다 빠져 버린 손에 깨진 그릇을 들고 죽을 기다리던 소녀였다. 그 아이에게 호사스런 비단을 온몸에 걸치고 보석을 주렁주렁 매단, 좋은 냄새를 풍기는 여인의 모습은 경이로워 보일 수밖에 없었으리라.

아마 내가 그 자리에서 이렇게 화려하게 치장한 사람을 보았다면 절대 순수한 눈빛을 줄 수 없었을 거다. 아마도 질투와 증오로 눈이 멀어 있었겠지.

이것이 얄팍한 동정심과 죄책감이라는 것은 이미 안다. 이유야 어찌되었건, 이미 마음속에서 결정 내렸다.

이튿날 아침 티타임에 루크레티우스가 의아한 표정으로 물었다.

“어제 황비궁의 남는 예산을 모두 빈민 구제소로 돌리라고 명했다지?”

나는 따끈한 스콘에 월귤 잼을 바르며 고개를 끄덕였다. 예상된 추궁이었다.

“네, 그랬어요.”

루크레티우스는 여전히 의아한 표정이었다. 이해가 안 되는 모양이었다. 그의 입장에서 그들은 세금도 내지 않고 떠도는 해충이나 매한가지일 테니.

빈민은 존중할 만한 신하도 아니요, 보호해야 할 백성의 범주에도 끼지 못한다. 애초에 그는 다스리는 대상인 백성조차 자신과 같은 인간이라고는 생각하지 않을 것이다. 이 세계의 귀족이나 황족들에게는 그게 당연하고 옳은 상식일 테니까.

그는 마침내 궁금증을 참지 못했다.

“어째서지? 1황비궁에 배정된 예산은 상당해. 황비 넷과 후궁 10

명을 기준으로 후궁 전체 예산이 책정되어 있지……. 지금은 그대 혼자라 사분의 일로 줄여 놓긴 했지만. 그대에게 주어지는 건 1황비 한 명 분으로는 역대 최대급이야."

그 의미도 잘 안다. 그러니 이 인간은 사실상 황후 대우로 나를 대했기에 저리 많은 예산을 책정해 놓은 것이다.

"물론 그대에게 주어진 예산의 두 배를 태후궁에서 억지를 써서 받아가고 있긴 하지만. 그런데 그대는 그 예산의 십분의 일도 쓰지 않더니…… 남는 걸 전부 그런 곳에 퍼부었어."

잠시 나를 관찰하듯이 바라보던 그는 의미심장하게 물었다.

"어째서지?"

나는 대수롭지 않게 대답했다.

"별건 아니에요. 그들이 불쌍했고, 내게 남는 돈이 있었던 것뿐이니까. 한가한 후궁의 얄팍한 동정심으로 하는 자선사업이라고 생각해요."

루크레티우스는 고개를 저었다.

"그게 아니라는 건 분명하게 알겠군. 그렇게 가라앉은 얼굴로 스스로 비꼬는 말을 하면 속아 주고 싶어도 불가능하지 않나."

그는 혀를 쯧쯧 찼다.

"좀 더 솔직해지라 하지 않았었나?"

이렇게까지 말하면 대답하지 않을 도리가 없었다.

"정말 별거 아니에요. 아까 한 말도 거짓말이 아니고."

"……."

"그냥 양심에 찔려서 내게 필요 없는 걸 바리바리 주고는 잊어버리려고 비겁하게 구는 것뿐이니까."

루크레티우스는 여전히 이해하지 못하는 듯했다.

어쩔 수가 없었다. 사실 나도 내 행동을 제대로 이해 못하겠는데 어쩌겠는가. 내가 그대로 조가비처럼 입을 다물자, 지그시 나를 바라보던 그도 어쩔 수 없다는 듯이 항복해 주었다.

"뭐, 상관없겠지. 애초에 좋을 대로 쓰라고 준 예산이고……. 나로서는 왜 굳이 그런 일에 돈을 버리는 것인지 이해가 안 되지만 말이야."

그는 지나가듯 덧붙였다.

"어쨌든 그대의 명으로 오늘 아침부터 구제소에 물품들이 대대적으로 들어갔다더군."

"그래요……."

"그쪽 거렁뱅이들은 그대를 여신처럼 여기기 시작했다던가. ……뭐, 나쁠 건 없는 일이지."

여신이라…….

세상에 이렇게 비겁하고 또 이기적인 여신은 없을 것이다.

그날 저녁. 태후가 황궁으로 돌아왔다.

황녀들을 데리고 귀환한 태후를 황제를 위시한 모두가 함께 맞이했다. 루크레티우스는 보는 사람의 속을 긁는 미소로 태후를 맞았다.

"경하 드립니다, 어마마마. 어여쁜 누이의 얼굴을 이제야 보게 되는군요."

"……고맙습니다."

태후의 미소는 여전히 흔들림 없었다. 그녀는 주변을 천천히 확인하듯 시선을 돌리다가, 나와 마주치자 물었다.

"그러고 보니 한 달 가까이 못 보았군요. 그 사이에 좋은 소식은 없었나요, 1황비?"

나는 짐짓 송구스럽다는 듯이 고개를 숙였다.

"……아직입니다."

"저런……, 그래도 걱정 마세요. 황자는 없으나 적통 황녀들이 있으니 크게 걱정할 것은 없을 겁니다."

태후는 소리 높여 오호호 웃었다.

태후가 적통 황자를 얻을 가능성은 사라졌지만, 여전히 루크레티우스에게는 자식이 없었다. 그가 아들이든 딸이든 얻기 전까지 제1황위 계승권자는 릴리아나 황녀였다.

태후의 발언에 릴리아나가 마치 채찍을 얻어맞은 듯이 어깨를 떨었다. 로젤리아는 주변 눈치를 보며 제 언니의 치마폭에 매미처럼 매달려 있었다. 안쓰러운 모습이었다. 다시 황녀가 태어난 뒤 태후가 릴리아나에게 얼마나 화풀이를 해 댔을지 충분히 예상이 갔다.

루크레티우스는 활달한 목소리로 물었다.

"축하받아야 할 우리 막내 누이는 어디 있는지요? 얼굴을 보고 싶습니다."

태후가 고개를 끄덕이자, 그녀의 일행 가장 안쪽에 버려 놓은 듯 서 있던 유모로 보이는 여인이 강보에 싸인 아이를 안고 다가왔다. 태후가 안아들어 루크레티우스 앞에 보였다.

아이는 제 두 언니들처럼 놀랄 만큼 어머니를 닮은 붉은 머리카락을 가지고 있었다. 루크레티우스가 자애롭게 평한다.

“어마마마를 닮아 장차 대단한 미녀가 되겠습니다.”

“과찬이십니다.”

“이름은 지으셨습니까?”

“마거리트라 했습니다. 원래대로라면 이 아이의 부황께서 지어주셨어야 하겠지만, 이미 서거하셨으니 어미인 이 몸이 지어 보았습니다.”

“어여쁘군요. 잘 어울립니다.”

형체 없는 살의의 불꽃이 튀었다. 가장 거대하고도 강력한 두 맹수의 탐색전. 그 사이에 끼어들었다가는 뼈도 못 추리겠지.

다들 고개를 숙이고 숨을 죽였다. 나 역시 마찬가지였다.

내 눈에 익숙한, 그러나 이곳에 있을 거라 미처 생각하지 못한 사람들의 모습이 눈에 들어왔다. 이국적인 피부색. 이와 반대로 옅은 머리카락은 피부색과 대조적인 조화를 이루었다.

나는 중얼거리듯 나직하게 사만다에게 물었다.

“제노아의 코로넬 왕자와 루디아 왕녀……가 맞죠?”

왜 저 사람들이 여기 있는 거지? 대연회가 끝났으니 그에 참석하러 온 이들은 이미 돌아갔어야 했다.

보아 하니 모국에서 데려온 것인지 비슷한 외모를 가진 이들이 약간 무리지어 그들 남매를 둘러싸고 있었다.

내 질문에 사만다 역시 그쪽을 보았다. 그녀는 이국적인 피부색을 가진 남녀들의 모습을 확인하고 고개를 끄덕였다. 이어진 설명은 내 의문을 해소해 주기에 충분했다.

"지난번 대연회가 끝난 뒤, 저분들의 고모님이 되시는 크세니아 전하와 며칠 정도 함께 지내고 가겠다 폐하께 허락을 받았다 합니다."

"크세니아?"

"선황 폐하의 3황비 전하이십니다."

기억났다. 제노아 왕국 출신인 선황의 황비. 내가 황비로서 1황비궁에 들자 선황의 후궁들이 지내는 곳으로 물러난 이들 중 하나다. 그리고 지난 대연회 자리에서 나를 찌를 듯 노려보던 그 여자.

그녀가 바로 지금 이 자리에 있었다. 약 서른 전후로 보이는 뛰어난 미모의 여인. 부드러워 보이는 은색 머리카락이 짙은 갈색의 피부와 대조되어 정말로 눈에 띄었다. 태후도 그렇기는 했지만, 그 선황의 비 중 하나라기에는 너무 젊고 아름다운 사람이다.

사만다의 설명이 이어졌다.

"아마 제노아 왕국에서는 어떻게든 루디아 왕녀를 황후로 들이밀고 싶은 모양입니다."

"아하……."

그들이 이렇게까지 구질구질하게 구는 이유는 명확했다. 저번 대연회에서 루크레티우스에게 그렇게 망신을 당하고도 포기하지 못한 모양이다.

하긴 제국의 황후 자리다. 한 번 망신당한 정도로 포기하기엔 얻을 수 있는 것이 너무 크다. 그러니 이제 뒷방으로 물러난 고모에게까지 들러붙어 어떻게든 루디아를 황후 자리에 밀어 넣기 위해 안간힘을 쓰고 있겠지.

"그래, 그 크세니아 전하라는 분은 조카들을 돕기로 하신 모양이군요. 이런 자리에 함께 데려온 것을 보면 말이에요."

사만다는 고개를 주억거렸다.

"그렇지요. 크세니아 선황비께서 다른 사람도 아닌 태후를 뵙는 자리에 직접 왕림하신 걸 보면 상당히 적극적이신 듯합니다. 예전엔 마주칠 일이 있으면 온갖 핑계를 대어 자리를 피하셨습니다. 저분께서는 태후께 꽤 원한이 큰 분이시라서요. 제노아 역시 그렇지요."

"원한?"

처음 듣는 이야기였다. 내가 의아한 표를 내자, 사만다는 주변을 살펴 우리 이야기에 주의를 기울이는 이들이 없는 것을 확인하고 설명을 이어 갔다.

"태후께서, 황태자 시절 폐하의 혼사를 계속 방해했다는 이야기는 들으셨겠지요?"

"그래요. 들은 적 있어요. ……설마 저 크세니아라는 분이 원래 폐하와 혼담이 오가던 사람인 건 아니겠죠?"

사만다는 떨떠름하니 답했다.

"……맞습니다."

"……."

"크세니아 전하의 보령이 올해로 서른이시니 폐하와는 세 살 차이. 이 정도면 국혼의 상대로서는 나쁘지 않습니다. 제노아 왕국은 차기 황제의 정비로서 크세니아 전하를 시집보내려 했었습니다."

맞는 말이다. 여자 쪽이 연상이라 해도, 후계자가 빨리 후손을 보기를 바라 연상의 부인을 들이는 경우가 오히려 일반적이다. 오히려, 일흔 노인이었던 선황과의 나이 차이가 마흔 살이나 났던 걸 생각하면 그녀의 결혼상대로는 루크레티우스가 더 어울리리라.

리즈벳도 원래 황태자 루크레티우스의 후궁 후보였다가 방해를 받아 선황에게 바쳐질 처지가 됐었다. 리즈벳 같은 별 볼 일 없는 집안 출신 여식조차도 경계하여 선황의 후궁에 처박은 태후다. 당연히 제노아 왕국이라는 든든한 친정을 가진 왕녀를 루크레티우스의 정비로 들이는 것을 태후가 허락하려 들 리 없었다.

사만다의 설명 역시 내 예상과 크게 다르지 않았다.

"초반에는 황태자비로서 이야기가 오가던 것을, 태후께서 나서서 선황 폐하의 후궁으로서 들어오게 만드셨지요. 그때 크세니아 전하께서는 아직 십대의 나이셨습니다."

"……."

원한을 품고 태후가 나오는 자리에 얼굴 비치지 않으려 들 만했다. 꽃다운 나이에 미래의 황후 자리가 보장된 황태자비로 들어올 차였는데, 태후에 의해 추한 노인네의 후비로 들어온 것이다. 원한이 안 생길 수가 없겠지.

"제노아 역시 그때 차기 황후 자리를 놓친 것을 꽤나 뼈아프게 여기는 모양입니다. 저리도 적극적인 것을 보면 말입니다."

나는 고개를 끄덕였다. 충분히 이해되는 상황이다.

'그렇다면 차라리 내게는 도움이 될 수 있지 않을까? 적의 적은 아군이 될 수도 있을 텐데.'

그런 생각을 하던 참이었다. 제노아 왕자 왕녀의 곁에 서 있던 크세니아 선황비와 눈이 마주쳤다. 나는 먼저 가볍게 고개를 숙여 인사했다. 그러자 그녀의 아름다운 얼굴에 순간 너무나도 격렬한 표정이 스쳤다.

지독한 증오와 혐오……, 그리고 질투.

너무나도 분명했다. 나는 놀라 그대로 굳어 버렸다.

그러고는 보고 말았다. 이쪽을 혐오스런 벌레처럼 노려보던 크세니아가 다른 이를 보고는 지극히 아련하고도 애처로운 표정을 짓는 것을.

이번에 그녀의 시선 끝에 선 것은, 바로 루크레티우스였다.

"……."

'아, 이 죄 많은 남자야…….'

저 인간의 유일한 법적 마누라라는 이유로 대체 몇 명이나 되는 여자의 원한을 더 받아야 하는 것인지 가늠이 되지 않았다.

어쩐지 앞으로 이런 일이 줄어들기는커녕 절대 없어지지 않을 것 같다는 불안감이 엄습하기 시작했다.

협력을 약속한 클로디스와 나는 정기적으로 도서관의 특정한 책을 통해 간단한 메시지를 주고받았다. 루크레티우스에게도 이미 설명하고 허가받은 일이었다.

태후가 별궁에서 다시 자신의 거처로 돌아온 뒤, 클로디스 측에서 내게 만나서 상의할 것을 청해 왔다. 전쟁사 책에 끼워진 작은 카드에 날짜와 시간이 적혀 있었다.

저녁식사 시간을 넘겨 인적이 드문 시각이었다. 장소는 지난번과 같았다.

도서관 입구로 들어가는 순간 어쩐지 내 발로 짐승의 아가리로 들어가는 기분이 들었지만 무시했다.

클로디스를 완전히 신뢰하고 있지는 않았다. 그와 나의 협력은 서로의 이익을 위한 한시적 동맹이고, 이해관계가 어그러지면 언제라도 손을 끊을 수 있는 관계다. 그러니 안전장치를 어느 정도 마련해 두었다. 그 증거로 아그네스가 기사 한 명을 데리고 조용히 숨어 따라오고 있었다.

그리해 두고도 조금 불안해서 궁에 남은 다른 시녀들에게 미리 일러두었다.

"내가 도서관에서 1시간 이상 나오지 않으면 들어와서 좀 찾아 줘요."

시녀들은 의아해했다.

"예?"

얼굴을 붉히며 변명을 덧붙인다.

"그게……, 지난번에 부끄럽지만 도서관 안에서 잠시 길을 잃었었거든요."

엘자가 눈치 없이 대답했다.

"아! 그래서 지난번에 그리 오래 도서관 안에 계셨었군요. 혹시 헤매셨던 건가요?"

"그, 그래요."

진짜로 부끄러워졌다. 도서관 안에서 길 잃고 헤맨 건 사실이니까. 루이스가 옆에서 엘자에게 눈치를 주며 나를 두둔했다.

"도서관이 원체 커서 처음 가는 사람들은 자주 길을 잃는답니다. 그나마 후궁에 사람들이 있을 때는 도서관에도 상주하는 관리인이 있었지만, 지금은 없으니 더 그렇죠."

흐음. 그래서 인적이 더 없는 거로구만. 나는 대수롭지 않다는 듯이 물었다.

"그러면 지금은 기본적인 관리 인력도 없는 건가요?"

"폐하께서는 즉위하신 뒤 황궁의 전체적인 예산과 인력을 많이 감축하셨으니까요."

그 이야기는 나도 이미 들었다. 선황이 까먹은 예산이 엄청나서 한동안은 국정을 긴축 운영해야 한다고 루크레티우스가 한탄해 대곤 했으니까.

나 외에 황제의 비가 전혀 없는 만큼, 후궁은 아예 텅텅 빈 상태에 가깝다고 했다. 거기에 딸린 도서관 역시 예외는 없었다. 아니, 오히려 몇 달 이내라도 후궁이 간택되면 당장 들어올 수 있도록 관리되고 있는 후궁들의 거처 몇 개와 달리, 이곳은 후궁들이 바글바글 하던 때에도 별로 사용되지 않던 곳이다. 우선순위가 상당히 떨어질 수밖에 없었다.

"그 때문에 하녀들이 일주일에 한 번씩 기본적인 청소와 책의 관리를 하는 선에서 그치고 있답니다."

설명을 끝낸 루이스는 나를 향해 눈을 빛냈다.

"비 전하께서 이곳을 자주 찾으신다 말을 전하면, 후궁 관리인들이 이곳을 더 신경 써 줄 겁니다. 상주 인력을 둘 수도 있고요."

나는 당혹감을 감추고 고개를 저었다.

"그럴 필요는 없어요. 번거로울 뿐이니까."

이러다가 또 다른 곳으로 말이 튈까 해서 그대로 발걸음을 옮기려 했다. 루이스가 거정스럽게 되물어 왔다.

"허면 저라도 따라가 전하를 모실까요? 그래도 전 몇 번 도서관에 간 적 있으니 길을 잃지 않으시도록 보필할 수 있습니다."

나는 바삐 고개를 저었다.

"괜찮아요."

"하지만 전하."

결국 목소리에 힘을 주어야 했다.

"조용한 곳에서 혼자 생각할 시간이 필요해서 가는 거예요. 그러니 혼자 있을 수 있게 해 줘요."

아그네스가 경호원과 함께 내 뒤를 따르기로 한 것은 알리지 않았다. 미리 다른 일로 잠시 심부름을 갔다고 알려 두었던 것이다. 시녀들에게 내가 무언가 일을 꾸미고 있다는 인상을 주고 싶지 않았다.

"……."

마뜩찮은 얼굴을 하면서도 루이스는 결국 내 강경함에 뒤로 물러났다.

벌써 시간이 꽤 지체되었다. 이러다 엇갈리면 일이 안 된다. 여기는 휴대폰 같은 것이 있지도 않으니 정해진 시각을 맞추지 못하고, 상대가 돌아가 버리면 다시 만나기는 요원할 가능성이 높았다. 특히나 클로디스처럼 드러내 놓고 연통을 넣을 수 없는 상대라면 더더욱.

다행히 두 번째로 찾아오는 길은 생각보다는 어렵지 않았다. 한 번 거하게 안에서 헤맨 것이 도움이 되긴 한 모양이다. 몸을 숨기고 두 어린 연인의 밀담을 들었던 책장을 빙 돌자, 고대하던 뒷모습이 보였다.

목소리를 한껏 가다듬었다. 그리고 힘과 여유가 넘치는 황궁의 실세를 가장하여, 소리 높여 그를 불렀다.

“기다리게 해서 미안해요, 영식.”

클로디스는 빙글 몸을 돌렸다. 그리고 웃으며 가볍게 고개를 숙여 예를 취했다.

“천만에요. 저도 조금 전 도착했습니다, 전하.”

귀족가의 영식이 황비에게 취할 예로서는 무례에 가까울 정도로 가벼운 인사이긴 했지만. 나는 지금 상황에서까지 그런 걸 신경 쓸 정도로 융통성 없지는 않았다.

클로디스는 잘생긴 얼굴이 더 잘생겨 보이도록 웃으며 우선 감사를 표했다.

“……우선 지난번에 릴리아나 황녀 전하의 혼담을 깨는 데 힘을 써 주신 것에 감사드립니다. 진작 감사의 인사를 올려야 했는데 미처 못 하였군요.”

“내가 아니라 폐하께 감사하시는 게 나을 거예요. 힘을 써 주신 건 그분이니까.”

“하지만 전하가 아니시라면 폐하께서 움직여 주셨을 리 없겠지요.”

그 정도는 아무것도 아니라는 듯 가볍게 웃었다. 어느 정도 허세는 필요했다.

“지금 중요한 것은 그 이야기가 아니겠지요. 릴리아나 황녀께서는요?”

“곧 오실 겁니다. 그분도 타인의 눈을 피하셔야 하니 조금 시간이 걸리는 모양입니다.”

하긴, 릴리아나 황녀 주변에는 태후의 눈과 귀가 사방에 가득했다. 모든 이목을 속이고 오려면 조심스러울 수밖에 없겠지.

별궁에서 태후와 함께 지낸 것은 황녀다. 그러니 내가 원하는 구체적인 정보는 클로디스보다 황녀에게서 얻을 수 있을 가능성이 높았다.

그렇다 해도 황녀가 도착하기 전까지 시간을 낭비하고 싶지는 않았다. 본론을 바로 꺼낸 이유는 이 때문이었다.

"태후 측의 움직임은 어떤가요?"

클로디스의 얼굴에서 미소가 사라졌다. 그는 잠시 나를 관찰하듯 뚫어져라 바라보았다. 내가 익히 아는 눈빛이었다. 황제나 재상이 상대를 가늠할 때 보이던 눈빛. 차이가 있다면 그들보다 훨씬 덜 여물고 덜 날카로운 풋내 나는 시선이라는 것 정도였다.

"아무래도 제가 얻을 수 있는 정보들은 후작저에서의 움직임을 통해 미루어 짐작할 수 있는 것들뿐입니다. 아직 명확한 것은 없지요."

"그건 저도 알고 있어요. 하지만 영식이라면 그런 단편적인 정보들로도 충분히 의미 있는 내용을 집어낼 수 있을 정도의 능력은 되실 거라 믿어요."

클로디스는 빙긋이 웃었다.

"과찬이십니다."

겸양하면서도 그는 그리 기분 나빠 보이지 않는 기색이었다.

"황녀 전하와의 혼담이 깨어졌는데도, 갈리시아 후작과의 연대가 유지되고 있는 듯하더군요. 어쩌면 위험한 일을 벌이려고 하는 걸지도 모릅니다."

그때였다. 등 뒤에서 낯선 인기척이 있었다. 클로디스는 안색을 바꿔 위협적으로 외쳤다.

"누구냐!"

경악하여 황급히 뒤돌아섰다. 클로디스와 나는 인기척이 들린 책장 쪽으로 빙글 돌아 뒤쪽을 보았다. 사람은 그림자도 없었다. 그러나 소리가 들렸다.

—타다닥!

분명히 도망치는 소리. 그 방향으로 달려 나가 저 멀리 책장의 숲 사이로 사라지는 인영을 언뜻 보았다. 흔들리는 상앗빛 이국적인 드레스. 나부끼는 아름다운 백금발. 그리고 무엇보다, 선명하게 짙은 피부색.

'루디아 왕녀!'

온몸의 피가 일시에 얼어붙는 느낌이 들었다.

등 뒤에서 익숙한 목소리가 나를 불렀다.

"비 전하?"

천천히 돌자 오늘 밀회하기로 약속한 두 명 중 남은 한 명이 다가와 있었다.

"릴리아나 황녀……."

릴리아나는 걱정스런 얼굴로 내게 다가섰다.

"무슨 안 좋은 일이 있으신가요? 안색이 창백하세요. 클로디스는요?"

그녀의 말이 끝남과 동시에, 인기척을 따라 달려갔던 클로디스가 낭패한 얼굴로 돌아왔다.

"놓쳤습니다."

나는 고개를 저었다.

"아뇨. 잡았어도 소용없었을 거예요."

"누구인지 아시는 겁니까?"

그 이름이 가시가 잔뜩 박힌 덩어리처럼 내 목구멍을 넘어 빠져나왔다.

"제노아의 루디아 왕녀예요."

클로디스와 릴리아나의 안색이 새파랗게 질렸다. 내 상태도 별로 다르지는 않을 거다.

눈앞이 깜깜했다. 루디아 왕녀가 내가 클로디스를 만나는 장면을 목격했다는 건, 곧 코로넬 왕자와 크세니아 선황비에게 이 일이 알려진다는 의미였다.

그들이 어찌 나올지는 어느 정도 예상이 갔다.

나는 손을 뻗어 릴리아나 황녀의 손목을 잡았다. 릴리아나는 백합처럼 청초하고 어여쁜 얼굴 가득 수심을 담은 채 눈을 크게 떴다. 나는 그녀를 진심을 다해 불렀다.

"황녀. 아니, 릴리아나."

"아, 네!"

"부탁하고 싶은 것이 있어요. 나와 폐하가 지난번 황녀의 혼담을 파기하도록 도와준 데 대한 보답이라고 생각해도 좋아요. 무엇보다 이대로는 클로디스도 위험해질 가능성이 높아요. 내가 하자는 대로 도와줄 수 있나요?"

이 아이는 리즈벳과 같은 나이였다. 잔인한 어미 아래에서 학대받으며 동생을 돌보는 것이 고작인 소녀. 그런 소녀에게 너무 큰 부담을 지우는 것이 아닌가 하는 죄책감도 들었지만, 당장은 신경 쓸 여유가 없었다.

대비를 제대로 해 두지 못하면, 나도 클로디스도 끝일지도 모른다.

다행히 릴리아나 황녀는 열정적으로 고개를 끄덕이며 내 손을 마주잡아 왔다.

"예, 예! 전하!"

나는 부드럽게 웃었다.

"그냥 사비나라고 불러 주세요."

예상대로, 그날 밀회 장면을 들킨 여파는 이틀 만에 바로 닥쳐왔다. 태후궁에서 나를 찾는다는 전갈이 도착했을 때, 덕분에 나는 전혀 놀라지 않을 수 있었다.

생각을 마무리한 나는 시녀들의 도움을 받아 한껏 치장했다. 대연회에서 황후 대행으로서 차려입었던 우아한 보랏빛 드레스를 걸치고, 루크레티우스의 친모 베아트리체 황후의 유품인 푸른 다이아몬드 티아라를 머리에 썼다.

화장과 머리 모양, 그리고 장신구와 드레스는 여성에게 있어서 갑옷이나 무기와 같았다. 그리 본다면 나는 최선을 다해 무장을 한 셈이다. 적진으로 들어가야 하니 이 정도 무장은 필요했다.

단장이 끝나고 사만다에게 명령했다.

"폐하께 일전에 말씀드린 일과 관련해서 태후궁으로 가겠다고 말씀을 전해 놔 주세요."

사만다의 얼굴이 긴장감으로 굳었다. 그녀는 정확한 사정까지는 알지 못했다. 하지만 내가 무언가 생각해 둔 것이 있고, 또 루크레티우스에게도 언질을 해 둔 사실을 내 언행으로 짐작할 수 있으리라.

"예, 비 전하."

나는 시녀 몇몇만을 데리고 태후궁으로 향했다. 태후의 시녀장은 긴장한 얼굴로 안쪽으로 안내했다. 시녀들은 어딘지 불손한 눈으로 힐긋힐긋 훔쳐보면서 홀의 문을 열었다.

활짝 열린 문 가장 안쪽에는 태후가 상석에 앉아 있었다. 그리고 그 옆에 내가 잘 아는 이국적인 외모의 무리가 도사렸다. 제국에서는 드문 짙은 피부색을 가진 이들.

크세니아 선황비와 그녀의 두 조카. 코로넬 왕자와 루디아 왕녀.

나는 아무렇지도 않은 듯 태연한 태도로 태후에게 인사를 올렸다.

"찾아 계셨습니까, 태후 폐하."

"오늘따라 눈이 부시군, 황비."

옆에서 튀어나온 날카로운 목소리가 태후보다 한층 가열 차게 비꼬아 들었다.

"누가 본다면 불려 온 이가 황비가 아닌 황후인 줄 알겠습니다."

크세니아 선황비는 송곳으로 찌르는 눈빛으로 나를 노려보고 있었다. 선명한 적의를 감출 시늉을 할 생각조차 없어 보였다.

"폐하께 가려다 바로 온 참이라 이러합니다. 양해해 주세요. 폐하께서 지난번 대연회 때 하사하신 드레스를 입고 오라 하셨기에."

"하긴 어련하시겠습니까."

크세니아는 코웃음을 쳤다. 그러고는 비죽이 입꼬리를 잡아당겨 올리며, 내가 이곳으로 불려 오게 된 이유를 노골적으로 시사했다.
"그리 총애 받으시면서, 어찌 감히 다른 마음을 품으셨는지 모르겠습니다."
나는 눈 하나 깜짝하지 않았다.
"무슨 말씀을 하시는지 모르겠습니다. 제가 폐하 외에 다른 마음을 품을 리 있겠습니까."
"하! 말씀만으로는 그러합니다만, 정작 뒤에서는 무슨 짓을 저지르고 있었는지 어찌 알까요."
"선황비께서 지금 무슨 말씀을 하시는지 모르겠습니다. 이 이상 제 명예에 먹칠을 하실 요량이라면 저 역시 가만히 있지 않겠습니다."
크세니아는 이국적인 문양으로 가득한 부채를 탁 펼쳤다. 그 위에서 날카로운 두 눈이 나를 노렸다. 사냥에 나선 암사자의 기세다.
"뻔뻔하시군요."
나 역시 지지 않고 맞섰다.
"선황비께서는 무도하시군요."
"뭐라고요?!"
바락 소리를 지르는 크세니아를 중재한 것은, 날카롭게 주고받는 언쟁을 한가로이 지켜보던 태후였다.
"감정싸움은 이만하지요. 지금 중요한 문제는 그게 아니지 않습니까."
크세니아는 자신을 말을 막고 나선 태후를 다시 독기 어린 눈으로 노려봤다. 나를 향하는 시선보다 더더욱 살기 어린 눈빛. 그런 시선을 정면에서 받고도, 태후 카틀레야는 눈썹 하나 까딱하지 않았다.

"자, 황비. 내가 그대를 부른 이유는 간단하네. 크세니아 선황비가 황비 그대가 외간 사내와 간통을 저질렀다며 고발하였어."

나는 전혀 놀라지 않고 답했다.

"모함입니다."

크세니아는 뾰족한 목소리로 조카를 불렀다.

"루디아. 이틀 전에 네가 본 바를 그대로 증언하려무나."

루디아 왕녀는 태후와 나, 제 고모와 오라비의 눈치를 살피더니, 곧 심호흡을 하고는 말하기 시작했다. 이미 내가 예상하고 있는 그대로의 정보를.

"이틀 전 제가 후궁의 도서관에 호기심을 가지고 들렀다가, 안에서 황비 전하를 멀찍이서 뵈었습니다. 그때 비 전하께선 누군가 다른 남자와 함께 계셨습니다. 매우, 다정해 보이셨습니다."

코로넬이 변죽을 울리며 외쳤다.

"파렴치한 일이오. 우리 제노아의 정숙한 여인들이라면 감히 그런 일을 벌일 수 없습니다!"

나는 싸늘하게 루디아에게 물었다.

"저와 함께 있었다는 사내를 보았습니까?"

루디아는 잠시 멈칫했지만 곧 미소를 지으며 답했다.

"정확히 얼굴 생김새까지는 보지 못하였습니다만, 차림새는 기억합니다. 암록색에 금빛 자수가 들어간 예복과 검은 바지를 입은 남자였습니다."

역시 클로디스의 얼굴을 자세히 보지는 못한 모양이다. 그래도 혹시 몰라 클로디스에서 루디아가 황궁에 있는 동안은 함부로 외부에 나다니지 말라고 이야기해 둔 참이었다. 조심은 아무리 해도 지나치지 않다.

크세니아는 승리감에 찬 눈으로 나를 몰아세우기 시작했다.

“간부姦夫가 아니라면 굳이 그 구석진 곳에서 숨어 만나고 있을 이유가 있을까요?”

태후는 여상스레 답했다.

“나로서도 그런 생각이 들기는 하는군.”

적어도 나를 적대하는 데 있어서만은 저 둘의 의견이 일치하는 듯했다. 적의 적은 동료라더니, 내 눈앞에서 오랜 앙숙 둘이 연합하는 모양새가 퍽 재밌었다.

크세니아는 나직한 목소리로 위협했다.

“황후나 황비의 간통은 곧 황실의 혈통을 더럽히려는 행위. 즉, 반역으로 간주됩니다. 아니 그러합니까, 태후 폐하?”

“사실이라면 그리되겠지. 실례로 내 이전의 황후였던 베아트리체가 반역죄로서 참수되었으니까.”

태후의 가늘고 날카로운 시선이 마치 칼날처럼 내 목 언저리를 훑었다. 그녀는 아마도 지금 베아트리체 황후가 참수당하던 때의 기억을 떠올리고 있는 것이 분명했다.

“사비나 황비가 그런 죄를 저지른 것이 사실이라면, 반역죄를 면키는 어려울 게야.”

크세니아는 쾌재라도 부르고 싶어 보이는 표정이었다. 옆에 선 루디아와 코로넬도 기대에 가득 차 있었다.

어쩐지 조금 웃겼다.

설사 내가 정말로 간통죄를 저질러서 황비 자리에서 쫓겨나거나 죽는다 한들 곧 루디아가 황후가 될 수 있는 건 아니다. 그런데도 이들은 나만 사라지면 자신들이 원하는 바를 이룰 수 있다는 듯 굴고 있었다. 시신조차 제대로 남기지 못하고 처참하게 죽은 에일 공작 일가를 떠오르게 하는 태도가 아닌가.

나는 담담히 답했다.

"저는 무고합니다."

루디아는 나직이 비꼬았다.

"죄인 중에 그리 말하지 않는 이는 없습니다."

크세니아가 제 조카를 거들었다.

"비 전하께서 무고하시다면 그때 함께 계셨던 사내가 뉘인지 당당히 말씀하실 수 있겠지요."

어차피 저들은 클로디스의 꼬리를 잡을 수 없었다.

본디 황궁에 드나드는 이들은 빠짐없이 인명록을 작성하도록 되어 있다. 그날 클로디스 역시 이를 작성하고 궁에 들어왔다. 아무리 서자로 밀려났어도 토루카 후작가문은 태후의 친정으로서 권위가 남아 있었다. 제 아비나 태후의 핑계를 대고 황궁에 드나드는 것은 쉬웠다.

그 기록을 남겨 두는 것은 위험했다. 단순히 이번에 나와 얽혀서 클로디스가 거론될 경우의 문제만이 아니다. 가장 큰 문제는 태후가 클로디스와 이쪽 사이의 연결고리를 눈치채는 쪽이다. 때문에 나는 릴리아나에게 부탁하여 클로디스가 그날 황궁에 들어왔다는 기록을 삭제하도록 했다.

그리고 아그네스와 루크레티우스가 내게 붙인 기사들에게 명해, 클로디스를 황비궁에 드나드는 물자를 나르는 마차에 숨겨서 내보내도록 했다. 결국 기록상 클로디스는 그날 황궁에 들어오지 않은 것이 되었다.

이제 문제는, 내가 그날 만난 사람이 누구인가다.

그 부분에 대해 저들에게 정당한 대답을 내놓으면 문제는 해결된다. 도리어 귀찮게 구는 제노아 세력을 잘라 낼 기회가 될 거다.

나는 잠시 침묵했다.

앞에 선 이들의 얼굴에 승리감이 번지는 순간, 기습적으로 먼저 확인을 했다. 태후에게 직접 말을 걸었다.

"그 전에 확언 받고 싶은 것이 있습니다, 태후 폐하."

태후의 얼굴에 의아함이 떠올랐다.

"확언? 무슨 확언?"

"만일 제가 무고하다면 어찌되는 것입니까?"

크세니아는 짧게 비웃었다.

"하! 무고?"

태후는 내가 무슨 말을 하는 것인지 눈치챘다. 어차피 제노아 인들과 태후 역시 진정한 연맹은 아니다. 상황이 어찌 돌아가든, 그녀로서는 나나 크세니아 둘 중 한 쪽을 처리할 수 있으면 이득이다. 물론 가장 좋은 시나리오는 함께 쳐내는 것이겠지만.

카틀레야는 제 새빨간 머리카락을 손끝으로 꼬아 당기며 답했다. 흥미로 가득한 목소리였다.

"그대가 무고하다면…… 응당 고발한 이들 역시 책임을 져야겠지."

크세니아가 멈칫했다. 그녀의 입에서 나온 선명한 항의가 태후를 향했다.

"후비 된 몸으로 자신의 정결함을 증명하는 것은 의무입니다. 그에 대해 의문이 있다면 제기하는 것 역시 후비의 의무죠. 저는 의무를 다한 것뿐입니다. 그러니 황비 역시 의무를 다해야지요."

나는 말꼬리를 놓치지 않고 물어뜯었다.

"무고한 자를 고발하는 것이 어찌 후비의 의무이겠습니까? 제가 무죄를 증명하면, 응당 크세니아 선황비께서는 무고한 이를 핍박하여 없는 죄를 만들어 내신 겁니다. 이것이 어찌 잘못이 아니라 하겠습니까?"

"뭐라……!"

크세니아가 내 말에 반론하려는 찰나 자르고 든 것은 태후였다. 그녀는 어찌되었건 여기서 가장 높은 지위를 가지고 있었고, 크세니아가 그녀에게 나에 대한 고발을 하였기에 사실상 중재자로서의 역할을 맡게 된 격이었다.

자신의 발언에 무게감을 실어 준 사람이 바로 태후이니, 크세니아는 여기서 태후를 무시할 수가 없었다. 제 꾀에 제 발이 채인 격이다.

"확실히 황비가 무죄임이 증명된다면, 크세니아 선황비는 황비를 근거 없이 무고한 것이 된다. 그에 대해 책임져야 하겠지."

크세니아의 이맛살이 찌푸려졌다. 루디아는 불안한 눈으로 나와 크세니아를 번갈아 가며 바라보았다.

태후는 내게로 시선을 돌렸다. 그녀는 지금 재미있어 하고 있었다. 마치 재주를 넘는 곰에게 더 해 보라고 말을 건네는 듯한 눈빛. 속이 뒤틀렸다.

"허면 황비는 어찌 자신의 무고함을 증명할 생각인가?"

슬슬 시간이 다 되어 갔다. 절로 입가에 힘이 들어갔다. 자신만만한 미소로 잔뜩 독 오른 선황비 일파를 바라보며 한 글자 한 글자 힘주어 입을 열었다.
"제가 그날 그곳에서 한 사내를 만난 것은 틀림없습니다."
"이제야 실토를 하는군!"
크세니아의 발언은, 나도 태후도 완전히 무시하고 있었다.
"그 사람은……."
잠시 말을 멈춘 것은, 극적인 효과를 위해서였다. 웅성거림이 다가오고 있음이 느껴졌기 때문이다.
"이제 이곳으로 들어오실 겁니다."
짜 맞춘 듯, 홀의 문 밖에서 시종장의 외침이 들렸다.
"태후 폐하, 황제 폐하께서 드셨습니다!"

루크레티우스가 우리가 갑론을박하던 자리에 도착했을 때, 홀 안은 고요함 속으로 침전했다.
그는 우아하기 짝이 없는 걸음걸이로 들어와, 태후에게 예를 표했다.
"갑자기 찾아와 죄송합니다, 어마마마."
잠시 당혹해하던 태후는 곧 웃음을 애써 참으며 답했다. 그녀는 바로 눈치를 챈 듯했다.
"별말씀을. 폐하께서도 무관한 일이 아니니 걸음하시는 것도 당연하지요."

루크레티우스는 길게 드리운 망토를 멋지게 벗어 시종장에게 넘겼다. 그 아래 감춰져 있던 그의 예복이 드러나자, 모두가 숨을 삼켰다.

"헉!"

금사로 수놓은 암록색 예복이 선명했다. 아래 받쳐 입은 바지는 검은빛. 이틀 전 클로디스의 옷차림을 바탕으로 루크레티우스의 의복 중 가장 비슷한 것들을 골라 미리 준비해 둔 결과물이었다.

나는 루크레티우스에게 다가가 그의 팔짱을 끼고 크세니아와 루디아에게 제대로 된 대답을 주었다.

"이틀 전 제가 그곳에서 함께 있던 사내는 바로 폐하이시랍니다."

크세니아는 여유롭게 앉아 있던 자리를 박차고 일어나 소리쳤다.

"그런, 그럴 리가……!"

루크레티우스는 의아한 시선으로 주변을 둘러보았다.

"어찌하여 지금 이러한 상황이 벌어진 것인지 모르겠군. 짐이 황비와 밀회를 가진 것이 왜 지금 황비를 이토록 곤란하게 할 이유가 되는 건가? 루디아 왕녀."

루크레티우스의 험악한 눈빛이 자신에게 닿자, 루디아의 얼굴이 흙빛이 되었다.

"그, 그게……! 저는, 저는 분명히 보았습니다!"

의이로 태후의 목소리가 끼어들었다.

"분명히 아까 왕녀가 보았다는 황비의 밀회 상대가 지금의 폐하와 같은 옷차림을 하고 있었다 했지?"

"그건……!"

루디아는 더는 말을 잇지 못했다.

그녀는 꽤 멀리에서 나와 클로디스가 이야기를 나누는 것을 얼핏 보았다. 순식간에 저 멀리 도망친 그녀가 나의 특징적인 검은 머리카락은 알아보았을 것이나, 더 안쪽에 서 있던 클로디스의 외모를 구체적으로 구분할 수는 없으리라 예상했다. 그리고 맞아떨어졌다.

어차피 정말 루디아가 클로디스의 얼굴까지 자세히 봤다 하더라도 우길 생각이었다. 그날 내가 만난 건 루크레티우스였다고. 법적인 남편과 아내가 으슥한 곳에서 몰래 만났다고 문제가 될 리 없다.

나의 간통 문제다. 다른 사람도 아니고 루크레티우스가 증인이 되어, 그날 나와 함께 있던 것이 자신이라 말하면, 누구도 반론을 할 수 없게 된다. 루디아 왕녀가 클로디스를 분명하게 보았다 하더라도 결과는 마찬가지다.

크세니아의 손에 들린 부채가 부들부들 떨렸다. 태후는 즐겁다는 듯이 한마디로 상황을 정리했다.

"결론이 난 듯하군."

크세니아도 루디아도 코로넬도, 더는 입을 열지 못했다.

크세니아 선황비가 나를 무고한 일에 대한 처벌이 결정되었다.

추방.

모국으로 추방하여, 여생 동안 제국 땅을 결코 밟지 못하게 한다. 제노아와의 관계를 생각하여 루크레티우스가 내릴 수 있는 최선의 처벌이었다.

결정을 내린 날 저녁, 내 침실에서 마주 앉아 그가 물었다.

"처벌에 대해 불만은 없나?"

나는 고개를 저었다.

"없어요. 불만이 생길 여지가 있나요?"

"그 여자는 비나, 그대를 해하려 한 자야."

"하지만 직접 어찌하지는 못했잖아요? 그러니 딱히 불만은 없어요."

나는 대수롭지 않게 넘겼다.

"그리고 그 이상 처벌했다가는 제노아 측에서 가만히 있지 않을 가능성이 크잖아요. 전쟁이 일어나는 건 바라지 않아요."

그는 낮게 혀를 찼다.

"나의 황비는 어이하여 이리도 욕심이 없는 것인지 모르겠군."

나는 헛웃음을 터뜨리며 핀잔을 주었다.

"욕심이 없는 게 아니에요. 전쟁까지는 싫으니까요. 그뿐이에요."

"그나저나…… 역시 카틀레야 그 여자는 짜증이 난다는 말이야."

고개를 끄덕였다. 동감이다.

"이번 일로 손도 안 대고 이득을 보았으니 말이에요."

이번 크세니아 선황비와의 일에서 피해를 보지 않은 것은 태후 일파뿐이다.

태후는 그저 선황비의 고발을 공론화하고 중재한 것만으로 선황비를 몰락시켰다.

나에 대한 선황비의 고발은 무고라고 밝혀졌지만, 어찌되었건 소문이 나지 않을 수는 없었다. 게다가 간통이라는 소재는 동서고금 누구나 좋아하는 가십거리. 황제가 함께 있었음을 증언했건만, 그럼에도 소문은 들불처럼 번지고 있었다.

게다가 루크레티우스와 제노아의 관계가 한동안 껄끄럽게 되어 버렸다. 물론 공식적으로는 크세니아 선황비가 잘못을 저질러 추방되는 것뿐이지만.

이미 제노아의 대표로 온 코로넬 왕자와 루크레티우스 사이에 감정적인 골이 깊이 파였다. 제국과 제노아의 외교 관계에 있어서 악영향을 줄 수밖에 없으리라.

역시, 태후를 밀어내는 것은 쉬운 일이 아닐 것이 분명했다. 지금도 대체 어떤 계획을 세우고 준비하고 있을지 상상하기만 해도 모골이 송연해졌다.

그때였다. 마치 나의 불안감을 읽은 듯, 루크레티우스가 내 손을 잡았다.

"응?"

그는 대답하지 않았다. 다만 얼굴 가득 미소를 띄운 채 나를 응시할 뿐.

미소 지으며 나를 지그시 바라보는 루크레티우스의 얼굴이 부담스러웠다.

뭐, 뭐지? 지금 날이 더운가? 아닌데?

아직 분명히 겨울이다. 그런데 왜 얼굴이 이렇게 홧홧해지는지 모르겠다.

그래. 벽난로 불이 너무 세서 그런 게 틀림없다.

나는 시녀들을 부르는 시령줄을 당기려고 손을 뻗었다. 루크레티우스의 손이 내 손등을 부드럽게 감싸 안아 막았다. 그의 얼굴이 정면에서 내 시야를 가득 채웠다.

"왜 그러지?"

나는 더더욱 시뻘게지는 얼굴을 도저히 감추지 못했다.

"그, 그게……! 너무 더워서요! 벽난로 불을 빼 달라고 말하려고……!"

루크레티우스는 도리도리 고개를 저었다.

"아니, 그래도 겨울이야. 벽난로 불을 빼 놨다가는 새벽에 지나치게 방이 추워질 것이 분명해. 자칫 잘못하면 나의 귀한 황비가 감기에 걸릴지도 모르지 않나. 그렇게 둘 수는 없지."

왜, 왜 이렇게 가슴이 뛰지?

콩닥콩닥 하는 심장소리가 고막을 북처럼 둥둥 두드리는 듯했다. 그는 장난스럽게 미소 지으며 속삭여 왔다.

"그리 덥다면, 옷을 좀 벗겨 줄까?"

경악스런 소리다. 이 인간, 미쳤어! 진짜로 미쳤어!

나는 고개를 도리도리 저으면서 외쳤다.

"됐어요! 안 더워요! 하나도 안 덥다고요!"

루크레티우스는 얼굴 가득한 장난스런 미소를 전혀 지우지 않았다.

그의 손이 날쌔게 내 옷깃에 닿으려던 순간이었다. 소란스러운 소리가 밖에서 울렸다. 창밖. 황비궁의 정문 바깥쪽이었다.

"……!"

누군가가 강하게 외치는 소리. 그리고 이를 막으려는 듯, 여러 사람들이 몰려와 막는 소리. 시간이 지날수록 소리들은 조금도 줄어들지 않고, 점점 더 커지기만 했다.

잠시 굳어 있던 우리는 결국 입을 열 수밖에 없었다.

루크레티우스가 엄중한 목소리로 밖을 향해 물었다. 시립 중인 시종이나 시녀에게 상황을 묻는 것이다. 짜증이 묻어나는 것 같은데, 착각이겠지?

"무슨 일인가?!"

그때 창밖에서 누군가 기다렸다는 듯 외치는 목소리가 쩌렁쩌렁 울렸다.

"이것이 제국이 제노아에 벌인 짓의 결과입니다!"

익숙한 목소리. 코로넬 왕자였다.

저 왕자가 설마 미친 건가? 황제가 황비궁에서 침수 드는 데 밖에서 소란을 피우다니?

이곳은 내가 쉬고 있던 별궁이 아니다. 황제가 침수 들러 온 황비의 침실은 당연히 고귀한 황제와 황비를 보호하기 위해 몇 겹의 경호로 비호받는다. 때문에 아무리 외교 귀빈이라 해도 이 시간에 여기까지 쳐들어오기란 불가능하다.

이 때문에 코로넬 왕자는 황비궁 안으로 들지 못하고 정문 앞 정원 쪽에서 시위를 하고 있는 듯했다.

루크레티우스는 심상치 않음을 눈치챈 듯 내게 고개를 끄덕였다. 나 역시 고개를 끄덕이자, 그는 아까 벗어 놓은 내 가운을 가져다가 다시 입혀 주었다.

침의 한 벌만 입은 상황이니, 확실히 다른 이들의 눈앞에 나서기에 적절치 못하기는 하다. 루크레티우스는 지나칠 정도로 꼼꼼하게 내 가운을 여미며 끈까지 예쁘게 리본으로 묶어 주었다. 나는 작게 투덜거렸다.

"답답해요."

그는 빙긋이 웃었다.

"그러면 방 안에 그냥 있든가."

상황이 너무나도 궁금했으므로 고개를 저었다. 우리의 한가한 실랑이를 비난하듯 창밖에서 코로넬의 짐승 같은 외침이 다시 울렸다.

"나와서 보시란 말입니다, 이 처참한 결과를!"

루크레티우스는 대놓고 짜증을 내며 직접 황비궁의 통로를 지나 정문 앞으로 나섰다.

"이 무슨 무례인가……!"

문이 열리고 우리 눈앞에 펼쳐진 상황은 루크레티우스마저도 잠시 말문이 막힐 정도였다.

황비궁의 정원에 눈이 쏟아지고 있었다. 그 흰색 위로 붉은 핏방울이 뚝뚝 떨어졌다.

코로넬 왕자는 한 여인을 품에 안은 채 황비궁 앞에 무릎을 꿇고 있었다. 그의 품 안에 늘어진 사람은 나도 잘 아는 여인이었다.

"크세니아 선황비!"

축 늘어진 채 조카의 품에 안긴 그녀의 가슴팍에 섬세한 디자인의 단검이 깊숙이 꽂혀 있었고, 그 주변은 온통 피로 붉게 물들어 있었다.

코로넬이 다시금 거칠게 외쳤다.

"제국이 준 수치에 고모님께서는 직접 목숨을 끊으셨습니다! 이 핏값을, 제국은 어찌 갚으려 하십니까?!"

코로넬은 초조했다. 그는 자신과 루디아를 함께 보내며 부왕이 한 말을 똑똑히 기억했다.

"네가 내가 원하는 것을 이루고 돌아온다면, 이 왕의 검에 어울리는 다음 주인 자리에 네 이름이 올라갈 게다."

그렇게 말하며 부왕은 코로넬 앞에 사막의 흑철黑鐵로 만든 검은 반월형 시미터를 들어 보였다. 코로넬을 비롯하여 여덟 명에 이르는 형제들이 간절히 염원하는 물건이었다.

바로, 사막 스물다섯 부족을 통일하고 제노아를 세운 국조國祖 모하브의 검.

금 한 조각, 보석 한 알 붙어 있지 않으나, 아니 도리어 그렇기에 더더욱 강한 사막 왕권의 상징이기도 한 검. 그 검의 주인은 곧 사막 스물다섯 부족의 장으로서, 대륙 남부를 호령하는 강국 제노아의 국왕인 것이다.

왕자인 그에게 이보다 더 강렬한 염원은 있을 수 없었다.

그는 신경질적인 표정으로 자신 앞에 앉은 여인을 노려보았다.

"어찌하실 겁니까, 고모님?"

그의 맞은편에 앉은 이는 바로 크세니아 알 빈트 제노이움. 즉 그의 고모이자, 부왕의 하나뿐인 동복누이였다. 동시에 전대에 제노아에서 제국에 바친 공녀이기도 하다.

그녀는 여전히 아름다운 이마를 찌푸리며 시녀가 바친 대추야자차를 음미했다. 부왕이 누이가 좋아하던 것이라며 그의 손에 선물로 보낸 물건이다.

"어찌하긴? 추방령이니, 이제 돌아갈 수밖에."

코로넬은 버럭 화를 냈다.

"그런 말이 쉽게 나오십니까?!"

크세니아는 맹랑한 조카를 보며 입가를 비틀어 올렸다.

"그럼 내가 무엇을 더 어찌하라는 게냐? 네 청이 하도 간절하여 황태후 그 찢어 죽여도 시원찮을 계집과도 잠시 손을 잡았거늘. 이미 모두 실패하지 않았느냐? 힘없는 뒷방 처지인 내게 무얼 더 어찌하라고?"

잠시 말없이 고모를 노려보던 코로넬은 품 안에서 무언가를 하나 꺼내어 그들 사이에 놓인 탁자 위에 올렸다.

코로넬이 내놓은 것은 손잡이와 칼집에 은으로 꽃무늬가 상감된 우아한 디자인의 단검이었다. 무를 숭상하는 제노아에서는 여인들도 이러한 작은 검을 패용하는 경우가 많았다.

원래 크세니아 역시 제국으로 시집오기 전에는 저런 검들을 장식 삼아 가지고 있었지만, 제국에서 황제의 여인이 검을 패용할 수는 없었기에 지금은 가지고 있지 않았다.

"이게 무어냐?"

코로넬은 비장하게 요구했다.

"고모님의 목숨을 나라를 위해 바쳐 주십시오."

옆에 앉아 좌불안석하고 있던 누이 루디아가 코로넬에게 경악하여 비명을 질렀다.

"오, 오라버니!"

코로넬의 맞은편에 앉은 크세니아의 안색이 새하얗게 질렸다. 그녀는 잠시 입술을 바들바들 떨다가, 마른 입술을 혀로 축이고는 다시 물었다.

"지금 나더러…… 죽으라는 소리냐?"

코로넬은 고개를 끄덕였다.

"예, 고모님께서 제국의 처사에 항거하여 목숨을 끊으시면 이는 제국 입장에서는 최고의 부담이 될 겁니다. 지금 고모님께 지워진 죄는 고모님의 피에 녹아 잊힐 겁니다. 남는 건 처참한 희생뿐이니, 고모님은 황제에 희생된 가련한 공녀로 남으시겠지요. 나라를 위해서 한 번만 더 희생하십시오."

부채를 말아 쥔 크세니아의 손가락이 더는 참지 못하고 부들부들 떨렸다.

"그걸 말이라고 하는 게냐?!"

코로넬은 지지 않고 외쳤다.

"예! 어차피 선대 황제에게 시집왔을 때 제노아를 위해 인생을 바치시지 않으셨습니까? 이제 한 번만 더……!"

크세니아는 손에 든 부채를 들어 조카의 뺨을 후려쳤다.

"감히! 감히 네놈 따위가, 어찌 그딴 말을 입에 담아?!"

"고모님!"

크세니아는 벌떡 일어서서 경멸 어린 눈으로 야망으로 가득한 눈을 한 조카를 내려다보며 물었다.

"그것이 오라버니의 명령은 아니겠지? 오라버니시라면 내게 감히 그런 것을 요구하실 수는 없었을 게다! 내가 어째서 이곳으로 왔는지 아시니까! 그 추한 늙은이 선황에게 시집와서 온갖 아양을 다 떨며 헌신한 것이 바로 오라버니를 위해서였으니까!"

크세니아는 거의 피를 토할 기세로 거듭 외쳤다.

"그 대가로 오라버니께서 지금 그 자리에 앉으신 게다! 코로넬! 루디아! 너희들이 왕자, 왕녀가 된 것이 누구 덕이라 생각하느냐?!"

코로넬은 반박하려 입을 열었다.

"그건 부왕께서……!"

"가서 네 그 부왕께 여쭈어라! 내가 무엇을 희생해서 이곳에 왔고, 그때 오라버니가 내게 약조한 것이 무엇이었는지를! 내가 오라버니가 왕위에 오르실 수 있도록 이곳에서 지난 십여 년간 무슨 짓을 해 왔는지도!"

"고모님!"

크세니아는 치를 떨며 고개를 저었다.

"나는 이미 나라와 오라버니를 위해 내 청춘을 전부 바쳤다! 제노아인이라면 그 누구도 내게 감히 무언가를 더 요구할 수 없어! 오라버니조차도! 그런데 네가 감히…… 내게 목숨까지 내놓으라 입을 놀려?!"

코로넬이 다시 무어라 입을 열려 하자 크세니아의 부채가 다시 날아들었다. 그녀가 던진 부채는 코로넬의 코를 정통으로 때렸다.

"큭!"

비명을 지르는 조카를 내버려 두고 크세니아는 옆에 앉은 어린 조카딸에게 말을 걸었다.

"루디아."

"네, 네? 고모님."

"나도 가능하면 너를 황후로 올리는 것을 도우려 했지만, 무리다. 이곳은 저 빌어먹을 카틀레야 황태후라는 괴물이 있는 둥지야. 그리고……."

그녀의 미간이 다시금 우그러들었다.

"사비나라 했던가? 그 출신도 모를 계집은 아직 나이가 어리지만, 어찌 보면 태후보다 더 악독한 괴물이 될 게다. 너로서는 여기서 버티는 것은 무리야. 포기하고 본국으로 함께 돌아가자."

"고, 고모님……."

루디아는 어찌할 바를 모르고 고모와 오라비를 번갈아가며 바라보았다.

그때였다. 코로넬의 입에서 낮은 신음 같은 목소리가 나온 것은.

"알겠습니다……."

코로넬은 그리 말하며 탁자에 내린 단검을 쥐었다.

크세니아는 한숨을 쉬며 고개를 돌렸다. 루디아는 그제야 눈앞에서 벌어진 친족 간의 충돌이 잦아드는 것 같아 안도했다. 두 사람 모두 안도하여 마음을 놓은 바로 그 순간이었다.

단검의 검집에서 칼이 뽑혀 나왔다. 스릉, 하는 서늘한 소리가 채 크세니아의 귀에 닿기도 전이었다. 그것은 마치 짐승의 발톱처럼, 무방비한 먹잇감의 심장을 노리고 찔러 들어갔다.

—푹!

크세니아는 명치 오른쪽 바로 아래에 불로 지지는 듯이 뜨거운 고통이 퍼지는 것을 느끼며 고개를 돌렸다.

"코……로넬?!"

코로넬은 제 손으로 고모를 찌른 조카의 것이라고는 믿어지지 않을 정도로 냉정한 얼굴로 속삭였다.

"목숨을 내주지 않으시겠다니, 강제로 받아갈 밖에요."

"네……놈이……!"

코로넬은 칼을 쥐지 않은 다른 손을 뻗어 크세니아의 오른손을 쥐어 잡아당겼다. 그리고 제 손으로 감싸 그녀의 오른손이 가슴을 찌른 단검 손잡이를 쥐도록 만들었다. 크세니아 스스로 제 가슴을 찌른 모양새를 연출하는 것이다. 그 위에 자신의 두 손을 포개어 쥔 뒤, 강하게 힘을 주어 칼날을 비틀었다.

—으직!

"억!"

갈비뼈가 깨지는 소리가 강하게 울렸다. 몸을 찌르고 들어간 단검은 폐를 완전히 휘저어 놓았다.

크세니아의 입에서 붉은 선혈이 울컥 쏟아졌다.

"네, 네놈……!"

코로넬은 피비린내 속에서 짐승처럼 웃었다.

"걱정 마시고 가십시오, 고모님. 고모님의 희생은 이제 제노아를 위해, 그리고 저를 위해 훌륭한 밑거름이 될 겁니다. 감사히 받아가지요."

"오, 라버니가…… 이걸 아시면……, 네놈을……!"

"걱정 마십시오. 부왕께서는 하나뿐인 누이가 제국에게 모욕당하고 목숨을 끊은 줄 아실 테니까요."

그는 천천히 쓰러지는 크세니아의 몸을 받아 내며, 여동생을 향해 얼굴을 돌렸다.

"안 그러냐, 루디아?"

루디아의 온몸이 사시나무처럼 떨렸다.

그녀는 직감했다. 지금 여기서 오라비의 말을 따르지 않는다면, 그는 여동생인 자신이라도 조금도 거리낌 없이 고모처럼 죽일 것이다.

루디아는 필사적으로 고개를 끄덕였다.

그야말로 결정적인 과시였다. 이보다 더 비극적인 모양새가 또 있을까. 제 혈육의 품에 안겨, 그 가해자가 되어 버린 제국 황제의 거처 앞마당에서 죽음으로 읍소하다니.

코로넬은 고모의 피로 낭자한 자신의 옷을 내려다보며 작게 웃었다.

죽은 선황비의 시신을 안은 채 뛰어든 그에게 압도된 기사들은 그를 제대로 막지 못했다. 덕분에 황제가 직접 침실에서 나올 때까지 그 앞에서 시위하고 있을 수 있었다.

마침내 황제를 끌어내는 데 성공했다. 승리가 머지않은 셈이다. 그는 자기 자신을 매우 신뢰하고 있었다.

크세니아 선황비의 시신은 그대로 시녀들에 의해 거처로 옮겨졌다.

장례 절차가 이루어지기 전에, 우선 제노아의 대표인 코로넬과 제국 황제인 루크레티우스 사이에 의견 조율이 필요했다. 선황비의 시신이 들려 나가고, 루크레티우스는 1황비 사비나를 그녀의 침실로 강권하여 돌려보낸 뒤 코로넬과 독대를 시작했다.

이 역시 코로넬, 그가 원한 바였다.

침의 차림의 루크레티우스는 시종을 시켜 가져온 꿀을 넣어 데운 와인 두 잔 중 하나를 코로넬 앞에도 내려놓았다.

"들지."

코로넬은 잔을 쥐지 않았다. 대답하지도 않은 채 형형한 눈으로 루크레티우스를 바라보았다. 눈앞에서 그런 시위까지 벌였건만, 황제는 조금의 동요도 겉으로 비추지 않았다.

코로넬은 이 황제가 진심으로 마음에 들지 않았다. 제국 황제 루크레티우스는 그와 나이 차이가 많이 나지 않았다. 코로넬의 나이가 올해로 스물셋. 즉 그보다 겨우 네 살 많은 자가 대륙 전체를 호령하는 가장 높은 지위에 앉아 황금빛 보관을 쓰고 있다.

그는 자신의 아버지는 존경하지만, 이 젊디젊은 황제는 경멸했다. 제국은 그의 모국 제노아와는 뿌리부터 달랐던 것이다.

제노아에서 왕위에 올랐다는 것은, 가장 강한 자임을 만천하에 증명했다는 뜻이기도 했다.

제국은 다르다. 지나치게 무르고 말랑한 것들뿐이다. 저자는 그저 선대 황제의 하나뿐인 아들로 태어났다는 이유로 저 자리를 손에 넣었다. 그 능력은 안 보아도 충분히 알 것 같았다.

그러니 카틀레야라는 한갓 계집 따위를 제대로 쳐내지를 못해 저리 애먹고 있는 것이겠지. 간단하게 처리해 버리면 그만인데 말이다. 그가 고모를 처리한 것처럼.

루크레티우스는 비죽이 웃으며 직구를 던졌다.

"제노아는 무엇을 원하지?"

코로넬은 그제야 마주 웃으며 말을 돌리지 않고 직접적으로 요구했다.

이제 주도권을 쥔 것은 제노아, 아니 코로넬 자신이다. 적어도 그는 그리 믿었다.

"루디아를 황후로 맞이하십시오. 그러면 고모님께서도 자신이 당한 모욕에 대한 원한을 풀고 편안히 잠드실 수 있을 겁니다."

루크레티우스는 짧게 홍소를 터뜨렸다.

"크핫! 이거이거, 정말로 간단하면서도 강력한 요구야. 아니, 숫제 요구가 아니라 명령 수준이로군."

코로넬은 황제를 비웃으며 으름장을 놓았다.

"제노아의 법으로 피는 피로써만 갚을 수 있습니다. 황후 자리를 주실 수 없다면, 제노아는 제국에서 고모님을 추모할 피를 뜯어내려 할 겁니다."

루크레티우스는 나직이 물었다. 그는 조금도 초조하거나 불안해 보이지 않았다.

"그것이 국왕의 의사인가?"

코로넬은 교묘하게 말을 받았다.

"지금 이 자리에서 제노아를 대표하는 것은 저입니다."

루크레티우스는 이해했다는 듯이 고개를 끄덕이며 다시 웃었다.

"아, 대단하군그래."

코로넬은 화색을 띠며 물었다.

"받아들이시는 겁니까?"

루크레티우스는 지금까지의 어떤 미소보다 화사한 미소를 띤 채 코로넬이 절대 원치 않는 대답을 내놓았다.

"거절하지."

코로넬은 참지 못하고 외쳤다.

"진정 전쟁을 원하십니까?!"

루크레티우스는 손에 쥐고 있던 잔 안의 와인을 단번에 마시고 잔을 내려놓았다. 탁, 하는 소리가 마치 공기를 자르는 칼날처럼 박혔다.

"못할 것도 없겠지."

"폐하!"

루크레티우스는 선언했다.

"짐의 황후 감은 단 한 명뿐이야. 그리고 그것은 그대의 누이동생이 아니지."

17. Into the Tempest

17. Into the Tempest

내 손이 전혀 닿지 않는 곳에서 상황이 결정되어 톱니바퀴를 맞물고 돌아가기 시작했다.

크세니아 선황비의 시신이 들려 나간 뒤에 벌어진 루크레티우스와 코로넬 왕자의 담판에서, 그들이 어떤 이야기를 나누었는지 나는 알지 못한다. 루크레티우스는 내게 말해 주지 않았다.

그는 황제였고, 모든 결정 권한은 그에게 있었다. 아무리 황후 대리를 맡고 있다 하나 나는 일개 비빈. 내가 끼어들 수 있는 영역은 한정되어 있었다.

크세니아 선황비의 자살 이튿날, 코로넬 왕자는 제국과 황제에 대한 저주를 퍼부으며 선황비의 관을 앞세워 돌아갔다. 사실상 쫓겨난 것이라 보아야 했다. 루크레티우스는 코로넬 왕자에게 어떤 협상의 여지도 주지 않고 돌려보냈다.

검은 옷과 검은 깃발을 세운 제노아 사절단은 황궁을 떠나는 행렬 가장 첫머리에 크세니아 선황비의 관을 앞세웠다. 명백한 시위 행동이었다. 제국과 황제에 대해서 말이다.

그러나 루크레티우스는 그들을 무시했다. 나는 어쩐지 비 맞은 솜뭉치처럼 가라앉은 머리로 창밖에서 꼬리를 끌며 걷는 제노아의 사절 행렬을 바라보았다.

마치 하늘이 맞추어 연출하기라도 한 듯 날씨는 흐렸고, 행렬이 출발한 지 얼마 지나지 않아 곧 진눈깨비가 추적추적 흩날리기 시작했다. 등 뒤에서 낮은 목소리가 내 주의를 끌었다.

"기분이 안 좋아 보이는군."

"……좋기는 힘들죠."

크세니아 선황비는 자결했다.

나는 할 일을 한 것뿐이다. 나 자신을 보호하기 위해 그녀가 한 일을 사실 그대로 밝힌 것뿐. 지금 사태를 내 잘못이라 하면 억울한 일이다. 그런데도 기분이 가라앉는 데에는 역시 사람이 정말 죽었다는 사실이 주는 충격 탓이 컸다.

그것도 시체가 직접 내 눈앞에 들이밀어진 것이다. 기분이 가라앉지 않는 편이 도리어 이상하다.

한편 나를 더더욱 심란하게 하는 일은 따로 있었다. 이것으로 두 번째라는 점이다. 나와 연관되어 사람이 죽은 것은. 크세니아 선황비처럼 직접 시체를 본 것은 아니지만, 리즈벳과 에일 공작 일가 역시 죽었다. 아마도 크세니아 선황비의 마지막 모습도 꽤나 비참했겠지.

새삼 동정심이나 죄책감 같은 것이 드는 것은 아니다. 도리어 반대인 것이 문제였다. 리즈벳에 이어 이번에는 크세니아 선황비. 나는 이들의 죽음에 어떤 죄책감이나 동정심, 혹은 책임감조차 느끼지 않았다.

놀랍게도 겨우 두 번만에 이 정도로 무덤덤해져 버렸다. 여기서 생활하며 지내는 시간이 길어질수록, 나의 감정과 정서는 한국에서의 평범한 기준과는 아득하게 멀어져 버리지 않을까. 그런 불안감이 더더욱 커진다.

정말 괜찮은 걸까?

물론 성녀 이즈비타가 돌아갈 수 있는 방법이 있는지 찾아 줄 때까지는 이 세계에 남을 수밖에 없다.

만약 그녀가 방법을 찾지 못한다면, 죽을 때까지 이곳에 남아야겠지. 그렇다면 여기, 이 황궁…… 루크레티우스의 곁도 좋지 않을까, 그런 생각이 들기 시작했었다.

그러나 정말 그 생각이 옳은 것일까?

다시금 불안감이 진눈깨비에 녹은 진창처럼 내 발을 잡아챈다. 마치 늪 속에 발을 들인 듯한 기분.

루크레티우스의 손이 내 생각을 읽기라도 한 듯 어깨를 쥐어 왔다. 손은 천천히 위로 움직였다. 그는 부드러우나 반항을 용납하지 않는 태도로 내 턱을 잡아서 살짝 들었다.

시선이 정면에서 맞부딪쳤다. 그는 물었다.

"죄책감이라도 느끼나?"

나는 쓰게 웃었다.

"……차라리 그러면 좋을 텐데 말이에요."

"무슨 의미지?"

고해하는 기분으로 중얼거리듯이 말했다.

"흔적밖에 없는 죄책감을 발굴해 내는 기분이에요. 아니면 다 먹고 남은 짐승 뼈를 짜 맞춰서 원래 모양을 만드는 기분이랄까."

"……."

"죄책감이라는 걸 다시 만들어 내는 느낌이에요."

잠시 침묵하던 그는 낮은 목소리로 말했다.

"그대가 죄책감을 가질 필요 없는 일이야. 그러니 느끼는 가책이 적다고 굳이 괴로워할 필요 없어."

나는 그의 말을 받았다.

"당신은 아마 태어난 직후부터 이런 삶을 살아왔겠죠."

"……."

"그러니 당신이 그렇게 느끼는 것도, 행동하는 것도 당연해요. 하지만 난 아니에요. 내가 살던 곳은 이렇지 않고……, 나는 이렇게 느끼지 않는 사람이었어요."

루크레티우스는 낮은 목소리로 나를 위로하려 들었다. 매우 그다운 위로였다. 다시 말하면 제멋대로 설득하려는 데 가까웠다는 소리다.

"말하지 않았나? 그대가 그리 느끼는 것은 당연해."

"……."

"내가 그대에게서 죄책감을 빼앗았으니까."

나는 어색하게 웃었다.

"그건 또 무슨 소리예요?"

"그대를 이 소용돌이 속으로 끌어들인 장본인이 바로 나이니, 그대의 인간다운 죄책감이나 동정심을 빼앗은 것도 나야. 그러니……."

그는 잠시 뜸을 들이고는 내 심장에 단어를 박아 넣으려는 듯이 힘을 주어 속삭였다.

“그대는 나만을 원망하면 되는 거야.”

흐릿한 미소가 배어나왔다.

“헛소리하지 말아요. 누가 뭘 빼앗아요?”

“아니, 빼앗았어. 나는 그대를 온통 내 것으로 만들려 하는 욕심 많은 괴물이니 말이야.”

그는 내 머리카락을 감아쥐고 거기에 가볍게 키스했다. 그러고는 나를 세뇌하려는 듯이 계속해서 속삭였다.

“그대의 죄책감은 모두 내 것이야. 내가 빼앗았지. 그러니 나를 원망해.”

“나를 사랑한다면서…… 내가 당신을 원망해도 좋아요?”

그는 자신만만하게 웃었다.

“나는 심장 없는 괴물이니 걱정하지 않아도 돼.”

“말도 안 되는 소리 말아요. 당신 심장이 왜 없어요.”

“그래, 아예 없지는 않지. 여기 있으니까.”

그는 나를 가리켰다.

“그대가 내 심장이니까. 그대가 무사한 이상 나는 다치지도 무너지지도 않아. 그러니 나를 맘껏 원망하고 책망해도 돼. 내 허락하지.”

나는 흐릿하게 웃었다.

“오늘따라 왜 이렇게 서비스가 좋으실까.”

“그대에게만이야.”

그의 위로라는 것은 참으로 그다웠다. 폭력적이고, 독선적이며, 더할 나위 없이…… 달콤하다.

이대로 생각을 그만두고 취해 버리고 싶을 만큼.

그러나 나는 그렇게 살 수 없었다. 기어코 지지 않고 한마디 던졌다.

"내 죄책감은 내 거예요. 멋대로 빼앗아갔다고 하지 마요."

나는 그대로 그의 품에 매달리듯 안겨들었다. 나의 유일한 공범자에게로.

그의 품 안에 안겨서 물었다.

"코로넬 왕자가 크세니아 선황비의 일로 당신에게 뭘 요구한 거죠?"

어느 정도는 예상이 갔다. 그렇기에 그에게 일부러 묻지 않았다. 하지만 이쯤 오자 물어 보지 않을 수가 없다. 그는 잠시 입을 다물고 있다가, 내가 채근하며 그의 옷깃을 잡아당기자 어찌할 수 없다는 듯이 대답해 주었다.

"황후 자리를 달라더군."

역시 그랬군.

코로넬 왕자도 루디아 왕녀도 노골적으로 황후 자리를 원하고 있었다. 그들의 의사는 제노아 국왕의 뜻이기도 했으리라. 코로넬 왕자의 요구를 루크레티우스가 거절했다는 것은 지금 상황을 보면 분명했다.

나는 굳이 물었다. 이미 대답을 예상하면서 묻는 것이니, 꽤나 악취미적이라고도 하겠다.

"왜 거절한 거예요?"

그는 살짝 굳은 얼굴로 답했다.

"황후 자리에 제노아 왕녀를 앉히는 건 부담이 너무 커. 게다가 이런 일을 빌미로 앉힌다면, 당연히 황궁 내에서 황후로 대표되는 제노아의 입김이 커지겠지. 그건 원치 않아."

나는 그를 빤히 보며 물었다.

"그게 다예요?"

루크레티우스의 눈매가 부드럽게 휘었다.

"그대를 위해 여기까지만 설명하는 것으로 하지. 아니면…… 그대가 당당히 그 자리에 앉을 결심이 섰다고 내 앞에서 말할 수 있나?"

"……"

입이 아교를 붙인 것처럼 떨어지지 않았다.

나는 아직 확신이 없었다. 무엇보다 성녀와의 만남에서 새삼스레 떠올린 가족의 모습이 내 발을 잡는다. 루크레티우스는 나를 달래듯이, 안심시키려는 듯이 말했다.

"그대에게 강요하지 않겠다고 약속했지. 나는 그 말을 지킬 거야. 그대가 직접 나를 선택해야 의미가 있으니까. 그리고…… 이미 알고 있겠지만, 그대가 나를 선택한다는 것은 곧 제국을 선택하는 것과 같아."

"알아요."

"……나는 이대로 얌전히 그대의 대답을 기다리지."

달리 답할 말이 없었다. 그는 확신하고 있었다.

"나는 걱정하지 않아. 그대의 답이 늦어지더라도 어떤 대답이 나올지는 이미 확신하고 있으니."

나는 피식 웃었다.

"어련하실까요."

그는 화사하게 웃었다.

"이제야 좀 평소의 그대같이 웃는군."

상황은 급박하고 또 복잡하게 돌아갔다.

아직은 본격적인 진짜 폭풍의 시작에 불과하다는 것을, 그리고 나는 이미 태풍의 눈에 들어와 있었음을, 이때에는 미처 깨닫지 못했다.

제노아로 출발한 사절단이 본국에 도착하기까지는 약 한 달 가까이 시간이 걸린다. 제노아 국왕이 이번 사건에 대해 듣고 입장을 결정하려면 그러고도 하루 이틀 정도로는 시간이 부족하리라. 약 한 달 반 정도는 더 있어야 일이 어느 쪽으로 진행될지 감이라도 잡을 수 있을 것이다.

그 동안 루크레티우스는 가능한 모든 준비를 하려 했다. 바라지 않는 일이지만, 최악의 경우가 터진다면 전쟁을 대비해야 했다. 전쟁의 가능성이 절감되니 그의 얼굴이 새삼 달라 보였다.

전쟁이 벌어진다 해도, 국가 간의 모든 힘을 기울인 총력전이 아니라면 황제가 친정을 나가는 일은 어지간해서 없다. 이 사실을 떠올리고 적어도 루크레티우스가 내 곁을 떠날 일은 없다고 안도하고 있었다.

때문에 그의 입에서 나온 단어 하나에 꽤 민감하게 반응할 수밖에 없었다. 예측을 벗어나는 말이었던 것이다.

나는 들고 있던 책을 내려놓고 그에게 다가갔다. 다시금 내가 들은 것이 맞는지 확인했다.

“사냥대회라고요?”

“그래.”

그의 대답은 얄미울 정도로 여상스러웠다.

사냥대회라는 것은 사실상 명목에 불과하다. 군사적인 이동을 겉으로 드러내기 원치 않는 경우에 대는 핑계가 바로 사냥이니까. 아직 즉위 초기인 루크레티우스의 황권은 안정되지 않은 상태다.

거기에 제노아와의 일이 정말로 심각하게 진행된다면 큰 위기가 올 것이 분명했다. 루크레티우스는 제노아와의 일과 다른 불온한 움직임에 대한 대비를 겸해 사냥대회를 열겠다 선언했다. 이를 보조한다는 명분으로 제도 방위군과 로열가드를 움직이겠다고.

그러나 사냥대회는 양날의 검이다. 황제가 직접 주재하는 사냥대회에는 전시에 준하는 대대적인 군사이동이 따른다. 이는 외부, 내부에 보이는 분명한 무력시위다.

동시에 황제를 노리는 적들에게 있어서 황금 같은 기회를 의미하기도 했다.

평소 황제는 황궁 가장 깊은 곳에서 철통같은 보호를 받는다. 암살자들이 노리고 달려들어도 성공을 장담하기 힘들다.

반면 사냥대회는 다르다. 이동 중 황제 주변이 어수선해지기 때문에 의외로 큰 빈틈이 생길 수도 있다.

물론 황제 측에서 일부러 빈틈을 만들어 함정을 놓을지도 모르니, 암살자들 입장에서는 그에 대한 대비도 필요하리라.

결국 이번 행사는 양쪽 모두가 위험을 안고 어둠 속에서 승부를 벌이는 각축장이 될 것이 뻔했다. 그래서 그가 내게 궁에 남아 있으라 말했을 때 반발할 수밖에 없었다.

"나 혼자 남아 있으라고요?!"

루크레티우스는 시종장의 시중을 받아 무장하며 태연하게 말했다.

"그대는 황후 대행이야. 잊고 있었던 건 아니겠지."

"알아요! 알지만……!"

시종장은 그의 어깨에 두터운 보랏빛 망토를 둘러 주었다. 보라색은 황제와 황후의 색. 그는 그 색을 매우 자주 사용했다. 그런데 오늘따라 어쩐지 기이하게 눈에 거슬렸다.

"황궁에 남아서 태후를 견제할 사람이 반드시 필요해."

"폐하……!"

"그 일은 오로지 당신에게만 맡길 수 있어. 알고 있겠지, 비나."

"……."

부정할 수가 없다. 그의 말은 매우 이성적이고 이치에 맞다.

태후가 황궁 안에 버티고 있는데, 루크레티우스와 내가 동시에 궁을 비울 수는 없다. 태후의 무서움은 지난 사건들로 충분히 이해하고 있었다.

감시할 사람이 하나는 필요했다. 그리고 군사적 행동은 내가 어찌 대행해 줄 수 있는 것이 아니다. 말하자면, 이건 일종의 위험 분담이자 분업이었다.

나는 길게 한숨을 쉬고 대답했다.

"좋아요. 당신이 없는 3일간 내가 황궁을 지키겠어요. 태후는 솔직히 버겁지만…… 최선을 다할 거예요."

그는 만족스럽게 웃었다.

"나의 황비에게 믿고 맡기도록 하지."

나는 대신 그의 망토자락을 잡아당겨 내게로 얼굴을 숙이도록 하며 그에게 다짐을 받아 냈다.

"대신, 약속해요."

"무얼?"

"꼭 3일 뒤에 돌아와야 해요. 무사하게. 내 곁으로."

그는 눈매를 부드럽게 휘며 웃었다. 어찌할 수 없다는 듯이 내가 원하는 대답을 주었다.

"그러도록 하지, 나의 황비 전하."

그리고 내 어깨를 감싸고 내게로 다가오는 그의 입술을, 나는 이번에도 거부하지 않았다.

루크레티우스를 전송한 뒤 사만다가 내게 상자를 하나 가져와 바쳤다.

"이게 뭐죠?"

사만다는 그저 고개를 깊이 숙였을 뿐이었다.

"폐하께서 행렬이 완전히 출발한 뒤에 비 전하께 드리라 명령하신 겁니다."

"……안에 뭐가 들었는지 아나요?"

사만다는 고개를 저었다.

“절대 열어 보아서는 안 된다 명령하셨습니다.”

“그 명령은…… 내게도 해당되나요?”

“아닙니다. 다만…… 비 전하 혼자 계실 때 열어 보시라 전하게끔 당부하셨습니다.”

어쩐지 나는 불안감에 사로잡혔다.

사만다를 내보내고 침실 안에 오도카니 혼자 앉아, 미친 듯이 뛰는 내 심장소리를 들으며 상자를 열었다.

소박한 디자인의 상자 안쪽엔 짙은 보라색 비로드 안감이 대어져 있었다. 그리고 그 위에 올려진 것은 굵은 금색 반지 하나였다. 집어 들어 올려 보자, 제국 크렌시아의 상징인 창을 낚아챈 삼두 독수리 문양이 선명했다.

나는 이것을 잘 알았다. 루크레티우스의 즉위 직후부터 늘 그의 손에 끼워져 있던 인장 반지.

국새.

제국 황권의 상징이었다.

손가락 사이로 굴러 떨어진 금덩어리 반지의 무게는 상당했다. 순금이라는 게 생각보다 무거운 물질이구나, 하는 감상이 참으로 덧없었다. 그러나 동시에 매우 의미심장하기도 했다.

나는 손바닥 위에 인장 반지를 받쳐 들어 올렸다. 내 얼굴과 거의 비슷한 위치까지 들어 올려진 반지의 무게는 기실 이 제국 전체의 무게와 같았다. 손안에 제국 전체가 올라앉아 있는 것이나 마찬가지였다.

루크레티우스는 이 반지를 왜 내게 맡겼을까? 그가 황궁을 비우며 이곳을 내게 부탁한 이유는 이해할 수 있었다. 나는 그의 유일한 법적인 아내였고, 황후 대행이 가능한 단 한 명의 비빈이다. 그의 공범자이자, 협력자이기도 하다.

신뢰는 충분하다. 그러나…… 국새는 나의 이해를 초월한 물건이다. 이것은 신뢰의 표시라기에는 지나칠 정도로 무겁다.

결국 이 반지가 의미하는 바는 너무나도 분명했다.

나는 천천히 걸어 창문 앞에 섰다. 날은 여전히 흐렸고, 창밖에는 이제 루크레티우스가 포함된 행렬의 모습이 보이지 않았다.

설마…….

나는 손안에 든 반지를 강하게 움켜쥐었다.

제발 이대로 아무 일 없이 3일이 지나가 주기를.

나는 간절히 빌었다. 내가 살던 세계의 아는 신들의 이름을 속으로 주워섬기고, 성녀조차 그 존재를 확실히 알 수 없다 말한 이 세계의 신에게도 빌었다.

제발 그가 무사히 돌아오기를. 그 입으로 한 약속대로, 내 곁으로.

새삼 그의 빈자리가 가슴을 저민다. 어느새 그의 존재가 이렇게나 내 안에서 커졌음을 절감하게 되는 것이다. 돌아오면 사람 간 떨어지게 했다며 화를 내 줄 것이다. 이 반지도 쉽게 돌려주지 않을 것이다.

몇 번이나 놀려 주고, 약도 올린 다음에, 못 이긴다는 듯이 그의 손에 다시 끼워 줄 테다.

그러니.

제발…….

그리고 나의 간절한 바람을 정면에서 부숴 버리는 소식이 도착한 것은 다음날 오전의 일이었다.

그날은 날이 밝았는데도 해가 구름에 가려져 있었다. 상처 입은 전서구가 그가 떠난 서쪽에서 힘겹게 날아왔다. 제도 롬부르크를 천혜의 요새처럼 둘러싼 산맥의 한 봉우리에서 불길한 검은 연기가 가늘게 오른 뒤였다.

재상 코르넬리우스가 죽은 비둘기를 들고 나의 궁으로 찾아와 말했다.

"반란입니다."

그의 표정은 지금까지 내가 보았던 여유 넘치는 노회한 정치인의 것과는 달랐다. 진심으로 긴장하고 불안감에 돌처럼 굳은 얼굴. 삽시간에 십 수 년 이상 늙어 버린 것처럼 보일 지경이었다.

나는 떨리는 목소리로 물었다.

"그게, 정확히 무슨 의미이신가요?"

"말 그대로입니다."

재상의 설명은 상세하고도 길게 이어졌다.

"폐하의 명을 따라 사냥대회를 보조하기 위해 움직인 남부 제국군 일부가 폐하께서 포함된 군을 습격했고, 난전이 벌어졌습니다."

남부 제국군. 익숙하다. 루크레티우스가 그쪽에 엄청나게 신경을 곤두세우고 있었으니까. 갈리시아 후작이 그곳에서 오랜 시간 지휘관으로서 지내며 거의 사병화가 이루어지고 있음을 저어했던 것이 기억난다.

때문에 루크레티우스는 갈리시아 후작의 부임지를 남부에서 다른 곳으로 옮기도록 하고, 남부 제국군에 믿을 수 있는 측근을 심었다. 그리고 이번 사냥대회에 그 측근이 이끄는 남부 제국군의 일부를 불러들였다고 했다.

그런데 그 군대가 황제를 공격했다고? 측근까지 배신한 것이던가, 혹은 일시적으로 우두머리를 바꾸는 것만으로는 갈리시아 후작의 영향력을 다 지울 수 없었던가, 둘 중 하나다.

스무고개처럼 연결고리가 맞아들어 갔다.

"남부 제국군, 갈리시아 후작…… 태후……!"

재상은 고개를 끄덕였다.

"그 외에 다른 경우는 생각할 수 없지요."

나는 덜덜 떨리는 이를 악물고서 물었다.

"폐하께선, 폐하께서는 어찌되셨습니까? 소식은요?"

코르넬리우스는 고개를 저었다.

"이 전서구 이후로 소식이 없습니다. 남부 제국군의 습격 소식 외에 더는 어떤 전령도 전서구도 없습니다. 전투가 지금까지 이어지고 있는 것인지 끝났는지도 불분명합니다."

머릿속이 진탕이 되었다. 새카만 어둠 속으로 떨어졌다가, 다시 눈이 멀어 버릴 듯 새하얗게 비기를 반복했다.

루크레티우스는? 그의 안전은?

설마 잘못된 건 아니겠지?

죽음? 그는 내게 무사히 돌아오겠노라 약조하고 떠났다. 3일 안에 돌아오겠다고.

시선 끝에 재상의 손에 들린 죽은 비둘기의 모습이 걸렸다. 무언가에 다친 듯 붉은 피로 물들었고, 깃털은 검댕에 더러워졌다. 죽은 새의 시체 위로 바닥에 피 흘리며 쓰러진 루크레티우스의 모습이 겹쳐졌다.

아니야. 그럴 리 없어.

"말도 안 돼."

"……하!"

"그럴 리가……."

"비 전하!"

재상의 강한 부름에 나는 간신히 정신을 차렸다. 재상은 나를 진지한 표정으로 바라보며 내 어깨를 한손으로 쥐고 있었다. 아마 그가 내 어깨를 쥐고 흔든 모양이다. 그것조차 눈치채지 못할 정도로, 순식간에 정신을 놓을 뻔했다.

"정신 차리셔야 합니다!"

나는 천천히 고개를 끄덕였다.

"네, 알고 있어요. 감사합니다."

재상은 안도하며 내게 확인했다.

"폐하께서 떠나시기 전에 비 전하께 무언가 전언이나 물건을 남기시지 않았습니까?"

나는 순간적으로 갈등했다. 재상을 완전히 믿어도 좋을까?

이미 충격으로 멍한 머리를 최대한 굴렸다. 루크레티우스가 내게 했던 말들을 필사적으로 떠올렸다. 재상은 아끼던 손녀를 태후에게 잃었다고 했다. 이에 대해 루크레티우스는, 한시적이지만 재상을 믿을 수 있는 아군으로 만들어 준 태후에게 차라리 고맙다고 했던가. 적어도 태후에게 재상이 악감정을 가질 이유는 충분했다. 실제로 그가 태후와 대립각을 세우는 것은 몇 번 보아 왔다.

재상을 경계해야 할 필요가 있었다면, 루크레티우스가 먼저 경고해 주었으리라.

적어도 태후가 적일 때는 의심할 필요까지는 없다. 그렇게 판단했다. 성급하다 할 수도 있으나, 일단 루크레티우스가 부재한 긴급 상황이다. 상황을 파악하고 의견을 교환할 상대는 필요하다.

나는 조심스레 고개를 끄덕였다.

"……예."

"다행입니다."

재상은 굳은 얼굴로 물었다.

"폐하의 안위에 대한 건 지금 당장 어찌할 수 없습니다. 제도 내부까지 전투가 번지기 전에 비 전하께서 하실 수 있는 것을 해야 합니다."

떨리는 손을 다른 손으로 눌렀다. 손끝에 거의 감각이 느껴지지 않았다. 그러나 이 이상 정신을 놓고 있을 수는 없었다. 지금은 일분일초라도 허투로 보낼 수 없다.

"폐하께서 전하께 맡기신 것이 군대를 움직일 수 있는 권위입니까?"

나는 고개를 끄덕이며 국새를 들어 보여 주었다. 재상은 안도하며 진언했다.

"다행입니다. 우선, 전하. 추밀원 회의를 소집하십시오."

"추밀원? 추밀원 소집은 오로지 황제만이 가능한 것으로 알고 있는데요?"

"비 전하께서는 황후 대행. 황제 폐하 부재 시 국정은 황후의 몫입니다. 그러니…… 지금 제국의 우두머리는 바로 비 전하이신 겁니다."

황제가 직접 주재하며, 이 드넓은 제국 전체를 아우르는 모든 정책이 결정되는 최종적인 의결기관이 바로 추밀원이다. 절대적인 권력을 휘두른다고 칭해지는 황제조차도 추밀원에 참석할 자격을 갖춘 대신들을 함부로 대할 수 없다. 그들은 유서 깊은 귀족 작위에 실무를 담당하는 관직까지 갖춘 이들이기 때문이다.

성군이라 칭송받은 켄티우스 황제 이전까지 재상과 추밀원의 권한은 지금처럼 크지 않았다고 한다. 재상과 추밀원 전체의 권위를 올리고, 황제 역시 그들의 말을 무시할 수 없게 한 것이 바로 켄티우스 황제다.

루크레티우스가 언젠가 해 준 말에 따르면, 그의 조부는 자신의 하나뿐인 아들이자 유일한 후계자인 선황을 꽤나 불신했던 것 같다. 때문에 치세 말기에 황제의 권한을 축소하고 추밀원을 주재하는 요직에 인재들을 배치해 두었다.

또한 마지막 유언으로 국정은 추밀원의 의견을 따르라는 말을 남겼다고 한다. 그 덕분에 무능한 선황의 치세에도 제국이 버텨 낸 것이라고 평하던 목소리가 아직도 선명했다.

그 추밀원을 내가 직접 주재하라고? 머리를 얻어맞은 듯한 충격이었다.

"재상……께서 하시는 게 낫지 않을까요?"

코르넬리우스는 고개를 저었다.

"국새는 폐하께서 전하께 맡기신 겁니다. 폐하께서 전하를 자신의 대리인으로서 지명하셨다는 의미입니다. 전하 외에는 없습니다."

재상은 직접 펜과 종이를 가져와 즉석에서 추밀원 회의 소환 명령서를 작성했다. 그리고 연달아 다른 명령서 역시 함께 준비했다.

"제국군의 일부가 가담한 반란입니다. 제국군 장군 중 어디까지를 믿고 믿지 말아야 할지 가늠하는 것이 중요합니다. 현재 시급하게 확보해야 하는 건 제도 방위군과 로열가드입니다."

재상은 휘갈겨 쓴 다른 명령서를 내밀었다. 로열가드와 제도 방위군에 대한 동원령이었다.

제도 방위군은 감히 황제를 공격한 반란군을 진압하고, 로열가드는 황궁을 옹위하라. 극히 일반적인 내용. 나는 여기에 인장을 찍었다.

불려온 전령들이 각 명령서를 들고 전장으로 날아가는 새처럼 뿔뿔이 흩어졌다.

불현듯 내가 정신이 없어 놓친 것이 있다는 사실을 깨달았다.

이 모든 일의 뒤에는 태후가 있었다. 그 뿌리부터 뽑아내는 게 가장 먼저다.

나는 뛰듯이 나서며 외쳤다.

"로열가드를! 황궁 안의 모든 로열가드들을 소환하세요!"

내 손에는 국새가 있었다. 루크레티우스가 내게 직접 맞기고 간 인장 반지. 황권의 상징 그 자체인 물건. 또한 나는 황후의 대리인이며, 황후는 황제 부재시의 모든 국권을 대행할 수 있는 위치였다. 예외의 예외적인 경우이기는 하나, 최소한의 권한은 모두 갖추어졌다.

국새를 내세워 황궁 안의 로열가드를 긁어모아 그대로 태후궁으로 들어갔다. 기사들 중 일부를 따로 떼어 동시에 황녀궁으로 향하도록 했다. 릴리아나와 로젤리아, 마거리트 세 황녀의 신병 역시 확보해야만 한다.

반란군이 태후와 연결된 이들임은 분명했다. 그렇다면 그 우두머리일 태후와, 혈통으로 명분을 세울 중심이 될 황녀들의 중요성은 지대했다. 태후가 체포되고 황녀들이 우리 손에 들어온다면, 설사 반란군에 루크레티우스가 사로잡히는 최악의 경우가 벌어졌다 해도 어떻게든 상황을 타개할 희망이 생긴다.

태후의 시녀장이 앞을 막아섰다.

"이 무슨 무도한 짓입니까?!"

나는 냉랭히 명했다.

"끌어내라. 이 궁에 있는 자들은 반역자의 하수인들이니."

기사들은 태후의 침실 앞을 막아서는 시녀장과 시녀들을 억지로 잡아 끌어냈다.

"어찌 이런 짓을……?!"

"여기는 태후 폐하의 거처입니다!"

그들이 악에 받쳐 외쳤으나 내 귀에는 아무것도 들리지 않았다. 소식이 도착한 직후부터 피 흘리는 루크레티우스의 허상이 계속해서 시야를 어지럽히고 있었다. 시녀들은 구겨진 천 자락처럼 끌려나갔다.

직접 태후의 침실 문을 열어젖혔다.

—쾅!

나와 기사들이 노도처럼 밀려들었다. 내가 앞장 서 태후의 침실 안에 들어섰을 때 우리를 맞은 것은 텅 빈 자리였다.

"이런!"

한 발 늦은 거다. 황녀궁으로 향한 기사들 역시 텅 빈 방만을 확인한 뒤 돌아왔다.

결국 나는 불안감만을 안은 채로, 그날 정오 무렵 추밀원 회의 자리에 나아가야만 했다.

"저, 전하."

사만다는 불안한 표정으로 나를 올려다보았다. 아그네스는 반란 소식을 듣고 기절할 듯이 놀랐다. 루크레티우스의 생사 여부조차 불분명하다는 이야기까지 더해졌다. 놀라지 않는 게 이상한 상황이다.

잠시 호흡곤란을 일으킨 그녀를 다른 시녀들이 돌보았다. 그녀는 죽은 베아트리체 황후의 의붓동생이다. 그녀가 자신의 양어머니와 언니를 어찌나 극진히 생각하는지는 나도 잘 알고 있다.

그런 그녀에게 처참하게 죽은 베아트리체 황후의 하나뿐인 혈육 루크레티우스의 사고 소식은 그야말로 청천벽력이리라. 평소의 강철 같고 독기로 가득 찼던 모습을 생각하면 같은 사람이라고는 믿어지지 않을 정도로, 아그네스는 완전히 무너져 있었다.

그런 그녀를 보자 다시금 실감했다. 지금 상황이 얼마나 위험한지, 내게 지금처럼 멍하니 앉아 있을 여유는 없다는 것을. 텅 빈 태후궁과 황녀궁은 이 일이 태후에 의해 벌어진 상황임을 강변하고 있었다.

내가 제대로 정신을 차리지 못하면 루크레티우스가 무사히 돌아오더라도 이미 제도가 태후의 손에 넘어가고, 릴리아나나 급조된 릴리아나의 남편이 허수아비로서 황제의 자리에 앉은 뒤일 수도 있었다.

손안에 쥔 인장 반지의 무게가 선명했다. 그것이 내게 알려 주었다.

루크레티우스는 어느 정도 앞일을 예측하고 움직였으리라.

지금과 같은 상황을 완벽히 예측했다고는 확신할 수 없다. 그러나 적어도 그 자신의 신변에 위협이 있을 수도 있다는 것은 분명히 인지하고 있었던 것이 틀림없다. 그것이 아니면 지금 내 손에 이 반지가 들려 있는 이유를 설명할 방법이 없다.

그렇다면 지금은 주저앉아 있을 때가 아니다. 움직여야 할 때다.

추밀원 회의가 열렸다는 소식이 온 황궁에 퍼졌다. 약식으로 제도 방위군과 로열가드에 대한 소환과 동원을 내렸지만, 제국군 전체를 움직여 제도 목전에 붙은 반란군을 처리하고 루크레티우스의 안전을 확보하려면 추밀원 회의를 통해 공론을 확보해야 한다.

"비 전하?"

율리아가 의아해하는 목소리가 울렸다.

나는 한껏 목소리에 힘을 주어 명령했다.

"드레스를…… 대연회 때 입었던 그 보랏빛 드레스를 가져와 주세요. 그리고 푸른 다이아몬드 티아라도요."

위엄을 보일 필요가 있었다.

황비에 의해 추밀원 회의가 소집되었다. 전례 없는 초유의 사태.

추밀원 회의를 위해 공정의 홀에 모인 대신들 사이에 긴장감이 감돌았다. 살얼음 위로 발을 디디는 이들의 불안. 모두가 마음만은 하나였다. 지금 상황은 한치 앞을 내다볼 수 없었다.

모두가 우왕좌왕했다. 반란군은 어찌 수습할 것인가. 황제는 살아 있는 것인가.

아직 시신이 발견되지 않았고, 서거하였다는 소식도 없다. 당연히 생존하여 있으리라, 누군가 말한다.

수색대를 조직해서 내보내야 한다. 아니다. 이번 반란군은 어중이떠중이가 아닌 제대로 훈련받은 정규군이다. 거기에 임시로 구성한 수색대를 내보내는 것은 사자의 입에 사슴을 밀어 넣어 주는 격이다.

아니다. 일단은 황궁 내의 안정이 먼저다.

제노아와의 일은…….

온갖 단어들과 의견들이 두서없이 쏟아졌다. 무엇을 먼저 하고 무엇을 나중에 해야 하는가. 이를 결정할 권한을 가진 것은 황제다. 그러나 그 황제가 자리에 없었다.

누군가가 조심스레 물었다.

"추밀원 회의를 소집하신 건 황비 전하이신데 어이하여 그분은 얼굴을 비치지 않으시는 겁니까?"

누군가가 외쳤다.

"애초에 황비의 주관으로 추밀원 회의가 소집되다니요! 말도 안 됩니다! 전례가 없는 일이에요!"

"아마도 폐하를 대신하여 그 이름만 빌려 재상께서 주재하시는 것이 아니겠습니까?"

"하나 재상께도 추밀원 회의 소집의 권한은 없습니다! 이는 황제 폐하 고유의 권한! 황후나 황태자가 이를 위임받아 행사한 전례는 있으나, 재상이나 황비의 권한으로는 무리입니다!"

"게다가 제노아와의 일은 어찌 합니까?"

혼란이 벌떼처럼 일었다. 재상은 손으로 원탁을 내리쳤다.

쾅!

"그만들 두시오!"

고요함이 휘장처럼 홀 위를 덮었다. 재상은 한껏 목소리를 끌어올려 외쳤다.

"그대들이 하는 소리만 듣고 있으면 마치 폐하께서 서거하시기라도 한 것 같소! 이 무슨 불충인지!"

그러자 한쪽에서 노골적인 비웃음이 터져 나왔다. 홀 안의 모든 이들의 시선이 그곳을 향했다.

찌르는 듯한 시선을 거리낌 없이 받아내며 고개를 든 바로 태후의 남동생, 토루카 후작이었다.

태후는 재빨리 몸을 숨겼으나 후작까지 그럴 필요는 없었으리라. 반란의 배후에 태후가 있다는 건 아직 증거 없는 가설에 불과했다. 과연 후작이 무엇 때문에 추밀원 회의 소집에 나섰는지는 지켜봐야 알겠지만.

후작의 목소리는 날카롭고 신랄했다.

"지금 상황에서 폐하께서 생존해 계시다 보기는 어렵지 않은지요?"

재상이 낮은 목소리로 위협했다.

"말을 삼가는 것이 어떻소?"

토루카 후작은 낮은 목소리로 지극한 정론을 말했다.

"이 원탁 앞에서, 폐하 아래 모든 이들의 발언권은 똑같습니다. 켄티우스 폐하 이래의 전례죠."

그는 매우 과장되고 희극적인 태도로 자리에서 몸을 일으켰다.

"어차피 지금 이 상황에서 우리들이 왈가왈부해도, 국권을 주재할 자격을 가진 이가 이곳에 있습니까?"

그러자 재상이 자신만만한 미소를 얼굴에 띠고서 반론했다.

"계십니다."

후작이 다시 무어라 입을 열기 전, 재상이 먼저 움직였다. 재상 코르넬리우스는 천천히 홀의 정문 앞에 섰다. 더없이 우아한 태도로 그 문을 활짝 열어젖히며 소개했다.

"그 마땅한 권리를 가지신 분을 모시고 이야기함이 옳겠지요."

열린 문 앞에는 짙은 보랏빛 드레스로 화려하게 차린 한 여인이 서 있었다.

1황비 사비나 르 크렌시아.

아직 앳된 티가 남은 여인이 우아하게 홀 안으로 들어섰다.

갑작스레 열린 문에 모두가 놀란 것 같았다.

누가 무례하게 국무가 처리되는 추밀원 회의에 난입한 것인가, 하고 노성을 터뜨리려는 듯했던 후작의 얼굴이 긴장으로 굳는 것이 보였다.

나는 한껏 어깨와 가슴을 펴고 허리를 꼿꼿하게 세웠다. 부디 누구보다 당당해 보이기를 빌면서 천천히 홀 안으로 들어섰다.

잠시 눈가를 파들거리던 후작이 내게 무어라 한소리 하려던 참이었다. 그 타이밍을 기다렸다는 듯이 재상이 잡아채어 물었다.

"황비 전하를 뵙습니다."

그의 목소리는 지나칠 정도로 화색이 돌았다. 내게 추밀원 회의를 소집하기 전에 이미 신신당부한 재상이다. 그러니 그가 지금 나를 반기는 것은 당연했다.

"제가 주재하고는 이리 늦어 드릴 말씀이 없습니다."

나는 마치 아침 인사처럼 자연스럽게 그의 예를 받으며 홀 안으로 들어섰다.

나는 정말로 죄송스럽다는 듯이, 그러나 매우 당연한 일이라 어찌할 수 없이 나섰다는 것을 강조하며 답했다.

“여인 된 몸으로 이 자리에 서는 일이 두렵고 또한 적합하지 않다는 생각이 들지만, 어찌할 수가 없어 나섰습니다. 다름 아니라 폐하의 일이니까요.”

후작이 날카롭게 끼어들었다.

“비 전하. 송구하오나 황비께서 추밀원 회의를 주재하신 전례가 없습니다. 어이하여 이러한 자리를 마련하셨는지 저의를 여쭙고 싶습니다.”

직접 나서서 후작을 견제할 필요는 없었다. 한 대신이 나서 주었기 때문이다.

“사실 비 전하께 자격이 없다 하시기는 어렵지요.”

“그건 무슨 말씀이십니까?”

“현재 내궁의 주인 자리가 비어 있지 않습니까? 그리고 국법상 1황비 전하께서는 합법적인 황후 대행의 위치이십니다.”

재상이 미리 짜기라도 한 듯이 자연스럽게 받았다.

“그렇지요. 그리고 황제 폐하께서 부재 시에는 황후 폐하께서 이를 대리하시게 됩니다. 비 전하께서는 황후의 대리이시니, 동시에 황제 폐하의 대리로서 이 자리에 서셨다 보아도 무리는 없습니다.”

후작이 바로 반론했다.

“아니, 일개 황비가 어찌 황제 폐하를 대행할 수 있다는 말입니까! 전례가 없습니다!”

심장이 뛰었다. 지독한 불안감. 동시에 지극한 고양감이 인다.

그래서 얼굴 가득 나를 적대적으로 보는 이들이 매우 불쾌해 할 미소를 피워 올릴 수 있었다. 동시에 오른손 손등이 잘 보이도록 들어 올렸다. 모두가 다 잘 볼 수 있도록.

"제게는 자격이 있습니다. 저는 사비나 '르 크렌시아'니까요. 또한 폐하께서 이런 상황을 대비하여 제게 이것을 맡기고 가셨으니."

내 손가락에 끼워진 무언가가 추밀원 회의에 참석한 대신들의 눈에 띈 모양이다. 후작의 미간이 선명하게 일그러졌다.

토루카 후작이 경악과 분노를 담아 한 글자 한 글자 씹어 뱉어 냈다.

"그건…… 국새!"

홀 안으로 경악의 술렁거림이 물결처럼 번져 나갔다. 내 손에 끼워진 금반지의 정체를 모두 알아본 것이다.

이것은 황제의 황권 그 자체를 상징하는 인장 반지, 즉 국새다.

루크레티우스가 선황 사후 제위를 물려받으며 얻은 뒤 오로지 그만이 소유하고 있었던 물건. 루크레티우스가 내게 이것을 맡겼다는 것은, 곧 자신의 부재 시 만약의 사태를 대비해 내게 모든 권한을 내렸음을 의미한다.

손이 묵직했다. 물론 한국에서의 표현으로라면 24k 순금을 이 정도 굵기, 그것도 도장으로 쓸 수 있는 사이즈로 만들었으니 무게 자체도 상당할 것이 분명했다.

그러나 이 지독한 무게는 금덩어리가 실제로 주는 무게감이 아니다. 그 이상으로 반지에 씌워진 권위 자체가 주는 부담감에 가깝다. 내 손가락으로 쏟아지는 모든 시선들이 바로 이를 증명했다.

나는 이만하면 모두 확인했으리라 확신하며 손을 내렸다. 시선이 부담스러웠던 탓도 있다.

홀 안의 모든 이들에게 미소 지으며 되물었다.

"이제 제가 이 자리에 설 자격이 된다고들 인정해 주실 수 있으신지요?"

재상이 미소를 지으며 모두를 대신해 대답했다.

"자격은 처음부터 충분하셨습니다."

일부는 반론하고 싶어 하는 것이 분명하나, 드러내어 말할 수는 없는 듯했다.

이제야 겨우 나의 등장과 추밀원 회의 소집에 대한 저항이 가라앉았다. 아니, 이제 본격적인 싸움의 시작이라 보아야 했다. 지금은 전초전조차도 되지 못한다.

나는 어깨가 부서질 듯한 긴장감 속에서 침을 삼켰다.

재상은 침착하고 논리적으로 모든 계획을 세워 나갔다. 3대에 걸쳐 황제를 모셨다는 명재상이라더니, 과연 대단하다. 내가 할 일은 재상에게 명분과 힘을 확실히 밀어 주는 것이 전부다. 재상이 하는 것을 그냥 보고 있는 것만으로도 충분했다.

"제국군 전체에 대한 동원령과 반란군에 대한 토벌령이 최우선입니다. 이를 위해서는 추밀원 승인이 필요불가결합니다."

후작을 비롯한 몇몇 태후 측 대신들은 재상의 말에 적극적으로 응하지는 않았다. 그러나 반대하고 나서지도 못했다.

반란 진압과 황제의 안위에 대한 수색은 매우 당연한 일이다. 반대할 명분이 있을 리 없다.

재상이 내게로 시선을 돌렸다.

"황비 전하, 안건 상정을."

나는 고개를 끄덕이며 손에 낀 반지에 손가락을 가져갔다.

잠자코 있던 후작의 갑작스런 목소리가 내 움직임을 막아 냈다.

"잠시만. 지금 한 가지 확인하고 가야 할 문제가 있습니다."

"무엇을 말씀이십니까? 반란군 진압과 폐하에 대한 수색은 무엇보다 우선해야 하는 일입니다."

재상은 후작이 막으려 들까 하여 선을 그었다. 그러나 후작이 걸고넘어진 것은 다른 부분이었다.

"물론 반군은 진압해야 하고, 폐하는 찾아야지요. 그건 너무나 당연한 일이라 제가 달리 할 말은 없습니다. 재상께서 매우 잘해 주시리라 믿으니까요."

재상의 얼굴에 의아함이 번졌다. 내 표정 역시 별반 다르지 않을 것이다.

"하나…… 다른 가능성 역시 생각해 두어야 하지 않겠습니까?"

"……."

그 목소리는 누가 듣기에도 분명한 기대감으로 가득했다.

"만약 폐하께서 돌아오지 못한다면 이후의 일이 어찌될지 논의를 해 봐야 하지 않겠습니까."

"……."

무거운 정적이 내려앉았다. 누구도 쉬이 입을 열지 못했다.

당연하다. 지금 후작이 말하고 있는 것은 루크레티우스가 죽었을 경우에 대한 일이다. 아마도 후작 자신이 간절히 바라고 있을 가정. 이대로 루크레티우스가 영영 돌아오지 못하게 될 때를 위한 대책.

갑작스런 불안감이 스멀스멀 내 발을 채려 들었다. 후작의 자신감과 기대감에 넘치는 얼굴을 보고 있자니 더 심해졌다. 게다가 태후는 황녀들과 함께 황궁 안에서 감쪽같이 자취를 감추었다. 그 여자를 잡지 못한 것은 너무나도 큰 불안요소다.

그녀가 어디에선가 불쑥 튀어나와 내가 필사적으로 잡고 버티는 이 상황을 모조리 허사로 만들지는 않을까 하는 불안감이 들었다.

불안감이 마치 검은 불꽃처럼 가슴 속을 태웠다. 짐승에게 파 먹히는 것 같다. 환영처럼 루크레티우스의 시신이 다시 내 시야를 가득 채웠다.

지금 흔들려서는 안 된다. 내가 흔들리면 정말로 아무것도 제대로 얻지 못하고 끝나 버리게 된다.

나는 눈을 감았다.

내 손에 끼워진 반지의 무게가 복잡하게 흔들리는 마음을 잡아 주었다. 마치 그가 내 손을 잡아 주고 있는 것처럼 느껴졌다.

루크레티우스가 떠나기 전에 남기고 간 반지는 정말로 많은 것을 시사하고 있었다.

이런 사태를 예상했다면 왜 자세하게 말해 주지 않았나 하는 의문과 원망이 들지만, 나중에 생각하기로 했다. 그가 돌아오면 그를 쪼아서 들으면 될 일이다.

분명한 것은, 그가 응당 사태에 대한 대비를 해 두었으리라는 전이다. 아마도 그 대비 중 하나가 내게 맡긴 인장 반지겠지.

내가 아는 루크레티우스라는 인간은 절대 위험 상황에 뛰어들며 하나만 대비해 두었을 리 없었다. 몇 개씩이나 되는 안배를 확실하게 깔아 놓고 나서야 본인이 위험을 감수할 사람이니까.

물론 그의 모든 예측과 안배를 뛰어넘어, 정말 큰 사고가 생겼을 수도 있다. 그렇다면, 그가 정말로 실패했다면 지금쯤 사망 소식이 닿아야 한다.

내가 할 수 있는 것은 하나뿐이다.

그를 믿는 것.

그리고 아마도 그가 나를 믿었을 것처럼 행동하는 것. 그는 내가 이렇게 행동하리라 믿었으리라. 나 역시 그가 그렇게 생각했을 것을 믿었다.

눈을 떴다. 내가 해야 할 일은 명확했다.

나는 고개를 돌려 추밀원 회의 자리를 호위 중인 로열가드에게 명령했다.

"토루카 후작을 구금하세요."

"예? 이 무슨 말씀이십니까, 전하?!"

후작은 반발했다. 후작만이 아니라 추밀원의 의원 전원이 당혹하여 웅성거리는 소리가 사방에 울린다.

"이번 반란과 토루카 후작이 무관하다는 것이 증명될 때까지 구금할 필요성이 있습니다."

후작이 목소리를 높였다. 당혹한 듯했으나, 그런 것치고는 나의 갑작스런 발언에 지나칠 정도로 기민하게 대응했다.

"증좌를 보여 주시지요. 설사 비 전하가 아닌 폐하시라 하더라도, 신을 반역자라 주장하시려면 마땅한 증거를 보이셔야 할 줄로 압니다."

증거는 없다. 그러나 정황은 존재했다.

"반란군이 발호한 오늘 오전, 태후 폐하를 뵙고 대응을 상의하기 위해 태후궁에 들렀습니다. 한데 태후께서 아니 계시더군요. 세 황녀들도요. 반란군이 황제 폐하의 군대를 공격한 그 시간에 태후께서 황녀들과 황궁에서 갑작스레 종적을 감추신 겁니다."

후작은 거칠게 반박했다.

"태후께서 반란을 사주했다고 말씀이라도 하고 싶으신 겁니까?!"

나는 담담히 답했다.

"지금으로서는 불명확하지요. 하나, 그 가능성에 대해서는 생각하지 않을 수 없습니다. 그렇게 본다면 태후 폐하의 인척이신 후작께서는, 적어도 태후 폐하와 반역이 관계없음이 증명될 때까지는 제 명을 따라 주셔야겠습니다."

재상 역시 긍정하고 나섰다.

"태후 폐하와 후작이 반란을 사주하였다 단언하시는 것이 아니지 않습니까. 하나 시점이 공교로운 것도 사실이니, 적어도 지금은 황비 전하의 말씀을 따름이 옳습니다."

후작의 노호성이 터졌다.

"공작!"

재상은 여유롭게 받아쳤다.

"후작께서 무결하시다면야, 잠시간의 구금으로 끝날 겁니다."

재상이 고개를 끄덕이자 나의 명으로 다가온 로열가드들이 후작이 양 어깨를 잡아 추밀원 회의 자리에서 끌어내려 했다.

그 순간이었다.

"와아아아아!"

함성이 울렸다. 동시에 병장기가 부딪치는 소리가 마치 장맛비가 쏟아지는 듯이 어마어마하게 울려 퍼진다.

그것은 황궁 남쪽에서 이곳으로 점점 가까워지다가 멈췄다.

추밀원 의원들 사이에 소란이 번졌다.

"이게 무슨 일입니까?!"

"반란군?"

"그럴 리가 없습니다! 제도 방위군이 아직 제도의 외성을 철통같이 지키고 있는데?!"

추밀원 의원 중 한 명 제도 방위군의 대장이기도 한 로먼 후작이 고개를 저으며 외쳤다. 그는 황급히 아뢰었다.

"소신이 기사들과 함께 나아가 상황을 살피겠나이다!"

나는 고개를 끄덕였다.

"부탁드리겠습니다."

"예!"

로먼 후작의 뒤를 따라 로열가드의 기사들이 우르르 빠져나갔다. 물론 최소한의 경호 인원은 남겼다.

그들이 나가고도 한참동안 소란은 가라앉지 않았다.

"어떻게 황궁에서 이런 소란이 벌어진 걸까요?"

"반란군은 제도 내로 진입하지 못했습니다. 제도를 방어하는 방어군은 아직 건재합니다. 그 방어를 뚫고 들어오기란……."

잠시 멈칫한 재상은 무언가 깨달은 표정이 되었다.

"설마 제도 내에 사전에 내응할 병력을 숨겨 놓았다면…… 혹은 황궁 안에……."

나는 고개를 저었다.

"아뇨. 아닙니다. 제도 안은 그렇다 해도 황궁 안에 그러할 장소가 어디 있습니까?"

재상은 창백한 얼굴로 답했다.

"황궁 남쪽에는 두 별궁이 있습니다."

기랑드와 로네스. 두 별궁은 황궁과 이어져 있었고, 그곳에 상주하는 인원은 극히 적다. 그리고 바로 얼마 전, 태후는 기랑드 별궁에서 몸을 풀었다.

목소리가 절로 떨렸다.

"설마……?!"

불안감이 그림자 속에 숨어 있던 짐승처럼 튀어나와 내 발뒤꿈치를 물었다.

—두다다다!

거센 발소리가 밀려왔다. 조금 전 소란이 벌어진 남쪽과는 전혀 다른 방향이다. 로먼 후작과 로열가드의 기사들이 움직인 곳은 남쪽. 그들은 지금 상황을 눈치채지 못했을 가능성이 높다.

내 머릿속에 최악의 가정이 떠올랐다.

'양동?'

무어라 입을 열려던 찰나였다. 날카로운 금속성 소리가 공정의 홀 문 바로 앞에서 울렸다. 병장기가 부딪치는 전투의 소음이었다.

"여기가 어디라고!"

"죽어라!"

홀 외부의 소란은 짧게 정리되었다. 홀 안에서 추밀원 의원들을 경호하던 로열가드의 기사들이 검을 빼어 든 채 나와 재상의 앞을 막아섰다. 후작을 제압하던 기사들도 그를 놓고 합류했다.

—쾅!

문이 잡아 뜯길 기세로 열렸다. 갑자기 들어온 것은 상체 전체에 피를 뒤집어쓰다시피 한, 갑옷을 입은 기사였다.

그는 잔뜩 갈라진 목소리로 외쳤다.

"빨리, 빨리 피하십시오!"

갑작스런 사태에 경악했던 재상은 곧 그의 얼굴을 알아보고 물었다.

"이 무슨 일인가?! 경비대장!"

로열가드의 일원으로 공정의 홀이 포함된 외궁 경비를 맡는 자였다.

재상의 질문에 경비대장이라 불린 이가 입을 열려 했다. 그러나 그는 아무런 말도 하지 못했다. 그 뒤를 쫓아온 누군가가 등 뒤에서 거칠게 칼을 내려쳤던 것이다.

붉은 피가 다시 튀었다.

자신의 손으로 쓰러뜨린 외궁의 경비대장 옆을 지나 위풍당당한 자태로 안으로 들어서는 이를 보고 재상의 얼굴이 일그러졌다.

재상의 노호성이 터져 나왔다.

"이 무슨 무도한 짓인가, 갈리시아 후작!"

후작은 빠른 걸음으로 다가와 경비대장의 피가 묻은 검을 뻗어 재상의 목을 겨누었다.

"그 목이 아까우면 입을 다무시는 편이 좋을 게요, 재상."

"자네……!"

재상의 말은 더 이어지지 못했다. 갈리시아 후작의 칼날이 목의 살갗을 얇게 찌르고 들어왔기 때문이다.

"크!"

다행히 목숨을 빼앗지는 않았으나, 단순한 위협 수준이 아닌 것은 분명했다.

재상의 목에서 피가 흘렀다. 후작의 흉흉한 눈은 재상이 거역하면 즉시 목숨을 거둘 준비가 충분히 되어 있다는 것을 최선을 다해 주장하고 있었다.

재상이 후작에 의해 제압당하고, 연달아 홀의 문을 통해 곳곳에 피를 묻힌 갑옷을 입은 기사들이 우르르 밀려들어오기 시작했다.

"이게…… 무슨."

이것이 진짜 목적이었던 거다. 처음 소란이 인 곳은 추밀원을 경호하던 인원을 줄이기 위한 술수였다. 제도 밖에서 황제가 이끄는 군을 공격한 것도 잠시 루크레티우스의 발을 묶기 위한 것.

인식과 함께 지독한 공포가 등줄기를 타고 올랐다.

거의 패닉에 빠지기 직전, 열린 문으로 익숙한 여인이 천천히 걸어들어 왔다.

'태후!'

태후 카틀레야는 마치 무대의 여주인이라도 된 듯 당당한 기세로 들어섰다.

재상의 얼굴에 낭패감이 어렸다. 홀 안의 모든 이들의 귀에 그의 부름이 마치 질책처럼 들린 것은 틀린 해석이 아니었으리라.

"……태후 폐하!"

카틀레야가 홀 안으로 들어서자, 로열가드에게서 풀려난 후작이 문을 정중히 닫았다. 후작위에 있는 이가 마치 태후의 시종이라도 된 듯 극진했다. 태후는 남동생인 후작의 시중을 마치 숨 쉬듯 당연하게 받아들였다.

태후는 공정의 홀에 모인 제국 중진들을 한번 쭉 훑어보고는, 연극적인 어투로 말을 시작했다.

"이런, 제가 많이 늦은 것 같군요. 불행한 사건이 벌어졌다지요?"

원탁을 사이에 두고 태후는 재상과 서로 마주보는 위치에 섰다. 재상은 긴장한 듯했으나 겉으로 내색하지 않고 부드럽고 여유 넘치는 태도로 받았다.

"말씀대로입니다. 소식이 참으로 빨리 닿은 모양이군요."

그의 말 속에 숨은 뼈는 제법 굳건하고 날카로웠다.

당황한 사람은 나만이 아니었다. 정확히는 태후와 그 일파를 제외한 이들이 모두 허를 찔려 허둥지둥하고 있었다.

얼음물을 머리 위에서부터 뒤집어쓴 것 같았다.

나는 덜덜 떨리는 턱에 힘을 주었다. 그리고 피 맛이 느껴질 정도로 강하게 입술을 깨물었다. 두 손을 손톱이 살을 파고들 정도로 힘을 주고서, 어깨를 펴고 고개를 들었다.

목소리가 들린 방향을 향해 천천히 몸을 돌렸다. 어느새 등 뒤까지 다가온 한 여인이 승리감에 찬 얼굴로 나를 바라보고 있었다.

그녀다.

태후, 카틀레야.

태후는 비웃듯 입을 열었다.

"아직 상황이 제대로 이해되지 않느냐? 아가야."

내 목이 쥐어짜 내는 소리가 제발 떨리지 않기를 빌며, 한 자 한

자 신중하게 내뱉었다.

“설마요. 이 상황을 보고 의미를 이해 못할 정도로 어리석지는 않답니다.”

태후는 높이, 정말로 높이 홍소를 터뜨렸다. 그러고는 원탁 위에 놓여 있던 제국군 동원령 서류를 집어 올려 쫙쫙 찢어 버렸다. 거의 종잇조각이 된 그것을 마치 선물이라도 된다는 듯이 내 치맛자락 위로 휘휘 뿌렸다. 과시하는 퍼포먼스였다.

나는 최대한의 자제력을 짜 내어 비명을 지르거나 그녀에게 달려들지 않을 수 있었다.

‘진정해. 진정해야 해, 비나. 이럴 때일수록, 더 침착하지 않으면…….’

손안에 차가운 땀이 가득 찼다.

‘모든 게 끝이야.’

나는 애써 얼굴에 미소를 올리며 태후에게 말을 걸었다.

“설마 이런 일까지 벌이시리라고는 미처 예상하지 못했습니다.”

태후는 낮게 혀를 찼다.

“그 예상 못한 것이 네 패인인 게지. 과정이나 명분이 어찌되었건 결과가 모든 것을 말한단다. 중요한 건, 힘이지.”

“……글쎄요.”

나는 이를 악물고 미소 지었다.

갈리시아 후작과 함께 밀려든, 내 입장에서는 너무나도 명백한 ‘반란군’들은 삽시간에 홀 전체를 장악하고 봉쇄했다.

나는 갈리시아 후작은 당연히 제도 밖에서 루크레티우스와 대치하고 있으리라 예상했다. 그리고 황궁에서 사라진 태후 역시 밖으로 도주하였으리라 믿었다.

안일한 생각이었다.

황제가 없는 상황에서 이 홀에 모인 이들은 제국을 이끄는 중진들. 이들의 신병만 확보하면 제국 전체를 손아귀에 쥔 것과 같다.

바로 저 태후가 말이다.

카틀레야는 배부른 고양이처럼 만족스럽게 미소 지었다.

갈리시아 후작의 군사들은 재상을 위시한 추밀원 회의의 인사들을 강제로 구속했다.

재상은 등 뒤로 손을 묶인 뒤 강제로 의자에 앉혔다. 그는 태후와 토루카 후작, 갈리시아 후작을 노려보며 외쳤다.

"감히 황궁의, 공정의 홀을 범하다니……, 이러고도 무사하실 수 있으리라 생각하십니까?!"

그 목소리는 위엄이 넘쳤으나, 지금 상황에서 그 위엄은 어떤 것도 해결해 줄 수 없었다. 태후는 나직이 재상을 비웃었다.

"이것만은 분명하겠군요. 재상의 협박이 나를 해하는 것보다, 내 명령이 재상의 목숨을 해하는 것이 더 빠르겠지요."

"감히……!"

갈리시아 후작은 혀를 차며 고개를 흔들었다.

"회유한다고 들을 인사가 아닙니다."

태후는 나직이 웃었다.

"하지만 바로 죽이기에는 부담이 커요. 잠시 두고 보죠."

갈리시아 후작은 깍듯이 태후에게 예를 표했다.

"예, 폐하."

태후의 즐거움으로 가득한 시선은 강제로 구속된 반대자들을 거쳐, 묶이진 않았지만 갈리시아 후작의 기사들이 든 무기에 위협받는 중인 이들을 향했다.

"그대들이 어찌 행동하는 것이 목숨을 위해 옳을지 심사숙고해 보세요."

아무도 대답하지 않았다. 그러나 그 누구도 저항하지 않았다.

남은 이들, 몇 안 되는 이들은 처음부터 태후의 사람이었던 자들. 그들은 상황이 파악되자마자 어깨를 펴고 의기양양하게 태후 곁에 서 있었다. 마치 이 상황이 자신들의 공이라 자랑이라도 하고 싶은 표정이다.

역겨웠다.

그리고 마침내…….

그녀의 시선이 한 곳에 닿았다. 바로 내게 말이다.

"그래. 네가 날 꽤나 애먹이기는 했단다. 그 덕분에 지금 같은 모험을 하게 되었으니……."

"……저를 그리도 인정해 주시다니, 영광이군요."

나는 한껏 미소 지었다. 태후는 반대로 입가를 비틀어 일그러뜨렸다. 처음으로 겉으로 드러난 여자의 진심은 마치 괴물의 것처럼 무시무시하고 격렬했다.

"그래. 내 너에게 얼마나 고마웠는지 아니? 너무나도 고맙고 귀여워서, 어찌나 너를 찢어발겨 버리고 싶었는지!"

그녀는 그 귀신같은 얼굴이 마치 거짓이었다는 듯이 화사하고 아름다운 얼굴로 돌아와 함빡 미소 지었다. 한껏 물 오른 꽃이 피어나듯이. 그래서 오히려 더 무서웠다.

태후가 천천히 다가왔다.

"자, 이리 주렴."

무엇을 달라고 말하는지 모를 수는 없다. 나는 천천히 뒷걸음질쳤다.

루크레티우스가 내게 맡긴 인장 반지다. 그걸 저 여자에게 빼앗길 수는 없다.

그가 내게 맡긴 이 제국을, 저 여자에게 무력하게 빼앗길 수는 없어!

그때였다.

"어딜……!"

갈리시아 후작이 내 손목을 강제로 잡아채어 등 뒤로 당겨 제압해 버렸다.

"악!"

후작은 반항하는 나를 힘으로 억누르며 반지를 빼앗으려 했다. 나는 발버둥 치며 외쳤다.

"감히 황비의 몸에 손을 대다니, 이 반역자!"

태후는 재미있다는 듯이 비웃었다.

"황비? 누가? 황제 없는 황비가 대체 무슨 의미가 있다고?!"

그녀의 비웃음에 토루카 후작을 위시한 태후의 심복들은 하나같이 나를 향해 웃음을 터뜨렸다. 내게는 그에 대해 모멸감을 느낄 여유도 없었다.

“크!”

잠시간의 실랑이 끝에, 내 손가락 사이에 있던 루크레티우스의 인장 반지가 갈리시아 후작의 손을 거쳐 태후의 손에 넘어갔다.

태후는 감격스럽다는 듯한 손짓으로 인장 반지를 집어 들었다. 선명한 황금빛이 홀의 조명 아래 빛났다.

“그래. 드디어 손에 넣었구나. 참으로 길었어. 그 선황도 이것만은 내게 건드리는 것조차 허락하지 않았으니까.”

나는 감정에 겨워 외쳤다.

“놔! 그건 당신 것이 아니야!”

태후는 나직이 웃었다.

“그래, 내 것은 아니지. 난 단지 잠시 맡아 가지고 있을 뿐이야. 진짜 주인이 와야겠지.”

태후는 그리 말하며 손뼉을 쳤다.

한 기사에 이끌려 창백한 얼굴의 소녀가 들어왔다.

“릴리아나 황녀!”

태후는 미적거리는 릴리아나에게 다가가 손목을 잡아채어 억지로 끌어당겼다. 릴리아나는 가까스로 넘어지지 않을 수 있었다. 그리 잡아당긴 릴리아나의 오른손에 태후는 억지로 인장 반지를 끼웠다.

“이제야 국새가 정당한 주인을 찾았구나.”

릴리아나는 파리한 얼굴로 외쳤다.

“그만, 그만두세요! 어마마마!”

목소리에 울음이 섞여 있었다. 그러나 그 말을 신경 쓰는 이는 아무도 없었다. 릴리아나의 거부나 의지는 지금 상황을 반전시킬 어떤 힘도 가지지 못했다.

나는 외쳤다.

"아니! 당신은 찬탈자일 뿐이야. 황제를 해하려 한 반역자!"

태후는 소리 높여 웃었다. 그녀의 목소리는 마치 깨진 유리조각들을 한꺼번에 자루에 몰아넣고 흔드는 것처럼 날카로운 소음을 만들었다. 그것이 홀 안을 한 바퀴 메아리쳤다.

거짓말처럼 웃음을 그친 태후가 나를 보며 빙긋이 웃어 주었다.

"그럴 리가. 나는 결코 루크레티우스 '선황'을 해하지 않았단다."

"선황이라니!"

나는 물론 묶인 대신들 몇몇의 격노한 목소리가 터져 나왔다. 태후는 개가 짖는다는 듯이 무시했다.

"내가 갈리시아 후작을 통해 군대를 동원하는 강수를 둔 건, 어디까지나 황제를 암살하고 황통을 제 욕심으로 틀어쥐려 한 자를 벌하기 위해서야."

"뭐, 라고?"

등 뒤가 서늘했다. 설마…….

"죄인을 꿇리세요."

태후의 명령이 떨어지자, 갈리시아 후작은 무서운 힘으로 나를 억지로 눌러 무릎을 꿇게 만들었다.

그녀는 피비린내가 물씬 풍기는 미소로 나를 내려다보며 선언했다.

"사비나 르 크렌시아. 네가 황제를 죽이고 황권을 찬탈하려 들지 않았느냐?"

"무슨…… 말도 안 되는 주장을 하는 거야?!"

기가 막히고 코가 막히는 헛소리다. 그러나 태후는 희극적으로 진지했다.

"아니, 내 말은 사실이란다. 너는 제국을 그 손안에 넣어 휘두르기 위해 간악한 꾀로 네 남편을 죽인 게야."

나는 분노로 부들부들 떨리는 목소리로 외쳤다.

"헛소리는 그만하시죠! 증거가 있나요?"

태후는 자애롭게 웃었다. 그 말과 전혀 어울리지 않아 도리어 소름끼치는 미소.

"증거는 중요하지 않단다. 그것이 사실이라는 게 중요하지."

"말도 안 되는……!"

입에서 험한 말이 터져 나왔다. 그러나 신경 쓰는 이는 아무도 없었다. 태후 일파는 내 사소한 반응을 무시했고, 재상을 위시한 이들은 나와 비슷한 반응을 보였기 때문이다.

"그 무슨 무도한 주장을……!"

"증거도 없이……!"

다들 나와 비슷한 말로 항의하다가, 몇몇 대신들은 기사들에게 얻어맞거나 입에 재갈이 물려지기도 했다. 그 장면을 보고 있자니, 지금 현실이 새삼 뼈저리게 와 닿았다.

내게는 힘이 없었다. 현재 상황을 지배하는 것은 바로 태후다. 내게는 그녀의 손아귀에서 벗어날 힘도 능력도 없다.

태후는 나직이 웃음을 터뜨렸다.

"자, 귀찮은 날파리 소리는 정리가 되었으니…… 이제 결정을 지어야지."

결정? 무슨 결정?

나는 긴장감이 목 끝까지 차오르는 것을 느꼈다.

태후는 나를 보며 웃었다. 매우 불길하고 적극적인 적대감이 느껴지는 웃음.

이건 절대 내게 긍정적인 방향으로 전개되지 않으리라.

내가 무어라 말을 하려는 찰나, 태후가 손을 들어 올리고 가혹한 명령의 말문을 열었다.

"불행히 살해당한 선황 루크레티우스와 그 후계자, 나의 딸 릴리아나를 대신해 태후 카틀레야 르 크렌시아가 명하겠다."

저 긴 문장 속에서 유달리 선황이라는 부분에 웃음기 섞인 강조가 붙은 것은 결코 내 착각이 아닐 것이다.

말이 떨어지자마자 후작은 서기관을 위협해 원탁으로 끌고 왔다. 서기관은 목에 칼이 들이대진 상태로 태후의 명령을 문서로 만들기 시작했다.

조금 전 재상과 내 명령에 따라 군대에 대한 동원 명령을 문서화하던 그 손으로 이제는 태후의 명령을 받아 적는다. 태후의 목소리는 더없이 높고 날카로웠다. 그것은 곧 세상에서 가장 잔혹한 징벌의 창이 되어 내게 내리꽂혔다.

"감히 사리사욕을 위해 자신의 부군인 선황을 암살하고 황권을 탈취하려 한 죄. 무겁다 아니할 수 없다."

"거짓말이야!"

내가 외쳤지만, 허공에 던지는 의미 없는 저항일 뿐이었다.

"응당 반역죄로 다스려야 할 것이니, 황비 사비나 르 크렌시아에게 황제를 대신하여 처형을 명한다."

아무리 발버둥 쳐도 닿지 않았다. 기사들의 억센 팔 아래 눌려 있는 내 앞에서, 태후는 보란 듯이 웃으며 서기관이 만들어 바친 문서에 인장 반지를 찍었다.

말도 안 되는 명령이 적힌 문서에 국새가 찍혀 그 문서를 적법한 것으로 강제한다. 그러나 이것이 얼마나 사리에 맞지 않는 상황인지는 너무나도 분명했다. 태후는 과시하듯 주변을 둘러보며 물었다.

"이 칙명에 다른 의견이 있는 분들은 이야기하세요."

홀에는 제대로 된 말로 이루어진 항의가 나오지 않았다. 당연하다. 저항하고 외치려는 이들은 이미 모두 묶이고 입이 막혀 있었던 것이다. 막힌 입으로 대체 어떻게 항의할 수 있다는 말인가.

도리어 토루카 후작이 큰 목소리로 외치며 고개를 숙였다.

"태후 폐하의 영명하신 결단에 감탄할 뿐입니다."

입이 막히지 않은 태후 일파의 대신들만이 같은 말을 구관조처럼 반복했다. 태후는 소리 높여 선언했다.

"처형 시기는 내일 아침. 동이 틀 때 황궁에서 집행하지요. 그래, 장엄의 홀에서."

나는 그대로 태후궁의 한 침실로 끌려가 갇혔다.

태후는 말했다. 처형은 내일 동틀 시각에 한다고. 내일 해가 뜨면 나를 죽이겠다는 공언이었다.

창밖을 보았다. 아직 새벽조차도 되지 않은 시각. 밤이 막 시작된 시각이다.

태후가 벌써 날 죽이려 끌고 갈 시간은 아니다. 황족을 처형하려면 분명 많은 준비가 필요하리라.

태후의 과시적 성격으로 본다면, 그녀는 나에 대한 원한을 풀기 위해서라도 내 목을 자르기를 바라리라. 더불어 이는 제도의 귀족들 모두에게 보여 주는 가장 효과적인 퍼포먼스일 것이 분명했다.

"나를 따르지 않는 자들은 황비와 같은 꼴이 되리라!"

……라는 공개적인 선언.

이대로 얌전히 갇혀서 죽을 때만을 기다릴 수는 없었다. 그럴 생각도 없다. 한번 거하게 당했다고 순종적으로 죽음을 기다리고 앉아 있는 것은 절대 나답지 않다.

난, 살 거야!

죽기 싫다고!

게다가 루크레티우스가 있었다.

그가 정말로 죽었을 거라고는 생각할 수 없다. 불안감이 내내 발치에서 나를 파먹으려 들었지만, 그럼에도 그가 죽었을 리 없다고 믿어야 했다.

동화 속 탑에 갇힌 공주님처럼 왕자님이 구해 주기를 기다리는 심리는 아니었다.

객관적으로 분석해도 루크레티우스가 죽었을 가능성이 낮기에 이러는 거다.

반란군과 루크레티우스가 사냥대회를 빙자하여 끌고 나간 병력 사이에서 전투가 벌어진 것은 분명했다. 싸움의 결과는 불확실하나, 다급하게 일어난 반란이다. 동원 병력이 클 거라고는 생각하기 어렵다. 차라리 소수로 기습하여 혼란을 만드는 것 자체가 목적이었다 봐야겠지. 그렇다면 태후는 목적을 대부분 이룬 셈이다.

혼란의 와중에 추밀원 회의를 장악하고 나를 포로로 잡았다. 갈리시아 후작을 통해 회유한 제국군을 버리면서까지, 나를 비롯한 추밀원과, 루크레티우스가 맡긴 국새를 확보하려 했다.

정확한 건 파악하기 어렵지만, 직접 황궁을 수비하고 있는 로열가드의 다수는 루크레티우스가 신뢰하는 자들이다. 태후가 직접 동원한 병력은 황궁 전체를 다 커버하기도 어려운 소수이리라.

그럼에도 황궁을 둘러싼 로열가드가 쉬이 움직이지 못하는 이유는 하나였다. 태후 일파에 의해 구금된 나와 추밀원 의원들 때문이다. 그들로서는 우리의 안전이 태후의 손에 달린 상황에서 선불리 전투를 벌이긴 어려웠다.

이 난처한 상황 앞에서 판단을 내리고 명령을 내릴 권한을 가진 이조차 부재한다. 루크레티우스는 제도 밖에서 반란군에 의해 손발이 묶인 상태. 나는 국새를 빼앗기고 잡혔으며, 재상 역시 구금되었다. 로열가드의 수장조차 루크레티우스를 호종하여 황궁에 없으니, 머리를 모조리 잘린 꼴인 로열가드가 알아서 움직여 주기를 바라기는 힘들었다.

나에 대한 감시가 너무나도 철저했다. 태후의 명을 받는 시녀들과 그들이 지휘하는 체격 좋고 힘센 하녀들이 눈을 잠시도 거두지 않는다. 그들은 잠잘 생각도 없어 보였다.

어떻게든 탈출하기 위해 머리를 굴렸다. 화장실에 가고 싶다고 우겨 볼까, 아니면 갑자기 아프다고 꾀병이라도 부려 볼까. 어느 쪽이든 저들이 꿈쩍이라도 할 것 같지 않다.

이대로 날이 밝을 때까지 탈출에 성공하지 못하면 꼼짝없이 처형장으로 끌려갈 참이다.

머리를 데굴데굴 굴렸다. 열이 날 것 같지만, 뇌가 삶아지는 한이 있어도 탈출할 방법을 찾는 게 급하다!

바로 근처에 있는 벽난로가 눈에 들어왔다. 곁눈질로 거리를 가늠했다. 오른손 약지에 끼워진 알 굵은 반지가 초조히 움찔거리는 손가락 사이에서 서늘하게 제 존재감을 과시했다.

대뜸 배를 잡고 뒹굴었다. 나를 묶어서 앉힌 의자가 함께 나뒹굴었다. 벽난로 쪽으로 더 자연스럽게 다가가도록 힘써서 몸을 움직였다.

—쿠당탕!

"아, 아악! 배, 배가!"

감시하던 시녀들과 하녀들이 당황해서 몰려왔다.

"배? 갑자기 왜 배가?"

"꾀병을 부리는 게 아닐까요?"

그녀들도 매우 정확하게 내 의도를 맞혔다. 이 정도는 예상했다. 하지만 더 당황하게 하면 뭔가 틈이 생길지도 모른다. 성공하든 실패하든 어차피 본전이다.

그리하여 나는 애처로이 외쳤다.

"아, 아이, 아기가……!"

바닥에 드러누운 나의 주변에서 우왕좌왕하던 여자들 사이에 혼란이 번졌다.

"어, 어쩌죠? 설마 임신한 상태인 건?"

"시녀장님께 여쭤 봐야……!"

"어차피 포로잖아요! 그것도 내일이면 처형하실 거라던데!"

"그래도 상태를 알리는 것이……!"

나는 스스로도 감탄할 연기력을 혼신의 힘을 다해 펼쳤다. 누가 들어도 다 죽어가는 목소리가 입에서 흘러나왔다.

"아, 으, 아윽……! 의, 의사를……! 궁의를 불러……."

미처 말을 마치기도 전에 혼절하듯 고개를 떨어뜨리고 팔다리를 미세하게 경련했다. 내 상태를 살피던 하녀들은 망설이며 나를 구속한 밧줄을 풀고 돌처럼 굳은 내 손발을 주무르며 어찌할 바를 몰랐다.

태후가 나를 바로 죽이지 않은 건 아마도 루크레티우스에 대한 견제이리라.

아직 그의 죽음에 대한 소식은 없었고, 제도 목전에서 벌어졌을 전투의 결과가 오지 않았다. 이쪽도 저쪽도 혼란의 도가니 상태인 탓이리라.

태후가 추밀원에서 단칼에 베어 버려도 좋을 나를 굳이 아직까지 살려 둔 이유는, 제도 밖 전투 결과에 따라 내가 인질로서 가치가 있으리라 판단하고 있어서일 가능성이 높다.

그러니 내일 아침에 나를 처형하겠다는 건 그 즈음이면 전투가 어찌되었는지 결과가 나오리라는 의미이기도 했다. 아마 그 상황이나 소식에 따라 처형 시각도 바뀌겠지. 그러니 적어도 오늘밤 내가 맥없이 죽으면 태후 쪽도 곤란한 것이다. 당장 내일 어떻게 될

지는 모르지만.

그러니 시녀와 하녀 들은 자신들의 책임에 놓인 내가 당장 죽어 나갈 듯 유산 기미를 보이며 바닥을 구르자 당황했다.

예상한 대로였다. 벽난로가 바로 근처였다. 손만 뻗는 것으로 충분하다.

내 주변, 정확히 벽난로 부근에 나를 감시하는 이들 역시 몰려 있다. 이거면 충분하다.

나는 재빠르게 오른손 약지에 끼워진 반지에 박힌 검은 진주알을 뽑아 낸 다음, 그대로 벽난로를 향해 던지고 숨을 참았다.

—펑!

소리는 그다지 크지 않았다. 그러나 불꽃 속으로 던져진 반지의 알갱이는 그대로 폭발하며 엄청난 양의 연기를 뿜어내기 시작했다. 일시적이지만 강력한 수면향을.

"어?"

"이게 무슨?"

당혹해하던 여자들은 벽난로에서 뭉게뭉게 뿜어지는 연기를 무의식적으로 들이켰다. 그들은 소란을 떨거나 비명을 지를 사이도 없이, 곧 벽난로에서 가까이 있는 순서대로 어지러워하며 바닥으로 쓰러지기 시작했다.

"아아!"

"이건……!"

그들의 목소리는 곧 잠꼬대처럼 웅얼대는 소리로 변하여 잦아들었다. 나는 그대로 몸을 굴려 주변을 둘러싼 여자들 사이에서 빠져나왔다. 여전히 숨을 참는 채로.

방 안에는 벽난로 안에서 아직도 뿜어내고 있는 수면향이 가득했다. 나는 침착하게 오른손 중지에 끼인 반지에서 다른 알갱이를 뽑아 입 안에 털어 넣고 씹었다. 씁쓸한 맛이 혀를 찔렀다. 수면향에서 의식을 잃지 않게 해 주는 각성제였다.

수면향도 각성제도 전부 로우손의 작품이다. 살아서 탈출하는 데 성공하면 로우손에게 감사 인사를 해야지.

수면향의 지속효과는 한계가 있었다. 서둘러 쓰러진 하녀들 중 나와 대충 체격이 비슷한 여자를 골라 옷을 벗겨 몸에 걸쳤다. 다른 중년 하녀가 쓴 머릿수건으로 검은 머리카락을 꼼꼼히 가렸다. 다행히 겨울이라 기장이 길어 고개를 깊이 숙이면 얼굴생김이나 피부색이 눈에 띄지 않을 거 같았다.

심호흡을 하고 방의 빗장을 연 다음 문을 나섰다.

문 앞을 지키고 있는 병사들이 의아한 얼굴로 보았다. 방문은 안쪽이 보이거나 연기가 새어나오지 않도록 신경 써서 닫았다. 다행히 이들은 안쪽 상태에 대해 바로 눈치채지 못한 듯했다. 하나만 빼고.

"아까는 무슨 소란이었지?"

"……."

식은땀이 쭉 났다. 아까 내가 바닥을 구르면서 시녀들이 소란을 피운 상황을 말하는 거다. 재빨리 대충 떠오르는 대로 둘러댔다. 일부러 목소리를 낮추어, 언뜻 듣기에 내 목소리처럼 들리지 않도록 했다.

"황비가 난동을 부리는 것을 저희들이 잡아놓느라 잠시 소란이 있었습니다."

"지금은?"

"다시 단단히 묶어 두었으니 더는 문제없을 겁니다."

다행히 기사들은 변명에 의문을 느끼지 않는 듯했다. 바로 확인하지 않는 것을 보면.

이곳의 풍습을 보면 당연했다. 내가 갇혀 있던 방은 태후가 직접 사용하던 침실이다. 주인의 허락 없이 외간 사내가 귀부인의 방에 들어가는 것은, 그 남편이나 가족에게 살해당해도 할 말이 없는 무도한 짓이었다. 태후가 괜히 나를 가두면서 여자들만 내부 감시원으로 둔 게 아니다.

그런데 기사는 다른 점에서 호락호락하지 않았다. 그냥 좀 설렁설렁 넘어갈 것이지!

"그런데 넌 무슨 일로 나가는 거지?"

다시 머리를 굴렸다. 입이 생각과 동시에 움직였다.

"황비가 난동을 부리던 중에 황비와 시녀 분 중 몇 분이 약간 다치셨습니다. 약을 받아 오라 명하셔서 나왔습니다."

"그래."

기사들은 고개를 끄덕이며 손을 흔들었다.

"다녀오도록."

"예."

나는 하녀답게 고개를 푹 수그리고 바삐 걸었다. 어디로 나가는 것이 좋을까? 태후를 따르지 않는 로열가드들이 있는 곳이 잘 가늠이 되지 않았다. 최대한 머리를 굴리고 계산하며, 발은 열이 나도록 돌아가는 머리보다 더욱 빠르게 움직였다.

그때였다. 익숙한 목소리 하나가 급작스럽게 튀어나와 내 뒷덜미를 잡아챈 것은.

"어디를 가는 게냐?"

유리조각이 대리석 위를 긁는 듯한 목소리. 심장이 그대로 바닥으로 굴러 떨어진 것을 다른 사람이 즈려밟는 느낌이다.

태후. 그 여자다.

저 여자가 지금 왜? 한창 황궁 장악을 시도하느라 정신없는 거 아니었어?

내가 무어라 변명거리를 찾아 입술을 달싹이기만 하는 중이었다. 성큼성큼 다가오는 구둣발소리가 울렸다. 무의식적으로 뒷걸음질 쳤으나, 상대가 더 빨랐다.

머리에 푹 눌러쓴 머릿수건이 거친 손길에 잡혀 벗겨졌다. 애써 꼼꼼히 넣어 놓은 검은 머리카락이 어지럽게 흩날렸다. 나는 입술을 깨물며 고개를 들었다.

해초처럼 휘날리는 나의 검은 머리카락 사이로, 태후 카틀레야의 희열 어린 얼굴이 드러났다. 그녀는 나직이 평했다.

"제법이구나."

그리고 주변에 명했다.

"잡아."

거친 손길이 양 옆에서 팔을 눌러 제압했다. 절로 튀어나온 욕설이 입 안에서 껄끄러운 모래알처럼 씹혔다.

"*젠장!*"

그대로 다시 묶여서, 탈출 시도 때문에 난장판이 된 침실 대신 그 옆방으로 끌려 들어갔다. 수면향에 기절한 시녀들은 두통을 호소하며 들려 나갔다.

방 안에 남은 사람은 단둘. 의자에 꽁꽁 묶인 나와, 그런 나를 빤히 바라보고 있는 그녀.

태후 카틀레야.

입 안이 바짝 말랐다. 입술에서는 피 맛이 났다. 당연했다. 그 난장판을 벌였는데, 입술 조금 깨무는 정도로 끝난 게 기적이다. 물론 지금 결과는 기적이라기보다는 절망에 가까웠지만.

태후는 웃음기가 묻어나는 목소리로 나를 쿡 찔렀다.

"꽤 귀여운 재주를 부렸구나."

"어떻게 나인 줄 안 거죠? 하녀옷을 입고 머리도 감추고 있었는데. 뒷모습만 보고 알아내다니, 대단하시네요."

태후는 붉게 칠한 손톱으로 자신이 앉은 의자의 팔걸이를 긁으며 여상스럽게 답했다.

"걸음걸이가 달랐으니까. 허드렛일 하는 하녀가 귀부인이나 귀족 영애들처럼 걸으니 기이하였지. 게다가 하필이면 널 가둬 둔 침실

앞에서 그리 수상한 아이가 나가는 걸 봤으니, 확인은 해 봐야지."

"……."

무서울 정도로 관찰력이 뛰어나다, 이 여자.

"머리 굴러가는 소리가 여기까지 들리는 것 같구나. 그래 봤자 도망갈 방법은 없단다."

나는 일부러 해죽 웃으며 답했다. 진짜 두렵고 무서워도, 그런 티는 내면 안 된다.

"또 모르죠. 지금이라도 루크레티우스의 군대가 이대로 황궁으로 쳐들어오거나, 로열가드들이 이 방을 둘러쌀지도."

태후는 키득키득 거린다.

"그럴 수도 있겠지."

그녀는 몸을 기대고 있던 의자에서 일어나 다가왔다. 그리고 바로 앞에 서서 붉은 손톱을 세워 살살 장난치듯 내 목덜미를 건드렸다. 마치 칼날이 목에 닿은 듯한 느낌.

꿀꺽. 침 삼키는 소리가 더없이 크게 울리는 듯하다.

"그러니 너를 이리 잡은 게야."

"뭐, 라고요?"

"아무리 내가 갈리시아 후작을 통해 군을 움직인다 해도, 숫자는 한계가 있어. 사병을 키우는 것은 허락되어 있지 않으니, 결국 제국 안에 존재하는 무력은 전부 황제 휘하의 정규군 뿐. 선황 대에 일부가 유력한 장성들의 사병이 되었어도, 한계는 명백하지. 게다가 루크레티우스가 그리 사병화된 세력을 쪼개려고 기를 썼으니 더욱 그래."

"잘 아시면서 이런 일을 벌이셨군요. 어차피 곧 루크레티우스가 개선할 거예요. 지금이라도 포기하시는 게 그나마 목숨이라도 보존할 방법일 텐데요."

"목숨만 보존하여 무에 쓰라고."

그녀가 툭 던진 말은 너무나도 당연하다는 듯한 어조였다. 내용과는 달리.

"내 일생동안 오로지 이 손안에 모든 것을 쥐기 위해 살아왔단다. 이제 와서 너와 루크레티우스 앞에 머리 숙이고 목을 보존한다한들, 그 삶에 무슨 의미가 있을까?"

"……세상에 목숨보다 중한 건 없으니까요."

태후는 코웃음 쳤다.

"너 자신도 그리 생각 아니하면서 잘도 말하는구나. 네가, 그런 의미 없이 목숨만 부지하는 삶을 기껍다 여길 아이가 아니거늘."

"어찌 그리…… 확신하시나요?"

말은 이리 하면서도, 나는 섬뜩했다. 이 여자는 정말로 정확하게 나를 꿰뚫어보고 있었다.

"그야 당연하지 않니. 한 사람을 가장 확실히 이해는 건 그 적이란다. 너 역시 나를 올바로 이해하겠지."

"……."

식은땀이 줄줄 흘렀다. 딱히 살기를 흘리거나 노려보는 것도 아니다. 도리어 지금 그녀는 나를 만난 이후 가장 다정하고 상냥하게 진심으로 말하고 있었다. 그런데도, 일전보다 몇 배로 무서웠다.

"어찌되었건 내가 긁어모은 병력으로는 제국 전체를 뒤엎어 국새를 손에 넣을 수 없어. 지금처럼 시기가 잘 맞아 일시적으로 뒤흔들 수는 있어도, 장기화되면 아마도 패할 수밖에 없을 게다. 명분도, 힘도 밀리니까."

"잘 알면서 왜 이런 짓을 한 거죠?!"

태후의 얼굴에 드리워진 미소가 짙어졌다.

그녀의 손톱이 천천히 내 턱을 덧그리며 올라와 뺨을 쓰다듬었다.

"그래서 너를 잡은 거란다. 처음부터 내가 이 일을 벌인 이유는 너를 손에 넣기 위해서였지."

"뭐?"

태후는 다시 킬킬거렸다.

"설마하니 루크레티우스 그 아이가 진심으로 사랑 놀음에 빠질 줄은 몰랐으니까. 타인을 심장에 들이면 결과가 어찌될지 잘 알면서도, 희망을 가진 모양이야. 마지막에 이르러 어리석었구나."

"무슨 소리를 하는 거야!"

발버둥 치려 했지만 소용없었다. 조금 전 탈출 시도 이후, 기사들이 수갑과 쇠사슬을 가져다 나를 이 철 의자에 꽁꽁 묶어 두었으니까.

그런 내 발악을 기쁘게 감상하며, 태후가 귓전에 속삭였다.

"네가 루크레티우스의 심장이니까."

상냥한 속삭임이 그대로 형체 없는 칼날처럼 심장을 후벼 파려 들었다.

"너를 죽이겠다 하면, 루크레티우스는 함정임을 알고도 올 게다."

그녀의 설명이 친절하게 이어졌다. 속에 담긴 내용은 어투와 지극히 대조적이었다.

"내일 너를 처형할 처형장은 황궁 안에 마련될 거란다. 실내에, 내 명을 따르는 기사들로 에워싸인 가운데서. 이미 이 소식은 제도 전역에 알렸어. 제도 밖에 있을 루크레티우스도 들었겠지."

태후는 단언했다.

"제국군을 다시 수습하여 황궁 안으로 밀고 들어올 여유는 없지. 아마도 직접 달려올 게다."

나는 이를 악물었다.

"아니. 그는 황제야. 피가 얼음으로 된 남자. 그런 그가 올 리 없어."

와서는 안 된다.

태후는 나를 죽일 장소에 온갖 함정을 다 준비해 두리라. 루크레티우스가 온다 해도 문제였다. 이 여자는 나를 인질로 잡아 함정으로 걸어 들어온 루크레티우스의 목숨을 취하려 들 것이 분명했다.

그렇게 되어서는 안 된다. 절대 그의 짐이 되고 싶지 않았다. 그러나 이미 짐이 된 상태다.

암담했다.

태후는 나직이 웃었다.

"그래도 상관없단다. 그가 널 버리면 난 너를 죽이면 그만이니. 적어도 목적 하나는 이룰 수 있겠지."

"그가 나를 버리면 내가 그에게 가치가 없다는 뜻인데, 죽이는 게 목적이라고?"

내 비웃음에 태후는 마주 웃어 주었다.

"네가 가치가 없을 리 없잖니. 난 이미 알고 있단다. 루크레티우스 그 아이가 그런 표정을 하는 건 본 적이 없었으니까."

"꼭 루크레티우스의 어머니라도 된 듯이 말하시는군!"

"어미? ……그래, 사실은 어미라 해도 되겠구나. 제 배로 낳았다고 다 어미는 아니고, 부모가 오로지 애정과 헌신만으로 자식을 키우는 것도 아니니. 나는 그 아이를 내 배로 낳지 않았지만, 나의 증오와 절망으로 그 아이를 키웠다."

"……."

소름이 돋았다.

지난 시간이 떠오른다. 루크레티우스의 냉혹함과 잔인함을 두고, 태후와 다를 게 없노라고 홀로 비난하던 때가.

그리 본다면 이 여자는 틀림없는 루크레티우스의 어머니였다. 가장 선명하고 잔인한 방식으로 루크레티우스의 존재 안에 제 영혼의 낙인을 남겨 기른, 어미 아닌 어미.

"그러니 나는 그 애를 잘 안단다. 너라는 존재를 마음에 들인 순간, 그 아이에게 남은 길은 둘 중 하나인 게야. 너와 함께 죽든가, 혹은 네 시체 앞에서 제 영혼을 찢든가."

"……."

"나는 어느 쪽이든 상관없단다."

태후는 피비린내 묻은 미소로 나를 질리게 했다.

"그리되면 당신은 물론이고 당신 자식들, 동생도 무사하지 못할 거야!"

카틀레야는 순순히 고개를 끄덕였다.

"그렇겠지. 그게 무어 어때서?"

"당신은……!"

"어차피 제위를 둔 다툼이라는 게 다 그런 게야. 가헤스도 각오한 바일 테고."

처음 듣는 이름이지만 누구인지는 알겠다. 토루카 후작의 본명인 모양이다.

"릴리아나나 다른 아이들은…… 뭐, 릴리아나 그 아이는 이미 무사하지 못하지만 말이다."

나는 경악해서 외쳤다.

"뭐?"

"반란의 수괴로 올린 것이 심약한 아이에게는 부담이었던 모양이더구나. 추밀원 회의에서 나와 제 방으로 돌아가더니 자해하였다 하더군."

"그런 말을…… 그렇게 쉽게 해?"

태후는 흥밋거리조차 되지 못하는 이야기를 전해 주는 듯했다.

"당신 자식들이잖아! 그것도 아무 죄 없는!"

"제 역할 따윈 하나도 못한 것들을 내가 왜 신경 써야 하지?"

이 여자는 지금 진심으로 말하고 있었다.

부모가 자식을 사랑한다는 전제가, 일반적인 생각만큼 절대적인 명제가 아니라는 것은 안다. 이 세계에서도 고향에서도, 이미 몇 번이나 보고 들은 바 있으니.

그래도 저리 대놓고 경멸할 가치조차 없다는 듯 말하는 사람은 본 적 없었다.

저 여자는 아까 말했다. 누군가를 가장 잘 이해할 수 있는 건 그 적이라고. 나는 태후 카틀레야의 적이다. 그럼에도, 저것만은 죽어도 이해할 수 없었다. 이해할 생각도 없었다.

상대에 대한 혐오감이 벌레처럼 스물스물 치밀었다.

나는 악담을 내뱉었다.

"릴리아나가 당신 같은 여자를 안 닮아서 정말 다행이지!"

내 말에 태후는 티 없이 웃었다.

“그건 네가 틀렸단다.”

“뭐?”

“내가 릴리아나를 특히 싫어한 건, 그 아이가 내 아무것도 모르던 어린 시절의 모습과 너무 닮아서였으니까.”

“뭐……?”

잠시 무언가를 떠올리는 듯 이마를 찡그리던 태후는 곧 얼굴을 폈다. 잠시간이지만 그녀의 눈은 먼 곳을 보는 듯했다.

“너와의 대화가 즐겁긴 한 모양이구나. 쓸데없는 말까지 해 버리다니. 덕분에…… 안 좋은 기억까지 떠올라 버렸어.”

태후의 붉은 눈동자가 나를 응시했다.

“꽤 즐겁긴 했지만, 이제는 피곤하구나. 그리고 널 날이 밝을 때까지 그냥 놔뒀다간 어떻게든 난동을 부리려 들겠지.”

태후는 팔찌에서 가느다란 침을 하나 꺼냈다. 내가 약물을 꺼낸 반지와 비슷한 장치였다.

그것을 내 목에 서슴없이 찔렀다.

“윽!”

“그러니 잠시 자고 있으렴. 내일 일어나면 네 인생의 마지막 날이 시작될 게야.”

눈에 힘을 주려 했다. 그러나 소용이 하나도 없었다. 가물거리는 눈을 바로 뜨려 애쓰며, 꼬이는 혀로 욕설을 내뱉으려 했다.

“빌……어먹을, 여자……!”

그러나 제대로 소리가 되어 나왔는지는 확신할 수 없었다.

의식이 어둠 속에 파 먹혔다.

18. 밤을 물어뜯는 새벽

18. 밤을 물어뜯는 새벽

새벽이 되어 창밖이 희부옇게 밝아오기 시작하자, 나는 겨우 의자에 묶여 팔에 피가 통하지 않는 고역스러운 상태에서 벗어날 수 있었다.

시녀들은 그제야 나를 의자에서 풀어주고 일으켜 주었다. 그리고 물 한 모금 주지 않고는 강제로 질질 끌고 갔다.

내 옷차림은 어제 하녀로 변장하고 도주하려 시도하던 때 그대로였다. 허름하기 짝이 없는 옷자락은 형편없이 구겨졌고, 머리카락은 바닥을 구르고 난동을 부린 덕분에 산발이었다.

설마 머리 빗을 시간도 안 주고 끌고 가는 건 아니겠지?

……설마가 나를 잡았다.

시녀들이 우악스럽게 잡아끌고 간 곳은 황궁 중심부에 위치한 장엄의 홀이었다.

내가 처음으로 이 황궁에 도착했을 때 향한 곳. 그곳에서 선황과 태후, 그리고 루크레티우스를 만났다. 또한 대연회에서 그와 함께 첫 춤을 춘 장소이기도 했다.

곧 처형당할 죄인으로서 질질 끌려들어 가게 되리라고는 예상하지 못했다.

태후는 숫제 황제의 보좌 위에 당당히 앉아 있었다. 이번 반란의 주요 인물들인 토루카 후작과 갈리시아 후작 역시 태후 곁을 지키고 있었다.

릴리아나 황녀의 모습은 보이지 않는다. 자해했다 하는데, 설마 위독하거나 한 건 아니겠지? 어제 태후의 손에 끌려왔던 릴리아나의 파리한 얼굴이 떠올랐다.

태후와 후작들이 있는 단 바로 아래에는 휑하게 빈 공간이 마련되어 있었다. 그곳에는 검은 천을 머리에 쓴 한 남자가 서 있었고, 그 앞에 아마도 처형당하는 이가 목을 들이밀 나무 받침대가 놓여 있었다.

심플한 디자인의 나무받침은 기묘하게 불길한 붉은 색을 띄고 있었다. 마치 그간 이곳을 거친 희생자들의 피를 머금기라도 한 듯한 빛깔. 사람의 목이 놓이기 좋게 둥글게 파인 부분에는 보기만 해도 섬뜩한 도끼자국이 몇 개나 나 있었다.

백정처럼 우두커니 선 채 도살당할 소 취급을 받으며 끌려오는 나를 지켜보고 선 자는 아마 처형인이리라.

처형인 사내의 손에는 거대한 도끼가 들려 있었다. 그런데 도끼가 좀 이상했다. 한눈에 보기에도 일부러 날을 빼놓은 듯 듬성듬성 날이 깨져 있었다.

등줄기에 섬뜩한 두려움이 불쑥 치고 올라왔다.

아무리 지금 혼란스러운 상황이라도, 제국 황실이다. 처형인의 도끼를 새것으로 마련할 여유는 있었으리라.

'설마, 저거 일부러 저렇게 해 놓은 건 아니겠지?!'

머릿속으로 한국에 있을 때 흥미롭게 봤던 역사책 내용이 갑자기 떠올랐다. 차라리 기억 못하는 게 더 나을 내용이었다. 참수형이라는 것이 드라마나 만화에서처럼 쉬운 일이 아니라는 사실 말이다.

칼이나 도끼를 쓰는 사람의 실력이 매우 뛰어나고 무기가 날카롭지 않으면, 처형당하는 이는 고통 없이 단번에 가지 못한다고 했다. 두세 번 칼을 내려쳐야 하거나, 날이 많이 무디고 처형인이 초보인 경우에는 그 이상으로 더 내려쳐야 숨이 끊기는 경우도 있다고 했다. 그래서 사형수의 가족이 고통 없이 보내 달라며 처형인에게 뇌물을 주기도 했다.

일부러 무디게 해 놓은 것이 분명한 도끼날을 보면, 태후가 처형인에게 무어라 명령한 것인지는 분명했다.

하녀들은 짐을 떠넘기듯이 나를 기사들에게 넘겼다. 양팔을 잡혀 질질 끌려가며 나는 다급하게 주변을 두리번거렸다. 익숙한 얼굴을 찾는 거다.

루크레티우스는 보이지 않았다.

높은 보단 위에서 내가 비참하게 끌려오는 꼴을 웃으며 내려다보는 태후의 여왕처럼 당당한 얼굴이 눈에 들어왔다. 그녀는 승리감에 취해 더없이 행복한 미소를 얼굴 가득 채우고 있었다.

이곳으로 끌려오는 동안은 간신히 평정을 유지했지만, 목전까지 다가온 죽음을 도저히 의연하게 맞이할 수 없었다. 기실 나는 죽음을 무릅쓰고 이곳에 온 것이 아니었다.

이성은 알고 있었다. 루크레티우스가 이곳에 오면 둘 다 죽는다. 그리고 오지 않는다면 죽는 건 나 하나로 끝이다. 둘 다 죽느니보다는 하나만 죽고 끝나는 편이 낫다.

하지만……, 난 죽기 싫어!

"놔! 놔요!"

내가 아무리 외치며 발버둥 쳐도 상황은 바뀌지 않았다. 나를 강제로 처형장 중앙으로 끌고 가는 이들은 강한 힘으로 내 몸을 거의 들어 올리다시피 했다. 내 나약한 발버둥 따위로는 그들을 막을 수 없었다.

지독히 두렵고, 고통스러울 것이 분명한 죽음이 눈앞으로 들이밀어졌다.

기사들은 처형인 바로 앞에 나를 거의 던지듯 내려놓았다. 바닥에 내동댕이쳐진 충격에 잠시 허우적거리는 사이, 양쪽에서 신속하게 내 어깨를 잡아채어 앞으로 눌렀다.

턱이 딱딱한 것에 부딪치는 감촉이 느껴졌다. 강한 충격이 머리를 강타했다.

"악!"

간신히 정신을 차리고 눈을 뜨자, 흐린 시야를 온통 검은 그림자처럼 보이는 처형인의 모습이 가득 채워 버렸다.

벌써 내 상체는 처형인 앞의 받침대 위로 강제로 눕혀져 있었다.

"시, 싫어!"

다시 발버둥 쳐 보려 해도 소용이 없었다. 건장한 남자 두 명의 힘을 내가 무슨 수로 이기겠는가. 마치 침에 박혀 표본이 된 나비 꼴이다.

그런 나를 두고 토루카 후작이 놀리는 듯한 어조로 날조된 죄목과 판결을 다시금 선언했다.

"1황비 사비나 르 크렌시아는 루크레티우스 선황 폐하를 해하고 제국의 국권을 탈취하려 하였다. 그 죄는 목숨으로도 다 갚지 못하리니, 이에 참수를 명한다!"

태후는 주변을 한번 쭉 훑었다. 무언가를 기다리는 듯. 그녀는 지금 루크레티우스가 함정에 걸어오기를 기다리고 있었다.

시간이 흘렀다. 그러나 홀 안은 고요하기만 했다.

나를 비웃듯 내려보고, 태후는 나직이 선언했다.

"시행하라!"

사실상 내 죽음을 결정하는 칼날이었다.

두려움에 질린 눈으로 억지로 목을 비틀어 앞을 보려 애썼다.

처형인이 거대한 도끼를 들어 올리는 것을 보았다. 도끼날은 이가 빠져 도저히 단번에 고통 없이 내 목숨을 보내 줄 것 같지 않았다.

아니, 설사 아프지 않더라도, 나는 죽고 싶지 않았다. 이런 곳에서, 집에도 돌아가지 못한 채 죽기는 싫어!

아니, 아니. 그조차도 아니다.

내 머릿속을 온통 채운 것은 단 한 사람뿐이었다.

도끼날이 아래로 내려쳐지는 순간, 더는 참지 못하고 눈을 질끈 감았다. 그리고 마음속으로 그 이름을 불렀다.

'루크!'

"그만."

귀에 익은 목소리가 홀 안을 울렸다. 그것은 잠잠하던 호수의 표면에 떨어진 물방울과 같았다. 웅성거림이 무수히 번진다. 나는 고개를 번쩍 들었다.

익숙한, 아니 너무나도 그리운 얼굴이 거기 있었다.

'루크!'

내가 끌려 나온 시간은 아직 새벽녘이었다. 동도 트기 전.

홀의 벽을 장식한 스테인드글라스에서 천천히 찬연한 빛 무리가 하나씩 바닥을 물들이기 시작했다. 하늘은 아직 푸른 새벽의 장막이 다 걷히지 않은 시각. 동쪽의 지평선에는 막 떠오른 태양이 내던진 햇빛의 칼날이 색유리를 채색했다.

해가 막 떠오르고 있었다.

나는 보았다. 장소의 긴박함도, 그 무엇도 아무런 의미 없다는 듯이 선 그를.

그의 어깨가 고통을 참듯이 한 번 격렬하게 오르내렸다.

그는 홀 주변을 둘러싼 기사 들 중 한 명으로 가장하고 있었다. 모든 기사들이 그러하듯 얼굴부터 발끝까지 모두 갑옷으로 가려 속에 든 모습을 알아볼 수 없어야 한다.

투구를 벗어든 이는, 내가 너무나도 잘 아는 이였다. 가슴이 다 타도록 그리워하고 기다린 얼굴이었다.

금발이 찬연한 빛의 군무 아래 쏟아져 내렸다.

녹색 눈동자가 나를 향한다. 도저히 견디지 못하고 뜨거운 내 눈가에서 눈물이 뚝뚝 떨어지기 시작했다.

주변의 모든 이들이 마치 일시 정지 버튼을 누른 것처럼 굳었다. 충격으로 누구도 움직이지 못했다.

나는 그것조차 신경 쓰거나 눈치챌 여유가 없었다. 모든 감각과 생각이 오로지 한 사람에게만 잡혀 있었으므로. 내 어깨를 누르고 있던 자들의 힘이 약해지는 것을 느낄 수 있었다. 전혀 예상하지 못한 이의 등장에 경악하여, 나를 잡아 두는 것마저 잊어버렸을 터다.

나는 온 힘을 다해 모든 것을 뿌리치고, 그를 부르며 달려 나갔다.

"루크!"

그는 두 팔을 벌렸다.

마침내 나는 그가 떠나기 전날 내게 한 약속대로, 3일 만에 그의 품 안으로 뛰어들 수 있었다.

"루크……."

"그래, 비나."

그의 목소리다. 그의 목소리가 마치 따스한 물처럼 감미롭게 내 귀를 가득 채웠다.

"루크."

나는 거듭 불렀다. 마치 지금 내 품 안의 그가 물거품이라서 내가 부르지 않으면 이대로 녹아 사라지기라도 할 것처럼.

다행히 그는 사라지지 않고, 내게 다시금 답해 주었다.

"응. 비나."

"루크……."

"그래. 여기 있어."

"루크!"

"사라지지 않을 테니, 안심해."

"루……크……."

반복되는 내 부름은, 오열이 섞인 파편화된 단어의 모음이 되어 있었다. 루크레티우스는 나를 강하게 끌어안은 채 내 귓가에 질리지도 않고 다시 답해 주었다.

"나의, 비나."

그의 체온이 내 몸에 온기를 더하고, 그의 냄새가 내게 그의 존재가 허상이 아님을 알려 주었다.

나는 원망스럽게 외쳤다.

"왜 온 거예요?!"

"약속했잖아? 돌아오겠다고."

그렇다. 그는 내게 한 약속대로 3일째 날에 내게로 돌아왔다. 이리도 위험한 상황으로.

그는 내 양 뺨을 잡고 들어 올려 오열로 엉망이 된 내 얼굴을 웃는 얼굴로 마주했다. 그러고는 내 입술에 자신의 입술을 맞추었다.

다시금 숨을 빼앗을 듯 이어지는 키스.

나는 지금 상황마저도 잊고서, 눈을 감고 그와의 키스를 탐닉했다. 그의 존재를 오로지 이것만으로 확인할 수 있다는 듯. 이로써 모든 것이 마지막이라는 듯, 절박하게.

—짝짝짝…….

당혹감으로 얼음처럼 굳은 홀 안에 낭랑한 박수 소리가 울려 퍼졌다. 보좌 위에 우아하게 걸터앉은 태후가 친히 손뼉을 친 것이다.

태후의 웃음기 어린 목소리가 연이어 홀 안에 내려앉는다.

"대단하구나. 대단한 사랑이야."

카틀레야는 드러내 놓고 루크레티우스를 비웃으며 평했다.

"다른 이도 아니고 설마 루크레티우스 네가 정말로 이곳으로 오리라고는 예상하지 못했단다."

그녀는 조금 전까지 나를 죽이려 한 그 명분, 내가 황제를 살해했다는 주장을 고수할 흉내조차도 낼 생각이 없어 보였다. 제 발로 살아 걸어 들어온 황제를 향해 저리 악랄한 살기를 뿜고 있는 것을 보면.

그녀는 흥이 오른 듯 질문을 던졌다.

"그런데 어찌 이 자리까지 올 수 있었던 거지? 제도 안쪽으로 들어오는 것은 그렇다 하더라도, 황궁에 네가 도착했다는 소식은 닿지 않았거늘."

루크레티우스는 자신만만하게 답했다. 더없이 오연한 태도로.

"이 제국은 짐의 것. 황궁 안에 짐의 의지로 가지 못할 곳은 없다."

태후는 깔깔대며 웃었다. 즐거운 농담을 들은 듯.

"그 꼴을 보아 하니 숨어들었던 모양이군. 제국의 황제 폐하께서 시궁쥐처럼 숨어들다니. 이런 날도 다 있네."

태후는 한 번 크게 손뼉을 쳤다.

"어찌 되었건, 네 어리석은 선택 덕에 결판이 났구나."

그와 동시에 홀을 에워싼 기사들이 일제히 검을 들어 우리를 겨누었다. 시퍼런 칼날들이 스테인드글라스를 투과한 햇살 아래 섬뜩하게 빛났다.

태후 측의 기사들이 이 홀을 가득 채울 듯했다. 최소한 삼사십은 넘어 보였다.

루크레티우스가 아무리 뛰어난 검사라도, 비전투원인 나를 데리고서 싸워 살아남는 것은 불가능했다.

역시, 말도 안 된다.

나는 그를 끌어안은 손에 힘을 주어 가며 이를 악물고 속삭였다.

"대체 왜 온 거예요?! 당신 그 정도로 정신머리 없는 인간이었어요?"

루크레티우스는 피식 웃었다.

"반갑고 그리웠으면서 그리 말하는 군."

"……어리석은 행동이에요."

그의 지적은 정곡을 찌르고 있었지만 나는 눈을 감았다. 어찌 되었건 둘 다 죽게 생긴 상황이다. 적어도 내가 아는 루크레티우스라는 인간은 절대 이런 상황에 대책 없이 뛰어 들어올 사람이 아니었다.

"무슨, 방법이 있는 거예요?"

"글쎄."

루크레티우스는 더없이 밝게 웃으며 말을 얼버무렸다.

설마…… 진짜 아무런 대책 없이 뛰어 들어온 건 아니겠지, 이 인간?

그런 거면, 태후 손에 같이 죽기 전에 내 손으로 천국으로 보내주고 말겠어!

우리가 대화를 하는 동안에도 기사들은 점점 포위망을 좁혀 왔다. 그들이 내민 칼날은 서너 걸음만 내디디면 우리의 몸에 닿을 듯했다.

태후가 통보했다.

"검을 놓으렴, 루크레티우스."

루크레티우스는 얼굴에 띠운 미소를 지우지 않은 채 오히려 검을 세웠다.

"글쎄. 나보다는 이들이 먼저 검을 내리는 것이 순서일 듯한데. 그리고 눈이 나빠지신 모양이군. 역시 나이는 어찌할 수 없는 모양이야."

태후는 고개를 모로 꼬며 재미있다는 듯 물었다.

"눈?"

"자기 자리도 못 보고, 감히 내 자리에 앉아 있으니 하는 소리지. 나이가 들더니 이제 눈도 녹스신 모양이군."

카틀레야는 동요하지 않았다. 여전히 미소를 거두지 않는다. 그러나 그녀의 살의가 더욱 짙어지는 것처럼 느껴지는 건 내 착각일까?

나도 곧잘 하는 짓이긴 하지만, 루크레티우스는 벌집을 사서 건드리고 있었다. 딱히 막을 방법도 없으면서.

뭐, 뭐하는 거야, 이 인간?!

태후는 스산하니 말했다.

"더는 장난치고 있을 이유가 없겠구나."

그러자, 대뜸 루크레티우스는 검을 옆으로 던지듯이 버렸다.

"자, 이것으로 되었겠지요?"

그는 보란 듯 두 손을 들어 올리며 환하게 웃었다.

"……."

"……."

나도 태후도, 둘러싼 주변의 모든 이들이 황당하여 말을 잇지 못했다.

이 인간이 드디어 미쳤나?! 아, 아니, 원래 미쳤었나?

내가 잠시 헷갈려 하는 찰나였다. 태후가 소리를 빽 지르는 참이었다.

"네놈이 지금 가당찮은 장난질을……!"

루크레티우스가 손을 제 입으로 가져가 휘파람을 길게 불었다.

삐이———!

날카로운 소리가 울리자, 거의 동시에 바람을 잘라 내고 무언가가 날아들었다.

—퍽!

"아악!"

태후가 어깨를 쥐고 몸을 움츠린다.

그쪽으로 모든 시선이 쏠린 순간, 루크레티우스는 스스로 바닥에 내던진 검을 잡아채어 주변의 기사들을 베어넘겼다. 아울러 손을 뻗어 나를 잡아당겨 품에 안고서 옆으로 굴러 기둥 뒤에 몸을 숨겼다.

홀의 2층 테라스 쪽에서 화살이 비처럼 쏟아지기 시작했다.

장엄의 홀은 총 3층 건물이다. 내부는 원통형으로 뚫려 천장까지 이어지고, 2층과 3층은 홀을 아래에서 굽어볼 수 있는 테라스가 빙 둘러져 있는 구조이다. 바로 그 테라스에서 홀로 화살이 비처럼 내리는 것이다.

"으억!"

"컥!"

미처 대비하지 못하고 기습당한 이들이 화살에 맞아 바닥을 굴렀다. 전신을 갑옷으로 가린 기사들은 갑옷으로 막아 내거나 방패를 들어 올렸다.

동시에 소란이, 거대한 환성이 땅 울음처럼 달려들었다. 홀의 사방에 달린 문을 박차고 기사들이 등장한 것이다.

그들의 갑옷과 방패에 새겨진 문양은 선명했다. 삼두 독수리. 황실을 보위하는 근위기사대, 로열가드들이다.

"우아아아!!!"

은빛 파도가 홀을 삼킬 기세로 밀려들어 왔다.

마치 영화 속의 한 장면처럼 전투가 벌어졌다.

갑옷이 우그러지고, 그 틈 사이로 찔러 넣은 검에 핏줄기가 쏟아진다. 병력의 수 차이도 확연했고, 어떻게 방어를 뚫고 들어온 것인지 모를 로열가드들이 허를 찌른 것도 컸다. 덕분에 승리의 추는 빠르게 기울었다.

나와 루크레티우스에게로.

루크레티우스는 자신만만하게 웃으며 물었다.

"자, 어떠한가?"

이번만은 순순히 그가 원하는 대답을 들려줄 수밖에 없었다.

"대단해요."

그는 자랑스럽게 미소 지으며 턱을 치켜들었다.

"당연하지."

평소의 그다운 태도다. 잘난 척이 하늘을 찔러 주일 지경의 그.

그런데 실제로 그만큼 잘나서 얄미운 남자.

내가 아는 루크레티우스.

그가 살아서, 그의 체온이 나를 끌어안고 있다는 것만으로도 이렇게 가슴 속에 행복감이 찰랑찰랑 차오르는 기분이 된다.

나는 그에게 작게 속삭였다.

"미안해요."

"뭐가?"

나는 조금 풀이 죽어서는 그에게 고백했다.

"당신이 맡겨 줬는데, 빼앗겨 버렸어요. 인장 반지."

그는 부드럽게 웃었다.

"그대가 무사히 살아 있는 것이 가장 큰 선물이야."

그는 어깨에 두르고 있던 망토를 떼어 내 몸을 감싸듯이 덮어 주었다. 나는 고개를 갸웃하며 물었다.

"나 지금 별로 안 추운데 왜요?"

그는 꽤나 진지한 얼굴로 답한다.

"그대가 그런 차림을 하는 건 침실의 내 앞에서만으로도 충분해."

"……."

아, 그래. 이 정도로 느끼해야 내 루크레티우스지.

그렇다. 나는 조금은 이 느끼함이 반가웠다.

지금 내 옷차림은 속옷 혹은 잠옷 차림에 가깝다. 일단은 그의 호의(?)를 순순히 받아들이기로 했다.

일단 살아난 데다 루크레티우스의 생환을 눈으로 보고 나자, 그의 얄미움이나 느끼함까지 전부 다 멋지고 보기 좋았다. 뭔가 눈에 거하게 낀 것 같지만, 당장은 아무래도 좋다. 조금 전까지 미친 인간이라고 욕할 뻔한 건 잊어버리기로 하자.

일단 그가 살아서 눈앞에 있다는 사실이 다른 모든 것을 가려 버릴 정도로 행복했다.

덕분에 평소의 나라면 절대 하지 않을 짓을 했다. 그의 품속에 다시 뛰어들다시피 안긴 것이다.

웃으며 나를 받아 주던 루크레티우스의 얼굴이 갑자기 일그러졌다.

"큭……!"

나만 들을 수 있을 정도로 작은 목소리였지만 분명한 고통 어린 신음이었다. 게다가 이마로 바로 식은땀이 송글송글 맺히는 것이 보였다.

나는 당황해서 물었다.

설마?

"루크?"

그는 표정으로 내게 눈치챈 것을 티내지 말라는 의사표시를 했다.

그랬다. 생각해 보면 당연했다.

그는 태후의 사주를 받은 이들에 의해 습격당했다. 몇몇 암살자 정도가 아니라, 반란을 일으킨 정규군과 전투를 벌였다. 그러고 이곳까지 단신으로 숨어들었다. 어딘가를 다쳤다고 해도 전혀 이상하지 않았다.

나는 더럭 겁이 났다. 정말로 심각한 부상은 아니겠지?

일단 자기 발로 서 있고, 기습이 시작되자 직접 검을 휘두르며 나를 안아 화살들로부터 지켜 내기까지 했다. 그런 행동이 가능하다면 심각한 중상은 아닐 것이다.

하지만 부상은 엄연히 부상이었다. 아니, 심각한 부상이라도 태후를 상대하는 이 중요한 상황 때문에 일부러 아무렇지 않은 척하고 있을 수도 있었다.

나는 한껏 소리를 낮추어 물었다.

"정말…… 괜찮아요?"

"괜찮아."

잠시 뜸을 들이고는 대답이 이어졌다.

"그런데…… 아프긴 아프군."

역시!

나는 그의 팔을 잡고 그가 내게 자연스럽게 기댈 수 있도록 했다. 루크레티우스는 흐린 고통의 흔적이 느껴지는 목소리로 농담을 했다.

"이거 민망한걸. 마음 같아서는 그대를 안아 올려 이대로 침실까지 달려서 돌아가고 싶었는데 말이야."

"농담은 그만해요. 어쩌다가……."

눈물이 날 것 같았다.

당장 벗겨 보고 얼마나 다쳤는지 눈으로 확인하고 싶은데, 그럴 상황이 안 된다.

태후고 뭐고, 일단 빨리 로우손부터 불러야 하는 상황인데!

그때였다. 루크레티우스의 곁에서 함께 싸운 로열가드의 대장과, 수도 방위군을 이끌고 들어온 장군 등이 우르르 나와 루크레티우스 곁으로 다가왔다.

"폐하, 비 전하. 수습이 끝났습니다."

시선을 돌리자 정말로 놀라운 장면이 우리를 기다리고 있었다.

태후는 여전히 기세등등하게 우리를 노려보고 있었다. 그러나 그녀의 상태는 기세를 따라 주지 못했다.

산발이 된 머리. 구두는 한쪽이 어딘가로 날아가고 없다. 풍성한 드레스자락 한쪽이 사정없이 찢겨 있었다.

그녀는 밧줄로 꽁꽁 묶인 채로 기사들에 의해 끌려와 나와 루크레티우스 앞에 내던져졌다. 어깨에 아까 기습이 시작되며 날아온 첫 번째 화살이 박혀 있었다. 피가 배어 나왔다.

그녀의 뒤로 똑같은 처지가 된 토루카 후작과 갈리시아 후작의 모습이 보였다.

태후 카틀레야는 표독스러운 눈을 뜨고서 나와 루크레티우스를 번갈아가며 노려보았다.

“무슨 술수를 쓴 게냐?”

싸늘한 시선이 묶인 태후에게 향했다. 루크레티우스는 태후를 무시하고 내게 물었다.

“저 반역자에게 힘으로 국새를 빼앗겼다 하였지?”

나는 고개를 끄덕였다.

“네, 죄송해요. 지키지 못했어요.”

그는 고개를 저으며 내 손을 잡아 올려 손등에 가볍게 입술을 눌렀다.

“이미 말했지만 그대가 미안할 것 없어. 죄를 지은 것은 저 여자이니.”

그러고는 옆에 선 로열가드에게 명했다.

“국새를 되찾아 오도록.”

기사는 가볍게 고개를 숙여 명을 받들겠음을 답한 뒤 태후에게

다가갔다. 기사는 태후의 손을 잡고 강제로 손가락을 벌리려 했다. 그녀의 손에 끼워진 반지를 빼내려는 것이다.

태후는 미간을 찌푸린 채 감아쥔 손가락을 놓지 않았다. 마치 그것을 놓치면 원하던 모든 것을 다 잃을 것처럼. 이미 다 잃었는데도 말이다.

그 꼴을 보고 루크레티우스는 짜증 기 가득한 목소리로 간단하게 명령했다.

"피를 보아도 좋다."

"예!"

대답이 나오기 무섭게 기사는 칼을 뽑아들었다. 그다음 순간을, 나는 직접 보지 못하고 고개를 돌렸다.

—서걱!

날카로운 검이 무언가를 자르는 소리와 함께 태후의 비명이 울렸다.

"아악!"

기사는 루크레티우스의 명을 충실하게 이행했다. 그는 피 묻은 반지를 정중히 자신의 망토에 닦아 내어 깨끗하게 만든 다음 루크레티우스에게 바쳤다.

루크레티우스는 고개를 젓고 나를 보았다.

"내가 부재 중 국새를 맡긴 것은 나의 황비였다. 그렇다면 내게 되돌려 주는 것도 황비의 손이어야겠지."

기사는 바로 알아듣고 인장 반지를 내게 내밀었다. 손을 뻗어 반지를 집어 들었다. 그러자 루크레티우스의 손이 척하고 내 앞으로 다가왔다. 나는 손바닥을 위로 올린 그의 손을 장난스레 잡고 뒤집었다.

손등이 보이도록 그의 손을 잡고, 왼손은 아니지만 약지에 반지를 가져갔다. 손에 상처야 많았지만, 이렇게까지 피에 절고 손톱 끝이 깨진 모습은 처음이다.

그 며칠간의 격렬한 상황이 어느 정도 예상되어서 가슴이 저릿했다.

반쯤 깨진 손톱을 건드리지 않도록 조심하며 반지를 손가락에 끼워 넣었다. 금빛 위엄은 비로소 제 자리를 찾았다. 역시 이것은 그의 손에 있을 때 가장 빛난다.

루크레티우스는 가볍게 웃으며 내 뺨에 키스하고는 나를 끌어안은 채로 선언했다.

"이곳에서 태후 카틀레야와 그 일파에 대한 죄를 묻는 재판을 임시로 열겠다. 이는 제국의 주인이며 제국법의 수호자로서 가진 권리와 의무에 의해 내리는 명령이니, 누구도 감히 거부하지는 못하리라!"

그렇게 장엄의 홀에서 임시로 황제의 친견 심문 재판이 또다시 시작되었다. 어제 태후가 나를 재판 없이 처형으로 몰아넣었던 것보다도 몇 배는 빠른, 그야말로 번개 같은 속도였다.

태후가 나를 공개적으로 죽이기 위해 마련되었던 장엄의 홀 처형장은 그대로 태후 일파의 반역을 처단하기 위한 재판장이 되었다.

황궁과 제도 곳곳에 애매하게 흩어져 있던 태후 일파의 병력은 한 시간 안에 모조리 진압되었다. 초반에 우두머리를 잃은 그들은 태반이 죽거나 도망쳤다.

결국 남은 것은 이제 삼일천하조차 되지 못한 반란의 주모자들뿐.

그들은 아까 내가 처형인 앞에 내던져졌던 바로 그 자리에 차례로 무릎 꿇려졌다. 나와 루크레티우스는 아까 태후 일행이 올라 앉아 나를 내려다보던 바로 그 보좌에 앉아 그들을 내려다보게 되었다.

그도 나도 경황이 없어 제대로 복장을 갖추지는 못했으나, 이제는 아무래도 상관없는 일일 뿐이다. 보단 위에서 루크레티우스는 황제의 자리에, 그리고 나는 너무나도 자연스럽게 황후의 보좌에 앉았다. 기이할 정도로, 누구도 내가 그 자리에 앉는 것에 의문을 제기하지 않았다. 나 자신조차.

로열가드에 이어 황궁에 진입한 수도 방위군은 황궁으로 반란군의 잔당을 처리한 뒤 갇혀 있던 추밀원의 대신들을 구해 냈다. 그들은 태후의 반역에 대한 재판의 증인이자 참관인이 되었다.

태후는 피로 물든 손을 쥔 채 침묵하고 있었다.

황제는 그 권위로써 재판의 시작을 선언했다.

"루크레티우스 르 크렌시아의 이름으로 친견 심문 재판을 시작한다. 죄인은 태후 카틀레야 르 크렌시아, 갈리시아 후작, 토루카 후작."

재상이 말을 받았다.

"크루가디아와 올렌, 노스산투스의 주인이시며 일한의 왕이신, 대제국 크렌시아의 15대 황제 루크레티우스 폐하의 뜻을 받듭니다."

그의 뒤를 따라 모든 대신들이 무릎 꿇고서 루크레티우스 앞에 예를 표했다. 실로 장관이었다. 나는 그의 옆에 앉아 그 예를 함께 받았다.

지금 루크레티우스는 그 어느 때보다도 빛나고 있었다.

머리 위에는 보석과 황금으로 치장된 왕관도 없고, 몸에 걸친 것도 평범한 말단 기사의 갑옷이다. 신분을 위장하여 끼어들기 위해 입은 것이리라.

그런데도 이것은 그의 위엄을 감히 해칠 수 없었다. 아무것도 모르는 길가의 거지에게 루크레티우스를 보여 준다 해도, 그가 왕관을 쓰지 않고 화려한 옷을 입지 않고, 보좌에 앉지 않았어도 그의 고귀함만은 알아볼 수 있으리라.

그의 능력이나 위엄은 조금도 걱정되지 않았다. 내가 걱정되는 것은 몸 상태였다.

전투에서든 꽤나 깊은 부상을 입은 것은 분명해 보였다. 얼굴은 위험하지 않을까 싶을 만큼 파리했다.

당장 궁의에게 보이는 것이 낫지 않을까 하는 불안감이 컸다. 그러나 나는 루크레티우스가 왜 지금 무리해서까지 이 자리를 지키고 앉아 있는 것인지 잘 알았다.

정말로 간신히 태후를 여기까지 몰아붙인 것이다. 지금 이 자리에서 회생의 여지없이 완전히 잘라 내야만 한다.

오로지 그 목적을 위해, 그는 지금 부상도 무릅쓰고 건재함을 과시하듯 자리에 앉은 것이다. 내가 망칠 수는 없다. 그와 내가 각고의 위기를 겪은 보람은 태후를 처단함으로써 얻게 되리라.

매우 다행히도 이 이후는 일사천리였다.

태후 일파가 꾸민 일은 사로잡힌 군사들이나 기사들을 통해 전모가 드러났다.

태후가 갈리시아 후작을 충동질하고 끌어들였다. 그녀가 노린 것은 남부 쪽에 넓은 영지를 가지고, 오랫동안 제국군에서 복무하여 일부 병사들을 사병처럼 부릴 수 있는 영향력을 손에 넣은 후작의 능력이었다.

본래 제국은 귀족들의 사병을 허락하지 않았고, 때문에 후작 역시 공식적으로는 사병을 가지지 않았다. 그러나 군에 오래 복무한 그는 개인적으로 친밀감을 쌓은 기사들과 병력 일부를 가지고 있었던 것이다.

황권이 제대로 제국 곳곳에 뿌리내리고 있다면 불가능한 일이었으리라. 그러나 선황은 이러한 일에는 관심이 없었다. 때문에 이 말도 안 되는 전횡이 가능했다.

선황과 달리, 루크레티우스는 사병을 용납할 리 없었다. 이를 잘 아는 갈리시아 후작은 자신이 누리는 특권을 잃지 않기를 바랐다.

그런 그에게 태후가 아예 사병을 거느릴 수 있는 권리와, 자신의 소생인 어리고 고귀한 혈통을 가진 릴리아나 황녀를 내주겠다 하여 꼬드긴 것이다. 게다가 반역에 성공하면, 릴리아나를 여제로서 세우겠다 했다. 차기 황제가 자신의 자식이 되리라는 꿈에 부풀어, 그는 태후와 손을 잡았다.

태후 일파는 후작의 병력 대다수를 내어 루크레티우스를 습격했다.

이로써 황제의 발을 묶고, 황궁 전체가 혼란 상태에 빠진 틈에, 태후가 별궁에 미리 숨겨둔 병력을 직접 나서서 이끌고, 추밀원에 난입하여 나를 사로잡은 것이다.

재상은 소리 높여 모든 죄상을 낱낱이 고했다.

"제국의 것이며 또한 황제의 것이어야 하는 제국군을 사적으로 유용한 죄. 이로써 황제 폐하를 암살하려 한 죄. 또한 추밀원 회의를 무력으로 장악한 죄. 정당한 대리자이신 황비 전하에게서 무력으로 국새를 강탈한 죄. 황비 전하께 오명을 씌워 처형하려 한 죄."

모든 죄상이 너무나도 분명했다. 이 상황 자체가 그 증거였다.

죽은 것으로 알려졌다가 간신히 살아 돌아온 황제. 처형당할 뻔한 황비. 구금되어 있다가 풀려난 재상. 그 증거가 너무나도 명확하다.

루크레티우스는 소리를 높여 판결을 정했다.

"제국군을 사적으로 유용하여 황궁을 점거하고, 황제를 죽이려 하였으며, 황비에게 오명을 씌운 죄다. 응당 죽음으로써도 다 갚지 못하리라."

재상이 외쳤다. 그의 목소리에는 숨기지 못하는 희열이 가득했다. 하긴, 당연한 일이다. 재상의 입장에서 태후는 아끼던 손녀의 원수다.

"마땅히 처형함이 옳습니다!"

이것을 시작으로 다른 대신들도 한 입으로 외쳤다.

"처형을!"

"처형하여 주소서!"

루크레티우스는 손을 들어 올려 판결을 정했다.

"태후 카틀레야 르 크렌시아를 태후의 위位에서 폐한다. 그리고 반역죄를 물어 처형한다."

카틀레야는 소리없이 웃었다.

루크레티우스의 목소리는 거침이 없었다.

"참수하고 그 목을 형체가 남아 있는 동안 제도 광장에서 효수할 것이다. 즉시 시행하도록!"

처형 순서가 바로 정해졌다. 갈리시아 후작이 가장 먼저, 그리고 다음은 토루카 후작, 태후가 마지막이었다. 그 이유는 알 것도 같다. 매는 가장 먼저 맞는 것이 낫다지 않는가.

자신의 차례를 기다리며 앞선 이들이 고통 받는 것을 보는 것은 상당한 공포였다. 특히나 자신을 기다리는 것이 참수형이라면 더더욱. 바로 처형이 시작되지는 않았고, 약간 시간이 필요했다. 조금 전 미리 준비된 처형인이 조금 전 전투에서 죽어 버린 바람에 새로 처형인을 구해야 했기 때문이다.

나는 루크레티우스가 재상에게 특별히 솜씨가 서툰 자를 데려오라 말하는 것을 들었지만 딱히 무어라고 참견할 생각은 들지 않았다. 저들은 태후의 손에 제 가족을 잃은 피해자였고, 그 복수 방법을 공모하는 이들이다.

루크레티우스는 처형을 준비하는 시간 동안 내게 물었다.

"별로 보기 좋은 광경은 아닐 거야. 원한다면 먼저 황비궁으로 돌아가도 좋아."

나는 고개를 저었다.

"아뇨. 끝까지 보겠어요."

그리 답하며 그와 내가 앉은 보단 아래, 무릎 꿇려진 채 여전히 독살스러운 기세로 나를 노려보는 태후를 똑바로 보았다. 시선을 피하지 않고서.

저 여자의 끝은 직접 이 눈으로 확인해야겠다는 생각이 들었기 때문이다.

루크레티우스는 고개를 끄덕였다.

약간의 시간이 흐르고, 그의 명령에 따라 재상이 수배한 처형인이 도착했다. 처형은 더 이상의 기다림 없이 바로 시작되었다.

당연했다. 지금 이 자리는 반란을 저지른 이들을 처리할 최적의 기회였다. 이 기회를 놓치는 것은 말도 되지 않는다. 조금 빠른 감은 있어도, 이 절차의 적법성은 완전했다. 태후가 나를 죽이려 한 때와는 달리 말이다.

황제의 명령을 받은 로열가드가 직접 갈리시아 후작을 끌어내었다. 어찌 보면 영광스러운 일이다.

로열가드의 에스코트라는 영광을 받은 후작은, 그러나 자신에게 주어진 과분한 영광을 거절하고 싶어 했다.

"살려……! 살려 주십시오! 전 시키는 대로 한 것뿐입니다! 폐하!"

갈리시아 후작의 변명은 치졸하고 의미 없었다. 그의 마지막 비명만큼이나 가벼운 것이었다.

기사들에 의해 처형대에 목이 눕혀진 후작은, 첫 한 번의 도끼질에 바로 숨이 끊어졌다.

목이 바로 잘린 것은 아니다. 그러나 그 한 번에 목이 기이하게 꺾이며 숨이 끊겼다. 처형인은 이를 다시 한 번 강하게 내려쳐 완전히 끊어 냈다.

나는 직접적으로 도끼가 내려쳐지는 순간만은 눈을 감을 수밖에 없었다. 그러나 두 번째 도끼질 이후 잠시 푸들거리던 후작의 손이 힘없이 피로 물든 바닥에 떨어지는 것은 똑똑히 보았다.

다음은 토루카 후작이었다.

앞서 갈리시아 후작이 가는 모습을 이미 본 그의 손끝이 격하게 떨리고 있었으나, 더는 비명이나 변명을 내지르지는 않았다.

적어도 조금은 의연해 보였다 평할 수 있으리라. 큰 의미는 없지만. 피가 날 정도로 입술을 짓씹으며 피가 낭자한 처형대로 끌려온 후작 역시 두 번의 도끼질 끝에 편해질 수 있었다.

갈리시아 후작과는 달리, 토루카 후작은 첫 도끼질에 바로 숨이 끊어지지는 못했다. 무딘 도끼날이 그의 목숨을 단번에 끊어 주지 못했던 것이다.

두 번째 도끼질이 어렵게 그의 목을 끊어 목숨을 거두는 데 성공했다.

눈앞에서 남동생의 목이 바닥을 구르는 꼴을 본 태후는 여전히 말이 없었고, 두 눈은 나와 루크레티우스를 똑바로 노려보고 있었다. 조금의 흔들림도 없이.

막 토루카 후작의 목이 바닥을 구른 뒤 바로 태후의 처형이 이어지려는 것을 루크레티우스가 막았다.

"마지막으로 잠시 하고픈 이야기가 있다. 죄인을 이곳으로 데려오도록."

태후는 기사들에 의해 나와 루크레티우스의 앞으로 질질 끌려왔다. 그의 명령을 따라 보단 아래로 기사들이 내려가자 직접적으로 목소리가 닿는 곳에는 나와 루크레티우스, 그리고 태후만이 있는 상황이 되었다.

태후는 루크레티우스와 나를 번갈아 보더니 소리 높여 웃었다.

"그래. 너희들이 이겼구나."

"그렇지. 원통한가?"

태후는 이맛살을 찌푸렸다.

"당연하지. 모든 것을 걸고 도박을 하였는데 모조리 잃었으니. 너만 숨어든 거라면 그러려니 할 수 있을 것이나……, 저 개떼들은 어찌 끌어들인 게냐? 외부에서 전투도 벌이지 않고 이곳으로 들어오다니, 말이 안 돼."

루크레티우스는 여유로이 웃으며 답했다.

"조부님께서 내게 남겨 주신 기록을 통해 알게 된 거야. 황궁 안에는 거미줄처럼 수많은 비밀통로가 있거든. 이는 오로지 후계자에게만 전해지는 것."

태후는 어쩐지 멍한 얼굴로 중얼거렸다.

"그분이…… 네게 그걸 알려 주셨다고? 넌 그분이 서거하신 뒤에 태어났어. 알 수 있을 리가 없는데."

"그래. 선황 역시 조부님에게서 기록은 전달받지 못했어. 후계자로서 인정받지 못하였으니. 어머님이 돌아가시고 코르넬리우스가 내게 켄티우스 황제가 후계자에게 남긴 기록을 건네줬다. 그를 통해 이 황궁의 비밀을 알게 되었지."

"……."

"정말로 감사할 일이야."

"그랬던…… 거군."

태후는 어째서인지 아까까지의 기세도, 그 악독함도 물에 녹아 버린 듯 남아 있지 않았다. 그리고 켄티우스 황제를 '그분'이라 칭하는 그녀의 목소리에는 기묘한 떨림이 섞여 있었다.

잠시 멍하니 천장을 바라보던 카틀레야는 곧 웃음을 터뜨렸다.

"후, 후후……. 하하하핫!"

이해가지 않는 태도와 말들. 지독한 쓴웃음을 띤 그녀의 입에서 나온 말은 자애로움으로 가득했다.

"이제 인생에서 승리했다고 생각하니, 아가?"

"뭐?"

태후는 한 발 앞으로 다가섰다. 내가 아닌 루크레티우스 앞에.

두 팔은 뒤로 묶여 있고, 어깨에는 화살이 꽂히고, 손가락을 잘린 상태. 아무리 루크레티우스가 부상을 입었어도, 그녀가 위협이 될 리는 없다.

그녀는 그대로 고개를 돌려 나를 보았다. 피비린내 물씬 풍기는 눈빛. 심장이 얼어붙을 것 같다.

"이제 내가 죽고 나면, 너희는 모든 것이 끝났다 여기겠지."

"무슨 말을……."

"하지만 이건 겨우 시작일 뿐이란다."

"……."

태후는 다시 시선을 루크레티우스에게로 돌렸다.

"황제는 일생을 홀로 사는 자. 칼날과도 같은 의심을 베개 삼아 잠들어야 하지."

이번에는 내게로 시선을 향한다.

"황후는 단순히 황제의 배우자가 아니야. 황제의 제일가는 정적이지."

그녀의 말은 그 자체가 사슬이 된 듯했다. 차가운 사슬이 되어 내 심장을 옭죈다.

"맹수가 잡히고 사냥이 끝나면 가장 먼저 벌어지는 일이 무언지 아니?"

고향에도 비슷한 속담이 있었다. 기억하고 있다. 카틀레야의 웃음기 어린 목소리가 마치 송곳처럼 내게로 쏟아졌다.

"사냥개가 가장 먼저 죽임당한단다. 맹수를 물어뜯은 그 날카로운 송곳니가 자신을 향할까, 주인은 저어하지 않을 수 없거든."

루크레티우스는 참지 못하고 일어섰다.

"닥쳐라!"

카틀레야는 깔깔대며 웃었다. 그녀는 루크레티우스의 분노어린 눈빛을 즐기고 있었다.

"나는 그저 진실을 말해 준 것뿐이란다. 심장을 태우는 애정도 세월 앞에서는 무의미하지. 감정이 시간에 풍화된 뒤에는, 너는 결국 원래의 차가운 심장으로 돌아갈 게야. 그리되면, 네 독니는 과연 누구를 가장 먼저 향할까?"

격렬히 분노하려는 루크레티우스를 향해 손을 뻗었다. 내 손가락이 그의 팔을 잡아당겨 진정시켰다.

"지금 흥분하면 안 좋아요. 당신 부상당한 상태예요. 알죠?"

"비나……."

나는 그대로 고개를 돌렸다. 그리고 카틀레야와 시선을 바로 맞추고서 선언했다.

"당신의 말에는 틀린 점이 하나 있어요, 카틀레야."

"틀려? 무엇이?"

나는 담담히 답했다.

"나는 사냥개가 아니에요. 인간이죠."

카틀레야는 더는 입을 열지 않았다.

깊이 가라앉은 그녀의 얼굴에서 표정을 제대로 읽어 낼 수 없었다. 마치 저주처럼 단어들을 토해 내던 당사자가 맞는가 싶었다.

루크레티우스의 명령을 받은 기사들이 보좌 가까이로 올라왔다. 카틀레야는 마치 짐짝처럼 질질 끌려 내려가, 다시 처형인 앞에 내던져졌다.

바로 조금 전, 그녀가 나를 죽이기 위해 마련한 이 처형장에. 일부러 날을 빼 놓은 무딘 도끼 앞에. 이미 두 명이 고통스럽게 목이 떨어지는 모습으로 그 도끼의 유용성이 검증된 상태였다.

얼기설기 날이 빠진 도끼에는 조금 전 처형된 두 명분의 피와 기름이 묻어 있었다. 아마도 태후는 앞선 두 명보다 더 시간이 걸리고 더 고통스럽게 생을 마감하게 되리라.

카틀레야의 얼굴에는 조금의 두려움도 보이지 않았다. 아니, 감정 자체가 파편조차 드러나지 않는다.

태후는 기사들에게 머리채가 잡혀 그대로 처형대에 목을 올렸다.

아무리 발버둥 쳐도 소용없으리라. 이미 묶은 상태에, 건장한 기사들의 힘을 이길 수 있을 리 없으니.

내가 그랬으니까.

그 순간의 공포와 고통이 새삼 떠올라 가슴이 뛰고 손이 떨렸다.

옆에서 큰 손이 다가와 내 손을 덮어 주었다. 루크레티우스는 부드럽게 웃었다.

"이제 안도해도 좋아. 그대를 그런 상황에 처하게 할 일은 앞으로 절대 없을 거야. 내 약속하지. 사실 오늘 일도 본의는 아니었어. 좀 더 일찍 그대를 구했어야 했는데."

나는 말없이 고개를 끄덕이며 그의 손을 강하게 쥐었다.

이미 긴장으로 손이 차가워져 있어서였을까. 내 손을 덮은 그의 손은 이루 말할 수 없이 따스했다.

재상의 냉혹한 목소리가 울렸다.

"형을 집행하라!"

처형인이 도끼를 높이 들어 올렸다. 날 끝에 스테인드글라스의 빛이 반사되어 눈이 부셨다.

—퍽!

묵직한 소리가 튀며, 그보다 몇 배는 큰 처절한 비명이 울렸다.

"아아아악!"

그녀가 직접 내린 명령으로 무디게 갈려 있던 도끼는, 앞선 죄인 둘을 죽이며 더더욱 날이 상해 있었다.

고통에 몸부림치는 죄인의 비명과 신음이 고요한 홀 안을 가득 채웠다.

처형인은 흔들림 없이 다시금 도끼를 들어 올려 내려쳤다. 마치 기계와 같은 행동이었다.

두 번, 세 번. 그리고 네 번.

숫자가 더해 갈 때마다 조금씩 잦아들던 비명소리는 마지막 네 번째 도끼질이 무리 없이 처형대에 틀어박힘과 함께 끝났다.

붉은 머리칼이 피로 낭자한 바닥 위로 풀썩 힘없이 떨어져 내렸다. 그 목이 마침내 떨어져 바닥을 구르는 순간까지, 나는 이번에는 눈을 돌리지 않고 모두 보았다.

루크레티우스는 그 동안 내내 내 손을 잡아 주고 있었다. 그 온기가 뭐라 말할 수 없는 힘을 주었다.

처형인이 카틀레야의 잘린 목을 높이 들어 올려 죽음을 확인시키자, 홀 안에 환호성이 들불처럼 피어올랐다.

"와아아아아!"

한 사람의 죽음이 이루어진 장면으로는 꽤나 씁쓸한 광경이다.

누구도 그 죽음을 슬퍼하거나 애도하지 않았다. 나는 절대로 저렇게 되고 싶지 않았다.

카틀레야와 두 후작의 목은 그대로 광장으로 보내져 전시되었다. 그 자리에 놓인 채 행인들의 욕설과 침 세례, 그리고 돌팔매질을 맞으며 백골이 드러날 때까지 남아 있게 되리라.

나와 루크레티우스는 천천히 걸어서 황비궁으로 향했다. 그는 나를 거의 끌어안을 기세로 안고서 걷는다. 절로 얼굴이 붉어지는 것을 느끼며 작게 속삭였다.

"이, 이게 무슨 짓이에요?! 부끄럽게!"

그러자 그는 능글맞게 웃는다.

"뭐긴, 그대와 나의 재회를 느끼는 거지."

그의 느끼한 목소리와 말을 듣고 있자니 조금 안심이 되었다.

평소의 그다.

정말로 그가 살아 돌아왔고, 태후는 반란이 실패한 끝에 처형당했다. 더는 그 여자가 우리를 괴롭히지 못하리라.

그 사실이 천천히 실감 나기 시작했다. 나는 안도하며 등을 폭 그의 품 안으로 기댔다.

그 순간, 낮은 신음이 울린다.

"윽!"

"아!"

맞다! 지금 루크는 부상당한 상태였지? 바보 같게도 그 생각을 미처 못 했다.

"괘, 괜찮아요? 미안해요……."

내가 당황하여 묻자, 그는 식은땀이 가득한 얼굴로 그래도 안심하라며 웃어 주었다.

"이 정도로는 안 죽어."

"그거……, 죽을 정도로는 아프다는 소리잖아요."

그는 나직이 쿡쿡거리더니, 내 귓가에 대고 속삭였다. 더운 숨이 귓바퀴를 감아 도는 감각에 소름이 오소소 돋았다.

"앞을 보고, 웃어. 보라고. 황궁이 이 난장판이 되있잖아. 그러니 이들에게 웃어주어. 그래야 저들이 진짜로 이 상황이 다 끝났다고 여길 거라고."

나는 그의 말을 그대로 따랐다. 맞는 말이다. 나는 한껏 당당히 미소 지으며 걸어나갔다. 황궁 안의 모든 궁인들과, 갓 전투를 치른 기사들. 그리고 귀족들. 그들은 나와 루크레티우스가 지나가는 옆으로 물러나며 무릎을 꿇었다.

"당신도 참 힘드네요."

다쳤어도, 아파도 그걸 겉으로 드러낼 수 없고, 내서도 안 되는 자리라는 것은 참 힘들 것이 분명하다.

그때였다. 그가 내 한탄 같은 말에 전혀 예상하지 못한 대답을 내 귓가에 속삭인 것은.

"내가 힘들고 아파하기도 하는 건, 세상에 단 한 사람만 알아 주면 충분해."

"……."

—화륵!

얼굴이 당장에라도 터져 버릴 것처럼 달아올랐다.

나는 그대로 황비궁으로 돌아갈 때까지, 도저히 그의 얼굴을 똑바로 볼 수가 없었다.

카틀레아 일파의 반란 뒤처리는 모두 재상에게 일임되었다. 당연했다. 내 침실까지 함께 걸어 들어온 뒤 문이 닫힌 순간, 루크레티우스가 그대로 기절해 버렸으니까.

이미 연락을 받고 대기 중이던 로우손은 나와 내 시녀들의 도움을 받아 갑옷을 벗기고 루크레티우스를 치료하기 시작했다.

갑옷이 모두 벗겨지고 그의 상처가 드러나자, 나는 경악하고 말았다.

"세상에……!"

오른쪽 어깨부근부터 배 쪽까지 단단하게 매어진 붕대에는 피가 선명하게 배어 있었다.

로우손은 붕대를 주의 깊게 벗겨 내고, 상처를 다시 돌보았다.

끓는 물로 소독한 봉합용 바늘과 실, 그리고 지혈과 진정, 소독을 위한 고약과 약초가 들여져 왔다.

공식적으로 루크레티우스의 부상은 경미한 것으로 알려져 있다. 그러니 이 일은 결코 외부로 알려져서는 안 된다. 제도와 황궁이 엉망이 된 상황이다. 제도 전체가 흔들린 상황을 타국과 불만이 남은 제국 내의 다른 세력들이 주시하고 있으리라. 아직 뒷수습은 시작도 하지 못했다.

치료가 끝나자, 로우손은 물러나며 내게 말했다.

"상처가 깊긴 하시지만, 생명이 위독한 정도는 결코 아닙니다. 허니 과하게 걱정하지 마시고, 폐하의 용태가 변하시면 저를 부르소서. 가까이서 대기하고 있겠습니다."

나는 고개를 끄덕여 그를 내보냈다.

깊이 잠든 루크레티우스의 얼굴은 열에 들떠 발갛게 달아올라 있었다. 나는 언젠가 나에게 감기가 옮은 그에게 해 주었던 것처럼,

차가운 물수건으로 그의 이마와 뺨을 식혀 주었다.

곁에서 사만다가 걱정하며 물었다.

"비 전하. 전하께서도 지난 사흘간 너무 무리하셨습니다. 잠도 제대로 못 주무시고 식사도 제대로 못 하셨지요. 그 상태로 고초를 너무 많이 겪으셨습니다. 좀 쉬시는 것이……."

나는 고개를 저었다.

"아뇨. 깨어나실 때까지 내가 간병하겠어요."

"전하……."

그래도 피곤하고 몸이 노곤한 것은 사실이었다. 제대로 뭘 먹지 못한 것도 분명하다. 이대로는 간병도 제대로 할 체력이 없을 것 같아서, 사만다를 안심시키기 위해서라도 뭔가를 먹기로 했다.

율리아가 가져온 스프와 우유로 대충 속을 채우고, 루크레티우스 옆에 앉았다. 그대로 나는 루크레티우스가 눈을 뜰 때까지 그의 옆을 지켰다.

그가 눈을 뜬 것은, 하루 넘게 지난 다음날 저녁이었다.

"일어났어요?"

루크레티우스는 잔뜩 쉰 목소리로 물었다.

"내가 얼마나 정신을 잃은 거지?"

"하루 좀 넘는 정도요."

"그나마 다행이군."

나는 부드럽게 웃으면서 물었다.

"그래서, 깨어나자마자 나한테 달려온 거예요?"

"당연하지."

그는 그렇게 말하며 손을 뻗었다.

나는 순순히 그의 손길에 얼굴을 내맡겼다. 그대로 그의 손길을 따라 입술이 와 닿는다.

단 숨을 서로 농밀하게 나누면서, 나는 새삼 깨달았다.

이미 나는 이 사람에게 너무 익숙해져 있었다. 겨우 반년도 안 되는 시간, 그동안 완전히 이 남자에게 젖어들어 있었던 것이다. 어느새 이 사람이 없이 지내던 시간이 너무나도 아득하게만 느껴졌다.

반란 직후, 그가 정말 죽었을지도 모른다고 생각하던 그때 내가 어떤 기분이었더라?

분명한 것은 제대로 살아 있는 기분이 아니었다는 것뿐이다. 그가 죽지 않았으리라고 믿고, 애써 자기 자신을 그리 세뇌해 가며 채찍질 했다.

이 사람이 사라져 버리는 것을, 도저히 견딜 수가 없다는 사실을, 그때 비로소 절실히 깨달았다.

스스로도 깨닫지 못하는 사이, 나는 이미 이 남자에게 중독되어 있었던 것이다.

나는 그의 어깨에 얼굴을 묻었다. 독한 약초 냄새가 코끝을 건드린다. 그는 낮은 목소리로 안쪽에서부터 그릉거리는 듯한 웃음을 터뜨리며 나를 말렸다.

"우리 황비님이 어찌 이리 약하게 구실까나."

나는 작게 투덜거렸다.

"솔직히 그럴 만했잖아요? 그러니까 얌전히 있어요."

"네, 네, 그러죠."

그는 손을 뻗어 내 어깨를 감쌌다. 그의 넓은 가슴팍은 붕대가 두텁게 덮여 있었고, 그 위에 엎어져 버린 나는 그의 심장소리와 체온, 그의 냄새에 감싸였다.

나의 심장소리가 점점 커진다. 내 고동은 처음에는 루크레티우스보다 느리게 뛰다가 점점 빨라진 끝에, 그의 박동 속도를 순식간에 뛰어넘었다.

—두근두근두근…….

잠시 옅은 침묵만이 침실을 휘감는다.

방 안은 환자를 위해 조명이 어둡게 맞추어져 있었다. 그와 내 주변은 얼마 안 되는 옅은 빛을 받아 신비로운 그림자가 온통 춤추고 있었다.

나는 고개를 들었다. 그리고 그의 이마에 가볍게 키스했다. 연이어 그의 두 뺨에. 그리고 코끝을 가볍게 깨물면서 작게 키득거렸다.

처음에는 마주 웃던 루크는 곧 얼굴을 굳혔다. 그리고 고개를 뒤로 뺐다.

나는 잔뜩 흘러내린 내 머리카락을 스스로 쓸어 올리며 물었다.

"왜요?"

그는 잠시 미간을 찌푸리며 나를 관찰하듯이 보다가, 마침내 입을 열었다.

"이 이상은 위험해."

"뭐가요?"

나는 다 알면서 굳이 물었다.

"알잖아?"

고개를 끄덕였다.

"그래요. 알아요. 그래도 당신 입으로 듣고 싶어."

그는 고요하게 가라앉은 녹색 눈으로 나를 보았다. 나는 그 겉으로는 차분해 보이는 빛깔 아래에 얼마나 난폭하고 만족하지 못하는 짐승이 숨어 있는지 알고 있었다.

그렇다……. 이미, 모두 알고 있었던 것이다.

그의 크고 강한 손이 내 어깨를 강하게 잡는다. 맞닿은 손끝이 살짝 떨리고 있는 것이 조금 귀여웠다.

"굳이 듣고 싶다면 말해 주지. 내가 당신에게 위험해."

나는 입꼬리를 끌어올렸다. 내게는 확신이 필요했다. 확인이 필요했다. 이 사람에 대한. 이 사람의 존재에 대한. 그것이 너무나도 절실했다.

이 사람이 내 손안에서 빠져나가 버릴 뻔했다는 충격이, 그토록 컸다는 사실을 새삼 깨달았다.

나는 고개를 젓는 동시에 답했다.

"아니."

그리고 배시시 웃으며 그의 귀에 대고 속삭였다.

"내가 당신에게 더 위험한 걸."

—꿀꺽.

원체 침실 안은 고요했고, 덕분에 나는 그의 숨소리 움직임 하나를 모조리 놓치지 않을 수 있었다. 그는 목이 타는 듯 마른 침을 연신 삼켰다.

그리고 내게 물었다.

"다시…… 말해 주지 않겠어?"

이번에는 내가 되물을 차례였다.

"당신도 알잖아?"

말을 마침과 동시에 나는 그대로 그의 입술 위에 내 입술을 겹쳤다. 처음으로 내 혀가 그의 벌어진 틈 사이로 적극적으로 밀고 들어갔다.

잠시 멈칫했던 그는 곧 적극적으로 응해 오기 시작했다. 그의 손이 어깨를 더듬어 내리며 허리께를 강하게 끌어안아 온다.

숨이 막힐 때까지 길게 키스를 나누고 나서, 그는 내게 다시금 확인했다.

"무얼 원하지?"

나는 망설임 없이 답했다.

"당신."

그리고 갈급하게 덧붙였다.

"당신의 존재. 당신의 모든 것. 당신 그 자체. 난…… 욕심이 많은 여자니까."

그의 두 팔이 거칠게 나를 끌어안고 그대로 침대 안쪽으로 끌어들였다.

휘장이 잠시 거칠게 흔들리다 곧 고요함 속에 잠잠히 잠든다.

그의 숨소리가 거칠어졌다. 어두운 조명은 굳게 내린 휘장 바깥에서 고요히 타오르고 있었다. 내가 구분할 수 있는 것은 어둠속에서 그의 몸이 그리는 옅은 실루엣뿐이었다.

어쩐지 조금 아쉽다. 첫 밤의 부끄러움보다, 그의 온전한 모습을 내 눈에 가지지 못한다는 사실이 아깝게 느껴졌다.

그와 나의 숨이 거듭 얽혔다. 서로 떨어지기 싫다는 듯. 탐하고 또 탐하기를 반복했다. 마침내 그의 숨과 나의 숨이 구분되지 않을 때까지.

손을 뻗었다. 젖은 살갗의 감촉이 달라붙어 왔다. 후각에 끼쳐오는 것은 날것 그대로인 사내의 냄새. 나를 너무나도 간절히 원하고, 또 탐하는 남자의 것.

나는 눈으로, 또 손으로 그의 모든 것을 원했다.

그 역시 같았다. 부드러운 입술이 나의 뺨을 누르고 그대로 미끄러져 목으로, 더더욱 아래로 내려앉았다.

나는 늘 이 남자를 뱀처럼 차가운 사내라 생각했다. 혈관 안에도 차게 식은 피가 흐르고 있으리라고. 그러나 아니었다. 그의 몸 안에는 더없이 뜨거운 불꽃이 가두어져 있었다.

온 세상을 살라 버리고도 남을 불이.

그러나 그 불은 오로지 나만을 향한 것이었다. 온전히 나의 것이었다.

그것이 내 앞에서 모조리 드러났다. 그의 불은 거침없이 타올라, 제 몸 밖으로 넘쳐흘렀다. 이윽고 나의 몸마저 점령할 때까지.

그리하여 우리는 그 밤에, 처음으로 하나가 되었다.

그 밤은 빛과 어둠이 정신없이 뒤섞이고, 모든 것이 일시에 죽었다가 다시 태어난 밤이었다.

첫 밤이며 마지막 밤이기도 하였으며, 모든 것을 가진 시간이며 동시에 모든 것을 잃은 때이기도 했다.

나는 충만한 환희에 젖어, 그리고 동시에 무어라 표현할 수 없는 상실감 속에도, 몇 번이나 울고 또 웃었다.

새벽녘 땀에 젖은 그의 품 안에서 깊게 드리운 커튼의 틈 사이로 비쳐 들어온 햇빛을 보며 깨달았다.

내 결심은, 이미 끝나 있었다.

부상을 입은 몸으로는 무리이긴 무리였던 모양이다. 루크레티우스는 깊이 잠들어 있었다.

그의 몸 위로 이불을 덮어 주고 몸을 일으켰다. 맨몸 위로 가운을 걸치고 깨달았다. 잠시 빌릴 것이 있었다.

다시 그에게 다가가 그의 손에 끼워진 금빛 인장 반지를 보았다.

"잠시 빌릴게."

그는 내 말조차 듣지 못할 정도로 깊이 잠들어 있었다. 그 뺨에 키스를 하고는, 반지를 빼내어 내 손에 끼웠다. 여전히 헐거웠고 무거웠지만, 한 가지 다른 것이 있었다.

지금은 이 무게를 견딜 각오가 되어 있었다.

"비 전하?"

단 이삼일 사이에 눈 밑이 완전히 새카맣게 죽어 버린 재상이 나를 보고 의아하게 물었다.

지금 내가 들어온 이곳은 루크레티우스의 집무실이었다. 주인은 부상으로 쓰러져 있으나, 일을 처리할 사람은 필요했다. 그 덕에 이 노인이 혼자 혹사당하고 있는 것이다.

나는 부드럽게 웃으며 답했다.

"사후 처리가 어떻게 되어 가는지 확인하려고 왔어요."

재상은 의아하게 물었다.

"비 전하께서요?"

나는 고개를 끄덕이며 손을 들어 올려 보여 주었다. 금빛 반지가 빛났다.

"예, 황제 폐하의 대리로서 왔습니다."

막간 5. 그녀는 모르는 그 남자의 사정

그녀는 모르는 그 남자의 사정

"헉!"

그는 지독한 악몽 속에서 간신히 깨어났다.

정확히 어떤 꿈이었는지는 기억나지 않는다. 다만 그 지독함이 그에게서 무언가를 빼앗아 갔고, 그는 그것을 되찾기 위해 안간힘을 썼다는 것만이 어렴풋이 뇌리에 남아 있다.

그래서 되찾았던가?

……기억나지 않는다.

무엇을 빼앗겼었지?

……역시 기억나지 않는다.

어둠과 혼란 속에서, 그는 멍하니 낯선 천막의 천으로 된 천장을 올려다보고 있었다. 눈꺼풀이 절로 위 아래로 몇 번 움직여 잔뜩 흐린 시야를 어떻게든 맑게 만들려 애쓴다.

귓가에서 무언가 파리 같은 것이 웅웅대는 소리가 들렸다.

그것이 바로 곁에서 가쁘게 외치는 누군가의 목소리라는 것을 깨달은 것은 조금 시간이 흐른 뒤였다.

그 정도로 정신이 온전하지 못한 상태였던 것이다. 현재의 그는.

루크레티우스는 힘겹게 고개를 돌려 자신을 보고 무어라 외치는 이를 보았다.

저 남자가 누구더라? 분명한 것은, 익숙한 얼굴이라는 것이다.

"폐하!"

계속 물속에 잠겨 든 것처럼 희미하던 목소리가 선명해지자, 바로 깨달을 수 있었다.

이 사람이 누구인지.

그리고 그가 의식을 잃기 전 무슨 일이 있었는지.

이를 깨달은 순간, 루크레티우스는 시체처럼 늘어져 있던 몸을 벌떡 일으켰다.

"폐하!"

눈앞에 불이 번쩍이고 하늘이 빙빙 돌았다. 그런 그를 계속 제 주인의 정신이 깨어나기를 기다리며 애타게 부른 기사가 부축했다. 덕분에 루크레티우스는 간신히 꼴사납게 앞으로 고꾸라지지 않을 수 있었다.

루크레티우스는 의식을 잃은 동안 이끼와 녹이 끼기라도 한 것 같은 목에 최대한의 힘을 주어 기사를 불렀다.

"클……라크 경."

"예, 폐하."

네이먼 데 클라크. 루크레티우스가 황태자 시절부터 지근거리에서 그를 모셔온 충복 중의 충복이다. 현재는 수석 로열가드 중 필두로서 루크레티우스에 대한 경호의 총책임을 맡고 있는 이이기도 했다.

네이먼은 루크레티우스를 부축하여 다시 침대에 눕히고, 비통한 목소리로 불충을 벌해 달라 청해 왔다.

"반역자들의 습격에서 폐하께서 부상을 입으시는 것을 막지 못한 죄. 소신의 목숨으로도 다 갚지 못할 겁니다!"

지금은 그것이 중요한 것이 아니다.

"됐고, 지금 시간이 얼마나 지난 거지?"

잠시 그의 충직한 기사가 침묵했다.

"……."

루크레티우스는 초조함 속에서 채근했다.

"시간이 얼마나 지났냐니까?"

"대략 이틀 정도입니다."

"뭐?!"

루크레티우스는 상처의 고통조차도 잊고 벌떡 몸을 일으켰다. 이번에는 신음조차 없이 미간을 살짝 찌푸리는 정도로 끝났다. 그보다는 다른 사실이 더 중요했다.

"벌써 이틀이나 지났다고?"

"예. 반란군 습격 때로부터 이틀입니다."

"반군은?"

"모두 진압되었습니다."

안도의 한숨을 흘릴 여유도 없었다.

"비나는? 황궁 상황은 어떻게 된 거지? 왜 황궁으로 귀환하지 않았지? 반군도 진압했고, 내가 죽지 않았으면 날 데리고 황궁으로 돌아갔어야 맞지 않나?"

네이먼은 비통하게 아뢰었다.

"기억하시는지 모르겠지만, 습격 당시 폐하께서는 등 뒤에서 공격당하셨습니다. 굴덴 경이 이끄는 것으로 알려져 있던 남부 제국군이 합류함과 동시에 아군을 공격했고, 이는 혼란 상황을 부르기 위한 미끼였습니다."

"그랬……다고?"

"예, 진짜는 폐하를 호종扈從하던 제국군 사이에 끼어 폐하의 목숨을 노리고 있던 자들이었습니다. 부끄럽지만 그 혼란에 시선을 빼앗긴 사이, 폐하께서 공격당하셨지요."

그의 말을 듣자 조금씩 기억이 되살아나기 시작했다.

등 뒤에서 날아온 칼날에 어깨를 찔렸고, 그에 대항하기 위해 뒤돌아선 순간 가슴을 깊이 베였다. 거기서 의식이 끊어졌다.

"습격한 자들은 제가 처리했고, 남부 제국군의 변절자들 역시 진압되었습니다. 다만 폐하께서 워낙 깊은 상처를 입으시어 도저히 움직일 수 없어, 이 자리에 진을 친 상황입니다."

"남방군쪽에서 온 자들이 변절했다고? 갈리시아 후작인가."

"아마도…… 그렇겠지요."

"내가 즉위하자마자 남방군 사령관에서 북방군 사령관으로 자리를 옮겨 놓은 게 무색하군."

"애초에 선황 대에 20년 가까이 남방군 사령관으로서 재임한 것부터가 문제였습니다. 게다가 제국 남부의 남방군 주둔지에는 갈리시아 후작의 영지까지 포함되어 있었지요. 유착이 안 될 수가 없고, 또 사병화가 안 될 수가 없었을 겁니다."

"빌어먹을, 그 인간은 끝까지 도움이 안 되는군!"

루크레티우스는 일생동안 단 한 번도 도움이 된 바 없는 생물학적 아버지에 대한 저주를 다시 주워섬겼다.

"나를 습격했다면…… 설마 황궁까지 진입한 건가?"

"……."

이번에도 네이먼은 답이 없었다.

"제대로 말해. 비나는 어떻게 되었지?"

긴 망설임 끝에 답이 나왔다.

"지금 황궁 일부는 태후에 의해 점령당해 있습니다. 황비 전하와 재상 휘하 모든 대신들이 태후와 갈리시아 후작의 손아귀 안에 있고, 이 때문에 황궁 안의 로열가드도, 제도의 방위군도 움직이지 못하고 있습니다."

"젠장!"

네이먼은 잠시 망설이다 결국 루크레티우스가 가장 걱정하고 있는 문제에 대해 알려 주었다.

"그리고 태후는 해가 뜨는 대로 황비 전하를 처형하겠다 하고 있습니다."

루크레티우스의 눈에서 불꽃이 튀었다.

"감히……!"

네이먼은 루크레티우스가 당장에라도 침대 밖으로 튀어나올까 봐 걱정되었는지 빠르게 당부했다.

"폐하! 지금 바로 움직이시면 상처가 벌어집니다."

"동틀 때까지 시간이 얼마나 남았지?"

네이먼은 마른세수를 하며 답했다.

"……대략 서너 시간 정도입니다."

"잘 됐군."

루크레티우스는 이를 악물고 침대에서 몸을 일으켰다. 꼬박 이틀을 정신을 놓고 있었을 정도의 부상이다. 그러나 당장 쉬고 있을 시간은 없었다.

지금 비나가 어떤 상황에 처해 있을지 상상하는 것만으로도 심장이 타들어 가는 것 같다.

"명을 전달해라. 제도로, 황궁으로 입성한다."

"폐하!"

루크레티우스는 웃으며 충신을 안심시켰다.

"걱정할 것 없다. 짐은 죽지 않아. 내 심장이 무사한 한은 말이야."

그 심장이 누구를 말하는지는 굳이 물을 필요도 답할 필요도 없으리라.

결국 네이먼은 주인의 명을 따랐다.

루크레티우스는 검을 허리에 차고, 마취약에 가까운 진통 효과가 있다는 약초를 생으로 씹어 삼켰다. 혀가 아릿하게 마비되는 느낌이 들었다. 고통은 훨씬 덜해졌다.

그는 얼굴을 숨기기 위해 기사들이 구해 온 제국군의 갑옷과 투구로 몸과 얼굴을 가렸다. 우선 가장 먼저 그가 황궁으로 가야 한다. 그는 열 살 무렵부터 황궁 안의 거미줄처럼 뻗은 비밀통로 사이를 마치 놀이터처럼 헤매며 자랐다. 그 통로가 이어진 곳에는 태후가 비나를 처형하겠노라 으르며 끌고 가려 한다는 '장엄의 홀' 역시 포함되어 있었다.

말을 몰아 빠르게 내달리기 시작했다. 사정없이 흔들리는 투구 안에서, 그는 멀리 있는 이에게 속삭이듯이 다짐했다.

'기다려, 비나. 약속은 반드시 지키겠어.'

검은 머리카락이 휘날린다.

"루크!"

그는 투구를 벗어 던졌다. 안간힘을 다해 이곳으로 달려온 끝에 간신히 시간에 댈 수 있었다. 숨이 거칠게 헐떡인다. 그러나 그마저도 그녀의 얼굴을 본 순간 잊혀 버렸다.

그는 웃으며 팔을 벌렸다.

그녀는 눈물로 범벅이 된 얼굴로 그를 향해 달려왔다. 평소에는 어떻게든 직접 부르는 것을 피하려 들었던 그의 애칭을 온 힘을 다해 부르짖으며, 그에게로 달려온 것이다.

"루크!"

중간에 발목이 꺾여 그대로 넘어지는 줄 알았다. 그런데도 용케 균형을 다시 잡고 뛰었다.

한껏 벌린 그의 품을 향해, 품의 주인이 달려들어 안겼다. 그의 품은 오로지 이 단 한 여자만을 위한 것이었다.

이제야 그녀를 위한 자리가 꼭 맞게 되었다.

"루크으!"

절규에 가까운 목소리를 들으며, 그는 행복감 속에서 미소하며 한껏 품 안의 여인을 끌어안았다.

그의 여자. 그의 심장. 그의 영혼. 혹은 그 모든 것이라 불러도 좋을 사람.

루크레티우스는 다시 속으로 속삭였다.

겨우 다시 안았어.

이제는 설사 죽음이라도, 이 여자를 그에게서 앗아가지는 못하리라.

결코 용납하지 않을 것이다.

19. 태풍이 지나간 자리

19. 태풍이 지나간 자리

로우손은 루크레티우스에게 약 한 달 정도는 절대 요양하라는 진단을 내렸다. 권유 수준이 아닌 주치의로서의 강요에 가까웠다. 환자라면 반드시 따르지 않으면 안 될 진단.

물론 루크레티우스는 저항하려고 했지만, 자신을 제외한 주변 모두가 그의 의지에 반하는 적이었기 때문에 조금의 성과도 없었다.

그 결과 루크레티우스는 조금만 더 거부하면 그대로 침대에 묶일 지경에 이르고 말았다. 태후를 처리하면서 반석 위에 선 황제의 권위는, 나와 로우손 앞에서는 빛이 바래 버렸던 것이다.

상체 전체에 붕대를 감고 누워서 루크레티우스는 전혀 설득력 없는 소리를 마구 지껄였다.

"이건 1, 2주면 다 나아!"

로우손은 혀를 차며 고개를 저었다.

"제가 처음 봐 드렸을 때도 절대 1, 2주 만에 나으실 수 있는 상태는 아니었습니다만……, 하루 사이에 도리어 상처가 더 벌어지고 덧나셨습니다. 무슨 무리를 또 하신 건지……."

그의 혀 차는 소리에, 한창 혼나던 루크레티우스도 옆에서 피식피식 웃고 있던 나도 잠시 조용해질 수밖에 없었다.

"……."

"……."

그야 같이 지은 죄가 있으니 입이 있어도 할 말이 없을 수밖에.

로우손은 알고 말하는 것인지 아니면 모르고 말하는 것인지 불명확해서 더 뜨끔한 당부를 해 댔다.

"다시 벌어진 상처를 봉합해 두었습니다. 상처가 아물 동안은 절대로 안정하셔야 합니다. 격한 운동이나 움직임은 최대한 피하셔야 합니다."

"……."

루크레티우스는 확답하지 않고 시선을 피했다. 그러자 로우손은 이번에는 나를 향해 말머리를 돌렸다.

"비 전하."

"네, 넷?!"

"폐하께서 무리해서 움직이시지 못하도록 꼭 옆에서 지켜보고 감시해서 말려 주십시오."

"……네."

그는 거듭 신신당부했다.

"절대 격한 움직임은 금물입니다!"

"……."

정말 모르고 하는 소리일까?

물어 볼 마음이 들지 않았기에, 나는 얌전히 입을 다문 조개가 되어 고개만 위 아래로 열심히 흔들기로 했다.

안 그래도 황제 주제에 실종이라는 어마어마한 사고를 한 번 친 루크레티우스다. 부상까지 꽤 심했기에, 재상도 다른 주변의 인물들도 그의 회복이 가장 중요한 일이라는 데에 동의했다.

그러나 루크레티우스가 모든 일을 손에서 놓고 쉬려면, 그가 할 일을 대행할 사람이 반드시 필요했다.

게다가 지금은 일도 산처럼 쌓인 상황. 태후 일파의 반란이 끝난 지금, 그 뒤처리만으로도 일이 어마어마했다.

아무리 재상이 유능해도 혼자서 처리할 수 있는 양이 아니다. 또한 작위와 영지가 직접 연관 있는 사안들도 많았으므로 루크레티우스의 재가가, 정확히는 국새가 꼭 필요했다.

그래서 내가 나선 것이다.

자신이 잠들어 있는 사이 내가 멋대로 국새를 빼서 들고 집무실로 향하여 재상과 논의를 한 것을 알고도 루크레티우스는 아무 말도 하지 않았다.

그건 조금 고맙다. 솔직히 긍정의 말이든 부정의 말이든, 그에게서 듣는다면 좀 울적해질 것 같았다.

어쨌건 내가 스스로 나서 그의 대행을 맡았다는 것은, 나 자신이 황후로서의 자리와 의무를 받아들이겠다고 의사표현을 한 것과 같았기 때문이다.

루크레티우스는 그 일에 대해 직접적으로 언급하거나 기뻐하는 내색을 심하게 하지는 않아 주었다. 꽤 배려심 깊은 행동이었다.

내가 황후의 자리에 오를 마음을 먹었다는 것은, 곧 이곳에 남기로 결심했다는 말이 된다. 그것은 또한 고향으로 영영 돌아갈 수 없게 된다는 의미이기도 했다.

성녀에게서는 아직 답이 없다. 과연 내가 집으로 돌아갈 방법이 있을지 확신할 수 없다.

그럼에도 이곳에 남을 생각을 굳힌다는 것은, 가족과 고향을 버리는 것과 같은 기분이었다.

나는 울적해지려는 마음을 다잡으며 일에 매진하기로 했다.

다행인지 불행인지, 일은 매우 많았다. 반역에 연루된 이들에 대한 처벌, 공을 세운 이들에 대한 상. 관련자가 한둘도 아니니 이 일만으로도 정신이 없었다.

내가 눈코 뜰 새도 없이 서류에 파묻혀 있는 동안, 루크레티우스는 천천히 쉬면서 요양했다.

그의 말에 따르면, 일생 동안 그렇게 아무 일도 없이 무력하게 늘어져 있던 시기가 또 없었다고 했다.

혼자는 외롭다며 어울리지도 않게 내게 불쌍한 척을 해 대서, 나는 서류를 바리바리 싸들고 그의 병실이 차려진 내 침실에서 처리해야 했다.

서류를 검토하고 인장을 찍는다. 그래도 그의 옆에서 일을 하니 좋은 점이 있기는 했다. 실시간으로 처리하는 사항에 대해 그에게 물어 볼 수 있었던 점이다.

몇 가지 조언을 해 주던 그는 곧 피식 웃으면서 평했다.

"굳이 나한테 안 물어보고 해도 되겠는데?"

"정말?"

"그래. 놀라울 정도야. 진심으로 말이지."

"그러면 진짜 내 맘대로 해 버려야지."

나 자신도 언제부터 그랬는지 기억나지 않지만, 내가 단둘만 있을 때 그에게 반말을 쓰기 시작한 일도 그는 별말 없이 자연스럽게 넘어갔다.

아마 불만을 표했으면 아직 딱지도 안 앉은 그의 상처를 꾸욱 눌러 주었을 것이다.

정말 여러모로 저 인간이 눈치가 빨라서 참 다행이다.

나는 마음을 놓았다. 곧 그에게 의견을 묻는 단계도 생략하고 일을 처리하기 시작했다.

서류를 훑어 내리고 이상한 부분이 있는 것은 체크해 두었다가, 내일 재상을 불러 논의한 다음 수정하면 된다.

이상이 없는 것들은 내가 가지고 있는 루크레티우스의 인장 반지를 찍어, 서기관을 통해 내려 보내면 된다.

반역과 연관된 뒤처리인지라, 내가 처리하는 서류에는 심심찮게 처벌에 대한 내용이 있었다. 작위와 영지 몰수 등은 일반적이었고, 처형과 관련된 내용도 꽤 많았다.

처음에는 조금 거리낌이 있었지만, 그런 내용의 서류만 열 장이 넘어가자 처형 명령서에 인장을 찍는 것도 별 감흥이 없어졌다.

종이 한 장의 무게가 그 안에 담긴 죽음의 무게라고 믿어지지 않을 만큼 가벼웠던 탓이다.
막 서른세 장 째 서류를 체크해서 옆에 놔 두던 참이었다.
매우 불순한 움직임이 있었다.
루크레티우스는 잠든 것처럼 눈을 감은 채 누워 있었다. 그런데 자고 있다는 인간의 버릇 나쁜 손가락이 슬금슬금 이불 위를 기어서, 내 허벅지에 더듬더듬 닿기 시작한 것이다.
손가락 끝을 세워 내 치맛자락 위를 명백한 의도를 가지고 슥 쓸어내린다.
나는 여전히 시선을 서류에 고정한 채로 손을 뻗어, 그 얄미운 손가락을 펜 끝으로 콕 찔러서 따끔하게 벌을 주었다.
"으앗!"
엄살 가득한 루크레티우스의 비명이 울렸다.
이 인간은 부상 입고 눕더니 사람이 바뀐 것처럼 굴고 있다. 스무 살 정도는 어려진 것 같다.
"부상자한테 너무한 것 아냐?"
저것이 얼마나 가증스럽고 얄미운 엄살인지 잘 알고 있는 나는 마음껏 코웃음 쳐 주었다.
부상자라면서 그렇게 엉큼하게 굴 힘은 있고?
"로우손이 한 말 기억 안 나?"
"무슨 말?"
나는 마침내 서류에서 눈을 떼고 그를 보았다. 그리고 손을 뻗어 그의 맨살이 드러난 목덜미를 손등으로 슥 훑었다. 긴장한 남자의 살갗에 살짝 소름이 돋는 것이 느껴진다.
"역시, 아직도 열이 있네."

루크레티우스는 손을 뻗어 내 손목을 잡고 답지 않은 어리광을 피우려 했다.

"일감을 가지고 와 있으면 그대가 내 옆에 있는 보람이 없잖아. 안 그래? 환자를 조금만 더 불쌍하게 여겨 달라고."

나는 다시금 웃었다. 매우 해맑게.

이 남자는 잘 알고 있을 것이다. 내가 이렇게 웃는 경우는 화가 났기 때문인 경우가 많았다.

"이 일감을 다 만들어 놓으신 건 어디의 누구셨더라?"

"……."

풀죽은 척을 하면서도, 이번에도 은근슬쩍 루크의 팔이 내 허리를 안아 더듬어 왔다.

갸름한 턱이 턱하니 내 어깨 위에 얹혔다. 그가 내쉰 익숙한 숨이 내 살갗 위로 흐트러진다.

그러고 보면 옛말 하나 그른 게 없긴 하다.

'남자는 숟가락 하나 들 힘만 있으면…….'

거기까지.

더는 생각 안 하기로 했다.

위험해.

저 인간도 자기 자신의 몸 상태에 위험한데, 나까지 저 인간의 상처에 위험해졌다간, 진짜 큰 사달이 날지도 모른다.

'진정해. 진정해야 해. 비나.'

당장 눈앞의 떡에 혹했다가는, 나중에 큰 걸 잃는 거다.

간신히 나 자신을 제어하는 데 성공했지만, 상대는 그렇지가 못했다.

날 끌어안고 부비적거리는 인간 때문에 내 손에 들려 있던 서른네 번째 서류가 한창 구겨지는 중이었다.

그러고 보면 확실히……, 이 인간 스킨십에 스스럼이 없어졌다.

물론 그럴 만하긴 하지만.

나도 좀 그렇긴 하지만.

나는 내 허리를 감은 루크의 손등을 꼬집어 주며 선언했다.

"한 달 동안은 안 돼."

루크레티우스는 진심으로 경악한 얼굴을 했다.

"어째서!"

"난 당신 상처 또 덧나게 된 원인이 되고 싶지 않으니까. 그때 로우손이 말하는데 얼마나 민망했는지 알아?"

"살살하면……."

나는 칼처럼 잘랐다.

"기각."

루크의 불만 어린 신음이 울렸다.

그 뒤로도 루크레티우스의 설득과 애원이 계속 이어졌지만, 나는 무시했다. 또 상처가 벌어져서 로우손 앞에서 그런 쪽팔림을 당하는 건 절대 사양이니까!

대신 다른 중요한 일로 그의 주의를 돌려 보기로 했다. 저 인간이 헛소리를 하는 건 역시 할 일이 없어서일 테니까 말이다.

……생각하니 열 받는다. 누구는 자기를 위해서 이렇게 고생 중인데, 옆에서 떼나 쓰고 있는 거다. 혼자만 팔자 좋게.

"그나저나…… 제노아의 일은 어쩌지?"

내가 던진 화제는 꽤 효과가 있었다. 20년쯤은 나이를 거꾸로 먹은 것처럼 떼를 쓰던 인간의 표정이 순식간에 다시 진지하게 돌아왔다.

"그건 걱정할 것 없어."

나는 고개를 갸웃했다.

걱정할 것 없다니?

태후 일이 터지기 전 가장 큰 문제가 바로 크세니아 황비의 일이었다.

태후가 일을 벌일 수 있었던 배후에도 제노아와의 문제가 있었다. 제국과 제노아와의 관계가 악화되고, 이 때문에 여러 문제가 터지면서 그 혼란을 틈타 쿠데타를 꾸밀 수 있었던 것이다.

"문제가 없다니? 크세니아 선황비의 자살은 큰 문제잖아."

루크레티우스는 고개를 저었다. 그리고 폭탄 발언을 내게 던졌다.

"그 여자는 자살하지 않았어."

"뭐?!"

그는 짓궂은 미소를 얼굴 가득 띤 채 내게 또 장난을 걸어 왔다.

"무료는 여기까지. 더 자세한 사정을 알고 싶으면 요금을 내 주시지."

"뭐?"

"일단은 진한 키스…… 정도로 봐주기로 하지."

"뭐?!"

너무나도 당당한 헛소리에 내가 어이가 없어서 멍청하게 묻자, 그 사이 그가 잽싸게 움직였다.

벌떡 상체를 일으키고는 내 뒤통수와 어깨를 두 팔로 잡아당겼던 것이다.

내 입술을 자신의 입술로 덮었다. 그리고 자신이 말한 '요금'을 부지불식간에 받아 가기 시작했다.

"읍!"

다시금 그의 특기인 농밀한 키스가 이어졌다.

첫키스 때부터 느낀 거지만, 이 인간…… 진짜 키스 잘한다.

사람을 뜨거운 코코아 잔에 띄운 마시멜로처럼 녹여 버리는 것이다. 나는 곧 그의 농염한 키스 아래 반쯤 녹은 마시멜로처럼 흐무러졌다. 나를 그렇게 만들고 나서야, 그는 만족하며 입술을 떼어 냈다.

간신히 놓여 난 호흡이 가쁘게 할딱대는 동안 은빛 실이 그와 나의 사이에 가늘게 이어진다. 루크레티우스는 다시금 내 입술 위에 그의 입술을 가볍게 겹쳐 그것마저 모조리 다시 가져갔다.

입술 위를 가볍게 핥아 올리는 혀의 감촉에, 나는 절로 발가락 끝이 곱아 들었다.

루크레티우스의 손가락이 슬슬 내 허리를 쓸어내리는 것이 느껴졌다.

나는 열에 들뜬 얼굴로 그를 올려다보며 나직이 속삭였다. 그리고 동시에 움직였다.

"내가……."

"응?"

그의 얼굴은 한껏 기대에 부풀어 있었다. 갓 오븐에서 꺼낸 수플레처럼 풍염하게 부푼 것이 눈에 보인다.

내가 뻗은 손이 그의 모양 좋게 솟은 목울대를 슥 쓸어내린 다음, 멋진 근육으로 뒤덮인 어깨를 더듬어 간다.

그리고…….

붕대에 감싸인 그의 가슴께를 사정없이 꾹꾹 눌러 주면서 자비없이 웃어 주었다.

고통스런 침음이 터진다.

"으억!"

"사람이 말을 하면 좀 들으라고!"

잠시 가차 없는 고통으로 침대에 쓰러져 옆으로 엎어진 인간을 놓고, 나는 다시 원래 자리로 되돌아왔다. 그리고 재촉했다.

"크세니아 선황비가 자살한 게 아니라고?"

"으……, 당신은 날 진짜로 죽일 참이야?"

나는 손으로 테이블을 탁탁 치며 그를 엄하게 채근했다.

"내가 먼저 물어 봤잖아! 제대로 대답하시지!"

잠시 아쉬운 듯 입맛을 쩍쩍 다시던 그는 곧 순순히 입을 열기 시작했다.

"말 그대로야. 크세니아 선황비는 자살하지 않았어. 타살당한 거지."

"타살?!"

"그래. 그 조카인 코로넬에게 말이야."

나는 너무 놀라서 거의 비명을 지르고 말았다.

"코로넬 왕자가 크세니아 선황비를 죽였다고?"

루크레티우스는 고개를 끄덕이며 피식 차가운 미소를 띤다.

"그래. 대담하게도 말이야. 무모하다고도 볼 수 있겠지."

제 조카에게 고모가 살해당한 비극을 입에 담고 있다기에는 너무 가벼운 감상이자, 반응.

그러나 내 반응도 사실 별로 다르지 않았다. 단순히 예상하지 못한 사실에 대한 놀라움과 그 일을 빌미로 코로넬이 부르짖었던 요구에 대한 불쾌감 정도가 다였다.

그 패륜에 대해 무어라 도덕적인 불쾌감을 느끼기엔, 일단 내 눈앞에 드러누운 인간이 제 아비를 죽인 패륜아였던 것이다. 그리고 난 그 사람의 공범자이기까지 하다.

지난번 태후의 처형 때도 느꼈던 거지만, 새삼 나 자신의 반응에 등줄기가 서늘해져 온다.

사람의 죽음이 언제 이렇게 아무렇지도 않게 느껴지기 시작했을까?

리즈벳이 죽을 때에는 나름대로 경악했었다. 그리고 갈리시아 후작의 목이 떨어지는 순간은 차마 보지 못하고 눈을 돌렸다.

그러나 나는 태후의 죽음은 눈 하나 깜짝하지 않고서 지켜보았다.

네 번의 도끼질에 그 아래 피 흘리며 고통스런 비명을 지르며 몸부림치는 여자를.

마음속에서 일말의 안타까움도, 동정심도 일지 않았다.

나는 다만 카틀레야의 죽음이 이루어지는 과정을 내 눈으로 매초 모조리 담아 확인하지 않으면, 그 여자가 다시금 되살아나 나를 위협할 것처럼 느껴졌다. 그 정도로 두렵고 또 경계했었다.

때문에 그녀의 목이 떨어졌을 때, 나는 차라리 후련함과 안도감을 느끼고 있었다.

비록 그 대상이 적이라고 하지만, 이건 절대 한국의 스무 살짜리 여자가 가질 감상이나 감정이 아니다.

그 사실이 새삼스레 가슴을 시리게 했다. 새삼 깨닫는다. 내가 정말 많이 와 버렸다는 것을. 각오한 바이지만, 씁쓸함이 줄어드는 것은 아니다.

잠시 홀로 그 감상에 젖어 있자 루크레티우스가 의아한 듯이 나를 불렀다.

"비나?"

나는 고개를 돌려 그를 보았다.

나를 이곳까지 끌어들인 남자.

나의 공범자.

그리고…… 내가 사랑하는 남자.

나는 고개를 끄덕였다.

"듣고 있어."

계속하라는 말이다. 잠시 고개를 갸웃하던 루크레티우스는 다시 원래 대화 주제로 돌아갔다.

"일단 그 여자 시체를 들고 침실 앞까지 달려온 것 자체가 너무 작위적이었어. 그리고 당신은 못 봤지만, 나와 독대할 때 욕망과 야심으로 번들거리는 눈을 보아 하니…… 그놈의 짓이라는 게 너무 명백해 보였지."

"하지만 증거는……."

"증거도 확보했어. 코로넬과 내가 직접 독대하는 동안 비밀리에 로우손을 시켜 크세니아 선황비의 시신을 살펴보게 했으니까."

나는 긴장하여 이어질 설명을 기다렸다. 그는 장난스럽게 입꼬리를 끌어올리면서 내 손등을 은근하게 쓸어 왔다.

"이 뒤는 추가 요금이 필요한데 말이야."

나는 응큼한 손가락에 내 손가락을 걸었다. 그대로 깍지를 낀 채 그를 향해 은근한 미소로 미주해 주었다.

"그 요금 선불로 받아가 놓고는 또 무슨 헛소리를. 진짜로 낫고 나서도 독수공방하고 싶으시면 알아서 하시든가."

그는 얌전하게 고개를 끄덕였다.

"……."

반복되던 장난기가 확 사라지고, 그의 진지한 설명이 이어졌다.

"로우손이 검시한 결과 크세니아 선황비의 상처는 절대 제대로 검을 배우지 않은 여인이 낼 수 있는 것이 아니었어. 확실하게 상대를 죽이기 위해 검을 찔러 넣고 그대로 비틀었더군. 갈비뼈 사이로 칼을 찔러 급소를 노린 것만으로도 범상한 실력이 아닌데, 칼을 찔러 넣고 비튼 힘 역시 절대 여자가 자해하여 낼 수 있는 것이 아니야. 갈비뼈 두 개가 부러졌다더군."

"그런……."

검에 대해 잘 모르는 나도 그것이 제대로 단련하지 않은 여자의 힘으로 가능한 것이 아니라는 건 안다. 특히 뼈를 부러트릴 정도의 강한 힘은 절대 불가능하리라.

루크레티우스는 매우 심술궂은 미소를 지었다.

"또한 공통된 증언으로 보아, 크세니아 선황비가 절명한 때에 그 방에 있었던 이들은 크세니아, 루디아, 코로넬뿐이야. 그 중 그런 짓이 가능한 것은 유일한 남성인 코로넬이지. 게다가 발견된 검도 크세니아 본인이 지니고 있던 것이 아니야. 알다시피 궁 안에선 검을 지닐 수도 없고 말이야. 본래 제노아는 여인들도 검을 패용하는 것이 일반적인 곳이긴 하지만, 이 때문에 그녀는 이곳으로 시집올 때 자기 검을 제 오라비에게 맡기고 왔거든."

"검을…… 맡겨?"

자세히는 모르지만 무언가 의미가 강하게 있는 행위인 것 같았다.

이어진 루크레티우스의 설명은 내 예상이 그대로 적중했음을 말해 주었다.

"제노아에서 검은 많은 것을 상징해. 그 사람의 생명, 충의, 사랑 그 모든 것을 상징하지. 때문에 부모는 아이가 태어나면 그때부터 아이를 위한 검을 만들게 해. 아들에게는 성인이 되어 휘두를 수 있는 시미터를, 딸에게는 늘 몸에 지니고 자신을 지킬 수 있는 작은 단검을. 내가 알기로 크세니아는 결혼 상대가 나에서 선황으로 바뀌고도 이곳으로 시집오기로 스스로 결정했어. 제 오라비를 위해서. 그래서 이곳으로 오며 그 검을 오라비에게 맡겼다고 하더군."

나는 고개를 모로 기울였다.

"감동적인 이야기지만…… 어떻게 그렇게 자세히 아는 거야?"

잘은 모르지만 저것은 아마도 제노아의 현 국왕과 크세니아 선황비 두 남매, 혹은 정말 가까운 이들만 알고 있을 이야기일 것 같았던 것이다.

"제노아의 국왕 본인에게 들었지."

"아!"

"2년 전까지 제국에 사절로 오는 건 현 국왕의 일이었어. 물론 제국과의 외교를 맡아 국내에서 자신의 권위를 높이려는 것도 있었지만, 그는 제 누이를 만나기 위해서도 제국을 찾았지."

"……."

"그때 들은 이야기야. 적어도 제노아의 국왕은 진심으로 제 누이에게 감사하고 또 미안해하고 있었지. 선황 사후에는 반드시 자신이 데리고 돌아가겠다고도 했고. 그때 크세니아가 나라를 떠나며 맡겼다는 검을 내게 직접 보여 준 바 있었어. 그 검이 바로, 크세니아 선황비의 가슴에 꽂힌 채 발견된 검이야. 손잡이의 문양이 인상적이라 기억하고 있었어. 아마도 제노아의 국왕이 코로넬에게 들려서 보낸 거겠지."

처참한 이야기다.

아마도 아들에게 검을 들려 보냈을 제노아 국왕의 의사는 그 검으로 제 누이의 가슴을 찌르라는 것이 결코 아니었을 터이다.

나는 입술이 바짝 마르는 것을 느꼈다.

"그 일을…… 제노아의 국왕은 알아?"

루크레티우스의 입꼬리가 매우 사악하게 말려 올라갔다.

"코로넬이 제 고모의 관을 앞세워 떠날 때 이미 관련 이야기를 적은 밀서를 밀사를 통해 출발시켰어. 지금쯤이면 제노아의 국왕도 들었겠지. 그리고 코로넬 일행이 도착할 거야. 그 뒤는…… 국왕이 알아서 하겠지."

나는 반문했다.

"하지만 이 일이 외교적으로 이용하기 좋은 건 사실이잖아. 아무리 누이에 대한 국왕의 정이 깊어도, 이번 일을 이용하려 들 가능성도 높지 않아?"

루크레티우스는 고개를 끄덕였다.

"확실히 맞는 지적이야."

그는 연달아 설명을 이어갔다.

"그래서 확실한 경고도 붙여 놨지. 크세니아의 일로 제노아가 할 수 있는 것은 그 일을 빌미삼아 전쟁을 벌이는 것뿐이다. 제국은 아무것도 양보할 의사가 없으며, 전쟁이 벌어질 경우 코로넬이 그 짓을 벌였다는 정황 증거와 관련 사실을 공론화할 거라고."

저 협박은 제노아의 국왕이 전쟁을 원하지 않는다는 것을 전제로 깔고 있다.

그러나 동서고금, 국왕의 권위를 세우는 데 외부의 적을 만드는 것만 한 일이 없다. 제노아의 국왕이 이미 죽은 누이의 희생을 무효화하지 않기 위해서라도 전쟁이라는 선택을 할 가능성은 충분하다.

"국왕이 전쟁을 감행하겠다면 의미가 없지 않아?"

그는 고개를 저었다.

"그는 전쟁을 바라지 않아. 물론 적당한 수준의 전쟁이야, 즉위 초기인 그에게 왕권을 세우는 데 도움이 될지도 모르지. 하지만 제국과 제노아의 전쟁은 절대 적당한 수준으로 끝날 수가 없어."

"……."

"사자나 재규어가 사슴이나 들소를 사냥하면 얻을 게 많지. 하지만 사자와 재규어 같은 맹수끼리의 싸움은…… 얻는 것보다 잃은 것이 많아. 이기는 자도 제대로 얻을 것이 없지. 싸울 거면 아예 상대방을 죽여 버릴 각오로 하지 않으면 안 되는데…… 그랬다가 진 쪽은 모든 것을 잃을 수밖에 없어. 모든 것을 얻지 못한다면 애초에 차라리 시작을 하지 않는 편이 나아."

나는 고개를 끄덕였다.

"그러면 코로넬 왕자는……."

"전쟁을 원치 않는 제 아비에 의해 실각당하겠지. 그러니 제노아와의 관계는 신경 쓸 것이 없어."

진심으로 안심이 되었다.

아무리 이제 사람의 죽음에 별다른 감흥을 가지지 않게 되었다 해도, 전쟁은 차원이 다른 비극이기 때문이다.

그 뒤로도 꽤나 길게 이어지던 그와의 일상적인 장난스러운 다툼이 멈춘 것은, 루크레티우스가 지쳐서 결국 잠이 든 뒤였다.

말로는 1, 2주 만에 나을 수 있니 어쩌니 하고 있었지만, 그의 부상은 꽤 심각했던 것이다.

자꾸 나를 지분거리며 내 업무 속도를 한껏 늦추는 데만 일조하던 그가 어느 순간부터인가 조용해졌다.

그걸 깨닫고 눈을 돌리자, 조금 전과는 달리 진짜로 깊이 잠든 루크레티우스의 모습이 보였다.

잠은 얼굴은 꼭 천사 같다. 좀 더 어려보이는 것도 같다.

그는 자주 길게, 깊이 잤다.

몸 상태가 정상일 때는 늘 나보다 늦게 자고 먼저 일어나고는 하던 사람이다. 확실히 상처 입은 몸이 많은 휴식으로 스스로를 치유하려 했던 것이다.

애초에 그의 휴식을 위해 내가 이 고생을 자처하고 있는 것이기도 했다. 조금 기꺼워하기로 했다.

나는 깊이 잠든 루크레티우스의 이마에 가볍게 키스하고, 잠든 그의 귀에 속삭여 주었다.

"잘 자."

깊이 잠든 그의 얼굴은 어쩐지 더없이 평온해 보였다.

길고 긴 터널을 지난 뒤에야 간신히 얻은 평온이었다.

태후의 일이 끝나고 며칠 뒤, 아그네스가 내게 휴가를 청해 왔다.

"쉬겠다고요?"

아그네스는 거의 경건하게까지 느껴지는 표정으로 고개를 끄덕였다.

"예, 전하. 어머님께……, 자세히 이번 일을 설명 드리려고 합니다."

"아……."

나는 그녀가 무슨 말을 하는지 이해했다.

태후의 처형 당시 지나치게 급작스런 상황 변화와 그 사건 자체에 집중하느라 미처 알지 못했었지만, 그때 아그네스 역시 군중들 사이에서 모든 광경을 보았다고 했다.

루크레티우스의 명령을 받은 수도 방위군과 로열가드에 의해 황궁이 해방되고 재상을 위시한 추밀원 대신들이 풀려나면서 그녀 역시 자유로워졌다.

그리고 태후가 죗값을 치르게 되리라는 말을 듣고, 그대로 바람처럼 달려와서 모든 광경을 눈에 담았다.

카틀레야가 네 번의 도끼질 끝에 목이 잘리는 장면을.

그 목이 광장에 효수된 동안, 매일같이 광장에 나가 그 목에 돌을 던지고 침을 뱉었다 했다.

이제 어느 정도 해묵은 원한을 풀었으니 이제 자신의 양모에게 알리겠다는 말인 것 같다. 그리 처참하게 세상을 뜬 베아트리체 황후의 친모인 여인에게.

딸의 죽음을 보고 정신을 놓았다는 그 여인이 과연 이번 일을 제대로 들을 수 있는 이지가 남아 있을까 하는 의문이 들었지만, 크게 중요한 장애가 아닐 것이다. 적어도 그녀에게 이 일을 보고하는 것은, 아그네스와 루크레티우스에게는 의미가 있으리라.

말려야 할 이유는 없었다. 나는 선선히 고개를 끄덕여 주었다.

"그래요. 한동안 돌봐 드리고 오도록 하세요."

아그네스는 깊이 고개를 조아렸다.

"감읍합니다, 전하."

그녀의 절이 허락해 줘서 고맙다는 뜻만이 아니라는 사실을 나도 알았다.

내가 태후 카틀레야를 쓰러뜨리는 데 최선을 다해 공을 세운 데 감사한다는 뜻이기도 했다.

그녀는 깊이 바닥에 머리를 숙인 채 한동안 일어서지 않았다.

약 열흘 후, 로네스 별궁으로 휴가를 간 아그네스로부터 베아트리체 황후의 친모 아리아가 세상을 떠났다는 소식을 들을 수 있었다.

더없이 평온한, 고요한 끝이었다고 했다.

제노아로부터 이번 사태에 대한 공식적인 입장 표명이 도착한 것은 내 예상보다 훨씬 빨랐다.

크세니아 선황비의 죽음으로부터 약 3주 뒤. 아마도 루크레티우스의 밀사가 제노아의 국왕에게 사실을 알린 직후, 국왕은 바로 방침을 정한 듯했다.

루크레티우스는 여전히 내 방 침대에 늘어져 있었으므로, 임시로 그의 집무실에서 제노아에서 보낸 사절단의 대표를 접견한 것은 나였다.

황제의 비인 내가 혼자서 다른 남성을 만나는 것이 보기 좋지 않을 것을 대비해 재상이 옆에서 함께하고 있지만, 이 자리의 주도권은 전적으로 내게 있었다.

나는 엄청난 미남자인 제노아의 사절단 대표를 보고 순수하게 놀랐다. 이 세계에서 남녀를 통틀어 루크레티우스와 견줄 만한 외모는 이 남자가 처음이다.

그는 그 뛰어난 외모로 보는 사람을 녹여 버릴 것처럼 부드러운 미소로 인사해 왔다. 루크레티우스가 차고 날카로운 인상이라면 이 사람은 벌꿀처럼 부드럽고 따스한 인상이다.

"그 소문이 자자하신 황비 전하시군요. 인사드립니다. 제노아의 제1왕자, 이지드라고 합니다."

나는 가볍게 고개를 숙여 인사를 받았다.

"처음 뵙습니다. 현재 잠시 황후 대행으로서, 황제 폐하를 대신하고 있는 1황비 사비나입니다. 폐하께서 용태가 안 좋으시어 바로 나와 맞지 못하심을 양해해 주세요."

사실 루크레티우스의 부상은 어느 정도 회복이 많이 된 상태였다. 잠깐이라도 나와서 사절단을 접견하라는 내 말에도, 그는 고개를 저었다.

'귀찮아.'

……라는 그의 말은 사실 말도 안 되는 핑계다. 그러나 그 속내가 어느 정도 짐작이 가서, 계속 내 침대 위를 게으른 고양이처럼 굴러다니는 중인 그를 굳이 끄집어내 오지 않았다.

지금 루크레티우스는 제노아를 상대로 길들이기를 하는 중이다.

부상을 핑계 삼아, 황제가 직접 사절을 접견하지 않는 것은 아마도 그 일환인 것 같았다. 겸사겸사 나의 입지를 더 확고하게 다져놓으려는 생각도 있으리라.

루크레티우스의 대리로서 외국 사절을 접견했다는 것은 상당히 상징성이 큰 행동이다.

내가 루크레티우스의 대행으로 정무를 처리하고 있는 것은 비공식적인 일이다. 그러나 지금 외국 사절인 제노아의 1왕자 이지드를 접견하는 것은 절대 사적인 일이 아니다. 공무다.

루크레티우스는 나의 위치를 사실상 황후로서 온 사방에 공언하려 하고 있는 것 같았다.

나와 이지드의 의례적인 인사가 끝나고 재상과 이지드의 인사가 이어졌다. 딱히 별다른 의미 없는 예의로만 가득한 단어들이 서로 오고 갔다.

일단 이지드의 입장에서는 지금 상황이 과히 좋을 리 없으리라. 제노아를 대표해서 온 그를 황제가 아닌, 그렇다고 황후도 아닌 내가 맞이하고 있으니 말이다.

나는 부드럽게 미소 지으며 그를 달랬다. 겉보기에 평온한 얼굴을 하고 있는 왕자이지만 정말로 속내까지 같으리라고는 섣불리 단언할 수 없으니까.

“본래 폐하께서 직접 왕자 전하를 맞으려 하셨지만, 오늘따라 몸 상태가 많이 안 좋으셔서요. 내일이나 모레 안에 몸 상태가 나아지시면 따로 전하를 직접 보실 겁니다.”

이지드는 예의바르게 답했다.

“감사합니다, 비 전하. 그래도 일단 부왕께서 보내신 선물을 황비 전하께라도 먼저 보여 드려야겠군요. 부디 크렌시아의 황제 폐하께, 제노아의 의사를 잘 전해 주시기를 부탁드립니다.”

선물?

내가 의아한 얼굴을 하자, 왕자를 따라온 신하 한명이 큼지막한 상자 하나를 들고 와 그와 내가 마주앉은 자리의 테이블 위에 놓았다. 머리가 아플 정도로 강렬한 몰약 냄새가 났다.

어쩐지 불안한 느낌이 들어 선뜻 손이 가지 않았다. 그런 내게 이지드가 배려하듯이 말을 해 왔다.

“비 전하께서는 회임 중이시라 들었습니다. 놀라시면 태중의 황손께 해가 될까 두렵습니다. 허니, 이 자리에서 열어 확인하지 마시고 폐하께 전해 드리시는 것이 어떨는지요?”

태후가 나를 잡아 두고 있을 때 탈출하려고 애쓰는 과정에서 임신했다고 핑계를 댔었는데, 그게 대체 어떻게 돌고 돌면 이렇게 확정적인 소문이 되는 건지 모르겠다.

그냥 임신 아니라고 정식으로 발표를 해야 하나?

나중에 태후를 상대하는 과정에서 잘못 알려졌다고 밝히더라도, 지금 이지드의 앞에서 진실을 말하지 않는 것이 낫다는 느낌이 들었다. 황제의 후계자를 잉태한 황비는 위엄이 올라가니까.

그런데 이 안에 뭐가 들었기에 임산부에게는 안 좋을 수도 있다는 걸까?

나는 고개를 들어 그를 보았다. 그는 속내를 전혀 알 수 없는 무표정한 얼굴로 나를 말끄러미 바라보고 있었다.

분명한 건 하나다. 저 사람은 지금 나를 관찰하고 있었다.

시험까지는 아니리라고 생각되지만, 반응으로 이지드 왕자가 나에 대해 판단을 내릴 것이라는 사실은 분명해 보였다. 그렇다면 물러서 봐야 결코 내게 이득이 아니다.

나는 상자 뚜껑에 손을 얹고 아무렇지도 않게 물어보았다.

"제가 폐하께 전해 드리기 전에 무엇인지 미리 확인하여도 제노아의 국왕께서 노여워하지 않으시려나요?"

이지드는 작게 웃으며 답한다.

"설마 그럴 리가 있겠습니까. 다만 전하와 황손의 용태를 걱정한 것뿐이지요."

나는 당당한 미소를 얼굴 한 가득 띄우며 상자의 뚜껑을 열어젖혔다.

이 안에 무엇이 들었을지는 어느 정도 예상이 갔다. 사실 이미 이지드가 어느 정도 힌트를 주기도 했고 말이다. 그렇기에 단단히 마음을 먹고서 상자를 열었다.

독한 약초와 몰약 냄새가 강하게 피어올랐다.

"……."

두 팔로 감싸 안을 수 있을 크기의 검은 상자 안에 한 사람의 머리가 들어 있었다.

내가 알고 있는 이의 것이다.

'코로넬 왕자.'

제노아에서 이곳으로 오는 동안 썩지 않도록 몰약과 약초로 싸여 있어, 생각만큼 지독한 냄새는 나지 않았다.

나는 예상한 결과가 틀리지 않음을 확인하고 상자의 뚜껑을 닫았다.

그리고 이지드 왕자에게 웃어 보였다.

"제노아의 성의는 대단하군요. 폐하께서도 감동하실 겁니다. 오늘 밤 제가 말씀을 올릴 터이니, 내일 중으로 왕자 전하께선 황궁의 내실로 초대받으실 수 있을 겁니다."

"그거 참 감사한 일이군요."

이지드는 환한 미소를 했다.

이지드 알 빈 제노이움.

그가 황궁에 도착한 직후, 나는 그에 대한 대략적인 정보를 재상을 통해서 전해 받을 수 있었다.

그는 현 제노아 국왕의 장남으로, 코로넬 왕자의 가장 강력한 라이벌이라 했다. 그러나 그 모친의 신분이 비천하여, 정비 중에서도 가장 서열이 높은 1왕비 소생의 코로넬에게 밀리고 있었다.

죽은 코로넬까지 합쳐 총 9명인 왕자들 중 정치적 능력만을 따진다면 가장 손에 꼽히는 이지만, 외가의 도움이 전무하고 그 자신의 무력이 다른 이들보다 뒤떨어지는 것이 약점이라 했다.

제노아는 개인의 강함을 숭상하는 기풍이 강한데, 이지드는 드물게 검을 즐기지 않는 이라 했다. 제국 쪽으로 말하자면 문관에 가까운 느낌이라 할 수 있겠다.

확실히 그는 과거 사절로 왔던 코로넬이나 루디아보다 훨씬 유창한 제국어를 구사하고 있다. 이국적인 외모가 아니었다면, 나는 그가 제국에서 나고 자란 사람이라고 생각했을 것이다.

이번에 처음으로 만나 얼굴을 대면하고 겨우 몇 마디를 나누어 본 것뿐이지만 절대 예사로운 인물이 아니다. 제노아의 국왕은 제국과의 분쟁을 절대로 원치 않는 것이 확실해 보였다.

적통 왕자인 코로넬의 목을 황제에게 보내는 선물로써, 강경한 태도를 보이지 않을 인물인 이지드 왕자를 선택하여 들려 보낸 것을 보면 거의 정확한 해석이리라.

그렇다면…… 이 사람과는 어느 정도 인맥을 만들어 두는 편이 좋다.

나는 부드러운 미소를 띤 채 시중을 들기 위해 옆에 있던 사만다에게 부탁했다.

"폐하께서 내리신 일롱 산의 차를 부탁해요."

"예, 전하."

이지드에게 내 외교적인 호의가 제대로 드러나 보이기를 바라면서 본격적인 대화의 포문을 열었다.

"저는 지난번의 불행한 사태가 양국의 관계에 악영향을 끼칠 일은 없다고 생각하고 있답니다. 물론 폐하께서도요. 왕자께서는 어떠신가요?"

이지드는 손색없이 예의 바른 태도로 답했다.

"이것이 바로 이심전심이겠군요. 저도, 그리고 부왕께서도 같은 생각이십니다."

나는 부드럽게 미소 지었다.

"다행이군요. 부디 제국에서 평안하게 지내다가 돌아가시기를 바랍니다."

누가 들어도 일국의 안주인이나 할 법한 이야기였다. 내 입에서 이런 말이 나오다니, 새삼 이상하게 느껴졌다.

가장 이상한 것은, 이런 말을 하면서도 정말로 거부감을 느끼지 않고 있는 나 자신이었다.

하루 종일 반복된 정무에다가 긴장을 한시도 놓을 수 없는 사절 접견까지 모두 끝내고 침실로 돌아올 무렵, 나는 완전히 녹초가 되어 있었다.

반쯤 유령처럼 비척비척 침실로 돌아오자, 내 침대에는 팔자 좋게 늘어진 인간이 기분 좋게 잠들어 있다.

나는 심술이 나서 살금살금 그의 곁으로 다가갔다. 장난이라도 쳐서 놀라는 얼굴을 봐야 분이 풀릴 거 같다.

어떻게 할까?

저 잘못 손대면 베일 것 같은 날카로운 콧날을 손으로 잡아서 숨을 못 쉬게 할까?

아니면 이제 제법 아물고 있는 가슴께의 상처를 꾹 눌러 줄까?

혹은 겨드랑이를 간질여 주는 것도 있으리라.

일단 상처를 건드려서 악화시킬 가능성이 있는 일은 빼는 게 낫겠다. 저 인간이 더 오래 누워 있게 되면, 그만큼 나만 혹사당할 게 뻔하다.

나는 그의 코를 꽉 쥐어서 숨이 막히게 해서 잠을 방해해야겠다고 마음먹었다. 구두도 벗어 두고 살금살금 맨발 발끝으로 걸어서 다가갔다.

깊이 잠들었는지 숨소리가 규칙적이다. 확인하고 조심해서 손을 뻗었다. 살짝 코를 눌러서 숨이 막혀서 잠이 깨면, 나는 까르르 웃으면서 도망치는 걸로 그를 약 올릴 심산이었다.

손을 뻗으려는 찰나였다.

"……."

금빛 실을 깊이 드리우고 있던 흰 눈꺼풀이 열리며 녹색 눈동자가가 반짝 나를 향했다.

"어!"

허를 찔려 놀라서 굳은 사이 그의 손이 잽싸게 뻗어 와 나를 침대 위로 잡아당겨 나뒹굴게 만들었다. 물론, 그의 위로 말이다.

"꺅!"

그는 쿡쿡거리며 웃었다. 나는 그제야 깨달았다.

"당신! 처음부터 일어나 있었던 거지!"

그는 순순히 고개를 끄덕이고 내 뺨에 가볍게 키스하며 대답해 주었다.

"내 황비님의 발걸음 소리가 가까워지는 걸 내가 듣지 못할 리 없잖아?"

"일어났으면 눈을 뜨고 있을 것이지 왜 사람을 속이고……!"

그는 비슷한 논리로 내 힐난을 맞받아친다.

"그러는 그대야말로 사람이 자고 있으면 왔다고 말해서 깨우면 될 것을 왜 그리 장난을 치려 드실까?"

"이익!"

내가 분해서 버둥거리려 하자, 그는 나를 강하게 끌어안으며 내 입술 위로 그의 입술을 맞췄다.

"으, 응……!"

역시…… 너무 키스 잘한다. 이 인간.

어째 매일매일 키스 실력이 늘고 있는 것 같다.

어쩌면…… 내가 한 달간 금지를 걸고 있어서, 할 수 있는 게 키스뿐이라 키스만 하다 보니 실력이 늘어나는 게 아닌가 하는 어이없는 생각까지 들었다.

그 정도로 그와의 입맞춤은 대단했다. 늘 나를 단번에 녹여 버릴 정도로 말이다. 매번 이렇게 녹여 놨는데도 한 달간 내건 금지를 취소하지 않을 거냐고 묻는 것처럼, 그의 입맞춤은 집요하고 또 농밀했다.

덕분에 그에게서 내 숨이 풀려난 것은 좀 시간이 지난 뒤였다.

"하아……."

가쁜 숨이 열기를 품고 방 안에 녹아든다. 그는 어쩐지 아쉬운 듯 내 목덜미에 가볍게 입술을 댔다.

"으……!"

그것만으로도 허리가 찌릿하는 것 같아서 절로 침음이 터지려 했다. 나는 침대 위에서 빙글 굴러 나와 그에게서 도망치려고 했다.

그는 나를 순순히 놓아주지 않았다. 단단하게 내 허리를 감아쥔 손아귀에 힘은 대단해서, 내 힘으로는 감히 어찌할 수가 없었다.

"그만……!"

내가 진지하게 화를 내려 하자, 그는 곧 장난스런 웃음으로 나를 향했다.

내가 좋아하는, 약해질 수밖에 없는 매끄럽게 잘생긴 얼굴에 태양 같은 미소가 걸리면 끓어오르던 화도 절로 수그러들고 말았다.

"알았어. 그만하지. 그러니까 화는 내지 말아 줘, 비나."

그는 내 이마에 쪽 소리가 나도록 뽀뽀를 해 댔다.

"그래도 너무 화내지는 말아 줬으면 해. 내가 그대를 이리도 원하는데, 그래도 참고 있는 거니까 말이야."

"흠. 하는 걸 봐서."

입술을 삐죽대자 그는 사랑스러워 미칠 것 같다는 듯이 한번 환하게 웃더니, 내 귓가에 나른하게 속삭였다.

"지금 내가 얼마나 인내심을 다해서 착하게 참고 있는지 당신은 모를 테니까 말이야. 한 달이 지나는 날을 기대해. 그날은 침대에서 나가지 못할 줄 알아."

순식간에 발끝에서부터 머리꼭지까지 열기가 확 치솟았다. 견디지 못하고 베개를 들어 그의 얼굴을 마구 때렸다.

"진짜 못 하는 소리가 없어!"

그는 기분 좋게 웃었다.

그 미소가 마치 소년 같아서, 얼굴이 홍시처럼 빨갛게 물드는 걸 도저히 참을 수가 없었다.

짓궂은 장난이 끝나고, 그와 나는 침대에 나란히 누워 오늘 있었던 일에 대해 논의했다.

가볍게 내가 운을 띄우면 그가 한 두 마디로 첨언을 해 주는 정도다. 그의 허락이나 지시를 받기 위한 보고는 아니었다. 이제 1, 2주만 있으면 다시 그가 정무에 복귀하므로, 그때 혼란이 일지 않도록 현 상황을 미리 알려 주는 데 가까웠다.

그는 내가 잡아 놓은 대략적인 노선이 지나치게 그의 정책과 달라질 경우를 대비해 조언을 하는 정도만 했다. 아직까지는 이렇다 할 조언은 사실 거의 없었다.

루크레티우스는 제노아에서 제국에 보낸 선물에 대해 듣고 파안대소했다.

상자는 직접 가져오지 않고 재상에게 따로 보관해 달라고 부탁해 두었다. 아무리 그래도 사람의 잘린 머리를 내 손으로 직접 들고 오기는 싫었던 것이다. 꿈자리가 사나울 것 같아.

"제노아의 국왕이 아들에게 정말로 분노했던 모양이군. 제 누이를 진심으로 아끼기는 했던 모양이야."

나는 새삼 생각난 것이 있어 장난스런 미소를 얼굴 한가득 띄우고서, 두 팔을 뻗어 그의 목 뒤로 돌려 깍지를 끼었다. 그리고 은근하게 말문을 열었다.

"그러고 보니까…… 이지드 왕자는 코로넬 왕자와는 아주 다르던걸?"

"그렇다고 하더군."

"신사적이고 친절한 데다…… 대단한 미남이었어."

마지막 단어 몇 개에 살짝 힘을 준 것이 이번 심술의 목적이다.

내가 히죽히죽 웃자 그의 미간이 차츰 좁혀 들어갔다. 물어 오는 목소리가 어딘지 모르게 살짝 화가 나 있는 것 같았다.

"그래?"

나는 일부러 더 환하게 웃었다.

"응. 내일 티파티에 초대했어. 그때 당신도 와서 한번 만나 보면 될 것 같은데."

그는 낮게 가라앉은 목소리로 중얼거렸다.

"내일……이라. 그래 가 봐야겠군. 꼭, 말이지."

음산하게 깔린 목소리에서 진심 어린 심술이 느껴져서 나는 깔깔 웃으며 그의 어깨를 톡톡 쳤다.

"알지? 장난인 거."

그는 무표정한 얼굴로 내려다보았다.

"글쎄. 잘 모르겠는데? 뭐가 장난이라는 거지?"

나는 바락 화를 냈다.

"내가 칭찬 좀 했다고 내일 이지드 왕자 만날 때 질투 난다고 심술 부리면……!"

그가 대뜸 내 코를 콱 깨물었다. 물론 아프게는 아니다.

“꺅!”

“알면서 그 잘생기고 신사적이라는 녀석을 칭찬한 건 나더러 질투하라는 얘기 아니었어?”

“으응…….”

나는 애매하게 말을 얼버무렸다.

솔직히, 그가 질투하는 모습은…… 꽤 보기 좋았다.

무언가 알 수 없는 만족감이 확확 차오르는 느낌이다.

나는 검지로 그의 코끝부터 이마까지 살살 더듬어 올리면서 나직이 속삭였다. 화난 고양이를 어르는 듯한 손짓.

“어차피 당신이 더 잘생겼어.”

“신사적이고 친절한 건?”

나는 참지 못하고 속마음 그대로 말하고 말았다.

“솔직히 당신이 신사적이고 친절하다고 하기에는 양심이 좀…….”

그는 폭발하고 말았다. 그대로 나를 끌어안고 코끝, 목덜미, 어깨를 살짝살짝 깨물어 가며 괴롭혔다.

“꺄악!”

그는 그만두지 않았다.

그가 깨물어도 아프지는 않았다. 상처가 날 리도 없다. 도리어…… 자극에 가깝다.

나는 견디지 못하고 두 손을 들어 올리며 외쳤다.

“하, 항복!”

다행히 루크레티우스는 진짜로 화가 난 것은 아닌 듯했다. 하긴 아무리 속이 밴댕이보다 좁아도 이걸로 진짜 화내는 선 발이 안 된다.

어느새 나를 위에서 내려다보고 있는 자세가 된 루크레티우스의 얼굴은 늘 그러했듯이 아름답고, 사랑스러웠다.

나는 손을 뻗으며 고개를 들어 올렸다.

다시금 그와 나의 입술이 맞닿았다.

다음날 내가 이지드 왕자를 초대한 티파티가 황비궁 정원에서 이루어졌다.

황비의 몸이라, 아무리 외국 사절이라 해도 남성과 단둘이 만나는 것은 불필요한 추문을 만들 가능성이 높았다. 때문에 나는 다른 이들도 함께 초대했다.

물론 비공식적으로 루크레티우스 역시 중간에 끼어들 예정이지만, 어디까지나 티파티의 주인은 나였다. 때문에 처음부터 이지드 왕자를 함께 맞아 줄 객이 필요했던 것이다.

티파티 자체가 급하게 결정된 것이라, 공식적인 일정에서 자유롭고 거리가 가까워 바로 와 줄 수 있는 이가 필요했다. 거기다가 외국 사절을 맞이하는 자리에 참여해도 이상하지 않을 정도로 고귀한 신분을 가진 이면 더 좋으리라.

나는 릴리아나, 로젤리아를 함께 초대했다. 급한 초대에도 릴리아나는 기꺼이 오겠다고 전갈을 보내 주었다.

초대에 응해 곱게 차려입고 나타난 릴리아나는 나도 잘 아는 이의 에스코트를 받고 있었다. 얼마 전 릴리아나와의 약혼을 정식으로 공표한 새로운 토루카 후작, 클로디스다.

릴리아나는 태후의 반란 때 반란의 상징으로 내세워진 직후 중압감을 견디지 못해 자해를 시도했다. 그나마 생명이 위험할 정도는 아니었고, 태후가 처형된 뒤 제대로 치료를 받아서 이제는 걱정할 것은 없었다. 상처받은 그녀의 마음을 약혼자가 열심히 위로해 주고 있었다.

이 어리고 잘 어울리는 한 쌍은 한창 깨가 쏟아지고 있었다.

클로디스까지 초대한 것은 아니지만, 굳이 그의 방문에 타박을 줄 이유는 없었으므로 반가이 맞았다.

"어서 오세요, 황녀 전하. 그리고 후작."

예법에 따라 가장 신분이 높은 릴리아나가 먼저 내 인사에 답해왔다.

"초대에 감사드립니다, 비 전하."

곱게 웃는 릴리아나는 그야말로 비 맞은 백합꽃이 화사하게 피어나듯 아름다웠다.

어머니 아래서 눌려 지내던 때와는 비교도 되지 않았다. 만개한 아름다움은 그 약혼자인 클로디스가 아니라 누구라도 한눈에 시선을 빼앗길 만했다.

다음은 로젤리아의 차례였다. 아마도 언니에게서 내게 제대로 예의를 표하라고 몇 번이나 주의받은 듯, 말괄량이 황녀는 이번엔 꽤나 얌전을 떨며 허리 숙여 인사했다.

"안녕하세요, 비 전하."

"로젤리아 황녀께서도 이제 완전히 숙녀가 되신 것 같네요."

내 의례적인 평에 로젤리아는 진심으로 기뻐하고 있었다. 하긴 저 나잇대 아이들은 하루라도 빨리 어른이 되고 싶어 하는 법이니까 말이다.

첫인상은 맹랑한 아이였는데, 태후의 반란이 끝나고 릴리아나가 회복하자, 내게 찻잔을 직접 들고 사과하러 와 주었다. 생각보다 훨씬 순진하고 사랑스러운 아이다.

다음은 토루카 후작, 클로디스의 차례였다.

"오랜만에 뵙는군요, 후작."

클로디스는 자연스럽게 내 손등에 가볍게 키스하는 것으로 예를 표하며 답했다.

"다 폐하와 비 전하의 은덕 덕분이지요. 아우의 감사와 또 문안을 대신 전해 올리지요."

"작위를 이은 지 얼마 안 되어 바쁘다고 들었는데, 티파티에까지 와 줄 줄은 몰랐어요."

클로디스는 너스레를 떨었다. 그의 손이 매우 자연스럽게, 조금 전 릴리아나를 이끌어 정원으로 들어서던 때처럼 그녀에게 닿았다. 릴리아나는 얼굴을 수줍게 붉히며 그의 손 위에 자신의 손을 얹었다.

정말로 괜히 심술을 부리고 싶어질 정도로 사이 좋아 보이는 한 쌍이었다.

"릴리아나 전하를 에스코트하려면 이쯤이야 당연하지요. 약혼자의 의무 아닙니까."

그런 그들을 불만 어린 표정으로 보고 있는 이가 하나 있었다. 릴리아나의 치맛자락에 매달린 로젤리아가 클로디스를 적의 어린 표정으로 노려보고 있었다.

약혼자와 당당하게 행복함을 나눌 수 있게 된 것만으로도 세상의 모든 행복을 다 가진 것처럼 곱게 웃는 릴리아나는 동생의 상태는 전혀 눈치채지 못했다.

로젤리아는 클로디스를 제 언니를 빼앗아 가려는 불한당처럼 보고 있었다. 루크레티우스가 이 상황을 보면 꽤나 재미있어 할 것 같다.

나는 세 남녀를 정원 한쪽에 마련된 온실로 안내했다. 날이 조금씩 풀리고 있다 하나 아직 봄이 오려면 시간이 더 있어야 한다. 티파티라도 실외에서 하기는 무리였다.

나는 황비궁 안마당에 지어진 작은 유리온실 안에 난로를 피우게 하고, 그곳에서 꽃을 감상하며 작은 티파티를 할 참이었다.

유리 온실 안은 계절을 잊고 만발한 장미와 백합 등의 꽃으로 가득했다. 향기가 진동하여 코끝을 간질였다.

이지드 왕자는 조금 있으면 도착할 예정이라 했다. 애초에 먼 길을 오느라 여독이 덜 풀리기도 하였고, 또한 남쪽 열사의 사막에 위치한 나라인 제노아에서 보통 하루 일정은 햇볕이 한풀 꺾이는 시각부터 시작되는 법이라 했다.

때문에 우리가 일어나 하루 일과를 시작하는 때는, 제노아인에게는 꼭두새벽이나 마찬가지인 것이다.

나는 부드럽게 대화의 소재를 이끌었다.

"그러고 보면 마거리트 황녀는 잘 지내나요?"

릴리아나는 환하게 미소 지으며 답했다.

"예. 어찌나 기운찬지 유모 둘이 벌써부터 힘에 겨워한답니다.

그리고 클로디스를 참 좋아해서 방긋방긋 웃는 것이 어여쁘지요."

나는 고개를 끄덕이며 마주 웃었다.

"며칠 내로 한번 보러 가야겠네요. 그 사이에 또 얼마나 무거워지셨을까요."

릴리아나는 행복한 미소로 내게 고마워했다.

아무리 나와 루크레티우스를 도왔다 해도 이들이 반역죄로 처형된 태후의 자식이라는 사실은 변하지 않는다.

루크레티우스가 세 황녀를 베아트리체 황후 소생으로 입적시킨 결과, 적통 황녀로서의 신분이 그대로 유지되었다. 그러나 반역자의 혈통에 대한 외부의 시선이 마냥 고울 수만은 없다.

그 때문에라도 내가 직접 이들과 가까이 지내면 이들에게 큰 도움이 될 것이 분명했다. 물론 얼굴도 예쁘고 성격도 착한 이들이니 함께 지내기에 좋았다.

릴리아나도 로젤리아도, 태후가 죽은 뒤에 도리어 더 상황이 나아 보였다. 표정도 밝아지고, 분위기도 여유로워졌다.

마거리트는 아예 모친에 대해서는 전혀 기억하지 못할 터다. 차라리 진짜 어머니처럼 돌봐 주고 있는 큰언니 릴리아나나, 형부가 될 클로디스 두 사람을 부모처럼 여기고 자라게 되겠지. 그 편이 여러모로 바람직했다.

나는 장난스럽게 두 사람에게 물었다.

"그러고 보면 결혼식 날짜는 정해졌나요?"

내 짓궂은 질문에 릴리아나의 두 뺨이 딸기처럼 붉게 달아올랐다.

클로디스가 유들유들하게 받아넘겼다.

"비 전하께서도 아시다시피 지금 황궁 안이 원체 번잡하지 않습니까. 어느 정도 안정이 되고 날이 풀리면 본격적으로 폐하께 말씀을 올려 봐야지요."

클로디스는 의미심장하게 내게 시선을 주며 한마디를 덧붙였다.

"물론 올해 안에 국혼이 없다면 말이지요. 있다면 내년 이후로 밀릴지도 모르겠습니다."

"……."

나는 난처한 표정으로 그의 노골적인 질문을 애매하게 넘기려 했다. 그러나 이미 릴리아나 황녀의 두 눈이 반짝반짝 빛나고 있었다.

막 사랑하는 사람과의 행복을 꿈꾸고 계획하기 시작한 소녀에게, 타인의 연애와 결혼 이야기는 더없이 즐거운 소재일 것이 분명했다.

"확실히 순서상으로 따져도 역시 비 전하께서 먼저……."

그녀가 상기된 얼굴로 막 말을 이으려던 찰나였다. 내게는 매우 다행히도, 이 티파티의 실질적인 주빈이 도착했음을 알리는 시종의 목소리가 들렸다.

"제노아의 이지드 왕자께서 도착하셨습니다."

릴리아나는 노란 커스터드 크림 위에 커다란 딸기를 얹은 케이크를 행복한 얼굴로 퍼먹으려던 로젤리아를 막았다. 아이의 얼굴이 순식간에 절망으로 물들었다.

"왕자께서 오셨다지 않니. 예의 바르게 행동해야지."

"으으."

볼을 잔뜩 부풀린 어린 황녀까지 언니의 재촉에 의자에서 일어나자, 이 자리에 모인 이들이 이지드 왕자를 맞이하기 위한 준비는 모두 끝났다.

그때 온실 안으로 멋스러운 흰색 튜닉을 길게 걸친 이지드 왕자가 들어섰다. 다들 그의 수려한 외모에 놀라는 것이 공기로 느껴졌다.

어제 한번 그를 보았고, 비슷한 수준의 미남을 매일같이 보고 있으니 면역이 된 내가 먼저 움직였다.

"어서 오세요, 이지드 왕자."

왕자는 부드럽게 미소 지으며 우리들이 둘러앉은 테이블 곁으로 다가오며 인사했다.

"초대해 주셔서 영광입니다, 황비 전하."

그는 내 곁에 선 이들에게 살짝 시선을 주더니 물었다.

"이분들께선……?"

나는 자연스럽게 나서서 릴리아나 황녀 일행을 소개했다.

그로서도 제국의 황족들을 만나 안면을 트는 것은 나쁘지 않은 일이이라. 그럴 거라 예상하며 이 자리를 마련한 것이다.

"이 아름다운 아가씨께서 1황녀 릴리아나 님, 그리고 이 귀여운 숙녀분은 2황녀 로젤리아 님이십니다. 여기 이 멋진 신사분은 릴리아나 황녀의 약혼자인 토루카 후작입니다."

이지드는 손색없는 태도로 화사하게 미소 지으며 인사했다.

"처음 뵙겠습니다. 제노아의 1왕자 이지드라 합니다."

릴리아나는 아무런 사심 없이 인사를 나누고 그의 수려한 외모를 칭찬했다. 클로디스는 예의를 차리면서도 그를 은근히 경계하는 것이 느껴졌다.

하긴 미남은 모든 약혼녀와 애인을 가진 남자들의 적인 법이다. 그들의 태도는 모두 내 예상한 바 그대로였다. 내가 전혀 예측하지 못한 '사고'가 벌어진 것은 다른 쪽이었다.

이지드는 두 연장자와 예의바른 인사를 나누고, 로젤리아에게 손을 뻗었다.

"안녕하십니까, 로젤리아 황녀. 이지드라 합니다."

"아……."

로젤리아는 작은 턱이 떨어질 지경으로 멍하니 이지드를 바라보고 있었다. 릴리아나가 무어라 동생에게 언질을 주려는 참이 되어서야 소녀는 간신히 정신을 차렸다.

"네, 넷!"

이지드 왕자의 손 위에 예를 따라 가볍게 올라온 로젤리아의 작은 손이 애처롭게 떨리는 것이 보였다.

그 작은 손등에 이지드 왕자가 가볍게 키스하자, 아이의 얼굴은 그대로 펑 터져 버릴 것처럼 붉게 달아올랐다.

나는 빙긋이 웃으며 고개를 돌렸다.

티파티는 화기애애한 분위기로 이어졌다. 황비궁에서 준비한 간식과 차는 하나 하나가 전부 놀랄 만큼 맛있었고, 이지드 왕자가 가져온 제노아의 간식은 특이하고 이국적인 맛이었다.

자고로 맛있는 것을 같이 먹는 것만큼 빨리 친해지는 법은 없다.

나는 그와 제노아의 정세에 대해 궁금한 것이 꽤 많았고, 이지드는 의외로 순순하게 자세히 설명을 해 주었다.

덕분에 달콤한 크림과 향기로운 차를 앞에 두고 안 어울리는 소재들도 목소리를 타고 넘나들었다.

“부왕께선 루디아를 심문하셔서 진실을 알고 진노하셨습니다. 그 결과…… 코로넬은 자신이 저지른 죄에 대해 대가를 치르게 된 것이죠. 부왕께서 결단을 내리셨기에 가능한 일입니다.”

나는 그에게 물었다.

“제가 알기로 코로넬 왕자의 모친은 1왕비시라고 들었어요. 아마 가만히 계시지 않았을 텐데요.”

그는 쓰게 웃었다.

“그렇죠. 왕비께선 슬하의 모든 자녀들을 데리고 부왕의 대전 앞에서 통곡을 하며 시위를 하셨습니다만…… 결정을 돌릴 수는 없었습니다. 아마 그 때문인지 모르겠지만, 루디아는 스스로 루제 신전에 일생을 의탁하겠다 하더군요.”

루제는 제노아에서 널리 믿는 사막의 여신이다. 제노아 왕실에서 왕녀를 신전에 보낸다는 것은, 그 왕녀가 완전히 가치를 잃었음을 의미한다. 혹은 그 자신이 더는 세속의 일에 관여하지 않기를 간절히 바라거나.

제 오라비가 고모를 죽이는 것을 눈앞에서 보았을 왕녀가 충격을 받은 것은 이해할 만했다. 게다가 부왕의 강요로 증언한 결과, 오라비가 제 아비의 손에 의해 참수되었다.

1왕비가 아들을 살리려고 결사적으로 반대했기 때문에, 코로넬 왕자의 처형은 누구에게도 대신 맡길 수가 없는 지경에 이르렀다 했다. 국왕은 제노아인이라면 누구도 거역하지 못하는 흑철의 검을 들고 나와, 아들의 목을 직접 쳤다.

참혹한 이야기다. 그러나 일말의 감흥도 일지 않았다.

그 말을 듣고 얼굴이 창백해진 릴리아나가 도리어 나보다 이러한 세계와 더 연이 없는 사람처럼 보였다. 정작 이 세계에 태어나 자란 것은 릴리아나인데 말이다.

역시 이미 내 감상이나 판단은 지나칠 정도로 이곳에 젖어들어 있었다.

어찌할 수 없는 일임은 안다. 그러나 전혀 씁쓸하지 않은가 하면, 그것은 아니다.

그때였다. 마치 내 복잡한 기분을 미리 알기라도 한 것처럼, 그가 희고 붉은 꽃들 사이에서 내게로 다가오고 있었다.

겨울의 작은 유리 온실 안으로 태양빛이 비쳐드는 듯한 착각이 일었다.

그는 부드럽게 미소 지으며 나를 불렀다.

"비나."

정말 다행히도 티파티는 성공적으로 끝났다.

참석자들은 예의 바르고 화기애애한 대화를 내내 유지했고, 자리를 파할 때는 다들 헤어짐을 아쉬워했다. 물론 외교적 수사와 예의상의 치장은 있을 것이나 어느 정도는 진심이었다.

적어도 나는 그랬다. 이 세계에 온 뒤로 이렇게 만족스럽게 긴장감을 푼 채로 만남을 가진 것은 거의 처음이었다.

사실 티파티의 가장 큰 목적인 이지드 왕자와 루크레티우스의 만남 역시 별다른 충돌 없이 잘 끝났다.

루크레티우스는 지나가는 말로 곧 정식 알현을 받겠다고 언급했다. 이지드는 이에 대해 가볍게 고개를 숙여 감사의 예를 표했다.

아마도 제국과 제노아 역시 아무런 일이 없었다는 듯 원래대로 돌아가리라. 제국은 잠시 악화되었던 외교적 상황의 원인을 태후에게 돌렸고, 제노아는 코로넬에게 돌렸다. 크세니아와 코로넬이 죽었으니 언제 안 그랬냐는 듯 정상화될 것이다.

티파티가 끝난 뒤, 루크레티우스와 함께 내 침실을 향해 산책 겸 걸어가며 대화를 나누었다. 티파티에서의 일도 의논하고, 이후의 정무에 대해서도 논의했다. 말하는 내용은 거의 차이가 없었다.

그러고 보면 이전에 그와 내가 함께 걸을 때와 지금은 결정적인 차이가 하나 있기는 했다.

정말로 자연스럽게 그의 팔짱을 끼고 있었던 것이다.

누가 보아도 다정스러운 연인이나 부부로밖에 보이지 않을 광경이다.

내가 그와 팔짱을 끼고 있다는 사실을 그 자세로 한참이나 함께 걸으며 이야기를 하다가 새삼스레 깨달았다. 가까이 닿은 체온과 그의 체격을, 정말로 어이없을 정도로 늦게 깨닫고 새삼스럽게 소스라치게 놀랐다.

그 정도로 이 사람에게 익숙해져 있는 것이다, 나는.

괜히 혼자 쑥스러워져서 얼굴을 붉히며 그의 팔에 끼고 있던 팔을 슬금슬금 빼냈다. 내가 생각하기에도 어이가 없기는 했다. 이미 볼

장 다 본 사이에, 갑자기 조신한 새색시처럼 무슨 짓인가 싶으니까.

그래도 내 손은 열심히 뒤로 빠지고 있었다. 그것을 루크레티우스의 재빠른 손이 덥석 잡아 버렸다.

"아!"

그는 장난스럽게 웃으며 속삭였다.

"왜 이렇게 갑자기 수줍어지셨을까, 우리 황비님은?"

가까이 다가온 그의 얼굴에, 그때의 기억이 불꽃처럼 화르륵 타오른다.

그때 그는 부상 때문에 온몸에 열이 올라 있었고, 때문에 나는 그의 품 안에서 거의 녹아 버리거나 불타 버릴 듯한 감각을 느꼈다.

그 열의 기억이 새삼 온몸을 휘감았다. 아찔한 열감.

내가 얼굴을 붉힌 채 당혹해서 굳어 있는 틈을, 이 인간은 절대 놓치지 않았다. 그의 재빠른 손이 내 허리를 감싸고 다른 팔이 무릎 아래로 들어왔다. 그는 그대로 나를 공주님처럼 안아 올렸다. 시야가 거세게 흔들렸다.

"꺅!"

그는 기분 좋은 듯 바람 빠지는 것 같은 웃음소리를 흘린다.

"큭큭."

갑자기 발아래가 휑하니 비는 감각에 소름이 돋아 나도 모르는 사이에 그에게 달라붙어 버렸다. 두 팔로 그의 목을 끌어안고 있었던 것이다.

뭐 안기는 입장에서나 안는 입장에서도, 밀착하는 게 균형을 유지하는 데에 좋기는 하지만 말이다.

나는 가까스로 정신을 수습하고 그에게 바락 외쳤다.

"까, 깜짝 놀랐잖……아요!"

간신히 그와 단둘이 있던 때의 반말을 피한 것은, 외치던 도중 우리 둘을 따라오는 시녀들과 시종들이 있음을 뒤늦게라도 깨달았기 때문이다.

나는 다시 외쳤다.

"내려 주세요! 상처가 다시 도질 거예요!"

그는 고개를 저었다.

"아니, 이 정도는 할 수 있어."

"당……, 아니, 폐하!"

그는 귓가에 속삭여 왔다. 목소리는 더없이 단호하고 또 달콤했다.

"이대로 안아서 데려가게 해 주지 않으면, 로우손에게 혼나는 한이 있더라도 오늘밤은 재우지 않을 거야."

"……."

별 수 없이 나는 얌전해져야 했다. 또 상처가 터져서는, 여러모로 곤란하니까 말이다.

아무래도 상처가 터지는 당사자보다 내가 더 신경 쓰고 부끄러워하고 있는 것은 영문을 모르겠지만 말이다.

결국 나는 그의 품에 안긴 채 침실까지 얌전히 들려 가야 했다.

"이럴 줄 알았으면 임신했다고 거짓말 하지 말 걸 그랬어."

나는 한숨을 쉬며, 침실 테이블 위에 작은 산처럼 쌓인 임신 축하 선물들을 보고 말했다.

이미 하루 이틀이 아니다. 태후의 처형 이후, 황궁이 안정되면서 그때 있었던 일들이 자세하게 퍼져 나갔다. 덤으로 내가 무리수로 던졌던 가짜 임신까지 기정사실이 되어 버렸다.

덕분에 태후의 처형 이후 임신 축하 선물을 빙자한 뇌물들이 바리바리 쌓였다.

실제로 도착하는 선물들은 여기 쌓인 것과는 비교도 되지 않을 정도로 많다고 했다. 시녀들이 고르고 골라 절대 무시할 수 없는 것들만을 놓은 것이 이 정도다.

루크레티우스는 낮게 키들거리며 테이블 위에 놓인 작은 상자 하나를 집어 들었다.

"이건…… 일랑 백작부인에게서 온 물건이군."

그 안에서 나온 것은 은제 딸랑이였다.

루크레티우스는 나를 놀리듯이 안에 방울이 든 딸랑이를 두어 번 흔들어 보였다. 청명한 금속성 소리가 내 어리석음을 비웃는 것 같았다.

나는 길게 한숨을 쉬었다. 루크레티우스는 부드러운 미소로 물었다.

"내가 해결책을 하나 알려 줄까?"

"무슨 해결책?"

나는 그의 손에서 딸랑이를 받아서 다시 상자에 넣으며 되물었다. 무언가 극적인 타개책 같은 거라도 있는 건가? 난 그냥 곧 유산했다고 발표하는 정도밖에 마땅한 것이 안 떠오른다.

루크레티우스는 내게 손을 내밀었다.

"응?"

내가 의아해하며 고개를 갸웃하자, 그는 손을 뻗어 거의 빼앗아 가듯 내 손을 잡아당겼다.

내 검지와 중지 끄트머리를 살짝 집어 그의 얼굴 앞으로 당긴다. 그리고 전혀 예상 못한 기습이 있었다.

내 손아귀 안을 그의 혀가 한번 슥 핥았던 것이다.

"헉!"

그대로 바로 거칠게 내 손목을 거머쥔다. 그는 녹을 것처럼 은근한 목소리를 내 귀에 부어 넣었다.

"그러니까 지금 하나 만들면 되는 거야. 한두 달 차이 정도야 대충 뭉개고 넘어갈 수 있으니, 이게 최선의 해결책이지."

그렇게 말하며 자신만만하게 윙크를 날린다.

나는 할 말을 잃고 말았다.

간신히 정신을 차리고서 환하게 웃으며 손을 뻗었다.

전보다 확실히 아물었지만, 오늘 아침에 보았을 때도 아직 상처의 핏기가 채 가시지 않았던 루크레티우스의 가슴께를 용서 없이 꾹 눌렀다.

"억!"

루크레티우스는 침대에 엎어져서 분을 터트렸다.

"큭! 이제 다 나았어!"

나는 입꼬리를 끌어올리며 그를 비웃어 주었다.

상처를 건드릴 때마다 소금 맞은 미꾸라지처럼 반응하는 주제에 잘도 다 나았겠다. 아직 실밥도 다 뽑지 않았다.

말도 안 되는 소리를 하고 있어!

잘 준비를 시작하려는 참이었다. 루크레티우스가 어쩐지 다시 은근한 목소리로 물어 왔다.

"이대로 잘 거야?"

거참, 포기를 모르는 남자로세.

나는 고개를 끄덕였다.

"이제 밤이니 자야지. 또 뭘 해?"

루크레티우스는 침대 위에서 몸을 일으키고서 천천히 다가왔다. 내 손에서 브러시를 빼앗아 들고 내 머리카락을 부드럽게 빗겨 주기 시작한다.

"아직 잠들기에는 이른 시간이지 않아?"

이번은 동의해 주었다. 겨우 저녁 시간을 좀 지난 때이니, 이른 것은 사실이었다.

다른 속셈도 있었다. 여기서 희망을 좀 주다가, 또 엉큼하게 굴면 다시 딱 잘라 줄 참이다.

솔직히 말하자면…… 놀리는 게 꽤 재미있었다.

그는 다시 은근하게 말을 걸었다. 속내가 다 보인다.

"그러면 나와 잠시 즐거운 시간을 함께해 보는 것은 어때?"

나는 눈꼬리를 치켜 올리며 동시에 입 끝으로 웃었다. 그리고 물었다.

"즐거운 시간? 무슨 즐거운 시간?"

그는 매우 의미심장한 태도로 손끝을 세워 내 어깨를 살살 쓸어내렸다.

나는 사람의 목소리가 살갗에 끈적끈적하게 달라붙을 수도 있다는 것을 오늘 처음 알았다. 꼭 형체와 촉감이 있는 것처럼 내 귀에 철썩 달라붙을 기세였다.

"그야 당연히 의미 있고 추억으로 남을…… 그런 시간이지."

나는 다 알면서 빙글빙글 말을 돌렸다.

"단둘이서요?"

그는 열렬하게 고개를 끄덕였다.

"그렇지."

나는 사악하게 입꼬리를 끌어올리며 내 어깨에 닿은 손등을 탁 하고 쳐냈다. 그리고 호들갑스럽게 외쳤다.

"어딜! 진짜 어쩌면 이렇게 엉큼해?!"

루크레티우스는 시치미를 탁 떼고, 내게 되물어 왔다.

"엉큼? 뭐가 엉큼하다는 거지? 나는 둘이서만 잠행을 나가 보자고 할 셈이었는데 말이야. 당신이 좋아할 거라고 생각해서."

"자, 잠행……?"

내 말끝이 당혹감으로 꼬였다. 그는 당당하게 내게 되물었다.

"데이트를 겸해서 즐거운 시간을 보내자는 의미였지. 엉큼하다라……, 무엇을 상상했기에 엉큼하다고 말하는 거야?"

"……."

그는 통렬하게 혀를 찼다.

"정말로 엉큼한 건 내가 아닌 모양이야."

"……."

이대로 접시 물에 코 박고 죽고 싶었다. 이건, 이건…… 최소한 10년은 두고 놀릴 건수다. 이 인간이 이 건수를 날릴 리가 없어!

아니, 애초에 말을 애매하게 시작한 것도 일부러 그런 게 틀림없었다. 함정을 파고 기다린 거다.

나는 함정에 빠진 것뿐이다. 그러니까, 절대, 내가 엉큼한 여자인 게 아니란 말이다!

……라는 변명은, 제대로 된 소리로 나오지 못했다.

실제로 루크레티우스는 내 눈앞에서 몇 번이나 황궁의 비밀통로를 통해 자유자재로 움직이는 것을 보여준 바 있었다. 태후의 반란 때는 그 장치를 이용해 상황을 역전시키기까지 했다.

처음 만난 날 선황의 침실로 숨어들었던 때도 그렇고, 로네스 별궁까지도 그렇게 숨어들어 왔었다. 기사들조차 알지 못할 정도로 비밀스럽게 움직일 수 있게 해 주는 것이 바로 비밀통로의 존재였다.

나는 기대에 차서 물었다.

"비밀통로로 황궁 밖으로도 나갈 수 있는 거야?"

그는 고개를 끄덕였다.

"그래."

자연스럽게 낡은 망토를 걸치는 루크레티우스와 기대에 찬 표정으로 보고 있는 나 사이에서, 홀로 사만다만이 근심으로 가득했다.

"폐, 폐하! 비 전하!"

내가 황궁 밖으로 놀러 나가자는 그의 말에 고개를 끄덕이자, 루크레티우스는 사만다를 불러 그와 내가 밖으로 나갈 수 있도록 옷을 준비하라고 명령했다.

어째 말하는 품새가 한두 번 해 본 일이 아닌 것 같다.

사만다가 필사적으로 나와 루크레티우스를 말리려 노력했으나 전혀 소용없었다. 루크레티우스는 대수롭지 않게 말을 넘겼다.

"이제 나나 비나를 공격할 이도 없어. 내 한 몸과 비나 정도는 지킬 수 있고."

"폐하께선 아직 부상이 다 낫지 않으셨습니다!"

말한다고 들을 인간이 아니다. 그도 나도.

사만다에게서 거의 빼앗다시피 한, 밖에서도 눈에 띄지 않을 옷가지를 서로 입혀 주면서 우리는 즐겁게 웃었다.

사만다는 다시금 간청했다.

"정 나가시려면…… 호위 기사라도 데리고 가 주십시오."

루크레티우스는 고개를 저었다.

"아니, 우리 둘만으로도 충분해."

밖에서 전혀 고하는 말도 없이 침실 문이 열리며 기사 한 명이 들어섰다. 나도 아는 얼굴이다. 로열가드의 일원으로, 루크레티우스의 호위를 맡고 있는 기사.

지난번 태후의 난 때에도 앞장서서 싸우는 것을 보았었다. 나중에 듣기로는 다친 루크레티우스를 구해 내서 함께 도망친 장본인이라고 했었다.

그는 평소처럼 은색으로 반짝이는 갑옷을 입고 있지 않았다. 우리처럼 궁 밖에서도 눈에 띄지 않을 법한 평범한 옷차림이었다.

루크레티우스가 외쳤다.

"사만다! 클라크 경에게 알린 건가?"

사만다는 태연하게 고개를 끄덕였다.

"예, 폐하께서 아직 부상 중이신 데다, 비 전하까지 모시고 가신다니 도저히 가만히 있을 수가 없었습니다. 클라크 경과 함께하시지 않으면 이 방에서 나가실 수 없을 겁니다."

그렇게 말하는 사만다의 태도는 결연하기까지 했다.

나는 저런 표정을 하는 사람을 자주 본 적 있었다. 친구들과 외박하겠다는 내게 엄하게 반대하던 엄마의 표정과 꼭 닮아 있었던 것이다.

결국 그와 나는 잠시 실랑이 끝에 간신히 황궁 밖으로 나설 수 있었다. 등 뒤에 원치 않는 꼬리를 하나 달고서 말이다.

어찌되었건, 처음으로 황궁 밖에서 하는 데이트다.

가슴이 두근두근했다.

"나와 황비의 눈에 띄지 않는 거리에서 호위하도록."

마치 미궁 같은 비밀통로를 나오면서 루크레티우스가 호위기사에게 명령했다.

클라크 경은 짧게 "예, 폐하."라는 대답과 함께 우리 등 뒤를 천천히 따라왔다.

비밀통로를 빠져나와 인적이 드문 제도 롬부르크의 도로로 나오자, 클라크 경은 곧 사라져 버렸다. 그가 어딘가에서 우리를 지켜보고 있으리라는 것은 충분히 예상 가능하지만, 알면서 이리저리 둘러봐도 전혀 눈에 띄지 않았다.

루크레티우스는 키득거리며 물었다.

"신경 쓰여?"

나는 고개를 끄덕이면서도 주변에 계속 시선을 주는 것을 잊지 않았다.

대체 어디 숨은 거야?

"전혀 안 보여…… 아! 안 보여요."

그는 한 번 더 부드럽게 웃더니, 내가 황급하게 붙인 존대를 정정해 주었다.

"말은 편하게 해. 어차피 우리 대화가 들리지 않을 거리에서 따라오고 있을 테니까."

"그런 거야?"

내가 반색을 하며 묻자, 그는 시원하게 고개를 끄덕였다.

"그 정도는 되어야 굳이 이렇게 단둘이 나온 보람이 있지. 그리고…… 당신 눈에 띄면 클라크 경도 로열가드 반납해야지. 아무리 찾아도 의미는 없을 거야."

그래도 나는 그의 너머 안쪽으로 굽어진 골목 쪽을 유심히 보았다.

"그래도……."

루크레티우스가 은근슬쩍 손을 뻗어 내 어깨를 감싸 왔다. 그리고 귓가에 후 하고 일부러 더운 입김을 불며 속삭였다.

"그리고 말이야, 이 이상 내 질투를 자극하지 말아 줘."

"지, 질투?"

"나 말고 다른 사내를 자꾸 눈에 담으려 하면…… 질투가 안 나고 배기겠어?"

다시 얼굴이 화르륵 열이 올랐다.

이 인간은 틀림없이 날 태워 죽이려는 거다! 아니면 느끼해서 죽게 만들려는 거거나!

그는 낮은 목소리로 은근이 덧붙였다.

"남자의 질투는 말이지…… 아주 추하고 격렬하거든. 보고 싶다면 맘대로 해도 좋아."

"돼, 됐어! 난 하나로도 차고 넘치고 부담스럽다고!"

그는 아주 만족스럽게 웃었다. 그 미소가 얄미워서 일부러 클라크 경을 칭찬해 볼까 하다가, 현실적으로 부정적인 영향이 있을 것 같아서 그만두었다.

이 미친 인간, 진짜로 질투로 맛이 가면 얼마든지 이상한 짓을 벌일 수 있을 거야!

창창할 것이 분명한 기사의 앞날을 망칠 수는 없지.

아, 이 얼마나 자비로운 여자냐는 말이다, 나는.

……나 혼자 속으로 생각하는 건데도, 어쩐지 누구 씨를 매우 닮아 가는 것 같아서 순간적으로 아득해졌다.

안 좋아. 이건 진짜 안 좋아.

이런 건 절대 닮으면 안 된다고!

나는 고개를 붕붕 저어서 누군가에게 옮은 상념을 마구마구 털어냈다.

루크레티우스가 황당하다는 듯이 물었다.

"비나?"

나는 말끔하게 누구에게 옮은 느끼함과 니그시시금을 털어 버리고는 고개를 들었다. 당당하게 그에게 팔짱을 끼고 앞으로 걷기 시작했다.

"자, 가자!"

첫 데이트다. 데이트다운 데이트는 이번이 처음이다. 맘껏 즐겨야지!

제도의 번화가로 향하는 내 발걸음은 한껏 가벼웠다.

에일 공국에서 보낸 1년을 제외하면, 나는 이 세계에 온 뒤 모든 시간을 크렌시아 제국의 수도 롬부르크에서 보냈다.

그런데 막상 제도의 거리와 사람들이 사는 곳이 어떤 모습을 하고 있었는지는 전혀 알지 못했다. 그 사실을 발로 땅을 밟아 보고서야 깨달았다.

절로 입이 떡 벌어졌다.

제도 롬부르크는 정말로 큰 도시였다. 한국과 비교해도 이 정도로 큰 도시는 열 손가락으로 꼽을 것 같다. 하긴 이 대륙에서 가장 크고 번화한 곳이니 당연할 것이다.

나는 순간적으로 명동 한복판에 온 것이 아닌가 하는 착각에 빠졌다. 그 정도로 사람이 엄청나게 많았다. 차이가 있다면 도로와 주변을 채운 건물들이 전혀 다른 양식이라는 것 정도?

고층빌딩은 전혀 없지만, 예상 외로 큰 건물들이 많았다. 그곳에 여러 상점들이 늘어서 있고, 개미떼처럼 수많은 사람들이 가게의 진열장을 구경하거나 물건을 사기도 했다.

저녁을 지나 밤에 이른 시각에도 불구하고, 거리는 곳곳에 켜 놓은 등불로 꽤나 밝았다.

절로 입에서 탄성이 터졌다.

"우와!"

루크레티우스는 어쩐지 의기양양한 얼굴로 자랑했다.

"어때? 대단하지?"

그리고 낮은 목소리로 내게만 들리게 속삭였다.

"바로 이곳이 내가 다스리는 나라야."

나는 가볍게 콧방귀를 뀌며 지지 않고 대꾸했다.

"이 정도는 뭘. 내 고향의 수도는 여기의 열 배 정도는 거대하고, 화려하고, 사람도 많아."

유치한 건 나도 알지만, 이런 건 지기 싫다. 게다가 전적으로 사실이기도 하다. 서울은 지구에서도 정말 큰 도시 중에 하나였으니까. 루크레티우스가 그곳에 간다면 하늘을 찌를 듯 솟은 마천루를 보고 어떤 표정을 지을지 궁금해졌다.

……어차피, 이제는 영영 갈 수 없을 도시일 터이지만 말이다.

그는 고개를 저었다.

"설마. 과장된 거겠지."

"아니, 진짜라니까!"

그는 손을 내밀어서 내 입술 위에 손가락을 대고 고개를 저었다.

"당신이 과장이 좀 심한 성격인 것은 잘 알고 있어."

"당신……!"

내가 막 반 장난으로 화를 내려는 찰나였다. 루크레티우스의 표정이 변하며 그가 나를 확 잡아당겼다.

"왁!"

정신을 차리고 고개를 돌리자, 조금 전 내가 있던 자리로 난폭한 주정뱅이가 지나치는 것이 보였다.

—쨍그랑!

주정뱅이가 엎어지며 바닥에 떨어진 술병이 깨지고, 유리조각과 술 방울이 튀었다.

루크레티우스는 나와 아웅다웅하면서도 뒤에서 오는 주정뱅이를 보고 나를 보호하듯 안쪽으로 끌어들이고 막아선 것이다.

그리고 부드럽게 물었다.

"괜찮아?"

화르륵!

다시 머리꼭지까지 불이 올랐다.

요즘 내 체온 조절 기능이 고장 난 것 같다. 왜 이렇게 자꾸 더워지는 거냔 말이다!

나는 화끈거리는 뺨을 손등으로 누르며 고개를 돌렸다.

"으, 응."

그는 그대로 나를 보호하듯 길 안쪽으로 데리고 갔다. 마치 공주님을 호위하는 기사 같은 태도다.

이, 이건…… 꽤 좋았다.

사실 '굳이 남자에게 의지할 필요 있냐?!' 라든가, '연애가 인생의 전부는 아니야!'로 무장하고 있는 인간이 사비나라는 인간이다.

스스로도 꽤나 철벽을 치는 성격이라는 자각도 있다.

게다가 루크레티우스와의 원체 강렬한 첫 만남이라든가, 그를 온전히 믿을 수 없다는 사실 때문에 그를 향해 몇 배로 강한 철벽을 칠 수밖에 없었다.

그런데…… 막상 그를 마음에 담게 되고, 그가 나를 위해 사소한 것을 신경 써 주는 모습들을 보고 있자니…….

과거의 내 생각은 상관없이, 마구 가슴이 간질거리고 절로 입꼬리가 올라가는 것이다.

정말이지 인간이란, 간사한 존재다.

이걸 남이 하면 불륜이고, 내가 하면 로맨스라고 하던가? 음……, 그것까진 아닌 것 같다. 이런 연애는, 남이 해도 로맨스고 내가 해도 로맨스겠지.

사랑은 결국 호르몬의 작용이라던가, 사랑의 유통기한은 3년이고 그 뒤는 정으로 함께 한다던가. 사랑에 대한 회의적인 이야기들은 많고도 많다. 그러나 나는 그와 만난 지 겨우 반년 여. 그와 사랑 혹은 연애라 부를 수 있는 것을 시작한 지는 정말로 얼마 되지 않았다.

벌써부터 2년, 3년 뒤 혹은 20년, 30년 뒤의 미래 같은 것을 걱정하느라 눈앞에 다가온 구체적인 행복을 놓치는 것은 어리석은 일이리라.

그래서 나는 솔직히 기뻐하고, 솔직히 설레고, 솔직히 사랑하기로 했다.

그와 손을 잡고 밤이 내려앉은 거리를 거닌다. 주변에는 수많은 사람들이 오고 가고 있었지만, 그와 나는 모든 이들이 마치 이곳에 없다는 듯이 굴었다.

길을 내려다볼 수 있는 전망 좋은 테라스가 2층에 마련된 카페를 찾아 앉은 것은 내가 우겨서였다. 거의 한 시간 동안 수도 구경을 하며 그와 손을 맞잡고 이리저리 돌아다녔더니, 슬슬 다리가 피곤했기 때문도 있었다.

자세히는 모르지만, 이곳은 분명히 제도 내에서 가장 번화한 거리였다. 그 거리에 직접 면한 가게 2층의 테라스 자리가 비싼 것은 당연할 것이고, 돈을 주어도 제대로 자리를 얻기 힘들 수도 있었다.

루크레티우스는 대체 어떻게 한 것인지 모르겠지만 내가 찍은 자리를 그대로 얻어 냈다. 나를 카페 1층에 두고 가게 주인인 듯한 사람과 잠시 이야기를 하더니, 득의만만한 얼굴로 돌아와 내게 이리 말한 것이다.

"자, 가시죠. 마님."

나는 상기된 얼굴로 그의 에스코트를 받으며 2층으로 올라갔다. 마치 마법처럼 그 자리는 비어 있었고, 방금 전에 새 손님을 받기 위해 정리를 끝낸 듯한 깨끗한 테이블과 의자가 우리를 반겼다.

내가 분명 아래에서 봤을 때는 이 자리에 사람이 있었는데, 무슨 수를 쓴 건지 모르겠다.

아니, 지금 2층에는 우리 외에 손님이 전혀 없었다. 그와 내가 1층 플로어에서 가게 측과 이야기를 끝내고 올라오는 데 걸린 시간은 겨우 10분 내외. 그 사이에 2층을 싹 비웠다고? 그게 가능해?

그런데 그 상황이 내 눈앞에 펼쳐져 있다.

이곳이 황궁이었다면 내가 궁금해 할 필요도 없으리라. 그의 말한마디면 공터에 건물이 세워질 수가 있을 테니까. 그러나 이곳은 황궁이 아니었고, 그는 신분을 숨긴 채 잠행을 나와 있었다.

황제로서의 권위나 권력은 이 자리를 확보하는 데에 어떤 도움도 줄 수 없었다. 뭐, 돈이라면 도움이 될 수 있었을지도.

어쨌든 이것도 이 세계에서 제일 능력 좋고 돈 많은 남자를 만난 덕분으로 넘기기로 했다. 데이트 자리에서 무슨 수로 이 자리를 얻었냐고 묻는 건 무드 없지 않은가.

그렇다. 나는 오늘은 그냥 즐기기로 했다.

그리고 내가 굳이 묻지 않은 의문은 곧 풀렸다.

그는 매우 젠틀한 태도로 내가 앉을 의자를 빼 주고, 내가 의자에 살짝 엉덩이를 대자 편하게 안으로 살짝 밀어 주었다.

맞은편에 루크레티우스가 자리에 앉자, 조금 전 2층에서 루크레티우스와 대화하던 장년의 남자가 직접 메뉴판을 들고 우리 테이블로 왔다.

아무리 봐도 직접 서빙을 할 가르송으로는 보이지 않는다. 이 가게 주인인 것 같아 보이는 건 내 착각일까?

내가 가게 주인인 것 같다고 생각한 인물은 그와 내게 메뉴판을 하나씩 건네주며 호들갑을 떨었다.

"이거 정말 오랜만에 오셨습니다. 루켄 님."

루켄 님?

그건 누구야? 게다가 왜 저렇게 친근하게 부르는 건데?

저게 루크레티우스의 가명인 것은 분명해 보였다.

그건 그러려니 하는데, 어떻게 저렇게 잘 아는 사람을, 그것도 특급 VVIP손님을 대하는 것처럼 대하냐는 말이다.

나는 메뉴판 너머로 흘끔흘끔 두 남자를 바라보았다.

루크레티우스는 호들갑 떨며 열심히 손을 비비는, 카페 주인으로 추정되는 인물의 말을 정말로 익숙하게 받아넘겼다.

내게 뭘 먹고 싶은 지를 물어 왔을 때 나는 선택을 그냥 그에게 밀어 놨다. 어차피 저녁은 배터지게 먹고 온 차다. 배가 고플 일도 없었다. 간식이야, 입맛은 저 인간이 나보다 고급일 테니까 크게 상관없을 거다.

아니나 다를까 루크레티우스는 결정적인 꼬리를 드러냈다. 가게 주인에게 메뉴판을 건네며 이렇게 말했던 것이다.

"늘 먹던 걸로."

주문을 받은 남자는 얼굴에 환한 미소를 띤 채 굽실굽실 했다.

"예, 이번에도 꼭 만족하실 겁니다."

그는 저러다가 뒤로 넘어지지 않을까 싶을 만큼 불안한 뒷걸음질로 물러갔다. 그 남자가 사라지자마자 물었다.

"설마 이 가게, 당신 거야?"

루크레티우스는 고개를 저었다.

"아니. 안 그래도 일이 넘쳐나는데 취미로 일을 또 늘릴 필요는 없지."

"으음……."

하지만 카페 주인과 루크레티우스는 꽤 자주 본 듯 익숙했다. 여기가 루크레티우스의 단골 가게임은 분명해 보인다.

"단순한 단골이면 저 정도로 굽실거릴 것 같지도 않은데……."

그렇다. 루크레티우스가 나를 데리고 나올 때 사만다가 의외로 지나치게 빨리 포기한 일도 그렇고, 익숙한 듯 숨어서 뒤따르는 클라크 경의 모습을 보면 명백했다.

루크레티우스는 이런 잠행을 정말로 자주 한 것이다. 그렇다면 나올 때마다 들른 단골 가게 정도는 있어도 이상하지 않다. 하지만 한마디 했다고 10분 만에 2층 플로어 전체를 비우고, 가게 주인이 직접 서빙을 하는 건 말이 안 된다.

대체 뭐야, 이 인간?

루크레티우스는 히죽 웃었다.

"어디 한번 맞혀 보시지."

나는 골머리를 앓았다. 아무리 고민해도 마땅한 것이 없었다.

"설마 황제라는 걸 알린 건 아니겠지?"

그는 혀를 차며 고개를 저었다.

"그럴 리가. 카페 주인은 나를 그냥 돈 많은 평범한 젊은 귀족 루켄 데 모렐린이라고 알고 있어."

그건 아마도 루크레티우스의 잠행용 가짜 신분이겠지.

"그럼 대체 왜 저러는 거야?"

루크레티우스는 지금도 내가 아주 싫어하는 그 미소를 얼굴 한가득 띠어 올렸다.

"루켄 데 모렐린이 여기 땅이랑 건물 주인이거든."

"……."

다른 세계에서도, 부동산이 제일인 것은 다 마찬가지인 모양이다.

루크레티우스가 주문한 것은 산더미 같이 쌓아 올린 아이스크림이었다. 그러고 보면 그도 꽤 단 걸 좋아한다. 건포도만 빼고. 나는 건포도도 좋아하지만, 그것 빼고는 단 걸 좋아한다는 점이 같아서 편하다.

루크레티우스는 어쩐지 진심으로 자랑하는 것 같은 표정으로 덧붙였다.

"내 전용 메뉴지."

"……."

그런데 아무리 건물주라 해도…… 가게 주인이 굽실거리는 태도가 심상치 않았다. 게다가 전용 메뉴가 따로 있다니. 순식간에 2층을 비워 버린 것도 그렇고, 업주라면 저항 한번 할 법한데 너무 유순하지 않은가.

나는 그냥 물어 보기로 했다.

"대체 어떻게 했길래 주인이 저렇게 굽실거려? 전용 메뉴까지. 아무리 당신이 여기 땅 주인에 건물주라도 말이 안 되는 것 같아. 다른 사연 있는 거 아냐?"

루크레티우스는 더없이 사악한 미소를 지었다. 그는 마치 무용담을 자랑하듯 내게 설명하기 시작했다.

"원래 이 카페 주인은 다른 사람이었어."

"설마…… 바꿔 버린 거야?"

"딩동댕!"

그는 입으로 벨소리를 따라 하며 두 손으로 짝짝 박수를 친다.

"진짜?"

이 인간의 성격이면 그런 짓도 충분히 할 만하긴 하지만…….

이어진 설명은 내 예상을 뛰어넘는 것이었다.

"여기 디저트가 참 맛있었는데, 전 주인이 참 마음에 안 들었거든. 아주 되바라진 작자였어. 결국 나를 꽤 화나게 만들어 버렸지."

누군지 모르지만 그 상대에게 잠시 소소한 위로의 염을 보냈다. 그도 설마 황제가 이런 데 잠행 나와서 간식이나 탐할 줄을 어떻게 알았겠나.

"그래서 만들어 놓은 가명으로 여기 땅과 건물을 사들인 다음, 전 주인이 도저히 낼 수 없는 세를 요구했지."

"……."

말만 들어도 눈물이 앞을 가렸다. 한국에서도 비슷한 건물주의 횡포 얘기를 왕왕 들었는데, 황당하게도 황제씩이나 되어서 그런 횡포를 부린 인간이 내 눈앞에 앉아 있었다.

"지금 주인은 전 주인 아래에서 일하던 점원이야. 그때 꽤 태도가 마음에 들었거든. 그래서 주방장과 파티시에를 그대로 유지하는 조건으로 지금 주인에게 넘겨줬지."

"……."

속이 좁은 건지, 통이 큰 건지 모르겠다. 헷갈려.

그냥 둘 다인 것 같기도 하고.

내가 등 뒤로 식은땀을 흘리며 보고 있자니 루크레티우스는 알았다는 듯이 꽃잎 모양으로 만들어진 은수저를 들어 아이스크림을 한 스푼 떴다. 그리고 그 스푼을 내게 내밀었다.

"흠흠."

다시 얼굴이 붉어졌다.

어, 어쨌든 이 대단하신 황제가 직접 떠 주는 거다. 그 정성을 무시하기는 그렇다.

저, 절대 이 간질거리고 느끼한 행동이 꽤 마음에 들어서는 아니다.

나는 입을 살짝 벌리고 그대로 고개를 앞으로 내밀었다. 위에 탐스러운 아이스크림을 가득 얹은 스푼은 순조롭게 내 입술 근처까지 접근했다. 그러나…….

"어?"

내가 입을 살짝 더 벌리고 스푼을 받아들이려던 참이었다. 내 입술에 아슬아슬하게 닿기 직전에 스푼이 후진하다니, 그의 얄미운 입 속으로 쏙 들어가 버렸다!

그는 내가 정말로 싫어하는 얄밉기 짝이 없는 표정으로 나를 보며 웃었다.

"이익! 치사해!"

그때였다. 스푼이 테이블 아래로 사정없이 떨어졌다.

—쨍강!

좁은 테이블 너머로 그가 벌떡 일어서서 내게 다가왔다.

그리고 그에 대한 항의의 말을 외치느라 벌어져 있던 내 입술 사이로, 조금 전 그가 내게 주려는 척을 하고 약 올린 그 아이스크림이 흘러들어왔다.

금속도, 나무도, 상아도 아닌 스푼이, 세상에서 가장 부드럽고 뜨거우며 고귀한 스푼이 내게 직접 달콤한 것을 먹여 준다.

"으, 음."

그것은 지독히도 달콤했다.

그리고 너무나도 빨리 녹아서 사라져 버렸다.

누구랄 것도 없이 혀끝이 아쉽게 입술을 핥는다.

나는 상기된 얼굴로 중얼거렸다.

"너무…… 빨리 녹아 버렸잖아."

그는 피식 웃으며 손을 내밀어 테이블 위에 놓인 아이스크림 접시를 가리켰다.

"어차피 잔뜩 남아 있어."

"……."

숨이 더욱 가빠졌다.

그와 카페에서 즐거운 시간을 보내고 나오면서, 어쩐지 입술이 살짝 부은 듯한 느낌에 절로 민망해졌다.

여전히 그와 팔짱을 끼고 걷고 있지만 얼굴을 보기 더 어려웠다. 조금 전까지 발아래 수많은 사람들이 다니는 중에 세상에 단둘인 양 붙어서 얼굴을 비벼 댄 주제다. 이제 와서 무슨 부끄러움이냐고 할지도 모르지만, 부끄러운 건 부끄러운 거다.

아, 얼굴이 가마솥 안의 감자처럼 뜨거웠다. 조금 전의 감촉과 열기, 그리고 열기 속에 속절없이 녹아 내리던 달콤함이 선연하다. 다시금 얼굴이 달아오른다.

그 생각에 빠져 있느라 그가 나를 부르고 있는 것도 바로 눈치채지 못했다.

"비나."

"……."

"비나!"

"아!"

나는 그제야 그의 부름을 제대로 듣고 고개를 들었다. 그의 하얀 얼굴이 눈에 들어오자, 다시 조금 전의 감촉이 떠오르려 했다.

아쉬운 한편 다행스럽게도 그가 나를 부른 이유는 다른 현실적인 문제 때문이었다.

"괜찮다면 다음 목적지는 내가 원하는 곳으로 가도 괜찮겠어?"

현실적이고 평범한 대화 소재에, 나는 간신히 다시 정신을 차리고 고개를 끄덕였다.

"응."

그는 조금 전의 장난기와 짓궂음은 온데간데없이 조금은 진지하고 아련한 얼굴로 나를 수도 외곽으로 이끌었다.

약 1시간 뒤 우리가 도착한 곳은 제도 롬부르크 외곽에 위치한 황실 영묘였다.

거대한 황족의 묘는 당연히 로열가드 중 일부가 지키고 있었다. 이미 사망한 황족을 모시던 로열가드 중에는 자신의 주인이 영면한 뒤에도 지키는 이들이 있다 했다.

그 사실을 증명하듯 우리를 맞이한 자는 갑옷으로 몸을 감싼 한 노인이었다.

루크레티우스는 제도 곳곳을 돌아다닐 때는 푹 눌러써서 얼굴을 감추고 있던 모자를 매우 자연스럽게 벗었다. 그의 얼굴이 드러나자 영묘의 입구를 지키고 있던 기사의 긴장되었던 표정이 단번에 풀어졌다.

노老기사가 부드러운 미소로 루크레티우스를 불렀다.

"폐하!"

그러자 루크레티우스도 사람을 대할 때 거의 보여 주지 않는 드물게 편안한 표정으로 기사를 대했다.

"오랜만이군, 디안."

"예."

그는 마치 아들이나 손자를 보듯 루크레티우스를 반갑게 맞았다. 루크는 내게 그 기사를 소개시켜 주었다.

"비나, 이쪽은 은퇴한 로열가드인 디안. 어머니의 호위 기사였지."

나는 루크레티우스를 따라 후드를 벗고 그에게 인사했다.

"안녕하세요."

노 기사의 만면에 한껏 미소가 피어났다. 그는 내게 기사로서 예를 표하며 허허 웃었다.

"소문의 황비 전하이시군요."

그는 다시 고개를 돌려 루크레티우스를 바라보더니 짧게 덧붙였다.

"황후 폐하께서도 기뻐하실 겁니다."

루크레티우스는 대답하지 않았다.

그러나 그가 내 손을 쥔 손에 힘이 들어가는 것을, 나는 느낄 수 있었다.

영묘 건물은 모든 황족들의 유해를 모셨다고는 믿어지지 않을 정도로 작아 보였다.

그러나 그 건물은 그저 입구일 뿐이었다. 건물 뒤에 당당하게 선 바위산 내부 전체가 하나의 동굴이었다. 그 안에 역대 황제와 황후, 황비, 그리고 그 자녀들이 영원히 잠들 자리가 마련되어 있었다.

그 사실을, 입구를 지나 더욱 깊이 들어가며 나는 눈과 발로써 깨닫게 되었다. 한눈에 다 담기지 않는 어두운 공동으로 이루어진 천장과, 발이 아플 때까지 걸어야 목적지에 도착할 수 있을 만큼 깊은 동굴.

손에 기름등을 든 루크레티우스의 안내를 받아 목적지에 도착하기까지는 예상보다 훨씬 많은 시간이 필요했다. 그동안 루크레티우스는 간단한 사실들을 설명해 주었다.

"디안은 어머니를 배신하지 않은 유일한 로열가드였어. 내가 영지와 작위를 하사할 터이니 편히 지내라 해도 굳이 이곳을 지키겠다 고집하고 있지."

"충실한 기사네."

"그렇지. 하지만 그 충실한 기사도 어머니를 구할 수는 없었어."

"……."

마침내 루크레티우스의 발끝이 한 석관 앞에서 멈췄다.

전체가 희고 아름다운 대리석으로 만들어진 관이었다. 뚜껑에는 묘 주인의 모습이 최고의 석공의 손을 빌어 살아 있는 듯 섬세하게 조각되어 있었다.

마치 얼마 전까지 숨 쉬고 있던 사람인 것처럼, 관 위에 누운 여인의 모습은 처연하고 아름다웠다.

그녀의 배는 함께 죽은 아이의 모습을 그대로 보여 주듯 부풀어 있었으나, 내가 들은 마지막과 달리 조각에서 그녀의 목은 제 몸과 잘 붙어 있었다. 하긴, 생전의 아름다운 모습을 새긴 석관이니 당연한 일일 것이다.

루크레티우스는 나직이 간단하게 덧붙였을 뿐이었다.

"그리고 나도…… 어머니를 구하지는 못했지."

한 가지 위안이 있다면, 태후 카틀레야는 결코 이곳에 올 수 없다는 것이다. 지금 그 여자의 잘린 목은 제도 광장에서 삼 주 동안 오욕 속에 내걸렸고, 그 몸은 갈가리 찢겨 들개의 먹이로 던져졌다.

그러고 보면…….

나는 베아트리체 황후의 석관 근처를 둘러보았다. 내가 아는 얼굴을 조각한 관이 보이지 않았다.

"뭘 찾지?"

"아, 선황의 관이 안 보여서. 근처에 있을 것 같은데."

루크레티우스는 무감한 태도로 베아트리체 황후의 석관 바로 옆에 있는 관을 가리켰다.

"저거야."

"……."

저게 선황의 석관이라고?

나는 다시 확인하듯 물었다.

"저게?"

"그래."

도저히 참지 못하고 한 마디 덧붙이고 말았다.

"……미화가 너무 심하게 된 거 아냐?"

루크레티우스는 가볍게 픽 하고 웃으며 답했다.

"젊었을 때 모습이랍시고 죽기 전에 자기가 미리 만들어 놓은 거야."

"……."

할 말이 없다.

베아트리체 황후의 관 바로 옆, 그러니까 누가 보아도 그 남편임을 알 수 있는 자리에 놓인 관에는 한눈에도 미목수려한 젊은 남자의 조각이 떡하니 누워 있었던 것이다. 베아트리체 황후의 생전 모습을 조각한 조각상과 나란히 놓고 보면 선남선녀로밖에 보이지 않는다.

기분이 매우 불편해졌다. 베아트리체 황후는 과연 죽어서까지 남편과 함께 있고 싶었을까? 그것도 자신을 죽인 남편과 말이다.

나는 베아트리체 황후의 관으로 다가가 조각의 얼굴 부분을 쓰다듬으며 낮게 평했다.

"어쩐지 슬퍼 보이는 얼굴이셔."

루크레티우스가 내 등 뒤로 다가와 서서는 낮게 부정했다.

"아니, 내가 보기엔 기뻐하고 계시는 것 같아."

"그런가?"

그의 대답에는 어쩐지 약간의 웃음기가 어려 있었다.

"그래. 어머니처럼 바보 같을 정도로 착한 분도, 저기 광장에 전시된 여자나 선황 따위 곁에 있고 싶지는 않으셨을 테니까."

"뭐?"

나는 놀라서 눈을 동그랗게 떴다.

옆에 놓인 관은 루크레티우스가 분명 선황의 관이라 했다. 그런데 선황과 함께 있지 않으니 베아트리체 황후가 기뻐할 거라고?

잠시 고민한 끝에 작은 목소리로 물어보았다. 선황의 지나치게 미화된 관을 가리키며.

"설마…… 저거 빈 관이야?"

루크레티우스는 고개를 저었다.

"아니. 하지만…… 저 안에 든 유골이 선황 것이 아닌 것은 분명하지."

"……."

"장례식을 치르고 안장하면서 빼돌렸어. 얼굴을 누구도 알아볼 수 없게 태워서 이곳에서 가장 먼 곳에 내다 버렸지. 아마 들짐승들의 먹이가 되었을 거야. 아마 운이 좋았다면, 같은 들개의 뱃속에서 카틀레야 그 여자와 재회했을지도 모르겠군."

"……."

루크레티우스는 유쾌해 보였지만, 그 표정이 진짜 그의 감정을 보여 주는 것이 아니라는 것만은 분명히 알 수 있었다. 나는 조심스레 그에게 다가가 등 뒤에서 그를 끌어안았다. 루크레티우스는 낮은 목소리로 이어 갔다.

"장차 이 곳에는 나도 누울 텐데, 선황 옆에만은 결코 싫었거든."

"그렇겠지."

그는 장난스런 목소리로 덧붙였다.

"당신도 그렇지?"

"……뭐?"

의미를 이해하는 데 약간의 시간이 필요했다.

내가 눈을 동그랗게 뜨고 그를 올려다보자, 루크레티우스는 천천히 몸을 돌려 다시 나를 마주보았다. 그리고 다시 설명해 주었다.

“이곳은 당신도 나와 함께 누울 곳이니까.”

“…….”

“그런 곳을 더럽히고 싶지 않았어.”

다른 의미로는 해석이 불가능한, 너무나도 직접적이고 분명한 의사의 표현.

나는 멍하니 그를 보았고, 루크레티우스는 다시금 웃어 보였다. 티 없이, 소년처럼.

“왜 이런 곳인가 하면서 화를 내도 할 말이 없기는 하지만……, 나름대로 의미가 있으리라 생각해서 정한 장소야.”

“…….”

루크레티우스는 내 두 손을 마주 잡았다. 그리고 진지하나 다정한 목소리로 속삭여 왔다.

“나는 네가 태어난 세상을 알지 못해. 그곳으로 돌려보내 줄 수도 없겠지. 하지만 살아 있는 동안 있을 곳과 죽은 뒤 영원한 잠을 함께할 곳을 네게 줄 수 있어.”

그의 등 뒤로 아직 관을 올리지 않은 낮은 보단이 보였다. 다음 대 황제를 위해 두 개의 관이 올라갈 자리가 미리 마련되어 있는 것이다.

그 자리의 왼쪽은 루크레티우스의 것이다. 그는 지금 내게 그 옆자리에, 이곳으로 올 때까지 함께해 달라 말하고 있다.

울컥했다.

나는 내 목소리가 떨리고 있음을 이제야 깨달았다.

“장소도, 말도…… 전혀 로맨틱하지 않잖아.”

루크레티우스는 쓰게 웃었다.

“그렇군. 미안해.”

그리고 품 안에서 무언가를 끄집어내어 주었다. 작은 검은색 상자였다. 받아 열어 보자, 안에는 인장 반지 하나가 들어 있었다.

루크레티우스의 것처럼 크고 화려한 것은 아니다. 은으로 만들어진 것의 인장 부분을 보자, 둥지로 돌아오는 새의 문양과 글자 몇 개가 새겨져 있었다. 나는 글씨를 조용히 읽었다.

“빌……레네?”

루크레티우스는 고개를 끄덕였다.

“그래, 빌레네. 고어로 새를 의미하는 단어야. 내일이면 칙명으로 에일 공국의 이름을 개칭하여 빌레네 공국이 될 거야. 당신의 것이지.”

“내 것?”

나는 멍하니 그를 보았다.

“청혼 선물이야. 당신이 이 세계로 들어온 그 땅을, 당신에게 주겠어. 작은 곳이지만 당신에게는 의미가 깊겠지.”

“…….”

멍하니 선 내 앞에서 마침내 루크레티우스는 무릎을 꿇고 물었다.

“나의 아내가 되어 주겠어?”

20. 선택의 의미, 삶의 의미

20. 선택의 의미, 삶의 의미

촛불 아래에서 그가 청혼 선물로 준 인장 반지를 비춰 보았다.

청혼하면서 반지를 주는 건 이곳이나 지구나 비슷한 것 같다. 한편 그 안에 담긴 상징성은 또 달랐다.

그는 나를 위해 에일 공국이라는 한 지역의 이름을 아예 바꾸어, 빌레네 공이라는 작위를 만들어 내게 준 것이다.

청혼 선물로.

내가 불시착한 바로 그곳을.

내가 그의 앞에서 에일 공작가를 빼앗으리라고 말한 것을, 그는 의외로 큰 의미를 두고 기억했던 모양이다. 그가 내게 반지를 줌으로써, 그날의 말은 현실로 이루어졌다. 이것으로 나는 그들의 모든 것을 가졌다.

왜 하필이면 그 에일 공국을 바꾼 작위인 걸까.

그것이 하필이면 오늘.

나는 반지가 든 상자를 내려놓고 옆으로 시선을 돌렸다. 그곳에는 다른 상자가 하나 있었다. 누군가 짜 놓은 것처럼 흰 상자였다. 루크레티우스와 제도를 돌아다니고 돌아오자 율리아가 조심스레 가져다주었다.

율리아의 전언은 간단했다.

“성녀께서 보내신 서한입니다.”

루크레티우스는 오늘 내게 청혼했다. 나는 잠시 기다려 달라고 말했다. 루크레티우스는 여유 있는 태도로 그러겠노라 답했다.

그 직후 성녀에게서 서한이 도착했다.

내가 대연회 때 그녀에게 부탁한 뒤로 한 번도 연락이 없다가, 하필이면.

나는 다시 떨리는 손으로 상자를 열었다. 이미 읽어 본 내용이건만, 편지의 내용을 다시 확인했다.

내용은 간단했다.

신전으로 돌아간 뒤, 성녀 이즈비타는 나와 한 약속대로 최선을 다해 이 대륙의 유사 이래 모든 기록을 뒤졌다.

그리고 마침내 찾아낸 것이다.

다른 세계에서 온 사람들에 대한 기록을.

기록으로 남은 나와 같은 이질적인 외모를 가지고 갑자기 나타난 이에 대한 기록은 지금까지 총 다섯 번. 내가 여섯 번째다.

그 중 네 명은 죽은 시체로 발견되었다. 살아서 발견된 것은 나 이전에 단 한 명. 나까지 합치면 총 두 명.

나 이전에 이 세계로 온 이의 이름은 윤영.

그녀는 물론 기록에 남은 모든 이방인은 하나같이 에일 공국에 위치한 숲에서 발견되었다. 그 중에는 시신의 일부만이 발견된 경우도 있었다.

윤영은 나 이전에 살아서 발견된 유일한 이방인이었다. 그런 그녀를 당대의 에일 공작이 첩으로 삼았다.

약 1년 뒤 그녀는 아들을 낳았고, 본처인 공작부인과의 사이에 자식이 없었던 공작은 그 아이를 본처에게 입적시켜 후계자로 삼았다.

바로 그 아이가 다음 대의 에일 공작으로서, 그 뒤 에일 공작가에서 종종 검은 머리카락을 가진 이들이 태어나는 것은 모두 그들이 윤영의 후손이기 때문이다.

윤영이 이 세계에 있었던 것은 약 1년 반 남짓한 기간.

윤영을 사랑한 에일 공작이 직접 남긴 기록에 따르면, 아이를 낳고 공작부인에게 빼앗긴 윤영은 꽤 심한 우울증을 앓았다고 했다.

공작은 그런 윤영을 달래 주기 위해 어느 보름밤 그녀를 데리고 그녀가 이 세계에 도착한 숲으로 산책을 데리고 나갔다.

그곳에서 그들은 보고 말았다.

달이 차고 짐을 따라 열리는 '문'을.

기억을 더듬어 보면, 내가 이 세계에 도착했을 때도 보름 무렵이었던 것 같다. 처음 숲에 떨어져서 정신을 차렸을 때는 낮이었지만, 숲을 헤매다 한밤이 되었을 때 나뭇잎 사이로 거대한 보름달을 보았던 기억이 선명했다.

윤영은 말리는 공작을 뿌리치고 그 '문'을 향해 걸어 들어갔다. 그리고 영영 사라져 두 번 다시 모습을 드러내는 일이 없었다 했다.

그 뒤로도 그녀를 잊지 못한 공작은 매 보름마다 그 숲으로 향했고, 문이 열리기만을 고대했다고 한다.

그 문은 보름마다 간헐적으로 나타났지만 이를 통해 사람이 도착하는 경우는 더 이상 없었다.

공작은 죽을 때까지 보름마다 그 숲에서 문을 지켜보며 관찰하여 기록으로 남겼다.

그는 자신이 죽은 뒤 자신이 사랑한 여인이 이 세상에 왔던 증거가 남지 않는 것을 견딜 수 없었다. 그래서 어느 날, 에오스 신궁에 자신의 모든 기록을 넘겨주라는 유언을 남기고 숲에서 사라졌다고 한다.

그가 남긴 기록을 핵심만 요약한 내용이 바로 성녀가 보낸 서한에 적혀 있었다.

내게 중요한 것은 몇 대 전 에일 공작과 윤영이라는 여자의 사랑 이야기가 아니었다. 에일 공국, 아니 이제 빌레네 공국이 될 그곳의 숲에, 보름달이 뜰 때를 전후에서 나를 이곳으로 오게 만든 것과 같은 '문'이 다시 나타날지도 모른다는 사실이었다.

실제로 윤영이라는 여자는 다시 그 문으로 뛰어 들어갔다. 이곳에서 그 문으로 다시 들어갈 수가 있다는 말이다.

물론, 정말로 그 문을 지나면 살아서 집으로 돌아갈 수 있는지는 불분명하다.

문 너머가 정말로 내가 살던 그곳인지도 알 수 없다.

안전하게 지나갈 수 있는지도 불확실하다.

실제로 이 세계에 도착한 여섯 명의 이방인 중 살아온 이는 나까지 단둘. 단순히 확률로 따져도 무사히 건널 가능성은 30퍼센트를 조금 넘는 정도다.

게다가 올 때와 갈 때가 같은 확률이라고 생각할 근거도 없다. '30퍼센트'마저도 확실하지가 않다는 소리다.

그러나…… 머릿속에 틀어박혀 오는 것이 있었다.

마치 인두로 뇌에 직접 지지듯이 선명해서, 어떤 방법으로도 약해지지 않는 희망.

집으로 돌아갈 수 있을지도 모른다.

가족들 곁으로.

적어도 가능성은 있다.

밤의 어둠은 짙었고, 또 한없이 술렁거리고 있었다.

내가 이곳에 온 이후 가장 길고 긴 밤이었다.

다음날 아침, 나는 내 침실로 찾아온 루크레티우스와 아침 식사를 함께 하며 말을 꺼냈다.

"잠시 빌레네 공국에 다녀오고 싶어."

사만다가 가져다 준 흰 빵에 마멀레이드를 바르던 루크레티우스는 의아한 듯 고개를 갸웃했다.

"그곳에? 왜?"

나는 아무렇지도 않게 답했다.

"아무리 형식적인 거라도, 내가 빌레네 공작이 된다면 내 영지가 되는 거잖아? 적어도 한 번은 직접 둘러보고 싶어서."

루크레티우스는 그래도 제대로 이해되지 않는 듯했다.

"그곳에서 1년 정도 지내지 않았어?"

"그때는 이 세계에 적응하느라 다른 데에 신경 쓸 정신이 없었어. 그리고…… 마음 정리를 하려면 한번 다녀와야 할 것 같아. 보내 줬으면 해."

"……."

루크레티우스는 잠시 말이 없었다. 그리고 나를 관찰하듯 유심히 바라보았다. 아마도 내 표정에서 복잡한 심사나, 어젯밤 무슨 고민을 하고 어떤 결정을 내렸는지 읽어 내는 것은 불가능한 일일 것이다.

나는 여전히 태연한 얼굴로 그를 보고 있었다.

잠시 나를 관찰하던 루크레티우스는 결국 어쩔 수 없다는 듯이 고개를 끄덕였다.

"알겠어. 새로이 공국을 개칭했으니, 잠시 다녀올 명분은 충분하겠지."

"고마워."

내 대답이 떨어짐과 동시에, 루크레티우스는 한마디를 덧붙였다.

"나도 함께 가도록 하지."

"……."

내 침묵 앞에, 잠시 순진한 듯 미소 짓던 그가 내게 물어왔다.

"왜? 내가 함께 가면 곤란한 일이라도 있나?"

나는 웃으며 고개를 저었다.

"아니. 상관없어."

이것으로 그와 나의 첫 외유가 결정되었다.

에일 공국, 아니 이제는 나의 것이 된 빌레네 공국으로.

외유 명분은 루크레티우스의 요양이었다. 다행히 태후의 난을 빌미로 수많은 위험 요소와 반란 위험성을 가진 이들이 쓸려 나간 뒤라, 간신히 그와 내가 다녀올 짬을 낼 수 있었다.

물론 재상은 울상을 했다. 그나마 내가 나누어 지고 있었던 일감들을 고스란히 혼자 떠맡을 참이니 당연했다. 그래도 어차피 외유가 끝나면 루크레티우스가 다시 정무에 복귀할 테니 그도 과로로 죽지는 않을 거다.

여행은 놀랄 만큼 평탄했다. 길은 편했고, 시중드는 이들은 능숙했으며, 들르는 도시와 성에서 우리를 맞는 이들은 더없이 정중했다. 그야말로 격세지감이라 할 만했다.

나는 내가 제도로 갔던 길을 그대로 되밟아 옛 에일 공국, 이제 빌레네 공국이라 불리게 될 곳으로 향했다.

나의 땅으로.

오를린의 감시를 받으며 흔들리던 마차에 태워져 끌려가던 때와는 달랐다. 지금의 마차는 그때의 것과는 차원이 다르게 크고 좋은 것이라, 진동이 거의 느껴지지 않았다.

그러고 보면 그때는 오를린의 치마에 일부러 구토를 하기까지 했었다. 이제는 그 오를린도 죽어 없고, 리즈벳과 공작부부도 이 세상 사람이 아니다.

절로 그때의 일이 생각나 입가에 미소가 떠올랐다.

무언가를 눈치라도 챈 듯 여행이 시작되기 전부터 가라앉은 얼굴로 내내 내게서 시선을 떼지 못하던 루크레티우스가 물어 왔다.

"무슨 재미있는 일이라도 있어?"

나는 가볍게 웃으며 답했다.

"이 길로 제도로 보내지던 때가 떠올라서. 그때는 공녀로 바쳐지는 거였는데, 지금은 이름은 바뀌었지만 그 땅의 주인으로서 가는 거니까."

"……."

루크레티우스는 잠시 침묵하다가 물었다.

"그러고 보면 이 길로 왔었지. 도망칠 시도 같은 건 안 했나? 당신 성격이면 그러고도 남았을 것 같은데."

고개를 끄덕였다.

"실제로 몇 번인가 탈출 시도도 했었어. 모두 실패했지만. 그리고 막상 길을 떠날 때는 내가 어디로 왜 가는지를 몰랐거든. 에일 공작 일가는…… 그냥 간단한 손님맞이를 대신해 주면 되는 거라고 날 속였으니까."

에일 공작과 리즈벳은, 나처럼 다른 세계에서 온 여인 윤영의 후손들이었다. 에일 공작의 머리색은 이곳에서 본 이들 중 유일하게 나와 비슷하게 보일 정도로 검은 색에 가까운 색을 띄고 있었다. 아마 그의 머리색은 먼 조상인 윤영을 닮은 것이었을 터다.

공작의 머리색을 그저 특이한 우연이라고만 생각했었는데, 이런 숨겨진 사정이 있었을 줄은 몰랐다.

그렇다고 그들에게 새삼 정이 다시 생긴다거나, 내가 일조한 그들의 파멸에 동정심이 생기는 것은 아니었다. 그저 그들의 모습을 통해 나처럼 다른 세계에 뚝 떨어져 힘들어하다가, 다시 돌아가기 위해 문으로 뛰어들었다는 여자의 모습을 그려 봤을 뿐이다.

그녀는 이곳에 있었던 기간 동안, 어떤 생각을 하고 어떤 삶을 살았던 걸까?

그리고 그 기록을 남긴 에일 공작을 정말로 사랑했을까?

어떤 심정으로 돌아갈 수 있을지 불확실한 문을 향해 뛰어들었을까?

내 모든 의문은 기실 나 자신을 향하는 것이기도 했다.

나는 무엇을 원하고 있지?

아직은 어떤 것도 명확한 모습으로 구체화되지 않았다.

루크레티우스와는 이유를 모를 긴장감 속에서, 내가 에일 공국에서 지내던 1년간의 일에 대해 간단하게 서로 이야기하면서 지루한 시간을 견뎠다.

일주일이 걸려 목적지에 도착할 수 있었다.

멍하니 마차에 뚫린 창을 통해 밖을 바라보던 나는, 외유가 시작된 지 약 열흘 만에 내가 선명하게 기억하는 풍경을 볼 수 있었다.

'에일 공국의 숲.'

내가 이 세계에 떨어진 그 장소이며, 루크레티우스가 내게 청혼을 기념하여 선물한 곳이다.

그리고 아직 해가 지지 않았지만 오늘은…….

보름달이 뜨는 밤이다.

성에 들어선 나는 전혀 예상하지 못한 사실에 놀랐다.

"사람들이…… 전부 바뀌었네요?"

다른 사람들 앞이라 존댓말을 사용했다.

나와 루크레티우스를 성문 앞으로 마중 나온 이들 중 내가 기억하고 있는 이들이 하나도 없었던 것이다. 내가 보네피트 가문에 신세 지는 동안 보았던 고용인들의 얼굴은 전혀 보이지 않는다.

"모두 바꾸라 지시해 두었어. 보네피트 가문을 섬기던 이들을 믿을 수는 없으니. 이들은 내 명에 따라 새로 공국 내에서 믿을 만한 자로 뽑은 이들이야. 물론 임시 고용이지. 빌레네 공작은 당신이니 바꾸고 싶다면 마음대로 해도 좋아."

루크레티우스의 명에 따라 새로 이 성에 배치되었다는 집사가 나와 그에게 성을 소개해 주겠다고 나섰다. 아마도 새 주인에게 인정받아 '임시'라는 타이틀을 떼고 싶은 모양이다. 그러나 나는 거절했다.

"어차피 내가 1년간 살았던 곳이에요. 길을 잃을 염려는 없으니 소개는 필요 없어요. 나도 휴식을 위해 온 거고, 폐하께서도 휴양을 나오신 것이니 굳이 번잡하게 할 필요는 없어요."

나는 성 안에 최소한의 인원만을 남기고 나나 루크레티우스가 부를 때까지는 함부로 움직이지 않도록 명령했다.

저녁 식사 생각은 없었다. 여기 도착하기 전 어떤 백작 영지에서 지나친 환대를 받으며 함께했기 때문이었다.

내가 가장 먼저 향한 곳은 제도로 보내지기 전, 1년간 생활했던 방이었다. 루크레티우스는 여행길 내내도 그러했던 것처럼 말없이 그림자처럼 따라왔다. 방해하지 않고 말도 없으나, 결코 떨어지지 않으려는 것처럼.

내가 살던 방은 기억 속에서는 과분할 정도로 화려하고 큰 곳이었다. 그러나 막상 다시 마주하게 된 그곳은 기억과는 전혀 달랐다. 지금 황궁에 나를 위해 마련된 방들 중 가장 작은 방보다도 초라한 침실이었다.

침대 아래 상자에서 정말로 그리운 물건을 찾아냈다. 이곳에 떨어졌을 때 입고 있던 코트와 옷이었다. 약 1년 반 전, 수능을 보기 위해 입고 지하철을 기다리고 있던 그때의.

"……."

말없이 손으로 쓸어 보았다. 루크레티우스가 방에 들어온 후 처음으로 입을 열었다.

"당신 옷이야?"

나는 고개를 끄덕였다.

"응."

"특이한 옷이군."

나는 코트를 꺼내어 침대 위에 슥 펼쳐놓았다. 상자 속에서 1년 반 가량 묵은 옷에서는 먼지 냄새가 강하게 풍겼다.

지금 입은 드레스 차림에 이 코트를 걸치면 절대 어울리지 않을 거다. 루크레티우스는 정말로 이해하기 어렵다는 표정으로 내 옷들을 보았다.

"당신 고향에서는 다들 그렇게 헐벗고 다니나?"

"헐벗다니? 겨울옷이라 두꺼운데."

그는 고개를 저었다.

"이리 소매도 좁고, 치맛단도 짧은데다 폭도 좁지 않나."

"……."

그에겐 그래 보이는 모양이다. 하긴 내가 입은 드레스의 옷감으로는 이런 옷을 수십 벌은 더 만들 수 있을 거다.

조선시대 사람이 나나 친구들이 입는 옷을 보면 혀를 찰 것은 당연하다. 지금 그의 감상도 이와 비슷하리라. 이미 알고 있는 그와 나 사이의 간극이 새삼스러워서 웃음의 끝 맛이 썼다.

나는 피식 웃고는 옷을 방구석의 화장대에 걸쳐 놓았다.

"피곤해. 오늘 나는 여기서 잘래. 당신은……."

루크레티우스는 당연하다는 듯이 자르고 들어왔다. 좀 조급해하는 것 같기도 했다.

"나도 여기서 묵도록 하지."

"……."

반대할 이유는 없었다. 그와 나는 법적인 부부였고, 특별한 일이 없는 한 거의 같은 침실을 썼다.

그는 매우 자연스럽게 나를 끌어안았다. 그러고 보면, 이곳으로 오는 사이 그와 약속한 한 달이 이미 지나 있었다.

나는 침대 위로 나를 넘어뜨리는 그의 몸짓을 거부하지 않았다. 그를 끌어안고, 마지막이기라도 한 것처럼 절절하게 그 체온에 몸을 맡겼다.

짙게 깔린 밤의 어둠을 죽은 듯한 고요가 덮었다.

내 몸을 끌어안은 루크레티우스의 숨소리가 규칙적으로 변하고 나서야 나는 조심스레 그의 품에서 빠져나와 옷을 걸쳤다.

잠시 내려다보았다. 이 세계에 오고 약 반 년간 늘 내 옆에 있었던 남자를.

나를 놀라게 하고, 화나게 하고, 배신감에 젖게 하고, 두렵게 한 남자. 동시에 기쁘고, 부끄럽고, 또 감동하게 한 사람. 그리고…… 내가 사랑하는 남자.

나는 품에 넣어 온 봉투 하나를 루크레티우스의 머리맡에 놓았다. 이어 화장대에서 코트와 옷을 집어 들었다.

지구, 고향에서 내 몸과 기억 말고 내가 가져온 유일한 것. 그래서 정말로 귀하게 여겼었다. 다시 돌아갈 수 있게 되면 반드시 가져가리라 마음먹었다.

크렌시아 황궁으로 가며 두고 간 것은 본의가 아니었다. 에일 공작가의 사람들은 내가 공녀로서 제국에 바쳐지게 된다는 사실을 말해 주지 않았다. 그저 몇 시간 정도 걸리는 곳으로 손님을 마중 나가 주면 그만이라고 나를 속였다.

아예 이 성을 떠나야 하는 줄 알았으면 당연히 가져갔을 것이다.

에일 공작 일가가 옷을 처분했을까 걱정했는데 정말 다행이다.

나는 안도하며 옷을 품에 안고 방문을 나섰다.

불안감은 있었다.

품 안에 안았다 해서, 그 정도로 비나가 자신의 것이 된 것이 아니라는 자각이 있었기 때문이다. 이 세계의 여느 여자들과 달리, 몸을 품었다 해서 그 영혼까지 가질 수는 없는 여자였다.

그렇기에 더더욱 귀중하고 또한 사랑스럽지 아니한가.

한편 그 사실이 차라리 저주스러워지려 했다.

부상의 여파에서 아직 회복되지 못한 몸으로 긴 여행을 견딘 덕분일까? 잠들지 않으려 애를 썼으나, 결국 까무룩 눈꺼풀에 지고 말았다.

번개가 치듯 정신이 들었을 때, 그는 자신의 품 안이 비어 있음을 깨달았다. 그대로 벌떡 몸을 일으키며 외쳤다.

“비나!”

그리고 머리맡에 놓인 편지 봉투를 발견했다. 잡아 뜯어 내용물을 확인했다.

그가 예상하거나 두려워한 것처럼, 안에 든 것은 비나가 떠나겠다고 말하는 편지가 아니었다. 안녕을 고하는 마지막 인사가 아니었다.

거기서 나온 것은 성녀 이즈비타가 비나에게 보낸 서한이었다.

과거 비나처럼 이 세계로 떨어진 이방인에 관한 정보.

그리고 보름달이 뜨는 때마다 열린다는 문.

그 문을 넘어 사라졌다는, 과거의 한 여인.

루크레티우스의 머릿속에서는 검은 머리를 가졌을 여인의 뒷모습이 비나의 그것으로 바뀌어서 떠올랐다.

그는 참지 못하고 외쳤다.

"비나!"

"비나……."

그녀의 이름을 부른다.

"비나!"

쥐어짜 내듯, 비명처럼, 그녀의 이름을 거듭해서 되뇌었다.

지금 그가 찾고 있는 것이 누구인지 스스로에게 다시금 되새김하려는 듯.

입에서 단내가 난다. 비나가 방을 나가고 시간이 얼마나 흘렀을까? 그녀는 대체 언제 방을 나선 것일까? 그 문이라는 건 대체 언제까지 나타나 있는 건가?

수많은 생각들이 그를 괴롭혔다. 루크레티우스는 소란스러운 머릿속을 비우려 애쓰며 험난한 숲길을 걸었다.

발아래에 썩은 가랑잎이 바스라들고 가는 나뭇가지가 부러지는 소리가 울렸다.

하늘을 올려다보았다. 저주스러운 보름달이 그 풍만한 몸체를 드러내고서, 하늘 한가운데를 고고히 지난다.

숲 안을 헤맨 지 벌써 몇 시간이 흐른 것인지 모르겠다.

불현듯 성녀의 서한에 적힌 내용이 떠올랐다.

문 너머로 사라진 검은 머리의 여인. 그리고 일생동안 그 여인을 그리워하다 숲에서 사라져 버렸다는 사내.

꼭 지금 그들의 모습 같았다.

그 사내는 결국 어찌된 것일까? 그 여인이 다시 돌아오기만을 바라다 죽어 넘어져 숲 어딘가에 백골로 남은 것일까?

아니면 몇 안 되는 가능성에 매달려 그녀가 사라진 문을 향해 뛰어들기라도 한 것일까?

불길한 상상과 생각이 온통 머리를 가득 채운다.

그는 고개를 저었다.

"아니, 아니야. 그렇게 두지는 않아."

반드시 찾아낼 것이다.

찾아내서…… 어떻게 하지?

분명히 그녀에게 약속했다. 고향으로 돌아가는 것을 도와주겠다고. 그녀를 마음에 품은 뒤에는, 그녀 스스로 선택할 수 있는 기회를 주겠다고. 그녀가 고향에 돌아가겠다 하면 적어도 이를 적극적으로 막지는 않겠다 말한 것이나 다름없다.

그때는 자신이 있었다. 그녀가 결국은 그를 선택하리라고. 그리고 지금은…… 그렇게 말한 과거의 자신을 죽이고 싶은 기분이었다.

그는 자신이 얼마나 흉하고 집착이 심한 괴물인지를 잘 알았다.

방심했던 거다. 왜냐하면 정말로 그녀가 자신의 고향으로 돌아갈 가능성이 만에 하나라도 있을 리 없다고 생각했기 때문이다. 그래서 마음을 놓고 있었다.

도망칠 길이 없으니, 침착하고 참을성 있게 기다리면 되리라 여겼다. 참으로 어리석고 또 한가로운 생각이다.

손안에 들린 검이 그에게 속삭였다.

'찾아. 찾아서 영원이 네 것으로 하는 거야.'

'도망치지 못하게 해야지. 시체로 만들면…… 도망치지는 못하겠지만, 나를 사랑하지도 못하겠지. 그렇다면 발목을 자를까?'

'아냐, 그 예쁘고 가는 발목을 영영 없앨 수는 없어.'

'상처가 최대한 남지 않도록, 힘줄만을 자르는 거야.'

그는 머릿속에서 솟아나는 괴물의 속삭임을 애써 눌렀다.

그녀는 아마도 모를 것이다. 그가 얼마나 흉하고 피 냄새 나는 짐승인지.

알지 못하였으니 감히 도망친 것이겠지.

새처럼.

두 날개를 펼쳐 자유롭게 날아가 버릴 것이다.

그녀에게 준 새로운 빌레네 공자의 인장을 곧이 둥지로 돌아오는 새로 한 것은 그 자신의 바람을 남은 것이었다.

그가 그녀의 둥지가, 횃대가 되면 되리라고 생각했다. 그래서 날아오르더라도, 결국은 그의 품으로 되돌아오기를.

그것이 가능하리라고 바보같이 믿었다.

그러나 그녀는 결국 날개를 펼쳤고, 날아올랐다.

다시 잡을 수 있을 것인가?

아니, 잡는다 해도 어찌할까?

정말로 운이 좋아, 그녀가 아직 문에 들기 전에 찾는다 쳐도, 어찌할까?

그대로 그녀의 손을 잡고 강제로 끌고 올까? 다시 돌아가겠다는 그녀의 의지를 막고서?

그녀의 한 세계를 강제로 빼앗아서?

그 원망과 절망을 일생동안 감당할 수 있을까?

다시 칼이 속삭였다.

'그렇다면 선택하게 해. 너를.'

'그 여자는 너를 사랑해. 그건 사실이지.'

'그러니 너 자신으로 협박하는 거야.'

'그녀가 문으로 뛰어들기 전에, 네 목숨을 걸고 말이야.'

솔직히 그녀를 다치게 할 수는 없었다. 그럴 자신은 없다. 아무리 확실하게 그녀를 손에 넣을 수 있다 해도, 그 몸에 상처 하나라도 낼 마음은 죽어도 생길 수가 없다.

그렇다면, 이것도 괜찮겠지.

그녀를 찾는다면, 그 앞에서 직접 이 몸에 칼을 박아 넣는 거다. 바로 사람을 불러 치료하지 않으면 안될 만큼 크게.

적극적으로 죽고 싶은 것은 아니지만, 그렇다고 죽는 것이 두려운 것은 아니었다. 그는 27년 동안 죽음을 베갯머리에 두고 살아왔다. 죽음 따위보다는 그녀를 영영 잃는 것이 훨씬 두려웠다.

잠에서 깨어난 뒤 빈 침대를 본 순간의 감각을 그는 도저히 잊을 수가 없었다. 그대로 바닥이 꺼져들어, 까마득한 무저갱으로 빠져드는 감각을.

그 지옥이 그녀 없이 보낼 생이라면, 생에 더는 큰 미련이 없는 것도 사실이다. 그렇다면 그녀의 앞에 내던져 나를 선택하지 않으면 죽으리라, 그리 도박을 해 보아도 좋으리라.

잃을 것보다 얻을 것이 몇 배는 컸다.

아니, 잃을 것은 아무런 의미 없는 것이나, 얻을 것은 그의 세계였으므로.

그는 결심을 내렸다.

머리가 복잡하게 도는 동안 다리 역시 부지런히 움직였다. 거친 나무 등걸을 오르고 미끄러운 낙엽 위를 걸었다. 다리 근육이 비명을 지를 즈음, 그는 마침내 보았다.

하늘에 구멍이 뚫려 있었다.

그곳으로 달빛이…… 달빛이 잡아먹히고 있었다.

동시에 무언가 매캐한 냄새가 풍겼다.

본능적으로 눈치챘다. 저곳이다. 저곳에, 무언가 이상 현상이 벌어지고 있다.

그는 내달렸다.

이미 숨이 턱까지 차올라 있었다. 아직 부상에서 다 회복하지 못한 몸은 자신을 혹사시키는 주인을 원망하며 비명을 내질렀다.

그러나 그는 이조차 제대로 느낄 정신이 없었다.

그는 마침내 눈에 담는데 성공했다. 숲의 가운데 뚫린 거대한 공동. 그 앞에 선 여인의 뒷모습을.

하늘에서 내리비치는 달빛은 보름답게 더없이 밝았다. 그러나 그 빛은 모든 것을 집어삼키는 땅 위의 검은 달에 빨려 들어가고 있었다.

그 쏟아지는 달빛의 폭포와, 빛 아래 펼쳐진 거대한 절망의 무저갱 앞에, 그의 여인이 서 있었다.

검은 머리카락이 달빛 아래 나부꼈다.

성녀의 서한을 봤을 때 떠오른 장면이 그의 머릿속을 지배했다.

자신을 이 세계로 데려온 문 앞에 선 여자.

뛰어들려는 여자를 막기 위해 달리는 남자.

그러나 여자는 조금의 망설임도 없이 그곳으로 뛰어든다.

남자의 손아귀 사이로 안타깝게 빠져나가는 검은 머리카락을, 그 절망적인 문이 집어삼킨다.

그 광경이, 마치 누가 그의 상상을 훔쳐보고 똑같이 그려 놓기라도 한 것처럼 눈앞에 펼쳐져 있었다.

루크레티우스는 폐를 쥐어짜 외쳤다.

"비나!"

여전히 두 다리는 그녀를 향해 달리고 있었다. 두 팔은 들고 있던 검조차 내던진 채, 그녀만을 향해 뻗어 있었다.

"가지 마!"

절규처럼 파편화된 단어가 이어졌다.

"날 버리지 마!"

마지막 말이 끝맺음과 동시에, 그는 품 안에 여인을 끌어안을 수 있었다. 익숙한 체온이 주는 안도감에 순간적으로 다리가 꺾일 뻔했다.

그는 자신의 목숨이나 마찬가지인 이름을 다시금 속삭였다.

"비나."

여자는 천천히 고개를 돌렸다. 루크레티우스는 보았다.

그녀의 눈에서는 한줄기 눈물이 흘러내리고 있었다.

"비나?"

그는 전혀 예상하지 못한 것을, 자신이 끌어안은 여인의 발치에서 보았다.

매캐한 냄새가 다시 코를 찌른다. 무언가가 여인의, 비나의 발치에서 타오르고 있었다.

루크레티우스는 그곳으로 시선을 돌렸다. 품 안에 그가 그토록 간절히 찾아 헤맨 여인이 안겨 있기에, 안도하고 그쪽으로 주의를 돌릴 수 있었던 것이다.

비나의 발치에서 타오르고 있는 것은 그도 아는 물건이었다. 오늘 저녁 무렵 그녀가 직접 자신이 지내던 방에서 찾아 보여 준 그것.

그녀가 고향에서 입고 왔다는 옷.

그것이 비나의 발 앞에서 타들어 가고 있었던 것이다.

루크레티우스는 한참을 망설이다가 간신히 입을 뗄 수 있었다.

"어째서?"

"……."

비나는 대답하지 않았다. 그저 시선을 들어 그들 앞에 펼쳐진, 달빛마저 집어삼키는 거대한 구멍, '문'을 바라보고 있을 뿐.

그녀의 시선이 거기 닿자, 루크레티우스는 비나를 안은 팔에 더욱 힘을 주었다. 당장에라도 그녀가 그의 손길을 뿌리치고 뛰어들지 않을까 걱정되었던 것이다.

언젠가 이 숲에서, 검은 머리카락을 가진 다른 여인이 그랬던 것처럼.

그들이 망부석처럼 선 동안에도 시간은 쉼 없이 흘렀다.

어둠은 짙어졌다가 천천히 푸른빛으로 물든다. 달은 천궁의 중심을 지나 이울기 시작한다.

달빛이 새벽의 공격을 받아 약해지기 시작하자 그들의 눈앞에서 아가리를 벌린 검은 구멍 역시 조금씩 색이 옅어지며 줄어들고 있었다.

그동안 비나의 발치에서 타오르던 옷은 검은 잿가루가 되었다.

달이 완전히 이울었으나 아직 태양은 뜨지 않은 시각. 밤도 아침도 아닌 온전한 새벽만의 시간.

마침내 비나는 입을 열었다.

"들어갈 수 없었어."

"……."

뭐라고 대답해야 할지 알 수 없었다.

대답을 원한 것은 아닌 듯, 비나의 목소리는 끊임없이 이어졌다.

"당신은 화낼지도 모르지만, 사실 처음부터 들어갈 생각은 없었어. 그런데도 당신 옆에 그런 편지를 두고 온 건…… 그래, 당신이 날 쫓아올지 보고 싶었던 것뿐이야."

그 목소리가 조금씩 젖어들고 있어, 루크레티우스는 참지 못하고 여인을 안은 손에 힘을 주었다.

"비나."

"난 이기적이고, 짜증나게 이성적인 인간이거든. 저걸 정말로 눈앞에서 보고 나니까 도저히 들어갈 수가 없어졌어."

흐리게 남은 검은 구멍은 여전히 위험스럽게 일렁이며 숲의 한구석을 물들였다. 그 주변만은 숲의 나무와 풀, 그리고 땅의 일부가 무언가로 잘라 낸 듯이 깨끗하게 사라져 있었다.

"저 속으로 뛰어들어도 살아서 집으로 갈 수 있을 것 같지가 않은걸. 게다가…… 저걸 건너온 사람 중 살아서 발견된 게 나 말고 딱 한 명뿐이라니……."

"……."

"갈 수 없는 게 당연하잖아. 난 겁이 많아. 저 너머에 있는 게 정말 내가 온 세계인 건지도 불확실한데 어떻게 뛰어들겠어! 난 죽고 싶지 않아! 그런데……."

"……."

"시체가 되어서 돌아가느니, 여기서 살아서 영영 돌아가지 못하는 게 나은 건 어쩔 수가 없는데. 그런데도……."

결국 참지 못한 오열이 터져 나왔다.

작게 남은 검은 구멍은 천천히 스러지며, 마침내 깨끗하게 사라졌다.

"어쩌면, 저 안에 무언가 비쳤다면 뛰어들었을지도 몰라."

그들의 눈앞에서 사라질 때까지, 그 검은 공동 안에는 비나가 그리워하는 고향의 모습은 비치지 않았다.

"아까 그 구멍에 우리 집의 모습이, 가족의 모습이 비쳤다면 아마 망설임 없이 뛰어들었을 거야. 아니, 그렇다고 해도 살아서 갈 수 있을지 알 수 없으니 뛰어들 용기는 없었을지도."

비나는 울음기 섞인 목소리로 낮게 자조했다.

"결국 난 이렇게 나약하고 비겁한 여자야."

"비나."

비나는 난폭하게 몸을 돌려 루크레티우스를 정면으로 보았다.

눈물 가득한 얼굴로 비명처럼 내질렀다.

"정말 저기로 뛰어들, 목숨을 걸 용기도 없었던 주제에 당신이 내가 가는 줄 알아도 쫓아오지 않을지도 모른다고 걱정했다고! 내 눈으로 보고, 확인하고 안심하고 싶었어."

"……."

비나는 다시 덧붙였다.

"난 이렇게 비겁하고, 겁 많고…… 또 이기적인 여자야. 그런데, 그런데도…… 다 알고서도 당신은 여전히 날 사랑한다고 말할 거야?"

그녀의 목소리는 절박하게 외치고 있었다.

'그렇다고 말해 줘!'

'내게 확신을 줘!'

루크레티우스는 미소 지으며 그녀의 입술에 자신의 입술을 가져다 대었다.

마치 어미 새가 새끼 새에게 애정 어린 키스를 주듯, 쪼는 듯 그녀의 입술과 이마, 코 끝 모든 곳에 키스를 날렸다.

"나는 기뻐, 비나."

"무엇이?"

"당신은 결국 나를 선택한 거야. 그렇지? 그런데 내가 어떻게 기뻐하지 않을 수 있겠어."

"아니야. 난 용기가 없었고, 겁이 많았던 것뿐이야."

루크레티우스는 고개를 저었다.

"이름도 잘 기억나지 않지만, 과거에 당신처럼 다른 세계에서 온 여자는 결국 뛰어들었다고 했지. 하지만 당신은 여기 남았어."

비나는 다시 자조했다.

"그녀는 용기가 있었고, 내겐 없었던 것뿐이지."

루크레티우스는 진심으로, 온 힘을 다해 비나의 말을 부정했다. 여기서 부정하지 않는다면 그는 결코 비나를 온전히 가질 수 없으리라. 그런 확신과 불안이 동시에 그의 안에 솟아올랐다.

"아니야. 그 여자는 이곳에 남아 살아갈 의미를 찾을 수 없었던 거야. 남자도, 아이도 그녀가 이곳에서 살아갈 이유가 되어 줄 수 없었던 거지. 그러니 미련 없이 뛰어들 수 있었고, 남자는 결국 막지 못했을 거야."

어림짐작에 불과하다. 막상 당사자들이 듣는다면 어떻게 그렇게 함부로 속단하느냐며 화를 낼 지도 모른다. 그러나 적어도 루크레티우스는 확신하고 있었다.

"……."

"당신은 저곳으로 뛰어들지 않았어. 그건 이곳에 미련이 있었고, 죽음보다는 삶을 더 원하여 남았다는 의미야. 그렇다면 그것보다 더 큰 고백이, 내게 큰 기쁨이 있을까?"

루크레티우스는 다시금 비나를 품 안에 안으며 속삭였다.

"내가 지금 얼마나 기쁘고 당신에게 감사한지 당신은 모를 거야. 당신은…… 지금 내게 생명을, 이 세계를 준 거야."

비나의 눈에서 다시금 눈물이 솟아올랐다. 루크레티우스는 그녀의 가슴에 직접 단어를 박아 넣으려는 것처럼 한 글자 한 글자 힘주어 말했다.

"그러니 지금부터 내가 그대의 세계가 되어 주겠어."

눈물이, 오열이 쏟아져 내렸다.

태양은 아직 뜨지 않은 시각. 다행히 그들을 훔쳐볼 이는 없었다.

비나는 처음으로 그 말을 입 밖으로 내어 놓았다.

"사랑해."

이제야, 긴 길을 돌고 돌아 그녀 안의 감정이 인정과 이름을 얻었다.

"이제 좀 진정이 돼?"

루크레티우스의 목소리는 꿀이 떨어질 듯 다정했다. 하긴 어린애처럼 우는 내게 무어라 험한 말을 하기도 멋쩍었을 것이다.

나는 간신히 고개를 위아래로 움직였다.

그의 품에 안겨서, 언젠가 내가 그에게 처음으로 의지할 수 있게 된 그날처럼, 아니 그날보다 몇 배는 더 길고 서럽게 울었다.

아무리 내 목숨을 걸고서 고향으로 돌아갈 시도를 할 수 없다고 이성으로 판단을 내렸어도, 감정은 달랐다.

그래도 전까지는 집으로, 가족들의 곁으로 돌아갈 수 있다는 희망이 남아 있었다.

이제는 그것마저 없다.

그래서였다. 내가 지구에서 가지고 온 유일한 물건인 옷을 여기서 태운 것은.

돌아갈 수 없게 된 고향에 대한 그리움과 가족에 대한 사랑에 슬픔과 마지막 인사를 보내기 위해. 그리고 어쩌면 그곳에서 내가 가졌을 수도 있었을 미래에 대한, 나 혼자만의 추도이기도 했다.

나를 강하게 끌어안은 루크레티우스의 품에서 빠져나왔다.

조금 전 문이 아직 열려 있었을 때, 루크레티우스는 내가 당장에라도 그의 품을 뿌리치고 그곳으로 뛰어들기라도 할 듯이 불안해하며 나를 놓아주지 않았다. 그러나 지금은 조금 망설이면서도 곧 팔을 풀어 주었다.

그대로 쭈그리고 앉았다. 조금 전 태운 옷의 재 앞에.

손으로 직접 그 옆의 땅을 파내기 시작했다.

잠시 멍하니 보던 루크레티우스도 옆에 쭈그리고 앉았다. 나를 도와 손으로 땅을 파기 시작했다.

다행히 이 숲의 흙은 오랜 기간 잎이 쌓여 썩어 만들어진 부엽토여서 파내기 어렵지는 않았다. 게다가 주기적으로 다른 세계와 이어지는 문이 열리는 곳이라 나무와 뿌리, 돌 등이 많이 빨려 들어가서 그런 건지, 땅 자체가 반쯤 파인 것이나 다름없는 상태였다.

그와 내가 부지런히 손을 놀리자, 결국 어렵지 않게 구덩이가 생겼다.

적당히 따스하게 식은 재를 구덩이 안으로 밀어 넣고 다시 흙을 덮었다.

저곳에서의, 지구에서의 나를 이곳에 묻는 것처럼.

꼼꼼하고 다정하게.

루크레티우스가 물었다.

"그러고 보면 당신이 침실에서 사라지고 바로 이곳으로 와서 옷을 태웠으면…… 내가 도착할 때쯤엔 이미 옷이 재가 되어 있었을 것 같은데 말이야."

"……."

나는 시선을 피했다.

"혹시 내가 오기를 기다렸다가 태운 거야?"

"……."

입이 찢어져도 진짜로 그랬다고는 말 못 하겠다. 쪽팔려서.

루크레티우스가 나를 부르며 달려오는 목소리를 듣고 그제야 옷을 태우기 시작한 건 사실이니까.

얼굴이 붉게 달아올랐다는 자각은 있었다. 그래서 그대로 고개를 숙인 채 재를 묻은 바닥을 팡팡 손바닥으로 때리며 고르고 있었다.

루크레티우스의 큰 손이 땅을 고르던 내 손등에 닿았다.

놀라 고개를 들자, 더없이 환한 미소로 가득한 그의 얼굴이 보였다.

루크레티우스는 그대로 내 손을 잡고 끌어올렸다. 절로 전신이 딸려 올라갔다.

그는 내 흙투성이 손에 조금의 망설임도 없이 키스했다.

그리고 속삭였다.

"이번에야말로 대답을 듣고 싶어."

"무슨 대답?"

루크레티우스는 내 앞에 무릎을 꿇었다.

나는 비슷한 상황이 얼마 전에 있었음을 기억해 낼 수 있었다. 베아트리체 황후의 석관 앞에서 그는 내 앞에 무릎 꿇고 청혼해 왔었다.

그는 조금 상기된 목소리로 다시 말문을 열었다.

"다시 한 번 그대에게 청혼하겠어. 크렌시아 제국의 황제로서가 아니라, 한 남자 루크레티우스로서, 한 여자인 비나에게."

"……."

그의 입술이 열렸다. 그의 감정이 그대로 구체화된 단어들이 내게로 쏟아져 내렸다.

"나의 아내가 되어 주겠어?"

나는 엉망이 되었을 것이 분명한 얼굴로 웃음을 터뜨렸다.

아아, 울다가 웃으면 안 된댔는데.

나는 평소의 그처럼 장난기 가득한 목소리로 핀잔을 주었다.

"세상에 어떻게 이렇게 로맨틱과는 거리가 먼 남자가 또 있을까. 저번에는 영묘에서 청혼하더니, 오늘은 반지도 꽃도 없이 청혼인 거야?"

루크레티우스는 더없이 뻔뻔하게 말을 이었다. 정말로 그다운, 지나치게 잘 어울려서 얄미운 매끄러운 말들이었다.

"나의 존재 자체가 맹세의 반지 대신이고, 당신이라는 꽃이 있으니 굳이 다른 꽃이 필요할까? 이 자리는 우리 둘만으로도 완전하고 충분해. 그러니 대답을 주지 않겠어?"

"……."

"나의 아내가 되어 주겠어? 그래서 일생을 나와 함께 이 세계에서 살아가 주겠어?"

나는 고개를 끄덕이며 그의 품으로 뛰어들었다. 내 목소리는 거의 울먹일 듯이 젖어 있었다. 내용과는 달리 말이다.

"그래. 내가 아니면 당신 같은 인간을 대체 누가 감당해 주겠어."

그와 나의 입술이 다시금 맞닿았다.

그대로, 햇살이 동쪽 하늘에 떠올라 우리의 머리 위를 축복하듯 뒤덮을 때까지 그도 나도 떨어지지 않았다.

마지막으로 그 난리를 치른 뒤는 더없이 평온했다. 빌레네 공국의 성에서 예정대로 이레 동안 쉬다가 다시 황도로 돌아갔다.

그곳에서의 일주일은 사실상의 신혼여행과 비슷한 느낌이었다. 이곳에는 신혼여행의 개념이 없었기 때문에, 내가 그 이야기를 하자 루크레티우스는 매우 깊은 관심을 보였다.

"그건 매우 좋은 제도로군."

나는 성의 구석에 퐁퐁 솟는 차가운 샘물에 발을 담그고 대답했다.

"그렇지. 그런데 여기서는 좀 무리일 것 같아."

"어째서?"

나는 가볍게 웃어 보였다.

"우리가 신혼여행 가겠다고 했다간, 재상이 과로에 지쳐서 반란을 일으키지 않을까?"

루크레티우스는 부정하고 싶어 했지만 순순히 인정할 수밖에 없었다.

"음. 확실히…… 가능성이 있군. 그리고 코르넬리우스가 반란을 일으키려 들면 카틀레야 때보다도 더 위험해."

나는 덧붙였다.

"그러니 여기서 충분히 즐기다 가자."

"하지만 아쉽긴 하단 말이지……."

이곳에서 여유롭게 둘만 있는 생활을 해 보니 더욱 그러한 모양이다.

루크레티우스는 정말 많이 아쉬운 것 같았다. 무언가 골똘히 고민에 빠진 그에게, 나는 키득대며 물장구를 쳐서 차가운 물방울을 마구 튕겨 주었다.

"어!"

나는 당혹한 그를 보며 깔깔거리며 웃었다.

그는 도망치려는 나를 한 손을 뻗어 단번에 안아들었다. 능숙한 어부가 물고기를 단번에 건져 올리는 듯했다. 그리고 그대로 성큼성큼 움직이기 시작했다.

그가 향하는 곳은…… 성 안쪽이다. 그 안에는 침실이 있다.

나는 얼굴을 붉힌 채 외쳤다.

"지, 지금은 대낮이야!"

그러자 그는 뻔뻔하고 단호하게 말하다

"이건 국가적인 중대사야."

"뭐가?!"

"돌아갈 때는 후계자를 데리고 가야지."

나는 견디지 못하고 외쳤다.

"이 짐승!"

이레간의 달콤하고도 짧은 휴식이 끝나고, 그와 나는 다시 마차로 일주일을 달려 제도 크렌시아로 귀환했다.

몰려나와 나와 그를 맞이하는 익숙하고도 반가운 얼굴들을 마주하며, 나는 정말로 새삼스럽게 깨달았다.

이제 나는 이곳에서 이들과 함께 살아가는 것이다.

등 뒤에서 루크레티우스가 다시금 끌어안았다.

나는 마음속으로 조금 전의 생각을 정정했다.

아니, 이 남자와 함께 살아갈 것이다.

모두가 한목소리로 외쳤다.

"귀환을 경하 드립니다. 황제 폐하."

루크레티우스가 빌레네 공국으로 떠나기 전에 내려놓은 칙령이 있었다. 그것은 그와 내가 탄 마차가 출발하고 얼마 뒤에 공표되었고, 황제의 명에 따라 재상의 주제로 열린 추밀원 회의에서 만장일치로 통과되었다 했다.

폐위된 태후 카틀레야의 반란 때 내가 세운 공과, 그 뒤에 부상 중인 루크레티우스를 대신해 국정을 맡았던 공 덕분이라 했다.

그 결과, 재상을 위시해 우리를 마중 나온 신료와 귀족들은 나를 이렇게 부르며 맞이했다.

"경하 드립니다. 황후 폐하!"

21. 이 세계의 황후

21. 이 세계의 황후

사실상 그와 나의 결혼식이라 할 수 있는 황후 대관식은 귀환하고 2달 후로 결정되었다.

대관식에 앞서 나는 거처를 황비궁에서 황후궁으로 옮겼다. 사실 내가 루크레티우스와 빌레네 공국에서 지내던 사이에 이미 시녀들에 의해 모든 짐이 옮겨져 있었다.

카틀레야가 떠난 지 아직 1년도 채 지나지 않았다. 내가 황궁에 처음으로 발을 들였을 때, 그녀는 이 황후궁의 주인이었다. 그때 나는 몇 개월 후 내가 이 궁의 주인이 되리라고는 상상도 하지 못했었다.

황후궁은 황제의 침전이 있는 본궁과 나란히 위치한 곳으로, 황궁 내에서 가장 핵심적인 자리에 위치한 가장 크고 화려한 건물이었다. 황궁 안의 내정을 다스리는 것은 황후 고유의 권한이기에, 황후궁의 규모 자체는 오히려 황제의 본궁보다 컸다.

한 번 불에 타는 수난을 거쳐 단단히 공사를 한 황후궁이었다. 그런데 내가 황궁을 비운 약 2주 정도의 기간 동안 또 완전히 바뀌어 있었다.

놀란 눈으로 황후궁의 푸른색 외벽을 바라보자, 루크레티우스는 마치 칭찬받기를 기다리는 강아지처럼 물었다.

"어때, 마음에 들어?"

"설마…… 그 2주간 외벽을 새로 칠하고 수리까지 한 거예요?"

주변에 있는 시녀들의 얼굴이 싱글벙글했다. 그들도 내게 칭찬을 기대하는 것 같아 보이는 건 착각일까?

"엄청난 예산이 들었을 텐데."

언뜻 보기에도 외벽 전체를 칠한 푸른색은 보통 안료로 한 것이 아닌 듯했다. 짙은 푸른색 사이로 사금이 뿌려진 것처럼 반짝거리는 빛이 너무나도 아름답다.

루크레티우스는 자랑하듯 대답했다.

"청금석을 원료로 하는 안료를 써서 칠했지. 그대와 가장 잘 어울릴 색으로 내가 신경 써서 골라 명령해 놨어."

나는 다시 눈을 동그랗게 뜨고 물었다.

"청금석이면…… 진짜 황궁 예산 괜찮은 거예요? 황비궁에 배정된 예산은 빈민 구제소 쪽으로 돌려서 남은 게 없을 텐데."

루크레티우스는 보란 듯 내가 원하는 대답을 들려주었다.

"걱정 마시길, 나의 황후 폐하. 이번 반란에 관련된 이들의 재산을 몰수했는데, 그 예산 중 극히 일부만 쓴 것뿐이야."

나는 밝은 얼굴로 고개를 끄덕이며 그의 머리를 쓰다듬어 주었다.

"잘했어요."

막 황후궁으로 들어가려는 찰나였다. 루크레티우스가 나를 기습적으로 안아 올렸다.

"꺅!"

루크레티우스는 내 이마에 키스하고 날 듯이 황후궁 안으로 들어갔다.

그리고 그날은 황후궁 외벽을 새로 칠한 것 외에는, 시녀들이 침실을 얼마나 정성들여 꾸며 놓았는지밖에 확인하지 못했다.

솔직히…… 침대 한가득 뿌려 놓은 장미꽃잎은, 꽤 많이 부끄러웠다.

크렌시아 제국의 황후 대관식에는 응당 대륙 내 모든 국가에서 최고 수준의 사절을 보내 온다.

그 대관식이 보름 남은 시점이었다. 다른 국가의 사절들보다 훨씬 빨리 제노아의 사절이 도착했다. 사절단의 대표는 이번에도 제노아의 1왕자 이지드였다.

이지드는 도착하자마자 황제의 집무실에서 황제를 알현했다. 그는 이번 대관식을 축하하는 선물을 직접 들고 루크레티우스에게 예를 올렸다.

"황제 폐하를 뵙습니다."

"오래만이오, 이지드 왕자."

의례적인 인사가 서로 오간 뒤, 이지드는 들고 온 상자를 루크레티우스 앞에 내려놓았다.

"지난번에 약속드린 그것입니다. 황후 폐하의 대관식을 경하 드리며 부왕께서 제국에 보내시는 선물입니다."

루크레티우스는 만족스럽게 웃으며 상자를 열었다.

그 안에 든 것은, 마치 창공의 심장을 따로 떼어 놓은 것 같은 짙푸른 다이아몬드였다.

루크레티우스는 장갑 낀 손으로 그것을 들어 올렸다.

그의 손가락 사이에서 수백 년 전 최고의 장인이 혼신의 힘을 다해 수백 개의 면을 깎아 내었다는 푸른 보석이 눈부신 빛을 사방에 난반사했다.

루크레티우스는 대륙에 이름 높은 보석의 이름을 속삭였다.

"여신의 푸른 눈물."

제노아 국왕의 왕관에 박힌 보석으로, 그 나라의 국보 중 하나이기도 하다. 상징성으로는 제노아 국왕의 흑철검에 비하면 떨어지지만, 그렇다 하여 보석의 귀함에 손색이 생기는 것은 아니다.

그 귀하디귀한 보석이 루크레티우스의 손에 넘어온 것이다. 그는 만족스런 얼굴로 이지드 왕자를 상찬했다.

"왕자가 꽤나 애를 썼겠군. 감사하오."

"별말씀을. 부왕께서 결단을 내리신 것이지요."

"그대의 설득이 아니었다면 제노아의 국왕도 이것을 내주지는 않았겠지. 내 감사하고 있소. 응당 그대에게는 제대로 대가를 치르리라."

이지드는 의미심장하게 웃었다.

"감읍합니다, 폐하."

루크레티우스는 지나가는 듯이 말했다.

"어쨌든 이걸로 현 국왕이 제위하는 동안, 그리고 그 뒤를 이어 그대가 왕위에 있는 동안은 제국의 칼날이 제노아를 향하는 일은 없을 거요."

"부왕께서는 더없이 기뻐하실 겁니다."

루크레티우스는 그리고 갑자기 생각났다는 듯이 물었다.

"그러고 보니 이지드 왕자께는 부인이 있으셨던가?"

두 사람 모두 이것이 무슨 문제를 논하는 것인지 알았다. 그러나 이지드 왕자는 그것을 겉으로 드러내지 않고 사실만을 답했다.

"불행히 재작년에 아내를 잃었습니다. 난산이었지요."

"저런, 그럼 아이는?"

"아이 역시 태어나자마자 함께 세상을 떴습니다."

루크레티우스는 쯧쯧 혀를 차더니 사과했다.

"이런, 내가 슬픈 과거사를 무심하게 건드려 버렸군."

"아닙니다."

겸양하는 이지드에게 루크레티우스는 무심히 말을 던졌다.

"아, 시간이 되면 황녀궁에도 한번 들르시오. 지난번에 안면을 튼 클로디스가 약혼녀인 릴리아나를 만날 겸 들어와 있으니. 그리고 로젤리아도 아마 왕자를 만나면 반가워할 거요."

"감사합니다."

루크레티우스는 한가롭게 떠올렸다.

이지드 왕자와 로젤리아 황녀의 나이 차이는 띠 동갑을 넘는다. 그러나 그런 결혼이 드문 것도 아니고, 로젤리아 본인이 딱 한 번 본 이지드의 껍데기에 홀딱 반해서 상사병을 앓을 지경이라니 상관없을 것이다.

적통 황녀를 이지드에게 시집보내는 것으로 제노아가 국보를 양보한 일에 보답하고, 나아가 이지드가 코로넬과 반대 노선을 택하여 친제국파로서 장차 제노아의 왕위를 이어받게 하는 일도 충분히 가능하리라.

루크레티우스는 미소 지으며 손안에서 빛나는 보석을 내려다보았다.

마치 그녀와도 같은 보석.

이것을 제때 얻게 해 주었으니 그 정도 배려를 해도 좋으리라.

"비나?"

그가 침실에 들었을 때, 비나는 베개를 안고서 집 속으로 기어 들어간 달팽이처럼 이불 속에 숨어 새근새근 잠들어 있었다.

그가 불러도 깨지 않고 깊이, 아주 달게 잔다.

여행이 끝나고 바로 황후로서 업무를 맡으면서 대관식 준비로도 바빴다. 그 때문에 많이 피곤했던 모양이다.

루크레티우스는 깊이 잠든 비나의 옆에 들고 온 상자를 내려놓고 그녀의 옆모습을 차분히 내려다보았다.

분홍빛으로 물든 뺨이 더없이 사랑스럽다.

그는 더는 참지 못하고 그 뺨에 입술을 댔다. 달큰하고 부드러운 살갗이 와 닿았다. 어쩐지 평소보다 살짝 체온이 높은 것 같은 기분이 들었다.

"음?"

설마 몸이 진짜로 안 좋은 건가?

그가 진심으로 걱정하시 시작하던 찰나였다. 비나의 눈이 반짝 떠졌다.

잠시 멍하니 깜빡이던 까만 눈이 곧 앞에 선 이를 알아보았다. 눈매가 부드럽게 휘며, 그를 보며 웃는다. 그 모습이 너무나도 사랑스럽다.

루크레티우스는 참지 못하고 다시 그녀의 이마에 쪼는 듯한 입맞춤을 계속해서 떨어뜨렸다.

도저히 그리하지 않고서는 견딜 수가 없을 정도로, 품 안에 남아준 그의 세계가 사랑스러웠던 탓이다.

"루크?"

"응."

피곤해하는 것 같으니 이대로 자게 둘까 하는 생각이 들었지만, 오늘만은 잠시 수면 시간을 뒤로 늦추게 하고 싶었다.

그녀를 위해 꽤나 공들인 선물이 드디어 준비된 것이다.

미리 보석 크기에 맞추어 디자인과 세공, 장식을 수정하게 해 놓았던 것이, 오늘 바로 그 자리에 넣을 보석이 도착하여 드디어 완성되었다.

이지드에게 '여신의 푸른 눈물'을 받자마자, 루크레티우스는 그것을 들고 황궁의 공방으로 달려갔다. 그리고 긴장한 공인이 숨을 것 같은 표정으로 '이것'을 완성시키는 모습을 지켜보고 있다가, 막 완성된 것을 가져왔다.

루크레티우스는 비나가 천천히 몸을 일으켜 베드 헤드에 등을 기대고 앉자, 그녀의 두 손 위에 상자를 올려 주었다.

비나는 고개를 갸웃했다.

"이게 뭐야?"

루크레티우스는 말없이 고개를 들어 보였을 뿐이다.

열어서 직접 확인하라는 뜻이 명확해서, 비나는 고개를 갸웃하면서 꽤 큼직한 상자를 열었다. 그리고 그 안에 든 것의 빛이 눈에 들어온 순간 말을 잃었다.

"이, 이건……."

비나의 두 눈이 떨렸다.

눈이 멀어 버릴 듯 아름다운 빛깔을 내뿜고 있는 것은, 화려하고 우아한 세공으로 만들어진 제국 보관이었다.

오로지 황후만이 쓸 수 있는 보관.

그녀는 이 관의 모습을 이미 알았다. 루크레티우스의 대관식 때 이 보관을 손에 들고서 황후 대행으로서 참여했었다. 그러나 보관은 그때 그녀가 보았던 보관과는 조금 모양이 달랐다. 제국 창건부터 그 역사를 함께했다는 보관을 고칠 생각을 한 이유는 역시 그 심장부에 새로이 끼워진 보석 때문일 것이다.

비나는 이미 아는 그 이름을 중얼거렸다.

"여신의 푸른 눈물……."

직접 본 적은 없으나, 그 외의 다른 다이아몬드가 이런 찬연한 빛을 낼 수 없으리라.

비나는 울컥한 얼굴로 루크레티우스를 올려다보았다.

"어떻게 이걸?"

루크레티우스는 어깨를 으쓱해 보였다.

"좀 고생을 하긴 했지. 아, 그렇다고 해서 전쟁 같은 것으로 빼앗아 온 건 아니야. 전쟁 벌일 시간 없는 건 당신도 알잖아?"

"그건…… 그렇지만…… 그래도 어떻게 이걸……."

감동이 가슴에서 치받아 올랐는지, 비나의 목소리가 약간 떨렸다.

루크레티우스는 아무렇지도 않다는 듯이 말했다.

"오히려 전쟁하지 않는 대가로 선물 받은 것에 가까워. 게다가…… 양국 사이에 곧 좋은 일도 있을 거고."

"좋은 일?"

"그래. 일전에 당신이 말해 줬잖아? 로젤리아가 이지드 왕자를 한 번 보고 첫눈에 반해서 상사병에 걸릴 지경이라고."

"아!"

"당신의 대관식이 끝나면 정식으로 약혼을 공표할 생각이야. 물론 로젤리아가 아직 어리니 몇 년 더 있어야 정식으로 국혼을 할 수 있겠지만."

"그걸로…… 제노아에서 이걸 양보했다고?"

루크레티우스는 고개를 끄덕였다.

"제국의 적통 황녀를 혼인을 통해 내보낸 전례가 지금까지 없어. 이번 혼례는 그 첫 예가 되겠지. 덤으로 로젤리아의 황위 계승권은 따로 박탈하지 않고 혼인시키기로 한 거니, 나와 당신 사이에 아이가 없을 경우에는 제노아에도 제국 황위 계승권 일부를 얻을 기회가 주어지는 셈이야. 그쪽에서도 손해 볼 건 없는 혼사지. 물론 빌리아나가 제국 내 귀족과 혼인할 예정이라 가능했지만.”

“…….”

비나의 두 뺨이 살짝 상기되었다.

루크레티우스는 상자 안의 보관을 내려다보다가 비나의 뺨에 다시 키스했다.

“역시 열이 있군. 쉬는 게 좋겠어. 선물을 빨리 보여 주고 싶어서 깨웠는데, 내 욕심 때문에 힘들게 한 것 같아. 이걸 씌워 주는 건 대관식 날에 할 터이니 일단은 좀 쉬도록 해.”

루크레티우스는 그대로 비나를 안아서 침대 위로 눕혔다. 평소 장난스럽던 태도와는 달리, 마치 손안의 깃털을 대하듯 조심스러운 태도다.

비나는 그런 그를 사랑스럽다는 듯이 바라보았다.

“나도…… 선물이 있어. 당신에게 줄 선물이.”

루크레티우스의 얼굴에 의아함이 어렸다.

“응?”

비나의 두 팔이 루크레티우스의 손을 감싸 안아 당겼다. 그리고 그녀가 이끈 그의 손은 자연스럽게 비나의 아랫배에 닿았다.

“여기에.”

“뭐?”

비나는 참지 못하고 웃음을 터뜨리고 말았다. 되묻는 루크레티우스의 얼굴이 평소의 얄미울 정도로 영특하던 표정이 아니었기 때문이다.

마치 바보처럼 ‘뭐?’라고 말하며 되묻는 루크레티우스의 얼떨떨한 표정은 정말로, 귀여워 보였다.

비나는 루크레티우스의 목을 끌어안으며 낮게 웃었다.

"아니, 이건 당신이 내게 준 선물인 건가?"

"……어?"

여전히 평소의 그가 맞나 싶을 정도로 얼떨떨해하고 있는 루크레티우스에게 비나는 다시금 속삭였다.

"고마워. 그리고 사랑해."

비나는 이제 자신의 발아래 단단한 땅이 늘 그녀를 받치고 있음을 이해했다.

그렇다. 그녀는 이제 이곳에서, 그의 곁에서 함께 살아갈 것이다.

그의 세계에서, 그리고 이제 그녀의 세계가 될……

이 세계에서.

"와아아아아!"

"황제 폐하, 황후 폐하!"

"만세를 누리소서!"

함성이 마치 대포 소리처럼 제도 안을 가득 채웠다.

그 함성에 둘러싸여, 나는 햇살의 흰 부분만을 녹여 뽑아 지은 듯 눈부신 하얀 드레스를 입고 군중 앞에 섰다.

옆에서 나를 에스코트하며 선 젊은 미남 황제는 마치 세상을, 세계를 다 가진 듯한 미소로 자신의 하나뿐인 반려를 바라본다.

바로, 나를.

누가 보아도 그 시선에 애정이 가득하다는 것은 분명했다.

절로 가슴 가득 행복감이 차오른다.

우리 모습을 신민들에게 환히 보여 주기 위해 제작된 흰 마차에 앉아 온 제도를 돌았다. 거리에 나온 신민들은 하나같이 함성을 질러 우리를 축복했다.

제도의 가게들은 오늘 하루만은 장사를 하지 않고, 빵과 술, 고기를 주변에 마음껏 나누어 주었다. 이 비용은 나중에 황궁에서 전부 주겠다고 공표되어 있었다.

이게 다 자비로운 황후 폐하께서 황궁 안살림을 맡으신 덕분이라며, 맥주잔을 든 사내들이 환호성을 울렸다 했다. 조금 민망하지만, 기쁨은 감출 수 없다.

따로 뽑힌 어린 소녀들이 손에 흰 꽃잎 바구니를 들고 주변에 마구 뿌리며 내달렸다.

마치 행복을 한 장면으로 만들어 놓은 듯한, 그런 날이었다.

마차는 제국 신민들에 둘러싸여 매우 천천히 나아갔다.

그리고 마침내, 제도 안을 겨우 한 바퀴 돌았다고는 믿어지지 않을 정도로 긴 시간이 흐른 뒤에, 대관식을 위한 재단과 보단이 마련된 제도 중앙 광장에 닿았다.

카틀레야를 비롯한 반역자들의 머리는 경사로운 날을 맞아 흉하다며 제도 밖으로 잠시 치워져 보이지 않았다.

광장 가운데 만들어진 희고 거대한 보단 위에는 두 개의 옥좌가 마련되어 있었다.

황제와 황후의 것.

거기까지 높이 드리워진 계단을, 나는 루크레티우스와 함께 한 발 한 발을 디디고 올라갔다. 그에게 의지하며, 그가 또 내게 의지하며.

조금의 뒤처짐도 먼저 나감도 없이, 우리는 함께 긴 계단의 끝에 다다랐다.

에오스 신궁에서 성녀가 직접 보낸 대주교가 은으로 만들어진 쟁반 위에 눈부시게 빛나는 황후의 보관을 올린 채 우리를 기다리고 있었다.

루크레티우스는 대주교에게서 황후의 보관을 받아들었다.

가운데에 박힌 푸른 다이아몬드가 눈부시게 빛났다. 마치 이날의 선명한 행복처럼.

나는 정해진 예식대로 루크레티우스의 앞에서 무릎을 꿇으려 했다. 내가 무릎을 꿇으면 황제가 관을 씌워 주는 것이 정식 절차다. 그런데 루크레티우스가 막았다.

"아니."

"응?"

당혹하여 올려다보자, 루크레티우스는 더없이 부드럽게 미소 지으며 나를 바라보고 있었다.

"이제 당신은 나의 아내니까. 세상 그 누구 앞에서도 그대가 무릎 꿇을 이유는 없어. 설사 그것이 내 앞이라 하더라도."

루크레티우스는 그대로 내가 서 있게 하고는, 머리 위에 그가 자신의 단 하나뿐인 여인을 위해 준비한 영광된 푸른 왕관을 씌워 주었다.

나를 위한, 오로지 나만의 왕관을.

우레와 같은 함성과 박수소리가 터져 나왔다.

"와아아아아!"

"경하 드립니다!"

"황제 폐하!"

"황후 폐하!"

광장에 몰려든 이들이 앞에서부터 천천히 무릎을 굽혀 자신들의 주군 부부에게 예를 표했다. 마치 파도처럼 예를 표하는 백성들의 모습은 가히 장관이었다.

그들이 외친 축복의 단어가 우리에게 쏟아져 내렸다.

"만세를 누리소서, 황제 폐하! 황후 폐하!"

루크레티우스는 진동하는 축복 속에서 나에게 속삭였다.

"나는 일생동안 당신만을 사랑하고, 당신의 세계를 살겠어. 당신도 그러해 주겠어?"

그렇다. 오늘은 곧 우리의 결혼식이다.

나는 고개를 끄덕이며 대답했다. 도저히 눈가에 차오른 눈물을 참을 수가 없다.

"응. 나도 일생을 당신을 사랑하고 당신의 세상 속에서 함께 살아갈 거야."

그렇다.

나는 이 세계에서 살아갈 것이다.

그의 세계에서. 나의 세계에서.

결국 선택한 것은 나 자신이었다.

계속 생각했던 것이 있었다. 이 세계에 떨어진 이후 늘 가졌던 의문.

—왜?

왜 하필이면 내가 이 세계에 떨어진 걸까?

이게 의미가 있는 걸까?

내가 태어나지도 않은 이 세계에서, 고향으로 돌아가지도 못하고 살다 죽는다면, 내 삶은 뭐가 되는 걸까?

의미가 있기는 할까?

지독한 두려움과 까마득한 절망감.

늘 시달려 왔다.

그러나 지금 이 순간, 비로소 나는 깨달았다.

그런 것은 아무래도 상관없는 것이었다. 의미 따윈 처음부터 없었다.

누구도 날 때부터 의미를 가지고 태어나지는 않는다. 결국 그 자신의 삶을 의미 있게 만드는 것은, 자기 자신의 선택과 의지일 뿐.

삶을 향해 눈이 가려진 채 떨어지는 처지는, 세상에 태어나는 모든 이들이 같았다.

태어나는 데 특정한 의미가 있는 게 아니라면 내가 이 세계에 떨어진 일 역시 그러하리라.

의미가 있다면, 그것은 내가 앞으로 직접 만들어 냈기에 가능한 것.

선택하고, 살아간 끝에, 그리하여 낯선 곳에 외따로 떨어졌어도 살아남아 행복을 잡는 것이, 곧 내가 살아 있다는 증거이자 의미가 될 것이다.

나는 그리 확신하며 미소 지었다.

루크레티우스 역시 마주 웃어 준다.

나는, 아니 우리는 확신했다.

이 맹세도, 그리고 축복도 미래에 진실로서 이루어지리라고.

우리가 그리하겠다 결심하였으므로.

-end.

후일담

그리하여 그들은 행복하게 살았습니다. 그리고?

옛이야기의 끝은 늘 같은 문구로 맺어지는 것이 보통이다. 어릴 때 읽었던 동화책이든, 혹은 청소년이 되어 두근거리며 읽었던 로맨스 소설이든. 이야기의 갈음은 한 문장으로 맺어진다.

그리하여 그들은 영원히 행복하게 살았습니다.

누구나 책을 펼칠 때에는 그러한 결말을 기대하며 첫 페이지를 읽기 시작하리라. 그러나 책에 쓰인 이야기가 끝난다 해서 주인공의 인생은 끝나지 않는다. 오히려 지나 온 시간과 남은 시간을 헤아려 비교하면다면, 이야기 안에 포함되지 않는 쪽의 시간이 더 길 것이다.

결국 진정한 시작은, 책의 마지막 장이 끝난 뒤부터인 것이다.

이 너무나도 당연한 사실을 루크레티우스는 새삼스럽게 자각했다.

결혼은 끝이 아니다. 시작이다.

임신 역시 그러하다. 뒤 이을 출산과 육아의 서막에 불과하다는 것을, 비나의 대관식이 끝나고 상황이 안정되기 시작하면서 깨달았다.

그렇다. 본론은 이제부터 시작이었다.

시작에 불과했다.

"그래서, 앞으로 얼마나 황후가 저리 힘들어 한다는 거지?"

루크레티우스는 로우손을 향해 하문했다. 심정 같아서는 버럭 소리라도 치고 싶었지만, 임산부인, 그것도 소중하기 짝이 없는 아내를 앞에 두고 화를 낼 수는 없었다. 누군가가 놀래서 임부가 아이를 잃었다는 이야기는 과장된 것이라고 생각해도 남편 입장에서는 신경이 아니 쓰일 수 없다.

로우손은 이미 그 하문을 지난 한 달 간 열 번 넘게 들어온 차였다.

황실의 건강을 책임지는 궁의라는 자리가 공으로 얻은 것일 리 없다. 실력은 기본이요, 그 못지않은 눈치와 정치적인 안목, 처세술이 있어야 자리를 지킬 수 있다.

그 눈치로 로우손은 굳이 루크레티우스가 저 질문을 몇 번째 하고 있는 것인지 지적하지 않았다. 그저 현명하게, 원론적인 답을 내놓았을 뿐이다.

“안정기가 된 뒤 4개월부터 많이 가라앉으시는 것이 일반적입니다.”

루크레티우스는 이미 몇 번 물었던 질문을 또다시 시작했다.

“일반적이라는 것은 절대적이라는 뜻이 아니지 않나? 내가 사만다나 아그네스에게 들으니 때로는 아이를 낳을 때까지 고생하는 이들도 있다 했어.”

“그렇기는…… 합니다만.”

“돌아가신 모후께선 나를 수태하셨을 때 거의 8개월까지 고생하셨다 들었다.”

로우손은 다른 예를 들어 지고한 제국의 주인인 동시에 사서 걱정에 빠진 남편이자 예비 아빠를 달랬다.

“제 아내는 4개월이 되자 딱 멎었습니다, 폐하. 체질마다, 사람마다 다른 것이니 너무 괘념치 마십시오.”

루크레티우스는 우울한 얼굴로 중얼거렸다.

“하나…… 벌써 한 달 가까이 황후가 저 상태가 아닌가.”

그가 내민 손이 가리키는 곳은 두 사내가 있는 황후궁의 가장 내밀한 침실, 그 중에서도 크고 화려한 침대였다. 길게 드리워진 천개 안쪽에는 조금 전까지 간신히 먹은 얼마 안 되는 식사를 모조리 토해내고 기진하여 늘어진 황후가 있었다.

침대 주변에는 시녀들이 우르르 몰려 임신 중에 힘들어 하고 있는 황후를 돌보고 있었다. 온갖 것이 황후에게 바쳐졌다. 입안을 깨끗하게 씻어 주는 과일주나, 멀리 루테나 산맥에서 난다는 탄산수. 양질의 밀가루를 소금과 물만으로 반죽하여 구운 작은 비스킷.

율리아는 자신의 이모가 임신 중에 도움을 많이 받았다고 들었다며, 특별히 부탁하여 가져온 진저에일을 권하고 있었다. 비나의 힘없는 목소리가 작게 울렸다. 알아듣기도 힘들 지경이었다.

더욱 애가 탄 루크레티우스는 목소리를 낮추어서, 그러나 한 자 한 자 힘주어 가며 죄 없는 로우손을 닦달했다.

"오늘은 간신히 입에 먹을 것을 대나 싶었더니 결국 다 토해 버렸어! 이미 4개월을 넘겼는데 아직도 저러지 않나! 이 상태로 반년을 어찌 더 버틴단 말인가! 궁의라면 마땅히 황후와 태중의 황손을 건강히 돌보는 것이 의무. 어떻게든 해 보란 말일세!"

마지막에는 목소리가 저절로 높아졌다. 그러자 침대 안에서 비나의 힘없는 목소리가 작게 울렸다.

사만다가 곤란한 표정으로 달려와 전했다.

"저어…… 황제 폐하. 황후 폐하께서 곁으로 와 주기를 청하십니다."

루크레티우스는 군말 없이 바람처럼 달려갔다. 천개를 열고 안으로 들어서자, 창백한 얼굴로 베개에 의지해 누운 비나의 얼굴이 눈에 들어왔다. 루크레티우스는 그 곁에 앉으며 물었다.

"괜찮아? 내게 하고 싶은 말이 있는 건가?"

비나가 가볍게 고개를 젓자, 근처에 시립해 있던 시녀들이 천개를 내리고 바로 물러났다. 시녀들과 궁의가 그들의 대화가 들리지 않는 곳까지 물러나고 나자, 비나는 입을 열었다.

아니, 이것은 정확한 표현이 아니다. 입을 열기 전에 손이 먼저 움직였다. 루크레티우스의 허리를 꼬집은 것이다.

"윽!"

"유난 떨지 마. 누가 들으면 죽어가는 줄 알겠어."

여전한 말에 잠깐 웃던 루크레티우스는 곧 미간을 일그러뜨렸다.

말꼬리가 마치 응달의 식물처럼 시들시들했다.

"당신이 꼬집는 힘이 너무 약해……."

"……."

비나는 그대로 손을 들어 저 인간의 등짝을 온 힘을 다해 후려갈기고 싶어졌다. 이 무슨 '늙은 부모님이 매를 치셔도 노쇠한 손이 더는 아프지 않아 슬프다'는 소리도 아니고!

조금만 힘이 더 있었다면 방 안에 시녀들과 궁의가 있는 데도 신경 쓰지 않고 등짝을 후려치고 말았을 것이다. 그러나 지금은 먹고 죽으려고 해도 힘이 없었다.

결국 할 수 있는 것은 입을 놀리는 것뿐이었다. 그녀가 가장 잘하는 것이며, 자신 있는 일이기도 하다. 그런데 솔직히 지금은 그것마저도 힘에 부쳤다.

"또 애먼 사람 잡지 말고."

루크레티우스는 진지하게 답했다.

"애먼 사람이라니. 황족의 몸 상태에 대해서는 마땅히 궁의에게 죄를 물어야 해."

비나는 흐리게 웃었다.

"애먼 사람이지. 이게 궁의가 제대로 진단 못해서 내가 아픈 것도 아니고 말이야. 그리고……."

비나는 지금도 힘없는 목소리는 더욱 낮게 낮추어 속삭였다.

"누구 덕분에 이 꼴인데. 당신이 로우손에게 화낼 자격이 있어?"

"……."

루크레티우스는 입이 있어도 할 말이 없었다. 사실이었기 때문이다. 비나는 그 모습을 보고 작게 웃다가 부탁했다.

"그러니까 괜히 애먼 로우손을 괴롭히지 말고 내 옆에 있어 줘."

"기꺼이. 나의 황후 폐하."

루크레티우스는 비나의 말대로 자신의 무릎을 그녀가 베고 누울 수 있도록 해 주었다. 그리고 시녀들이 가져온 얇은 부채로 비나의 머리 쪽을 가만히 부쳤다.

계절은 겨울을 지나 봄이 한창이었다. 꽤 더운 날씨라 올해 여름은 근 10여년 만에 지독히 더운 나날들이 되리라고들 말이 많았다. 그런 중에 임신까지 했으니, 비나가 힘들어하는 것은 당연했다.

할 수 있으면 대신해 주고픈 마음은 굴뚝같으나, 도저히 그리할 방법이 없어 안타까웠다. 그렇다면 하다못해 가능한 무엇이라도 해 주고 싶었다.

먹고 싶은 것이 있다면 대륙 전체를 탈탈 털어서라도 가져다 바치고 싶은 것이다.

그래서였다. 그가 지금부터 벌어질 험난한 가시밭길의 문을 스스로 여는 말을 던진 것은.

"뭐 먹고 싶은 건 없어? 이거라면 먹을 수 있을 것 같다든가, 그런 거."

비나는 잠시 우물쭈물했다. 그녀답지 않은 풀 죽은 행동이었다. 안 그래도 창백하고 기운이 없는데. 그녀를 보는 안쓰러움이 배가 되었다.

루크레티우스는 아내를 정성을 다해 달랬다.

"말해 봐. 내가 뭐라도 해 주고 싶어서 그래."

비나는 여전히 우물쭈물했다. 그러다 루크레티우스의 설득이 몇 번 끈질기게 이어지자 결국 이기지 못하고 답을 내 놓았다.

그리고 루크레티우스는 며칠도 못 지나, 이날 자신이 한 질문을 진심으로 후회하고 싶어지게 된다.

"그게……, 엄마가 끓여 준 *김치찌개*가 먹고 싶어."

단언컨대, 이 정도로 난이도 높은 과제가 그의 앞에 주어진 적은 일생을 통틀어 없었다.

루크레티우스는 폐위된 태후 카틀레야의 난 이후 최고로 진지하고 깊은 고민에 빠졌다. 아니, 어찌 보면 그때보다도 더욱 깊은 고민이었다. 비나의 목숨이 위험해진 순간을 제외하면, 이 정도로 진지하게 머리가 빠개질 기세로 깊이 고민한 적이 없었다.

때 아닌 지혜열이 날 것 같았다. 루크레티우스는 집무실에 홀로 앉아 자신이 적어 놓은 단어 무리를 내려다보았다. 어떤 맛일지, 어떤 외형일지 상상도 가지 않았다.

김치찌개. 김치를 재료로 육류나 어류의 살코기를 함께 끓여서 만드는 스튜의 일종인 듯하다. 맛은 맵고, 짜고, 시며 그러면서도 감칠맛이 돈다고 한다.

비나에게 들은 김치찌개라는 물건에 대한 정보들이다. 그로서는 실물도 전혀 본 적 없는 존재에 대한 것이라 전혀 감이 오지 않았다.

소금에 절인 야채처럼 늘어져 있던 비나는 순식간에 살아난 듯이 눈을 반짝거리며 설명했다. 입맛도 다셨다. 그걸 떠올리는 것만으로도 그 정도였으니, 실물을 눈앞에 가져다준다면 당장 기운을 차릴지도 몰랐다.

그는 의욕도, 능력도 있는 남자였다. 자신의 세계를 대신해 그를 선택해 준, 세상에 단 하나뿐인 여인이 그의 아이를 가지고 힘들어하며 먹고 싶다 말하는 것이다. 이 대륙 안에 있기만 하다면 대륙을 뒤집어 탈탈 털어서라도 가져다줄 수 있었다. 아니, 이 대륙에 없다면 정벌이라도 못 나갈 것은 없다.

그러나 문제는 제국 안이나 다른 대륙 수준이 아니라, 다른 세계에 있는 것들이라는 사실이다.

저걸 얻어오려면 에일 공국, 이제는 빌레네 공국이라 이름붙인 그곳에 달의 움직임을 따라 열리는 차원의 통로로 사람을 보내야 하리라. 살아서 갈 수 있을지, 살아 돌아올 수 있을 지도 불명확한 그 길로.

결국 불가능하다는 말과 같은 의미인 셈이다.

암담했다.

이 문제가 그의 눈앞에 던져지기 전까지는 모든 것이 불안하리만치 안정적이었다. 이제 루크레티우스의 황권은 반석위에 선 것이다.

태후 일파를 축출하여 반대파를 제국 내에서 뿌리까지 뽑아 버렸다. 그들의 재산과 영지는 대부분 국가에 귀속되어 루크레티우스 본인의 자산이 되었다. 이 일을 계기로 제국군 내에 남은 몇몇 유력한 장군들의 사병 역시 척결하는 데 성공했다.

게다가 최고의 황후를 맞았고, 곧 그녀에게서 적통 황손을 보게 되리라. 후계자 문제까지 안정된다면 그의 치세는 그야말로 탄탄

대로 외에 어떤 길도 남지 않게 된다.

……이 사태만 원만히 해결할 수 있다면 말이다.

루크레티우스는 다시금 진지하게 종이를 내려다보았다. 여전히 알쏭달쏭한 말들뿐이다. 일단 맛과 외형에 대한 설명을 들었으니, 제국 내의 최고의 요리사들을 불러 모아 이 비슷한 물건 정도는 만들어 낼 수 있을 지도 몰랐다.

그렇다. 이는 국가의 중대사였다. 황후와 후계자가 될 태중 황손을 위한 일인 것이다. 당연히 국가 중대사가 아닐 수 없다!

루크레티우스는 그렇게 자신을 정당화하며 황궁의 요리사들을 긁어모아 자신의 집무실로 불러들이기에 이르렀다.

그날 밤.

루크레티우스는 조심스레 황후궁으로 들어섰다. 시녀들의 고함은 전혀 없었다. 그도 그럴 것이, 침실의 문이 아니라 가끔 그가 이용하고는 하는 비밀통로로 숨어 들어왔기 때문이다.

그가 마치 도둑처럼 숨어든 아내의 침실은 더없이 고요했다. 그렇다고 인기척이 없지는 않았다. 오늘 아침에도 침대에 누워 시름시름 앓고 있던 비나가 간신히 잠들어 있었던 것이다.

루크레티우스는 손에 들고 있던 뚜껑 달린 쟁반을 사이드 테이블 위에 내려놓고 조심조심해서 침대 안쪽으로 들어갔다. 누가 본다면 남편이 잠든 아내 곁으로 다가간다기보다, 숨어 들어온 도둑이 고이 숨겨 둔 보물을 훔치러 접근하려는 것으로 보일 지경이다.

루크레티우스는 눈으로 짠 듯한 아름다운 문양의 레이스 천개를 들추고 그 안으로 들어섰다. 사각의 천으로 고이 덮여 가려진 너른 침대 위에 이 세상 전체와 맞바꾸어도 전혀 아깝지 않을 그의 보물이 잠들어 있었다.

그는 소리 내지 않기 위해 애쓰며 그녀의 곁으로 다가갔다. 어째선지 아침나절 보았을 때보다 더 해쓱해 보였다. 꿈자리가 별로 좋지 않은 것인지, 식은땀이 이마와 뺨 근처에 송글송글 맺혀 있다.

그것이 못내 안쓰러워 루크레티우스는 손등으로 가만히 식은땀을 훔쳐 주었다. 임신하면 체온이 올라간다 하더니, 과연 그러했다. 그의 손등에 닿는 비나의 살갗은 약간 열이 올라 있었다. 실제로 임신이 판명된 이후 비나를 끌어안으면 이전보다 더 따스함을 느끼고는 했다.

날도 풀리는 시점에 그녀의 몸이 점점 따스해져 가니, 그녀를 끌어안고 있다 보면 자신이 마치 난로를 끌어안은 눈사람처럼 녹아버리지는 않을까 하는 생각이 들 지경이었다. 어이없는 헛생각이었지만 말이다.

비나는 잠결에도 얼굴에 타인의 피부가 닿자 살짝 움찔거렸다. 잠을 깨울 생각이 아니었기 때문에 루크레티우스는 낭패감을 느끼며 손을 멈췄다.

"으음……."

다행히 비나는 잠에서 깬 것은 아니었던 듯 했다. 잠시 미간을 찌푸리던 비나는 얼굴에 닿은 서늘한 손등의 감촉이 좋은지, 살짝 미소 지으며 그의 손등에 얼굴을 부벼 왔다.

"아……!"

손등에 닿는 달아오른 뺨의 감촉이, 그리고 체온이, 이루 말할 수 없이 사랑스럽다.

루크레티우스는 이대로 비나가 그의 품안에서 녹아서 사라져 버릴 때까지 끌어안고 싶은 기분이 되었다. 그러나 그랬다가는 틀림없이 간신히 잠든 임산부를 깨우는 짓이 되어 버리고 말 것이다.

그는 초인적인 인내심으로 자신을 누르면서 비나의 곁에 조심스럽게 누웠다. 다행히 제국에서 가장 고귀한 부부를 위해 마련된 침대는 그의 움직임에 많이 흔들리지 않았다. 덕분에 그가 누웠다 해서 간신히 잠든 비나가 잠에서 깨는 불상사는 벌어지지 않았다.

루크레티우스는 조금 전 비나의 뺨을 쓸어내릴 때와는 비교도 되지 않는 조심스러운 태도로 손을 뻗었다. 깊이 잠들어 늘어진 비나의 머리가 조금이라도 흔들릴 세라, 손가락 끝까지 최대한 힘주어 일말의 흔들림도 용납하지 않은 채, 비나가 머리를 누인 베개 대신에 제 팔을 그 자리에 대신 밀어 넣는 데 성공했다.

"후……."

다행히 팔베개에 성공하고서도 비나가 깨는 기미는 보이지 않았다. 절로 안도의 한숨이 흘러나왔다. 그의 사랑스런 아내는 매우 자연스럽게 그의 품안으로 파고들었다. 정말로 익숙한 듯 자연스러운 태도다. 그 사실이 더없이 행복하고 사랑스럽다.

그가 황궁 요리사들을 기름을 짜낼 기세로 들들 볶아 마련해 온 음식은 이미 식어 버렸을 시간이다. 그러나 딱히 아깝지는 않았다. 그것보다는 간신히 잠든 비나의 수면 시간이 더 중요하다. 어자피 요리사들은 잘 있고 오늘 그와 요리사들이 머리를 짜내어 마련한 음식의 레시피는 남아 있었다. 내일 아침 비나가 일어날 시간에 맞추어서 새로 만들어서 들이라 하면 그만이다.

이게 바로 권력이 좋다는 게 아니겠나.

루크레티우스는 홀로 희희낙락하며 밤을 지새웠다. 품 안의 소중한 여인을 내내 품에 안고서, 행여나 악몽이라도 그녀의 꿈속으로 스며들까 지키려는 듯이.

다음날 아침.

비나는 오랜만에 깊이 자고 기분 좋게 일어났다. 해가 이미 중천에 뜬 시각. 늦잠까지 자 버린 모양이다.

임신하면 입덧을 하게 되고, 늘 속이 안 좋고, 평소 음식의 냄새가 역하게 느껴지는 것은 잘 알고 있었다. 늘 보던 TV 드라마에서 여주인공은 늘 가족이 모인 식탁에서 음식 냄새를 맡으며 임신한 사실을 알곤 했으니까.

그리고 철모르던 그때의 자신은 모든 매체에서 입덧 증상을 저렇게 천편일률적으로 묘사한다며 속 편하게 비판하고는 했었다. 그런 자신을 보고, 어머니가 왜 한심하다는 듯한 표정으로 혀를 찼는지 이제야 뼈저리게 알겠다.

진짜로 그래서 그렇게 표현했던 것이다. 과장은 조금도 없었던 거다.

평소에 그렇게 좋아하던 고기나 생선은 입에 대기는커녕 접시에 담겨 그녀의 방 너머에 다가오기만 해도 욕지기가 치밀었다. 그 덕에 본의 아니게 강제 다이어트 중이다. 맛이 순한 야채류도 야채 비린내가 느껴져서 제대로 못 먹는 것이 너무나 많았다.

덕분에 일생에서 가장 잘 먹어야 하는 시기에 도리어 체중이 죽죽 줄고 있었다. 그래도 배까지 들러붙지는 않는 걸 보면, 아직 많이 부르지는 않았지만 그래도 임신한 게 맞구나 하는 실없는 생각도 들었다.

체중계가 있었다면 아마 인생에서 가장 낮은 체중을 확인할 수 있었을 텐데. 미용 체중에 가깝지 않을까?

인증을 못 남기는 게 아쉽다는 생각까지 들었을 때, 비나는 자신이 이렇게 미쳐 가는구나 하는 깨달음을 얻었다. 사람이 너무 힘들면 현실도피적으로 헛생각에 골몰하게 된다는 것을 직접 몸으로 체험 중이었던 것이다.

그런데 임신 증상 중에 불면증까지 있는 줄은 몰랐다. 잠들기도 힘들고, 간신히 잠들어도 한 시간도 못 자고 다시 깨기를 반복했다. 입덧에 불면증까지 더해지니 정말로 기절할 지경이었다. 드라마 속 임신한 여자들은 어디서나 픽픽 쓰러져 자거나 졸곤 했지, 도리어 잠이 안 와서 고생하는 장면을 보여 준 적은 거의 없었다.

실제로 극초기에는 비나도 잠이 엄청나게 늘어서 병든 닭처럼 꾸벅거리곤 했다. 그런데 안정기에 접어들고도 입덧은 그대로인데 도리어 불면증까지 덮쳤다. 가끔 꼬박 뜬 눈으로 밤을 새울 때면, 애 낳을 때 애 아빠 머리털을 몽땅 뽑아 놓으려 하는 임산부들의 기분에 공감이 가곤 했다.

하지만 루크레티우스의 금발은 지나치게 탐스럽고 예쁘게 반짝거렸다. 저걸 다 뽑거나 개털을 만들어 놓았다간 국가적인 손실을 볼 게 틀림없었다. 때문에 비나는 초인적인 인내심으로 참았다.

그렇게 하루하루 인내심의 한계를 시험받는 듯한 나날을 보낸 끝에, 오늘에서야 보답을 받은 기분이다.

이렇게 개운하게 꿀잠을 잔 건 정말 오랜만이다!

오늘은 드물게 공복 기운도 좀 느껴졌다. 내내 속이 미식거리고 토할 것 같아 고생만 하다 보니 이렇게 선명한 식욕은 정말로 오랜만이었다.

비나는 기분 좋게 기지개를 켜며 침대에서 몸을 일으키려 했다. 막 시녀를 부르려던 그녀는 천개 너머로 어른거리는 인영을 알아보고 입을 떡 벌렸다. 그녀가 잘 아는 모습이었다.

무의식적으로 손을 뻗어 옆자리를 만져 보았다. 아직 온기가 남은 것이 느껴진다. 또 도둑고양이처럼 새벽녘에 숨어든 모양이다.

그렇다면 그가 잠자리로 들어오는 것도 제대로 못 느끼고 기절하듯이 잠들어 있었다는 말이 된다. 스스로 너무나 놀라웠다. 물론 이는 비나가 오랜만에 푹 잠들기도 했으나 그녀를 깨우지 않기 위한 루크레티우스의 각고의 노력이 있었던 덕분이기도 했다. 당사자는 전혀 모르고 있지만 말이다.

비나는 작게 소리 내어 그 인영의 주인을, 그리고 옆자리에 남은 체온의 주인을 불렀다.

"루크……?"

그러자 천개 너머로 어른거리는 그림자가 우뚝 멈추었다. 곧 부스럭거리는 소리가 크게 울리더니, 루크레티우스가 천개를 열고 안쪽으로 다가왔다. 손에는 무언가를 들고 말이다.

"일어났어? 잠은 잘 잤어?"

비나는 고개를 끄덕거리다가, 그의 손에 들린 것을 보고 고개를 갸웃했다.

"응. 오랜만에 완전히 푹 잤어. 그런데 그건 뭐야?"

루크레티우스의 손에 들린 것은 우아한 당초문양이 휘감기듯 새겨진 은제 베드 트레이였다. 멋드러진 문양이 빼곡히 새겨진 뚜껑도 덮여 있었다.

루크레티우스는 마치 시종들을 흉내 내듯이 트레이를 비나의 무릎 위에 올려놓았다. 이 트레이는 다리가 달린 모양이고, 다리 길이가 딱 적당해서 불편 없이 바로 식사할 수 있을 정도의 높이였다. 비나는 기대에 가득한 눈으로 손을 뻗었다.

마침 지난 몇 달간 정말로 드문 공복감을 느낀 참이다. 시장보다 더 좋은 반찬도 없는 법.

"이건 또 뭘까?"

막 그녀가 직접 뚜껑을 열려던 참이었다. 루크레티우스의 손이 뚜껑을 잡은 비나의 손을 살짝 눌렀다. 비나가 의아하게 고개를 들어 올려보자, 루크레티우스는 고개를 살래살래 저었다.

"안 되지. 내가 직접 해 줄 거야."

비나는 살짝 당황했다가 곧 얼굴 가득 미소를 피워 올렸다. 어차피 남편이 직접 봉사하겠다고 말한 참이다. 잔뜩 부려먹어 줘야지! 자기가 자청해서 해 주겠다고 하니, 제국 황제를 부려먹을 기회다. 이걸 마다하면 시비니가 아니다.

비나는 고개를 끄덕이며 아예 편하게 베드 헤드에 등을 댔다. 그러자 루크레티우스는 쿠션을 대어 그녀가 더 편한 자세로 봉사받을 수 있도록 해 주었다.

"대체 뭐길래 이렇게 유난이실까?"

비나의 목소리는 기대감에 가득 차 있었다. 루크레티우스는 손가락 끝까지 자신만만했다.

그 손이 은제 뚜껑을 벗겨 내자, 안쪽에 놓인 흰색 접시가 드러났다. 새빨간 색깔의 스튜 비슷한 음식이 놓여 있었다. 조금 전 주방에서 날라져 온 것인지, 따스한 김이 폴폴 올라왔다.

비나는 물론 몰랐지만, 그녀가 언제 깨어날지 불확실한 상황에서 황궁 요리장은 저 음식을 오늘 아침부터 지금 정오가 지난 시각까지 한 시간에 한 번씩 만들어 바쳐야 했다. 비나가 깨어나기를 기다리면서 루크레티우스가 시종들이 가져온 음식이 식으면 돌려보내고 바로 새로 만들어 오도록 명령했던 것이다. 덕분에 어젯밤부터 지금까지 황궁 요리장은 이 요리를 조금만 더 만들면 열 번은 만들 수 있는 상황이었다.

그런 것을 전혀 모르는 비나의 입에서는 환성이 울렸다.

"이, 이거…… 설마!"

비나의 밝은 표정에, 루크레티우스의 얼굴에 떠오른 자신감이 더더욱 선명해졌다.

"그래. 그 *김치찌개*라는 것을 최대한 비슷하게 만들어 봤어."

"설마 당신이 직접 만들었을…… 리는 없고, 어떻게 한 거야?"

루크레티우스는 입을 삐죽댔다.

"내가 요리장을 불러 놓고 어떤 맛이고 색이라고 일일이 설명해

가며 머리를 맞대고 만들었으니, 나도 같이 만든 거나 마찬가지야.”

대놓고 삐진 표정에, 비나는 가볍게 웃었다. 그리고 은제 포크를 들어 올렸다.

“그럼 어디 우리 남편이 처음으로 만들어 준 음식을 좀 먹어 볼까? 냄새는 꽤 그럴 듯한데.”

실제 김치찌개와 완전히 같지는 않았지만, 제법 비슷한 냄새가 났다. 매운 냄새와 신 냄새. 군침이 돌아서, 비나는 꽤 성급하게 포크를 놀렸다. 고기도 들어 있는 것 같은데 냄새를 맡아도 역하지 않았다. 어쩌면 입덧도 끝난 걸지도 모른다.

비나는 새빨간 건더기와 고깃덩이를 포크로 들어 한 입 크게 베어 물었다.

꿀꺽. 루크레티우스는 긴장한 얼굴로 바라보았다. 그리고 아마 이 자리에 있을 것을 허락받을 수 있었다면, 황궁 요리장 역시 비슷한 긴장감을 가지고 그녀의 시식을 바라보았으리라. 어제부터 그의 머리와 손을 부단히도 괴롭혔던 과제가 드디어 심사받는 것이므로.

요리장이 황후의 침실에 들어설 자격을 얻을 수는 없었으므로, 이 자리에서 결과를 확인할 수 있는 것은 루크레티우스 혼자였다.

그는 긴장한 표정으로 비나의 표정과 입을 바라보았다.

‘제발……!’

그때였다. 비나의 미간이 일그러졌다.

“어?”

그리고 곧 지난 3, 4개월간 너무나도 익숙해져 있는 소음이 이어졌다.

"읍! 우우욱!!"

"비, 비나!!"

곧 비나의 구역질 소리와 경악한 루크레티우스의 비명에 달려온 시녀들은 침대 이불 한편이 빨갛게 물든 것을 보고 패닉 상태에 빠질 뻔했다. 그것이 토혈하거나 하혈한 것이 아니라 평범하게 입덧으로 게워 올린 음식 색이라는 것을 깨닫고 안도하는 작은 소란이 벌어졌다.

"미안……."

"아냐."

머리에 차가운 물수건을 올리고 누운 비나는, 말은 저렇게 하면서도 잔뜩 풀죽은 것이 드러나 보이는 루크레티우스에게 진심으로 미안했다. 그렇게 애를 써서 준비해 줬는데 한 입도 제대로 못 먹고 물려 버렸으니.

"나중에 입덧이 다 나으면 그때 먹을게. 맛있었으니까."

물론 김치찌개와는 추억을 떠올리고 비슷하다고 자기 자신을 세뇌하면 간신히 비슷하게 느껴질 것도 같은 맛이었지만, 그 마음 씀씀이만은 고마웠다. 제대로 못 먹어 준 것이 못내 미안했다.

"아니, 괜찮아."

루크레티우스는 그리 말하며 사만다가 가져온 진저에일을 다시 비나에게 권했다. 그런 그를 잠시 바라보던, 비나는 결심을 굳혔다. 그리고 그에게 다시 말을 꺼냈다.

"나…… 먹고 싶은 게 또 있어."

"뭐?"

루크레티우스의 표정에 상반되는 감정이 동시에 나타났다. 희망과 동시에 두려움이다.

임신 중인 아내가 먹고 싶은 것이 있다니, 그 사실만으로도 기쁜 것이다. 그러나 동시에 또 전혀 구현이 불가능한 이세계의 음식이 나오지 않을까 하는 두려움도 있었다. 제대로 만들어서 가져다 바쳐도 빌어먹을 입덧 때문에 제대로 먹지 못할 수도 있었다.

그런 루크레티우스의 복잡한 표정을 잠시 바라보던 비나가 손짓했다. 가까이 오라는 뜻이다.

조금 두려운 표정으로 가까이 다가온 루크레티우스에게 비나는 작은 목소리로 속삭여 주었다.

"그때, 데이트할 때 같이 먹었던 아이스크림."

클라크 경은 암담한 표정으로 제 주인을 따랐다. 거의 뛸 기세인 황제 루크레티우스의 뒤를 말이다. 저러다가 발밑을 제대로 못 보고 넘어져서 다치지나 않을까 걱정이 될 지경이었다.

일국의 주인이, 그것도 평범한 왕국도 아니고 대륙을 호령하는 제국의 주인이 직접 발걸음을 하는 것이다. 원래대로라면 그 혼자 호위하는 것은 물론 말도 되지 않는다.

실제로 그도 시녀장도 불처럼 황제를 만류했다. 클라크 경은 아예 자신이 직접 해 오겠노라며 무릎을 꿇었다. 그러나 소용이 없었다. 부탁을 한 당사자인 황후조차 당혹해서 직접 다녀올 필요 없다며 만류했지만 요지부동이었다. 황후도 말리지 못한다면 막을 사람은 사실상 없다 보아야 한다.

그 덕분에 클라크 경은 이러한 상황을 맞이했던 것이다. 황제의 아이스크림 배달을 호위하는 상황을.

“아이고, 루켄 님 아니십니까! 오랜만에 뵙습니다!”

“하하. 그렇군.”

넉살좋은 가게 주인은 함박웃음을 띤 채 손이 발이 되도록 비벼가며 루크레티우스 일행을 맞이했다.

“저번에 함께 오신 레이디께선 이번엔 안 오셨군요?”

그러자 루크레티우스는 기쁜 말투로 대꾸했다.

“아, 아내는 지금 임신 중이라 몸이 무거워서 함께 오지 못했다네.”

“아이고, 그러십니까? 축하드립니다!”

가게 주인은 혀가 닳아 없어질 기세로 온갖 축하의 미사여구를 다 퍼부었다. 평소라면 저런 걸 그다지 좋아하지 않을 클라크의 주인은 진심으로 기쁜 표정으로 일일이 듣고 있었다. 루크레티우스를 조금이라도 아는 누군가가 보면 절대 황제라고 인정하지 못할, 평소의 그와는 너무나도 다른 태도였다.

마침내 본론이 나왔다.

"사실 아내 때문에 왔다네. 입덧 때문에 고생중인데, 그때 여기서 먹었던 아이스크림이 꼭 먹고 싶다지 않은가."

"세상에! 걱정 마십시오. 그때와 똑같이 만들어 드립지요."

"고맙네!"

가게 주인은 임신 선물이라며 따로 포장해 준 아이스크림 값을 받지 않으려 했다. 그러나 루크레티우스는 반 협박에 가깝게—값을 안 받으면 가게 세를 올리겠다고 했다— 값을 세 배로 치렀다. 그리고 소중히 아이스크림을 안고 황궁으로 돌아왔다.

그런 주인의 뒤를 따르며, 클라크 경은 내일 해가 서쪽에서 떠도 놀라지 않겠다고 다짐했다.

직접 사서 들고 온 루크레티우스의 정성 덕분일까. 아이스크림은 녹지 않았다. 정확히는 특별히 녹지 않도록 애써서 포장해 준 주인의 배려 덕분이리라는 것이 정확한 지적일 것이나, 신경 쓰는 이는 없었다.

덕분에 비나는 첫 데이트 때 함께 먹었던 아이스크림을 그 모습 그대로 황후궁 침실 침대 위에서 만날 수 있었다.

"와……."

"자, 어서 먹어 봐, 비나. 이러다 녹겠어."

실제로 이제 조금만 더 있으면 여름으로 접어들 늦은 봄의 날씨는 꽤나 더웠다. 아이스크림 끄트머리가 조금씩 녹아들려 하고 있었다.

비나는 고개를 주억거리며 은제 스푼을 들어 아이스크림의 가장 위 꼭대기를 한 스푼 퍼서 입 안으로 가져갔다. 그런 그녀의 모습을 루크레티우스는 진심으로 긴장해서 바라보았다.

이전처럼 실패하는 것은 아닐까 걱정이 되었던 것이다.

은제 스푼이 깨끗하게 비나의 입에서 빠져나왔다. 아이스크림은 한 방울도 남아 있지 않았다. 비나의 입이 열렸다.

“맛있어!”

루크레티우스는 그대로 비명이라도 지르고 싶은 기분이 되었다. 물론 기쁨의 비명이다. 그러나 황제의 체통을 지켜야 한다는 마지막 이성이 이를 막았다.

비나의 손이 바삐 움직였다. 사실 비나가 루크레티우스에게 아이스크림이 먹고 싶다고 한 것은 진심이 아니었다. 정말로 먹고 싶어서 부탁한 것이 아니라, 어렵게 준비해 준 음식을 제대로 못 먹은 것이 미안해서 일부러 쉬운 것을 부탁한 것이다. 그런데 막상 입에 들어가니 놀랄 만큼 맛있었다. 목구멍에 기름이라도 바른 것처럼 숙숙 넘어갔다.

“진짜 맛있어!”

비나는 행복한 표정으로 아이스크림이 든 단지를 안고 웃었다. 그런 비나를 바라보는 루크레티우스의 표정도 점점 풀려 갔다. 드디어 비나가 이렇게 행복하고 맛있게 무언가를 먹는 것을 보는 것이다. 몇 달만인지 모르겠다. 본인이 먹는 것도 아닌데 배가 부를 지경이었다.

그러던 순간이었다. 바삐 움직이던 비나의 손에 들린 스푼이 우뚝 멈췄다.

"왜 그래?"

비나의 얼굴이 묘하게 갸우뚱했다. 그녀는 잠시 곰곰이 고민하는 듯하더니 조심스럽게 말했다.

"정말 맛있는데…… 그때 먹은 맛이랑은 미묘하게 다른 것 같아."

"……뭐?"

루크레티우스의 얼굴이 암담해졌다. 이대로 다시 가게로 달려가서 주인장과 파티시에의 멱살을 잡고 싶은 심정이었다.

그가 우울하게 보는 동안, 정작 비나의 손에 들린 스푼은 아이스크림을 크게 떠내어 한 입 제 입으로 가져갔다.

"아, 알겠어. 왜 맛이 다른지."

"응?"

루크레티우스가 의아한 눈으로 비나를 바라보았다. 그 순간, 그녀는 입 안에 막 아이스크림을 넣고는 그대로 번개처럼 몸을 일으켰다. 그리고 절망적인 얼굴로 자신을 보는 남편의 입을 제 입으로 막았다.

"흡!"

잠시 놀랐던 루크레티우스는 곧 입을 열고, 차갑고 달콤한 키스를 받아들였다.

"……."

"……."

깊고 긴, 그리고 차갑고 달콤한 키스가 녹이 비릴 때까지 지속되었다. 입술이 서로 떨어지고 나자, 비나는 혀끝을 쏙 내밀며 속삭였다.

"역시…… 이제 그때와 같은 맛이야."

"……."

루크레티우스는 잠시 말없이 비나를 내려다보았다. 그러고는 손을 뻗었다. 갑작스레 시야가 흔들리는 바람에 비나가 작은 비명을 울렸다.

"꺄악!"

루크레티우스는 비나를 두 팔로 안아들고는 낮은 목소리로 속삭여왔다. 조금 전 비나의 목소리처럼, 열이 가득한 목소리. 비나는 절로 얼굴이 붉어지는 걸 느꼈다.

"분명히 로우손 말이…… 이제 안정기 맞댔지?"

비나는 참지 못하고 작은 비명을 외쳤다.

"지, 짐승!"

그러나 그녀는 다급하게 침대로 향하는 남편의 걸음을 막지 않고 두 팔을 그의 목에 둘러 끌어안았다.

삶의 흔적

"휴……."

비나는 보고 있던 서류를 내려놓으며 허리를 톡톡 두드렸다. 곁에서 시중을 들던 율리아가 빈 찻잔에 허브티를 따라 주며 한마디 했다. 임신 이후부터 홍차류를 줄인 참이었다.

"좀 쉬시지요. 폐하께선 옥체도 무거우신데, 너무 성실하십니다."

"그런가……?"

비나는 고개를 갸우뚱했다. 곰곰이 계산해 봐도 오히려 황비 시절보다 업무량이 줄었기 때문이다. 물론 그때보다는 더 중요한 일들이 많기는 하지만.

어찌되었건 몸이 곤한 것은 사실이므로 친절한 시녀의 조언을 따르기로 했다. 막 보던 서류를 마무리하여 율리아에게 뒤처리를 부탁한 뒤, 침대로 다가가 푹신한 쿠션에 편하게 허리를 기대었다.

"아구구, 좀 살겠다."

절로 앓는 소리가 났다.

어느덧 배가 제법 불러 올랐다. 따져보니 조금만 더 있으면 8개월이 된다. 태동도 꽤 활발하고, 몸 상태도 5, 6개월을 넘어가는 시기부터 확실하게 나아졌다. 지옥 같은 입덧 역시 그 즈음부터 거의 가라앉았다.

그렇긴 해도 여전히 평소의 컨디션과는 비교할 수 없을 정도로 힘든 것은 사실이다. 몸이 무거워지면서 조금만 움직여도 피로해지고 허리가 아파지고는 했다. 대관식 전후에 임신 사실이 밝혀지면서, 황후로서 업무는 출산 이후로 미뤄진 상태였다. 물론 조금 전 서류를 처리하던 것처럼 아예 손을 놓고 있는 것은 아니지만.

제국 전체를 감당하는 황제의 업무량은 가히 살인적이다. 즉위 이후 내내 루크레티우스가 간신히 과로사는 하지 않을 정도로 바빴던 이유는 황후의 업무마저도 그가 모두 처리하고 있었던 탓도 컸다.

원래대로라면 비나가 황후로 대관한 뒤 공식적으로 황후 업무를 모두 가져와야 맞았다. 그러나 대관식 직후 임신 사실이 공표되면서 도리어 황비 시절보다 업무량이 더 줄어 버렸다.

비나 본인이 입덧으로 고생을 심하게 한 것도 있고, 공식적으로 그녀는 태후의 음모에 빠져 첫 아이를 불행하게 잃은 경험이 있었다. 물론 유산은 가짜였지만 루크레티우스와 로우손, 사만다를 제외하면 모두 그녀에게 유산 경험이 있다고 알고 있는 상황이다. 다들 유산 이후 얼마 지나지 않아 다시 회임한 비나의 상태를 그녀 자신보다 더 염려했던 것이다.

그 덕분에 비나의 불만은 점점 커지고 있었다. 주변이 마치 당장에라도 부서질 유리구슬처럼 자신을 대하는 것에 대한 불만이다.

그녀는 이미 모든 각오를 굳히고 루크레티우스를 선택했다. 그의 곁에서 함께 감당해야 할 모든 것에 대해 숙고하고 각오를 마친 뒤였던 것이다. 그런데 막상 그 벼르던 무게를 주변에서 허락을 안 해 주고 모조리 빼앗아 가고 있었다.

비나는 루크레티우스를 선택한 순간, 황제의 반려로서 주어질 의무를 잘 알고 또 각오하고 있었다. 게다가 그녀의 성격은 자신을 배려하기 위해서라며 그 의무까지 빼앗아 가려는 것은 용납하지 못했다.

특히 불만이 큰 건 루크레티우스에게였다. 황비 시절에는 마치 그녀를 시험하듯 관찰하고 있던 인간이, 지금은 불면 날아갈까 던지면 부서질까 굴고 있는 것이다.

……물론, 그만큼 소중히 대해 준다는 것이 기쁘지 않냐면 그것은 아니기는 하지만.

사실 조금만 생각해 보면 루크레티우스를 이해하지 못할 건 없었다. 비나가 아이를 가진 것이 처음인 것처럼, 루크레티우스 역시 자신의 아이를 가진 아내를 대하는 것이 처음이었다.

게다가…… 초반에 비나의 상태가 너무 심하기는 했었다. 정말로 지독한 입덧이었던 거다. 때문에 6개월을 지날 때까지 하루의 90퍼센트는 시체처럼 늘어져 있었다. 황후의 업무는커녕 황비시절 처리하던 업무도 제대로 소화해 낼 수가 없을 지경이었다.

그 결과 루크레티우스는 입덧으로 고생하는 비나를 돌보는 한편으로 과중한 업무를 동시에 감당해야 했다.

자신의 몸 상태 때문에 부득이한 일이라는 것은 이해한다. 미안하기도 하고, 감사도 하고 있다. 그런데 이제 자신이 좀 살만하다는 데도 말을 안 들어먹고 있는 것은 불만이 안 생길 수가 없었다!

이젠 괜찮으니 자신의 마땅한 의무를 내놓으라고 해도, 출산 이후에 주겠다며 루크레티우스가 아등바등 버텼다. 그것을 거의 한 달 가까이 싸워 가며 간신히 업무의 일부를 빼앗아 온 것이다.

"그랬는데……, 이래서야 다시 빼앗기게 생겼잖아."

한숨이 절로 포옥 나왔다.

결국 아이를 낳고, 산후조리까지 끝난 뒤에야 황후로서 제대로 의무를 다할 수 있을 모양이었다.

잠시 고민하며 뒤척거리던 비나는 곧 정신없이 곯아떨어지고 말았다. 임산부에게 과도한 일은 무리이긴 한 모양이다.

서류를 궁내부로 보내고 돌아온 율리아는 어느새 도롱도롱 잠든 비나의 모습을 보고 가볍게 웃었다. 그러고는 주변의 천개를 드리워 제국의 여주인이 푹 쉴 수 있도록 도왔다.

평화로운 이른 오후였다.

이제는 당연한 하루 일과의 과정 중 하나가 된 낮잠에서 깨어난 비나는 시녀들의 부축과 도움을 받아 다시 몸을 씻고, 간식을 먹고 가볍게 산책했다.

한국에서의 기준에서 따진다면 젊다 못해 어린 나이에 첫 아이를 가지게 된 비나다. 당연히 임신 출산에 대해 거의 관심을 가진 적이 없었다. 그 사실을 이제 와서 후회했다. 이럴 줄 알았으면 임신 관련 책 하나라도 제대로 읽어보고 올 걸.

이미 한참은 늦은 일이지만 말이다.

막상 아이를 가지니 기쁨이 가장 먼저이긴 했지만, 한 세트처럼 그 뒤로 걱정이 따라왔다. 당연하다. 이곳은 그녀가 살던 21세기의 한국과는 많은 것이 달랐다. 그 중에서도 특히나 의료나 위생과 관련된 부분은 말 그대로 차원이 달랐고.

이 대륙에서 가장 양질의 의료 서비스를 받을 수 있는 황궁에서도 수많은 황족의 아이들이 죽어 나갔다. 그리고 황족을 낳은 뒤에, 혹은 낳으려던 중에 여러 여인들도 죽어 나갔다.

그 결과 루크레티우스는 물론, 선황과 성군이라 칭송받는 켄티우스 역시도 성년을 맞은 남자 형제가 없었다. 황녀들조차 태어난 숫자와 비교하면 살아남은 수는 상당히 적었다.

릴리아나가 1황녀인 것도 바로 이 높은 영유아와 산모 사망률의 결과물이었다.

그녀는 물론 카틀레야 소생의 황녀들 중 첫 번째다. 먼저 태어난 후궁 소생 황녀가 있었으나, 법도에 따라 황후 소생인 그녀가 서열이 높았다. 그러나 카틀레야는 선황의 첫 황후도, 유일한 황후도 아니다.

실제로 베아트리체 황후 이전에 이미 3명의 황후가 있었고, 그들 소생의 황녀들이 서넛 정도 탄생했었다. 그러나 그녀들은 대부분 어린 나이에 죽었고, 하나 살아남은 황녀가 열일곱에 시집가서 첫 아이를 낳다 죽었다. 그래서 릴리아나보다 서열이 앞서는 황녀가 전혀 남지 않은 것이다.

물론 이 높은 사망률은 자연적인 것만은 아니리라. 황궁 내부의 정치적 암투나 치정 다툼의 여파도 있을 것이다. 그러나 그렇게 따져도 영유아와 산모 사망률은 21세기 한국에서 온 비나가 느끼기에 엄청나게 높았다.

뱃속에 아이를 품으니 새삼스럽게 뼈아플 정도로 불안해졌다.

'역시 임신 출산 관련 책이라도 하나 읽을 걸 그랬어. 아니면, 엄마한테 좀 물어 보거나.'

지나간 버스에 손을 흔드는 격이다. 의미가 없었다.

"에효……."

절로 한숨이 늘었다.

비나가 부푼 배를 안고 한숨을 폭폭 쉬고 있는 모습이 자주 눈에 띄자 루크레티우스가 모르고 지나갈 수가 없었다.

어느 날 저녁식사 무렵, 루크레티우스는 바쁜 업무 중에 억지로 짬을 내어 비나의 침실을 방문했다. 그의 목소리는 걱정으로 가득했다.

"무슨 걱정 있어?"

비나는 살짝 고개를 돌렸다. 말하고 싶지 않은 때에 말문을 돌리려는 비나의 버릇이다. 그러나 루크레티우스는 순순히 물러날 생각이 없었다. 이미 몇 번이나 혼자 한숨 쉬는 모습을 보았다. 이번에는 제대로 이유를 듣고 말리라. 그래서 그 원인을 말살해 버리겠다.

루크레티우스는 부드러운 손길로 살짝 옆으로 돌린 비나의 턱을 잡아 자신을 보도록 당겼다. 미약한 저항이 있는 듯도 했지만, 정말 진심으로 말하기 싫은 것까지는 아닌 듯했다.

"……."

입은 열지 않지만, 다시 고개를 옆으로 돌리지도 않는다. 루크레티우스는 지난 8개월 동안 이러한 상태의 비나를 어떻게 대해야 하는지 이미 숙달하고 있었다.

그는 더는 묻지 않고 침대 위에 앉았다. 몸이 제법 무거워진 비나를 번쩍 안아들어 제 무릎 위로 앉혔다.

"꺅!"

"어제보다 아이가 조금 더 자란 모양이군."

비나는 볼을 부풀리고 볼멘소리를 울렸다.

"그거, 나 살쪘다는 얘기야?"

"설마!"

비나의 눈이 세모꼴이 된다.

"거짓말 마. 그 얘기잖아."

루크레티우스는 부드럽게 눈매를 휘며, 잔뜩 성난 작은 복어처럼 부푼 비나의 두 뺨을 손가락 끝으로 폭 하고 눌렀다.

"어제는 깃털 같았는데, 오늘은 깃털에 작은 깃털 하나가 더 붙은 느낌이라는 소리야."

"말은 잘해요."

루크레티우스는 작게 키득거리다가 곧 정색했다.

"아니, 진짜 안심이 되어서 하는 말이야. 당신 5개월이 넘을 때까지 도리어 더 말라가서 내가 얼마나 걱정했는 줄 알아? 안아 보면 전날보다 가벼워져서 가슴이 덜컥거렸었지."

"그건……, 그랬지만……."

그 정도로 지옥 같은 입덧이기는 했다. 먹는 것보다 토하는 게 더 많았고, 간신히 넘길 수 있는 것은 얼마 없었다. 먹는 것은 없는데 배는 불러오는 것이 도리어 신기할 지경이었으니까. 물론 로우손은 초산임을 감안해도 개월 수에 비하면 배가 잘 부르지 않는다며 전전긍긍했었다.

그때에 비하면 지금은 매우 정상적이다. 사실 지금도 개월에 비하면 배도 작고 살도 덜 붙은 상황이기는 했다. 그렇다고 해도, 여자인 이상 아무리 임신 기간이라고 해도 살쪄 보이긴 싫었다.

특히나 임신 중 남편이 다른 곳에 눈 돌려서 벌어지는 파국에 대한 이야기는, 아직 어린 나이였던 비나 역시 고향에서 자주 듣던 소재였다. 이곳에서는 말할 것도 없으리라. 게다가 그녀의 남자는 제국의 황제였다. 적법하게 여러 여자를 거느릴 수 있는 사람이다. 주변에 유혹이 없을 리 없다.

물론 이렇게 매일 붙어있는 데다, 저러다 쓰러지지 않을까 싶게 눈코 뜰 새 없이 바쁜 인간이니 그럴 사이도 없겠지만 말이다.

루크레티우스는 귀엽다는 듯이 비나를 제 몸으로 감싸 안은 채, 그녀의 보드라운 손을 들어 올려 손등에 쪽 소리가 나도록 키스하며 작게 속삭였다.

"설마 당신이 동그랗게 살이 찌면 내가 다른 여자에게 눈을 돌리기라도 할까 걱정되어서 그렇게 한숨을 폭폭 쉬고 계신 걸까나. ……우리 황후 폐하께선."

정색하고 부정하는 답이 튀어나왔다.

"설마. 그런 건 걱정 안 해. 그러면 물론 절대 가만히 안 놔두겠지만."

"그러면 뭐가 그렇게 걱정이야? 툭 털어놔 봐."

비나는 잠시 침묵했다가 중얼거렸다.

"역시 진짜는 그게 궁금해서 괜히 저렇게 물어 본 거지?"

"들켰는걸? 역시 우리 황후 폐하를 감히 속일 수가 없군요."

루크레티우스가 작게 쿡쿡대며 웃는 소리가 맞닿은 몸을 통해 진동으로 전해져 왔다. 실없는 농담을 서로 통통 튕기며 주고받던 비나는 곧 어찌할 수 없다는 듯이 말문을 열었다.

"그야 걱정이 안 될 수가 없지. 아무래도 임신도 처음이고, 가족도 곁에 없으니까."

"……."

제 말을 이어붙이다가 퍼뜩 깨달았다는 듯이, 비나는 고개를 삭 돌려 루크레티우스를 뾰족하게 보며 일침을 놓았다.

"여기서 미안하다는 말 하면 나 또 화낼 거야!"

"……알아."

비나는 빌레네 공국에서 돌아온 이후, 자신이 그에게 처음으로 화를 낸 순간을 기억했다. 황궁으로 돌아온 이후 가족과 관련된 대화 소재가 처음으로 나왔던 때였다. 루크레티우스가 자신에게 미안하다며 처음으로 사과를 입에 담았고, 비나는 진심으로 화를 냈었다.

이유는 간단했다. 자신의 선택이 동정받거나 사과받을 이유가 없다고 생각했기 때문이다. 그리고 그런 그녀의 의견을 루크레티우스는 존중해 주었다.

대화는 바르게 다시 제 궤도를 찾았다.

"그래서, 정확히 뭐가 그렇게 걱정되는 거야?"

"흠……."

작은 신음을 흘리며 고개를 기울이는 비나에게 루크레티우스는 낮은 목소리로 속삭였다.

"당신의 걱정은 당연히 내가 나눠야지. 이제 이 세계에 당신의 가족은 나 하나잖아? 물론 곧 하나 더 생기겠지만."

비나는 살짝 미소 지었다.

"별거 아냐. 그냥……."

"그냥?"

비나는 손을 들어 부푼 배를 쓸어내렸다.

"무사히 낳을 수 있을까 하는 걱정?"

"……."

"그리고 무사히 낳더라도 잘 기를 수 있을까 하는 걱정도."

잠시 침묵이 내려앉았다. 비나는 쑥스러워하며 웃었다.

"너무 시시한 걱정이지? 그래서 말하기 싫었어."

루크레티우스는 고개를 저었다.

"시시하다니, 그럴 리 없잖아? 당신과 아이의 안위에 관련된 걱정인데 가벼울 리가 있나."

비나는 말없이 웃었다. 전형적인 대답이지만 그래도 역시 기뻤다. 루크레티우스는 부드러운 미소로 약간은 과하지만 가능성이 없지는 않은 걱정거리들을 들어 주었다.

그냥 말하면 들어 주고 대답하는 정도의 행위지만, 툭 터놓고 말하니 기분이 조금 풀리는 것 같았다.

"고향에서는 임신하면 이것저것 검사해서 아이에게 이상이 없는지 미리 알 수 있거든."

루크레티우스의 얼굴이 의문으로 물들었다. 고개가 갸우뚱한다.
"태어나지도 않은 아이의 상태를 어떻게 검사한다는 거지?"
"음. 그러니까……, 자세히 설명하기는 힘든데 방법이 있어. 피를 뽑아서 검사하기도 하고, *초음파*라고 좀 특수한 빛으로 아이의 모습도 흐리지만 볼 수 있어."
"뱃속의 아이를 볼 수 있게 해 주는 신비한 빛? 마치 옛 이야기에 나오는 마법 같군."
그것과는 좀 다르지만, 사실 이곳의 사람들에게 한국에서의 이야기는 마법과 별로 차이가 없게 느껴지리라. 비나는 굳이 루크레티우스의 말에 반론을 하지 않았다.
"태어날 때까지 딸인지 아들인지 모르는 것도 불편하고."
루크레티우스의 눈이 놀람으로 동그랗게 커진다.
"아이의 성별을 알 수 있다고?"
"응. 대충 5, 6개월 정도면 의사가 다 알려 준다고 들었어."
"신기하군."
루크레티우스는 고개를 끄덕이며 비나의 배를 조심스럽게 만졌다.
비나는 문뜩 궁금해져서 질문을 던졌다.
"그러고 보면 당신은 아들이면 좋겠어, 딸이면 좋겠어?"
그는 대수롭지 않다는 듯이 말을 받았다.
"성별은 아무래도 상관없어. 그보다 당신을 닮은 아이였으면 하는 바람은 있군."
비나는 살짝 웃다가 자못 진지한 표정으로 떠보듯이 물었다.
"후계자 문제도 있잖아, 아들이 편이 낫지 않아?"
루크레티우스는 시큰둥하게 대답했다.

"아들이든 딸이든 후계자 문제는 상관없지. 당신이 아이를 낳으면, 아이의 성별과는 상관없이 황녀들의 계승권은 소멸돼. 딱히 걱정할 건 없어."

비나는 지난 임신 기간 동안 그녀를 불안하게 한 걱정 한 가지를 또 그에게 털어놓았다.

"하지만 딸이라면, 아직까지 여제가 등극한 전례가 없잖아. 반발은 당연히 있을 텐데."

비나의 무거운 목소리와 달리, 루크레티우스의 목소리는 한없이 여유로웠다.

"뭐, 조금은 문제가 있겠지. 그렇다 해도 황녀의 계승권은 보장되어 있고, 내가 조금 더 신경을 써야겠지만, 그뿐이야."

"정말 그럴까?"

"아들이 태어난다고 해도 다른 문제가 뭐든 생기긴 할 거야. 딸일 때와는 다른 문제겠지만, 문제가 없지는 않겠지. 내 승계 과정에서 생긴 일을 보면 알 수 있잖아?"

"그건…… 그렇네."

비나는 조금 마음이 가벼워지는 것을 느낄 수 있었다. 어떤 일이든, 누구의 일이든 문제는 늘 생긴다. 도리어 문제가 생기지 않고 지나치게 순탄한 편이 이상하리라. 몇 배로 안일함의 대가를 돌려받는 경우마저 있으니까.

생기지도 않은 문제를 걱정하느라 끙끙대는 것은 생산적이지 못한 일이다. 그녀답지 않은 일이기도 하고. 물론 완전히 걱정을 떨치지는 못할 테지만, 그래도 조금은 마음이 편안해지기는 했다. 그리고 사서 걱정을 미리 하느라 마음 졸이고 있는 것보다는 훨씬 나은 일이리라.

비나는 루크레티우스의 품 안에서 몸을 일으켰다. 침대 위에 앉아 남편이자 이제 태어날 아이의 아버지인 남자와 얼굴을 마주하고 진지하게 당부했다.

"한 가지만 나랑 약속해 줘."

"뭘?"

"만약에 아이를 낳다가 내가 잘못되어서……."

비나의 말은 다 이어지지 못했다. 루크레티우스의 날카로운 목소리가 말허리를 자르고 들었기 때문이다.

"그런 말은 하지 마."

비나는 고개를 저었다.

"아니, 그래도 이 말은 하고 싶어. 들어 줘. 조금 전처럼 과한 걱정이 아니야."

"비나……."

루크레티우스의 얼굴이 창백하게 굳는 것을 보고, 그녀는 조금 죄책감을 느꼈다. 하지만 미리 말을 해 두어야겠다고 생각했다.

물론 아무런 일이 없을지도 몰랐다. 아니, 아무 일 없을 가능성이 더 높다. 그러나 아이를 낳다 산모와 아이가 잘못되는 일이 드문 한국에서도 종종 비극이 벌어지곤 했다. 하물며 이곳에서는.

현실적인 위험성의 문제다. 당연히 대비해야 한다. 적어도 그녀는 그리 생각했다.

"물론 나도 당신과 아이를 두고 먼저 갈 생각은 없어."

"그렇다면……."

루크레티우스의 입술이 살짝 달싹였다. 그는 가라앉은 얼굴로 부른 배를 감싸 안은 아내를 내려다보았다. 비나는 자신의 안위와 관련된 우려를 먼저 꺼낸 사람답지 않게, 자신만만하게 웃어보였다.

"이렇게 멋진 남자를 혼자 두고 갔다가는 다른 여자 좋은 일만 시켜주는 꼴이 될 텐데, 내가 그럴 리 없잖아? 난 성격 나쁘고 이기적인 여자라고."

그제야 루크레티우스는 조금 흐릿하게 웃었다.

"그렇지. 당신은 절대 그럴 리 없지."

"응. 그러니까…… 이건 진짜 만약의 만약을 위해서 하는 말이야. 그러니까 너무 심각하게는 생각하지 않았으면 좋겠지만, 들어는 줬으면 해."

"……말해 줘."

비나는 조금 망설이며 손을 뻗어 루크레티우스의 손등에 제 손을 얹었다. 루크레티우스의 손이 조금 더 차게 느껴졌다. 그의 불안감이 피부에 닿았다.

역시 괜히 말한 걸까. 하지만 분명히 가능성이 존재하는 위험에 대해서는 제대로 대비해 두어야 한다는 것이 비나의 판단이었다. 누구나 사고를 당하거나 죽고 싶어 하지는 않지만 보험은 들지 않나. 그녀가 하는 행동은 이와 비슷했다.

"만약에 내가 아이를 낳다 잘못되거나, 아이가 제대로 내 말을 알아듣고 기억할 수 있는 나이가 되기 전에 내가 죽는다면……."

루크레티우스의 얼굴은 무표정했다. 그러나 그 무표정함이 드러낸 감정의 전부가 아님을 비나는 더없이 선명하게 알았다. 이런 말을 하는 것 자체가 그를 괴롭히는 것이 아닌가하는 생각도 들었지만 그만둘 수는 없었다.

"만약에 그렇게 되면, 당신이 아이에게 나에 대해 말해 줬으면 해."

"……."

"내가 어디에서 왔고, 어떻게 이곳에 남기로 결정했는지. 그리고…… 당신과 아이를 내가 얼마나 사랑하는지. 전해 줬으면 좋겠어."

그 순간 알아듣기라도 한 것처럼 뱃속 아이가 요동쳤다.

루크레티우스는 자신의 손등 위에 얹어진 비나의 손을 부드럽게 잡아당겼다. 비나는 그대로 다시 그의 품 안에 폭 안겼다.

두근두근. 따스한 심장소리가 그녀의 귀를 간질인다. 조금 불안감이 가시는 것 같은 기분.

루크레티우스는 나직하게 속삭였다.

"나는…… 당신의 부탁을 들어주겠다고 말할 수가 없어."

그래도 원망의 말 같은 것은 나오지 않았다. 비나는 조용히 루크레티우스의 품 안에 얼굴을 깊이 묻었다.

"……당신이 직접 말해."

"……."

"지금이야 당신이 얼마나 불안할지 아니까 이렇게 부드럽게 넘어가 주는 거야. 화내고 싶은 걸 참는 거라고. 나중에…… 아이가 태어나고 건강하게 자라면 당신이 직접 말해 줘. 엄마가 어디에서 왔고 또 어떻게 아빠를 만나게 된 건지."

비나는 꼼질꼼질 고개를 끄덕이는 시늉을 했다.

"응. 내가 말해 줄 거야. 그렇게 되겠지. 그냥, 저건 보험으로 말해 두고 싶었어."

"……."

루크레티우스의 한숨이 소리 없이 공기 중으로 스며들었다.

다음날 저녁이었다. 비나가 시녀들의 부축을 받아 저녁 산책을 끝내고 돌아오던 길이었다. 그녀는 자신의 침실에 선객이 있음을 알았다.

"루크……?"

어느 틈에 들어온 것인지, 루크레티우스가 들어와 있었던 것이다. 남편이 숨어들어 온 데 약간의 의아함을 느끼던 비나는 곧 그 의아함을 깨끗하게 잊어버리게 되었다. 루크레티우스의 손에 들린 노트 하나를 보고 말이다.

"그, 그건……!"

비나는 자신의 몸이 얼마나 무거운지도 잊고 루크레티우스가 펼쳐서 열심히 읽고 있는 노트를 향해 달려들었다.

"내, 내놔!"

비나는 필사적이었다. 몸이 무거워서 절대 재빠르지 못했지만, 그 안에 담긴 필사의 의지는 무엇으로도 막을 수 없었다. 그런 비나의 격렬한 움직임에 넘어지지 않도록 그녀를 낚아채느라 루크레티우스는 결국 싱겁게 노트를 비나에게 넘기고 말았다.

"워워~, 조심해야지. 우리 황후 폐하는 아이를 가지시고도 어쩌면 이렇게 말괄량이이신가 모르겠어."

비나는 노트를 필사적으로 두 팔로 안아 숨기면서 외쳤다.

"보, 본 거야? 본 거냐고!"

루크레티우스는 고개를 끄덕였다.

"응."

"안 돼!"

비나는 머릿속에 떠오른 절망을 그대로 소리로 내질렀다.

"아니, 일국의 황제씩이나 되는 사람이 왜 남의 일기장을 훔쳐보고 그래?!"

비나의 얼굴은 딸기처럼 새빨갛게 달아올라 있었다. 그런 비나가 귀여워서 견딜 수 없다는 듯 루크레티우스는 파안대소를 참지 못했다.

"크하핫!"

"뭘 잘했다고 웃어! 남의 *프라이버시*를 이렇게 침해하다니! 아무리 부부사이라도 지켜야 할 건 지켜야지!"

한국어도 아닌 영어로 한 말이지만, 루크레티우스는 대충 프라이버시가 무엇을 의미하는 것인지 알아들었다. 비나가 자주 입에 올리는 고향의 단어들이었던 것이다. 물론 모국어라기보다는 모국의 외래어였지만 중요한 건 아니다.

'프라이버시'니 '스트레스'니 하는 말은 이곳 언어로 제대로 대치되지 않아서 많이 사용했던 것이다. 덕분에 루크레티우스가 대충 의미를 파악하는 몇몇 지구어 중 하나가 되었다.

루크레티우스는 다음과 같은 대답으로 비나를 경악하게 할 수 있었다.

"음……, 내가 당신의 *프라이버시*를 침해해서 당신이 *스트레스*를 받은 건가?"

"……어, 응."

비나는 놀란 토끼눈으로 루크레티우스를 보았다. 그래도 품에 안은 노트는 절대 놓지 않았다.

자신만 아는 단어를 루크레티우스가 지나치게 정확한 발음으로 딱 맞는 문맥에 넣어 사용하는 것을 보고 있자니 기분이 묘했다. 한국어 단어 몇몇은 아무래도 아예 발음체계가 다르다 보니 루크레티우스가 말하면 꽤 어색했는데, 영어는 놀랄 만큼 자연스럽다.

놀라서 눈을 끔뻑거리는 비나를 보며, 루크레티우스는 아무것도 아니라는 듯이 어깨를 으쓱했다.

"당신이 늘 임산부에게 *스트레스*가 안 좋니, 부부사이에도 *프라이버시*는 중요하니 하는 말들을 입에 달고 사니까 따라해 봤지. 어때?"

"어, 음……. 제대로 잘 썼어."

루크레티우스는 그럴 줄 알았다는 듯이 뿌듯하게 웃었다. 어쩐지 그게 너무 얄미워서, 비나는 노트에서 한 손을 떼고 얄밉기 짝이 없는 남편의 손등을 꼬집어 주었다.

"으앗!"

루크레티우스의 비명이 울리자 조금 속이 풀렸다. 비나는 뾰로통하게 다다다 쏘아붙였다.

"그렇게 잘나셔서 내 비밀스런 일기를 몰래 읽어 보신 거야?"

루크레티우스는 고개를 저었다.

"못 읽었어."

"조금 전에는 봤다면서?"

이번에는 고개를 끄덕인다.

"응. 보긴 했지. 그런데 내용은 못 읽었어."

"어?"

비나는 얼떨떨해 하며 노트를 펼쳤다. 노트의 종이에 가득 적힌 것은, 그녀의 결코 달필이라 부를 수 없는 글씨체였다. 정확히는 그 글씨체로 적인 한글들이었다.

"아!"

한글로 적어 놓은 일기장의 내용을 루크레티우스가 이해할 수 있을 리 없다. 마음이 놓이는 것을 느끼며 비나는 한숨을 폭 쉬었다.

"덕분에 내 일기장을 읽어 보려는 시도는 불발로 끝난 거군."

루크레티우스는 피식 웃는다.

"뭐, 그런 셈이지."

비나는 의기양양하게 노트를 제자리로 돌려놓았다. 이래서 암호를 쓰는 모양이다.

여전히 웃는 낯으로 바라보던 루크레티우스가 은근하게 물었다.

"내게 당신의 고향 말을 가르쳐 주지 않겠어?"

"왜?"

전혀 예상하지 못한 말에 비나는 고개를 갸웃하려다가, 눈을 세모꼴로 뜨고 물었다.

"설마, 일기장 훔쳐보겠다고 알려 달라는 건 아니겠지?"

"아, 물론 그것도 볼 수 있으면 좋겠지만……, 농담이야. 진짜 농담 맞으니까 그런 얼굴로 보지 말아 줘."

비나의 손톱이 다시 드릉드릉 그를 노리고 있었다. 이번에는 허리를 꼬집을까, 허벅지를 꼬집을까. 마치 뱀을 노리는 매의 손톱 같다.

루크레티우스는 자신의 허리와 허벅지를 지키려면 진행을 빨리

해야 한다는 사실을 깨달았다. 덕분에 매우 서둘러 단어들이 주르륵 흘러나왔다.

“아이가 태어나면, 당신이 나와 아이에게 당신의 고향 말을 가르쳐 줬으면 해.”

“당신과…… 아이에게?”

루크레티우스는 고개를 끄덕였다.

“그래. 당신의 고향이잖아. 아이에게도, 내게도 중요한 곳이지. 그러니 당신과 연결된 우리는 그곳에 대해, 그곳의 언어에 대해 알았으면 해.”

“…….”

“그리고 우리 아이의 아이들도, 그 아이들의 아이들도…… 그에 대해 배우도록 말이야.”

한 발 늦게 의미가 머릿속에 닿았다. 마치 땅 속에 스며든 빗물이 지하수가 되어 샘을 통해 넘쳐흐르는 과정 같았다.

비나의 눈이 눈물로 천천히 젖어들었다. 웃는 얼굴로 마주보며 루크레티우스는 말을 이어갔다.

“우리가 언젠가 죽은 뒤에도 아이들은 남겠지. 그리고 그 아이들의 아이들도. 우리가, 당신이 이 세상에서 살았다는 가장 큰 흔적이자 증거들이 말이야.”

“응…….”

가슴이 벅차올랐다. 비나는 자신의 얼굴이 완전히 엉망이 되어버리리라는 것을 알면서도 멈출 수 없었다. 웃고 있는데도 눈물이 솟아 끊임없이 흐른다.

“그리고 그 아이들은 모두 당신이 남긴 흔적들과 함께 이 세계에 남을 거야. 그 몸에 흐르는 당신의 피와 정신으로. 당신이 물려준 말과 글로."

"응, 응……."

이 외에 달리 할 수 있는 말이 없었다. 평소에는 스스로 생각하기에도 신기하리만치 입과 혀가 잘도 노는데, 정작 중요한 순간에는 모든 것이 턱 막혀 버린다.

비나는 새삼 깨달았다.

이 사람이라서 다행이다. 이 세계에 떨어져서 만나게 된 사람이, 그리고 사랑하게 된 사람이, 바로 이 루크레티우스라서 정말로 다행이다.

"그러니 걱정할 것 없어. 당신은 무사히 태어날 아이와 내게 고향의 말을 가르쳐 줄 거야. 그리고 직접 당신이 어디서 왔는지, 어찌하여 이곳에 남게 되었는지 이야기하게 되겠지."

"……응."

"당신도 나도, 그리하여 이곳에서 영원을 살게 될 거야."

그리될 것이다.

그들이 그리하겠다 결심하였으므로.

시간은 쏜살처럼 빠르게 흘렀다

한 달 뒤, 루크레티우스는 산실 앞에 서서 초조하게 기쁜 소식이

오기를 기다려야 하는 지경에 놓였다.

기쁨은 언제나 이를 위한 고통과 기다림을 필요로 한다. 알고 있는 사실이다. 그러나 이 정도로 피가 마르는 인내가 필요할 줄은 몰랐다.

"아아악!"

산실 안쪽에서 날카로운 비명이 울렸다. 대륙을 호령하는 대제국의 황제는 채찍을 맞은 것처럼 어깨를 떨었다. 그의 눈이 일찍이 없었던 정도로 강하게 떨렸다.

그는 멱살을 잡을 기세로 로우손을 닦달했다.

"벌써 열 시간이 넘었어! 어찌 된 건가?!"

로우손은 이마에서 흐르는 땀을 닦을 여유도 없이 연신 고개를 조아렸다.

"황후 폐하께서는 초산이십니다. 초산의 경우 진통이 열 시간을 넘는 것은 그다지 드문 일이 아닙니다."

"그래서 이대로 손만 빨고 있으라는 건가?!"

지난 밤, 그의 품속에서 사랑스러운 아내가 진통을 느낀 것을 그 입으로 직접 전해 온 순간부터, 루크레티우스는 살아 있는 기분이 아니었다.

초산이라 조금 빨리 태어날 수도 있고, 이미 9개월도 넘겼으니 심한 조산까지는 아니었다. 아이에게 큰 문제는 없으리라. 비나는 그렇게 침착하게 말을 반복하여 루크레티우스를 안심시키려 애쓰면서, 그를 침실 밖으로 내보냈다.

하지만 '조산은 아니다.' '초산이니 진통이 길어지는 것은 일반적이다.'라는 객관적인 사실들이 그의 불안을 불식시키지는 못했다.

비나의 목소리가 떠올랐다.

'만일 내가 잘못되면…….'

심장이 그대로 뚝 떨어져서 바닥을 데굴데굴 구르는 기분이다. 그때는 아내를 안심시킨다고 온갖 잘난 척은 다 하며 눈물을 흘릴 정도로 감동시켰다. 그런데 정작 일이 닥치자 침착하게 진통에 대처한 비나와 달리 루크레티우스는 거의 패닉 상태에 빠졌다.

역시, 역시……. 하나로 충분하다. 황자든 황녀든, 둘째는 포기하는 것이 낫겠다. 루크레티우스는 초조하게 손톱을 물어뜯고 싶은 것을 간신히 참으며 결심했다.

이런 경험을 두 번 하는 것은 결단코 사양이다!

그 사이에도 안쪽에서는 여자들의 소란이 이어지고 있었다. 아이를 낳는 황후와 이를 지켜보고 돕는 시녀들. 그리고 출산을 주도적으로 진행하기 위한 산파들. 그들 중 한 명은 루크레티우스의 명령으로 로우손이 가려 뽑아 직접 교육한 첫 제자인 여의사였다. 지금처럼 출산의 자리에는 로우손이 직접 참관하여 비나의 몸 상태를 돌볼 수 없으므로, 이를 보완하기 위해 여의사를 교육시키라고 명했던 것이다.

루크레티우스는 그야말로 할 수 있는 준비를 모두 다 했다. 그런데도 이 사실은 조금도 위안이 되지 못했다.

차라리 안쪽에서 얼굴을 보면서 손이라도 잡고 있을 수 있으면 나을 텐데. 그놈의 황실 전례라며 집무실이나 본궁의 침실에서 소식을 기다리고 있으라는 말을 들었을 때는, 그 말을 한 시종장의 머리털을 죄다 뽑고 싶었다.

다행히 마지막 이성으로 실행에 옮기지는 않았다. 그렇다고 전례를 따라 침착하게 황제로서 위신을 생각하여 집무실에 앉아 기다리는 것은 불가능했다. 눈빛만으로 산실이 된 황후궁의 침실 문을 부숴버릴 듯이 노려보고 있는 것이 한계다.

다시 고통스런 비명이 울렸다.

"아악!"

루크레티우스는 또 얻어맞은 듯이 몸을 떨었다.

전례라는 것이 왜 있는 것인지 모르겠다. 그것 때문에 산실 안으로 들어가지 못하고, 저렇게 애가 닳는 비명을 침실 문 바로 앞에서서 듣는 상황이 된 것이다.

곁에 선 시종장이 조심스레 다시 물어왔다.

"폐하, 지금이라도 본궁으로 돌아가심이……."

"닥쳐라."

시종장을 향한 루크레티우스의 시선이 원체 흉흉하여, 시종장은 결국 입을 다물고 황제의 주변에 늘어선 이들처럼 조용히 기다렸다. 제 목숨이 아깝지 않은 사람은 없는 법이다.

"악! 아아악!"

다시금 안쪽에서 비명이 울렸다. 산파들의 목소리가 뒤따랐다.

"조금만, 조금만 더 힘을 주소서! 황후 폐하! 아기씨의 머리가 보입니다!"

"정신을 놓으시면 안 됩니다!"

전신의 피가 타들어가는 기분이었다. 아마 그러한 상황이 조금만 더 길어졌다면, 루크레티우스는 황실 전례가 어떠하든 그대로 침실 문을 열고 뛰어 들어갔을 것이다.

그가 막 손에 힘을 주려던 찰나였다.

안쪽에서 우렁찬 첫 울음이 울렸다.

"으아앙!"

루크레티우스는 자신이 무엇을 하려 했는지도 잊어버린 채 멍하니 굳어 버렸다. 안쪽에서 아기 울음소리가 울리고, 기쁨의 환성이 울렸다.

모두가 기대하는 얼굴로 산실의 문이 열리기를 기다렸다. 곧 안쪽에서 산실 문을 열고 나온 이는 사만다였다. 그녀는 만면에 웃음을 띤 채로 입을 열려 했다. 그보다 루크레티우스의 거센 목소리가 먼저였다.

"비나는? 황후의 몸은 어떠하지?"

사만다는 웃으며 답을 올렸다.

"걱정 마십시오. 조금 지치시긴 하셨지만, 무탈하십니다."

루크레티우스는 그대로 다리에 힘이 풀려 고꾸라질 듯한 아찔함을 느꼈다. 그 순간 사만다가 깊이 절하며 하례를 올렸다.

"건강한 황녀 전하께서 탄생하셨습니다. 경하 드립니다!"

동시에 황후의 출산을 기다리던 모든 이들이 갓 아비가 된 황제에게 입을 모아 경하의 인사를 올렸다.

"경하 드립니다!"

"폐하, 경하 드립니다!"

신하들의 하례가 미처 끝나기도 전에 루크레티우스는 움직였다.

"폐하?"

"폐하! 안 됩니다!"

주변에서 함께 기다리던 이들의 비명이 울렸다.

문이 벌컥 열렸던 것이다.

상기된 표정으로 산실을 향해 뛰어 들어가는 황제와 아직 뒤처리가 끝나지 않았는데 난입한 황제 때문에 놀란 산파들의 소란이 벌어졌다. 그 희극적인 장면의 한편을, 막 떠오른 아침 햇살이 마치 축복하듯 내리쬐고 있었다.

작은, 그러나 큰 변화들

황후가 1황녀 베아트리체를 출산하기 몇 달 전, 황녀 릴리아나의 결혼식이 있었다.

비나는 결혼식에 참석하고 싶어 했지만 불가능했다. 임신 중이라 몸이 무거운 것도 있었고, 본래 황제나 황후가 결혼식에 직접 참여하는 것은 그 소생의 황자, 황녀의 국혼에만 가능한 것이 법도였기 때문이다.

비나는 릴리아나에게 황녀궁으로 찾아가 결혼 축하선물을 직접 전해 주는 것으로 아쉬움을 달래는 수밖에 없었다. 비나의 입장에서 더 아쉬웠던 것은, 릴리아나가 결혼하면서 아래의 두 동생들을 후작저로 데리고 가게 되었던 것도 있었다.

어린 로젤리아도, 갓난아이인 마거리트도 거의 릴리아나의 손에 크다시피 했다. 릴리아나는 당연히 두 동생들을 곁에 두고 싶어 했다. 릴리아나의 말이라면 껌뻑 죽는 클로디스는 그녀를 위해 신혼

생활에 어린 처제들을 곁에 두고 돌보는 일을 자청해서 맡았다.

릴리아나가 무리해서까지 로젤리아와 마거리트를 사저로 데려나간 것은 여러 원인이 복합적으로 작용했을 것이다. 곧 비나의 아이가 태어날 예정이었고, 그런 상황에서 아무리 황제 부부에게 배려받고 있다고는 하나 반역죄를 저질러 폐위된 태후 카틀레야의 자식인 자신들이 황궁에 계속 남아 있는 것은 부담이 된다고 판단한 것이다.

또한 이미 결정된 로젤리아의 혼약 역시 이유 중 하나였다. 제노아는 먼 곳이다. 물론 로젤리아의 나이가 지나치게 어려 몇 년은 기다려야 결혼식을 올리고 제노아로 떠날 것이다. 그날을 생각하여 릴리아나는 한시라도 더 동생과 가까이 있고 싶어 했다.

그렇게 축복받으며 소박한 결혼식을 올리고 이제는 토루카 후작부인이 된 릴리아나가 황궁에 다시 방문한 것은, 비나의 출산으로부터 약 두 달이 지난 뒤였다. 적통 황녀의 탄생을 축하하기 위해 황후궁에 모습을 드러낸 것이다.

"어서 와요, 황녀."

비나는 환하게 웃으며 릴리아나를 맞았다. 릴리아나는 공순히 고개를 숙이며 이렇게 답했다.

"이제는 후작부인이라 불러 주세요."

"……그러도록 하죠. 일부러 와 줘서 고마워요. 후작부인."

굳이 황족으로서가 아니라 신하로서의 자신을 강조하는 릴리아나의 말에 비나는 그 속내를 이해한다는 듯이 부드럽게 웃으며 그녀의 청을 따랐다.

릴리아나의 손을 잡고 침실 안쪽에 마련된 아기방으로 데려갔다. 황후궁의 침실에 마련된 요람과 아기용 장난감들이 우르르 늘어선 광경을 보고, 릴리아나는 눈을 동그랗게 떴다.

"침실에 황녀 전하의 방을 마련하신 건가요?"

비나는 조금 난처하다는 듯이 웃었다.

"네. 다들 황실의 예법 이야기를 하면서 말들이 많았는데……, 그냥 제 식대로 하기로 했어요. 제 고향에서는 이게 당연한 일이기도 하고요."

"그렇……군요."

릴리아나는 놀란 눈으로 잘 아는 황후궁 침실이 완전히 달라진 모습을 바라보았다. 이전에 이 궁의 주인이었던 카틀레야가 있던 때에는 전혀 상상도 할 수 없는 모습이다. 그녀도, 그녀의 동생들도 거의 태어나자마자 유모에게 맡겨져 본인의 거처로 내보내어졌다. 카틀레야가 애지중지했던 릴리아나의 쌍둥이 오빠 역시 마찬가지였다.

상류층 여성은 다산을 위해서라도 아이에게 젖을 물리지 않고, 유모에게 맡겨 따로 기른다. 그리고 빨리 몸을 회복시켜 다음 임신과 출산을 준비하는 것이다.

그런데 비나가 하는 행동은 정반대였다. 비나는 요람 안에서 칭얼거리는 황녀를 어르면서 안아 올렸다.

"흐엥……."

"그래. 우리 리체. 뭐가 불편해서 이렇게 우실까."

황녀는 떼를 쓰듯 계속 칭얼거리다가, 어머니가 안고 얼러 주자 곧 조금 잠잠해졌다. 비나는 작게 웃고는 아이를 고모이기도 한 릴리아나에게 보여주었다. 릴리아나는 황녀의 작은 얼굴을 보며 감탄했다.

"황녀께서 황후 폐하를 꼭 닮으신 검은 머리카락을 가지셨군요."

비나는 사랑스럽다는 듯이 아기의 작은 이마를 손가락으로 쓸며 답했다.

"눈은 황제 폐하를 똑 닮았죠."

까만 머리카락에 선명한 녹색 눈동자를 가진 황녀는 아직 배냇짓도 제대로 못 하는 아기인데도 영민해 보였다. 황제나 황후, 어느 쪽을 닮아도 아마 영리하겠지. 릴리아나는 감탄했다.

"황후 폐하를 닮아서 크면 대단한 미녀가 되시겠어요."

비나는 진심으로 눈을 동그랗게 뜨고 고개를 저었다.

"그건 아니죠. 기왕이면 부황을 더 닮는 게 나아요."

"네?"

약간 당황한 릴리아나의 얼굴을 보며, 비나는 다시 진지하게 첨언한다.

"객관적으로 저보다 폐하가 더 예쁜 얼굴이잖아요? 아들이라면야 절 더 닮아도 괜찮은데, 딸이니 더 부황을 닮는 게 낫죠. 황제 폐하를 많이 닮을수록 미녀가 될 가능성이 올라가잖아요? 아, 어차피 예쁘게 생겨서 손해 보는 건 없으니, 아들이라도 부황을 닮는 편이 낫겠네요."

"……."

진심으로 저렇게 말하는 것 같지만 맞장구를 치기는 미묘했다. 릴리아나는 애매하게 미소 지으며 침묵하는 수밖에 없었다.

아이가 제 아버지의 미모를 물려받기를 바라는 황후의 간절한 바람을 한참 들어 준 릴리아나는, 비나가 자신에게 아기를 안겨 주자 경악했다.

"자, 한번 안아 보세요."

"폐, 폐하!"

엉겁결에 안아들기는 했지만, 릴리아나는 진심으로 놀랐다. 품 안에 들어온 작은 체온은 따스했다. 그리고 젖비린내가 달큰하게 풍겼다.

손가락을 물고 커다란 녹색 눈을 깜빡거리며 자신을 올려다보는 작은 아기의 얼굴을 보고 있자니, 릴리아나는 자신의 불안감과 걱정이 모두 의미 없는 것처럼 느껴졌다.

비나는 릴리아나가 아이를 안아 든 모습을 보고 감탄했다.

"능숙하시네요! 저는 아직도 어색하거든요."

"아…… 동생들을 돌본 경험이 있으니까요."

한참동안 릴리아나의 품에 잘 안겨 있던 아기 황녀는 조금 시간이 지나자 무엇이 마음에 안 차는지 다시 칭얼거리기 시작했다. 릴리아나는 조금 당황했다가 곧 눈치채고 비나에게 말했다.

"배가 고프신 건 아닌 것 같고…… 좋아하시는 장난감 같은 건 있나요?"

비나는 릴리아나가 아이의 생각을 읽는 것 같다며 연신 감탄했다. 그리고 침대 근처의 사이드 테이블 위에 놓여있던 은제 딸랑이를 들어 올려 아기의 얼굴 앞에서 흔들어 주었다. 베아트리체가 까르르 웃었다.

아기의 웃는 얼굴을 보던 릴리아나는 놀란 듯 미소하다가 곧 눈물 짓기 시작했다. 전혀 예상 못한 반응에 놀란 비나는 딸랑이를 내려놓았다. 아이를 유모에게 맡겨 옆방으로 보내고는 릴리아나를 끌어 티 테이블에 앉혔다.

"무슨 일이 있는 건가요?"

"……."

릴리아나는 말없이 고개를 저을 뿐이었다. 눈물은 멈추지 않았다. 어찌할 바를 모르던 비나는 이대로 자신이 손을 잡고 기다리는 것이 최선이라 깨달았다. 본인이 직접 입을 열기를 기다리는 것이 차라리 낫겠다고.

그녀의 판단은 옳았다. 한참 말없이 눈물만 흘리던 릴리아나는 눈물이 마를 때까지 울고 나자, 조금 진정이 된 듯했다. 비나는 조금 울음이 사그라든 릴리아나에게 조심스레 물었다.

"무슨 일인지는 잘 모르겠지만…… 괜찮다면 내게 이야기해 주지 않겠어요? 우리 고향에는 이런 말이 있답니다. 슬픔은 나누면 반이 되고 기쁨은 나누면 두 배가 된다고요."

"……."

한참 망설이던 릴리아나는 결국 입을 열었다. 그녀의 목소리는 불안감에 떨리고 있었다.

"이틀 전에…… 의사를 불렀답니다. 몸이 안 좋아서요. 그리고…… 제가 홑몸이 아니라는 진단을 받았어요."

비나는 놀랐다.

"그런 기쁜 소식이……! 축하해요."

릴리아나는 여전히 불안한 표정으로 고개를 저었다. 울지는 않았지만, 당장에라도 다시 눈물을 쏟을 듯이 불안한 표정이었다.

"……아뇨. 분명히 기뻐할 일인데, 그럴 텐데……. 전 그 소식을 듣자마자 기쁨보다 두려움을 느꼈답니다."

"네?"

비나는 의아했다. 물론 임신 중에 감정의 기복이 커지고 우울해하는 경우가 많다는 것은 그녀도 알았다. 이미 직접 경험한 바도 있다. 그런데 릴리아나의 반응은 그러한 경우와는 조금 달랐다.

"저는…… 무서워요. 물론, 황녀 전하께서 태어나시며 저와 다른 황녀들의 계승권은 소멸했지요. 그러니…… 다시 그런 비극은 없으리라 생각하지만…… 그러기를 바라지만……."

"릴리아나 황녀……, 아니 후작부인."

그제야 릴리아나가 무엇을 그리도 두려워하고 있는 것인지 깨달은 비나는 이 여리고 불안감에 찬 여인을 달래려 노력했다. 마치 어머니 카틀레야가 살아 있을 당시 늘 불안에 시달리던 모습과 같았다.

카틀레야가 죽고 사랑하는 사람과 맺어진 뒤, 그 그늘에서 벗어난 듯 보여 잊고 있던 과거의 모습이 다시 드러난 것이다. 비나는 새삼 어린 시절의 기억과 고통이 얼마나 사람에게 깊은 자국을 남기는지를 깨달았다.

이제 어머니가 된 사람으로서의 절절한 통찰이었다.

"릴리아나…… "

"……."

비나는 마음을 다잡고 사랑하는 사람의 아이를 가진 순간에조차 기쁨보다 불안감을 느끼는 릴리아나를 잡고 설득했다.

"릴리아나."

"……예."

"당신은 카틀레야가 아니에요. 그렇지 않나요?"

"……."

"로젤리아 황녀를 보세요. 그녀가 그리 구김살 없이 자랄 수 있었던 건, 당신이 로젤리아를 필사적으로 보호한 덕분이에요."

"그런…… 걸까요?"

"그래요. 당신은 절대 카틀레야 같은 어머니는 되지 않을 거예요. 그러니 안심해도 좋아요."

잠시 그늘진 표정으로 바닥을 내려다보던 릴리아나가 나직이 속삭였다. 그녀의 손은 아직 부풀기도 전인 제 아랫배를 머뭇거리며 누르고 있었다,

"저는 그래도…… 두려워요. 이 아이에게는 분명히, 어머니……의 피가 흐르고 있죠. 법적으로 연관이 없어졌다고는 해도, 피는 지울 수 없어요."

릴리아나의 붉은 머리카락이 서글프게 어깨 위로 흘러내렸다.

"그래서……, 전 두려워요. 만약 이 아이가 조금이라도 어머니를 닮았다면……."

비나는 자신마저도 순간적으로 가슴이 섬짓해지는 것을 느꼈다.

이제 황권이 안정되었고, 베아트리체가 태어나며 릴리아나 자매의 계승권이 사라졌지만, 절대적인 것은 아니다. 베아트리체는 황녀다. 아직 여성의 제위 계승 전례가 없다. 아직 아이가 하나뿐인

것도 불안 요소다.

이 세계의 영아 사망률은 상당히 높았다. 대비하자면 당연히 비나는 아이를 두셋은 더 낳아야 했다. 아니, 그리한다 해도 불안은 남아 있었다. 하지만 비나가 베아트리체를 낳느라 고생하는 것을 본 루크레티우스는 아이는 하나로 족하다며 단언했다.

아직 비나 자신도 어느 쪽이 나은지 제대로 판단을 하지 못하던 참이었다. 릴리아나의 걱정과 불안은 어찌 보면 당연했다.

하지만 그럼에도 비나는 그다지 큰 불안감을 느끼지는 않았다. 베아트리체를 임신 중일 때 느꼈던 불안감에 비교하자면 한없이 가벼울 뿐이었다.

비나는 부드럽게, 그러나 강하게 미소하며 불안감에 떠는 릴리아나에게 딱 잘라 말했다.

"그렇게 걱정할 것 없어요."

"……폐하."

"저는 조금도 걱정하지 않아요. 생각해 봐요. 이런 당신 아래에서 자랄 아이가 카틀레야를 닮을 가능성은, 그 카틀레야 아래에서 당신이 이렇게 착하고 예쁘게 자랄 가능성보다 낮아요."

비나는 직접 소매를 들어 릴리아나의 눈에 다시 맺히기 시작한 눈물을 닦아 주며 물었다.

"그러니 그런 걱정은 하지 말고, 예쁜 아기를 낳을 준비를 해야죠. 불안해지면 남편을 잡고 하소연하고 부려 먹어요."

"……네."

그제야 릴리아나는 간신히 미소 지었다. 아직 눈가에는 이슬이 조금 맺혀 있다. 그 모습이 지나치게 예뻐서, 비나는 새삼스레 클로디스에게 화가 나려 했다.

이렇게 예쁜 부인이 혼자 두려워하고 있는데 뭘 하는 거야, 그 인간은?

“그런데 남편에게는 말 안 한 거예요?”

릴리아나는 고개를 숙였다.

“……임신 소식을 듣자마자 불안해져서, 클로디스에게도 말을 못했어요.”

비나는 혀를 차며 당부했다.

“돌아가면 후작에게 제일 먼저 말해요. 그리고 이렇게 불안하다는 것도요. 그래도 내게 말하고 나니 좀 후련하죠?”

릴리아나는 고개를 끄덕였다.

“남편에게 말하고 나면 더 후련하고 진정이 될 거예요. 그렇게 혼자 속 썩이고 있지 말고요. 자, 예쁜 얼굴이 아주 엉망이 되어 버렸네요.”

“……고맙, 습니다. 폐하.”

그제야 곱게 웃는 릴리아나의 얼굴은 비 맞은 백합꽃이 화사하게 피어나는 듯이 아름다웠다.

비나는 울음을 그친 릴리아나를 시녀들에게 시켜서 다시 단장시켜 주었다. 원체 타고난 미모가 뛰어나다 보니 비나가 직접 내려준

Ever After

한 여인이 푸른 대리석으로 장식된 회랑으로 들어섰다. 그 뒤를 십 수 명에 이르는 시녀들과 하녀들이 공순히 따르고 있었다.

색색의 드레스 사이에서, 선두에 선 여인의 짙푸른 드레스 색이 유달리 도드라진다. 드레스를 감아쥔 흰 손가락 사이에서 은으로 만들어진 새 문양이 선명한 인장 반지가 반짝 빛났다.

일행의 주인을 정면에서 마주쳤을 때 먼저 예의를 표하지 않아도 되는 귀부인은 이 황궁에 없었다. 한두 명 정도를 제외한다면.

여인의 옅은 금빛 머리카락이 햇살 아래 찬연한 색을 드러냈다. 아버지를 그대로 닮은 금발을 그녀의 어머니는 유달리 사랑하여 직접 머리를 빗겨 주고 땋아 주고는 했었다.

새삼스런 감상을 느끼며 여인은 잰 걸음으로 목적지를 향해 걸었다.

그녀가 막 본궁 황제의 집무실에 도착했을 때, 그녀는 익숙한 얼굴을 마주했다. 그녀를 알아본 짙은 회색 드레스의 중년 여인이 어리를 숙여 예를 표했다.

"리젤로테 전하."

리젤로테. 리젤로테 르 크렌시아.

루크레티우스와 사비나의 차녀이자, 단둘뿐인 적통 황족 중 한명이 환히 웃으며 인사를 받았다.

"율리아."

이름을 불린 여인은 부드럽게 눈매를 휘며 자신이 직접 가르친 두 번째 제자이기도 한 리젤로테 황녀를 따스하게 바라보았다. 마치 자식을 보는 어머니와 같은 눈빛이었다.

여태 결혼하지 않고 자식도 두지 않은 율리아는 반생 가까이 곁에서 모신 주인의 두 딸을 태어날 때부터 지켜봐 왔다. 그리고 사비나 황후의 명에 따라 장녀인 베아트리체가 정식으로 교육을 받을 나이가 되었을 때, 그녀의 교사 겸 비서로서 임명되었다.

리젤로테 역시 나이가 차서 현명한 귀부인에게 적절한 교양을 배울 나이가 되자 율리아의 제자가 되었다. 베아트리체와 리젤로테 두 자매는 율리아를 이모처럼 따랐다.

자식처럼 조카처럼 아끼는 황녀를 부드럽게 바라보던 율리아는 깍듯한 예의를 갖춘 엄격한 눈빛으로 제자를 바라보았다. 리젤로테는 곧 자신의 실수를 깨달았다.

리젤로테가 사적으로 친한 사이인 율리아를 이름으로 부르는 것은 일상이었지만, 지금 이 장소의 예의에 맞는 것은 아니다. 율리아에게서 예법을 교육받은 리젤로테는 자신의 결례를 정정했다.

"아, 실례했네요. 다시 인사를 하죠. 홀덴 여백작."

그들이 선 곳은 본궁 황제의 집무실. 따라서 공적으로 서로를 대해야 맞다. 그리고 율리아의 작위는 홀덴 여백작, 직위는 보좌관이다.

율리아는 제자를 칭찬하듯 부드러운 미소로 다시 예를 갖추어 인사했다.

"예, 다시 정식으로 인사 올립니다. 빌레네 대공 전하. 폐하께서 기다리고 계십니다."

"빌레네 대공 전하께서 드십니다."

집무실 바깥을 지키던 시종이 리젤로테의 입시를 알려 왔다. 집무실 안쪽에서 한창 정무에 열중하고 있던 여인이 고개를 들었다. 짙은 검은색 머리카락이 사륵 부드럽게 어깨를 타고 흐른다.

집무실 안으로 들어선 리젤로테는 화사한 흰 장미꽃 같은 미소를 피워 올리며 허리를 숙여 곱게 절했다. 그리고 조금 전 율리아를 대할 때의 실수를 반복하지 않았다.

"빌레네 대공 리젤로테 르 크렌시아. 폐하를 뵙습니다."

여인은 조금은 서운하다는 듯이 농을 걸었다.

"벌써부터 독립할 준비를 하려고 그리 딱딱하게 구는 게냐?"

서류와 필기구를 두고 씨름하던 여인은 부드럽게 웃으며 천천히 걸어가 리젤로테를 직접 일으켜 주었다. 리젤로테는 조금 장난스런 미소로 답했다.

"송구합니다, 폐하."

"로티……."

자신의 애칭까지 나오자 리젤로테는 짐짓 깍듯한 예의를 차리던 태도를 풀었다. 그녀의 입에서 항복 선언이 나왔다.

"응, 언니."

드디어 베아트리체의 얼굴에 환한 미소가 번졌다.

베아트리체 1세.

크렌시아 제국 역사상 최초로 등극한 여제였다. 상황 루크레티우스 1세는 황후 외에 단 한 명의 여인도 곁에 두지 않았다. 때문에 그의 슬하에 자식들은 모두 사비나 황후의 소생들뿐이다.

장녀 베아트리체와 차녀 리젤로테. 장녀가 스물셋에 별다를 것 없는 중류 귀족 출신의 남자를 선택하여 결혼함과 동시에, 루크레티우스와 사비나 황제 부부는 기다렸다는 듯이 장녀 부부에게 양위하고 별궁으로 물러나 은퇴 생활을 즐기기 시작했다.

루크레티우스의 양위 직후 대관식에서 황제로서 즉위한 것은 베아트리체 본인이 아니었다. 베아트리체의 전남편인 코모두스였다. 아직까지 여성의 황위 계승에 대한 불안한 여론을 의식하여, 베아트리체는 한 발 물러서서 남편을 황제로 올리고 자신은 황후로서 보조하겠노라 선언했던 것이다.

결혼식과 대관식이 있은지 약 1년 뒤, 코모두스는 연이은 실정과 황통을 어지럽히려 하였다는 명분으로 폐위당했다. 쿠데타의 주역은 당연히 당시 황후였던 베아트리체였다.

처음으로 즉위하는 여제에 대한 불안감은 코모두스 황제의 지나친 실정에 밀려 사그라들었다.

암군으로 유명한 선선대 황제를 뛰어넘는 암군의 싹을 보인 코모두스에 대한 여론은 제위 당시 이미 바닥을 기고 있었다. 그런데 황제가 결혼하기 전 그와 내연관계에 있었던 여인이 배부른 몸으로 나타나, 스스로 1황비라 칭하며 황비궁에 도사리고 앉은 뒤부터 바닥의 바닥으로 치닫기 시작했다.

상황 부부가 물러난 지 채 1년도 채우지 못한 황궁에는 당연히 그들에 대한 존경심이 선명하게 남아 있었다. 게다가 당사자들이 아직 황궁과 붙은 로네스 별궁에 자리하고 있는 바에야.

그런 와중 태후 사비나가 1황비 시절 거처하던 그곳에, 황실의 혈통은 조금도 섞이지 않은 핏줄을 잉태했다는 이유로 무도한 여인이 도사리고 앉은 것은 당연히 반응이 좋을 수 없었다.

게다가 임신 개월 수로 보아 여인이 품은 태아는 코모두스가 베아트리체와의 결혼을 준비하던 즈음 잉태된 것이 분명했다. 모두가 입을 모아 그 파렴치함을 비난했다.

황제로서 즉위한 것은 코모두스였으나, 정통성은 그가 아니라 아내 베아트리체에게 있었다. 응당 후사는 베아트리체의 소생이어야 했다. 그런데 저런 사태가 벌어진 것이다.

당연히 정식 황비 책봉은 이루어지지 않았으나, 코모두스는 난처해하면서도 자신의 아이를 가진 여인을 바로 내치지 못했다. 이것이 그의 운명을 결정적으로 갈랐다.

흉흉한 소문이 도는 와중에 홀로 침묵을 지키고 있던 황후 베아트리체의 찻잔에서 독이 발견되는 일이 벌어졌다. 내내 침묵하고 있던 황후는 그 고요함이 마치 장난이었다는 듯 분노하며 이 일의 원흉을 밝혀냈다.

1황비궁을 점거하고 있던 여인이 끌려 나왔고, 그 여인의 처소에서 황후의 찻잔에 들어 있던 것과 같은 독이 발견되었다. 그리고 여인은 제 부른 배를 감싸며 황제도 알고 묵인했노라 외쳤다.

코모두스는 필사적으로 저는 모르는 일이라 강변하였다. 그러나 이를 들어 주는 이도, 도와주는 이도 없었다. 적통 1황녀인 아내를 둔 덕에 분수에 넘치게 제위에 앉았던 사내는, 그 무능력과 파렴치함을 이유로 자리를 빼앗기고 탑에 갇혔다. 감히 황후를 독살하려 하고 자격 없이 황비를 칭한 여인은 그 죄에 대한 대가로 처형되었다.

……라는 것이 공식적으로 알려진, 2년 전 베아트리체와 리젤로테가 주축이 된 반정의 명분이다.

사실은 조금 달랐다. 폐제는 베아트리체가 처음부터 버릴 말로서 선택한 자였고, 그 선택의 이유에 그의 과도한 욕심과 어리석음, 무능이 있었던 것은 사실이다. 하나 아무리 어리석은 자라 하더라도 데릴사위로서 황제의 자리에 오른 데다 즉위 극초반인 자신의 입지가 어떠한지를 모르지는 않았다.

코모두스는 자신이 버린 약혼녀가 부른 배를 안고 황궁으로 들어왔을 때 받아들일 정도로 생각이 없지는 않았다.

그는 정식으로 공표되지는 않았으나 가문끼리 구두로 정한 약혼녀를 버리고 베아트리체의 남편이 되었다. 그리고 그때 약혼녀를 달래며 자신이 제위에 오른 뒤 그녀를 황비로 데려갈 것이라 약속했었다. 물론 전혀 지킬 의사가 없는 공수표에 가까웠다.

그런데 그 약속을 빌미삼아 즉위 반년밖에 안 된 시점에 임산부가 황궁으로 기어들어 온 것이다. 코모두스는 대경하여 그 여인과 여인의 뱃속 아기를 죽이려 들었다. 이를 막은 것이 바로 베아트리체였다.

베아트리체는 임부와 아이를 죽이는 것은 지나친 처사라며 남편을 막고 나섰다. 대관식 이후 베아트리체가 코모두스가 하는 일에 제동을 걸고 나선 적이 없었다. 때문에 그는 자애롭게 나선 베아트리체의 의견 개진을 무시할 수는 없었다.

그 틈을 타고 코모두스의 옛 약혼녀는 황비궁을 차지하고 들어앉았다. 베아트리체는 남편이 여인을 죽이는 것은 막았으나, 그렇다고 그 여인을 인정하지는 않았다. 다만 조용히 자애로운 국모로서의 미소만을 띤 채 자리를 지킬 뿐이었다.

그 침묵의 기간, 코모두스는 황비궁에 들어앉은 여인을 처리하기 위해 음으로 양으로 애썼다. 그러나 모두 실패로 돌아갔고, 해산일이 가까워지자 초조해진 여인은 자신이 인정받지 못하는 원인이 베아트리체 때문이라 여겨 더는 견디지 못하고 어설픈 흉계를 꾸몄다. 그리고 기다렸다는 듯 바로 들통이 났고, 이 일을 빌미로 코모두스마저 쫓겨나게 된 것이다.

기실 조금이라도 머리가 돌아가는 이들은 이 사건이 지나칠 정도로 잘 짜인 구도라는 것을 눈치챘다. 작위적인 냄새가 강한 사건임을 들어 코모두스를 구원하고 그를 계속 자리에 앉혀 두는 데는 모두가 거부감을 가졌다. 그리 따진다면 코모두스가 손에 넣있던 자리를 끝내 지키지 못한 것은 그 자신의 무능함이 근본적인 원인이라 못할 것도 없다.

혹은, 일부러 그러한 역량의 사내임을 알면서도 골라 남편으로 삼고 1년여 간의 제위 기간 동안 조금의 도움도 주지 않은, 한 여인의 안배 때문이라든지.

어찌되었건 이제는 아무래도 좋은 일일 뿐이다. 탑에 갇혀 비통함에 울부짖던 폐제 코모두스가 병으로 죽은 지도 벌써 반년이 지났다.

베아트리체가 제 남편을 폐위하고 스스로 황제의 자리에 오른 지 이미 2년 넘게 지났다. 상황 루크레티우스 제위 시 후계자로서 지명된 베아트리체가 여성이라는 사실 하나만으로 거부감을 가지거나 과도한 걱정을 하는 이들이 많았다. 그리했던 이들도 폐제 코모두스의 실정에는 고개를 흔들 수밖에 없었다.

명군이라 칭송받는 부황과 현명함으로 존경받은 모후 아래에서 후계자로 교육받은 베아트리체는 제 손으로 쫓아낸 남편과는 전혀 다른 능력을 보여, 혈통만이 아니라 능력으로도 정통성을 증명해 냈다.

결국 무능의 극을 달린 남편은 그녀의 능력을 어두운 벨벳에 빛을 뿌리는 다이아몬드처럼 도드라지게 하는 아주 멋진 배경이 되어주었던 것이다. 그것이 베아트리체가 정한 그 남자의 역할이었다.

자신의 결혼까지 황권 확보를 위한 도구로 활용한 철혈의 여인이 바로 그녀, 여제 베아트리체 1세였다.

베아트리체는 다른 사람들에게는 잘 보여 주지 않는 봄 햇살과도 미소로 여동생을 대했다.

리젤로테는 잘 아는 일이지만, 베아트리체의 저런 면모를 볼 수 있는 이들은 극히 적었다. 그녀와 부모인 상황 부부, 그리고 그녀들이 태어나면서부터 함께한 몇몇 극소수의 측근들에게만 보이는 드문 얼굴이었다.

마치 믿을 수 있는 사람들에게만 약점을 보여야 한다는 강박관념이라도 가진 듯한 태도였다. 언니의 저런 면은 리젤로테로서는 조금 걱정되었다.

물론 고귀하면서도 위험한 자리에 어울리는 철저한 태도이긴 했다. 그러나 위정자의 의무를 위해 여인으로서 개인적인 행복은 처음부터 없다는 듯이 살려는 언니의 태도는, 당연히 하나뿐인 자매로서는 걱정이 안 될 수 없다.

그런 그녀의 기분을 아는지 모르는지 평온하기 짝이 없는 얼굴로 베아트리체가 물었다.

"얼굴이 좋아 보이는구나. 무슨 좋은 일이 있는 게니? 하긴, 결혼을 앞둔 새신부이니 당연하겠지만."

리젤로테는 수줍음으로 물든 꽃잎 같은 미소를 얼굴 가득 띄워 올리며 손가락으로 인장 반지 옆 약혼반지를 매만졌다.

"뭐, 늘 그렇지. 아, 그리고…… 다름이 아니라, 어미마마와 아바마마의 소식이 도착했어."

베아트리체의 얼굴에 반가움이 떠올랐다.

베아트리체의 결혼 직후 로네스 별궁으로 이사한 상황 부부는 베아트리체가 쿠데타를 거쳐 황권을 어느 정도 안정시키자 마음 놓고 아예 빌레네 공국의 성으로 내려가 버렸다.

상황 부부가 덜컥 빌레네 공국으로 간 것은 대략 반년 전의 일이었다. 인편으로 오는 연락으로 부모의 안부를 확인하던 두 딸은, 두 달 전에는 자기들 결혼식 직후에 못 간 신혼여행을 대체하겠다며 행선지를 정확히 알리지 않고 덜컥 여행을 떠난 부모의 행태에 경악하지 않을 수 없었다. 그 뒤로 새로 여행지에 도착하면 각종 방법을 통해 연통이 오고는 했다.

때문에 베아트리체가 걱정하기 앞서 이렇게 물은 것은 당연했다.

"이번에는 어디에 계신다니?"

리젤로테는 혀를 차며 찻잔을 들어 올렸다. 붉은 찻물이 작게 흔들렸다.

"로젤리아 고모님이 제노아에서 연락을 해 오셨어."

처음으로 베아트리체의 미간이 콱 찌푸려졌다.

"제노아? 거기까지 가신 게냐?"

"응."

마주 한숨을 쉬며 리젤로테는 제노아 왕실의 인장이 찍힌 봉투를 내밀었다. 베아트리체는 리젤로테가 내용을 확인하느라 먼저 뜯은 봉투를 벌리고 서한을 꺼냈다.

적힌 내용은 평범했다. 갑자기 제노아 왕궁 정문에 나타난 상황 부부 때문에 한바탕 난리가 났다는 이야기. 아마도 걱정하고 있을 것 같아 소식을 전한다는 말들이 간단하게 적혀 있었다.

편지를 다시 접어 리젤로테에게 주며 베아트리체는 나직이 한숨을 쉬었다.

"여전히 정정하신 것 같으니 다행이군."

"늘 그러시지."

베아트리체는 반쯤 비운 찻잔을 다시 테이블 위에 내려놓으며 물었다.

"그래도 네 결혼식 때는 오겠다 하셨지?"

"응. 여행을 떠나시기 전에 이미 일정이 정해졌고, 말씀 드렸으니 맞춰서 오시겠지."

"덕분에 오랜만에 얼굴을 뵙겠구나. 너무 정정하신 부모님을 두어도 피곤하단 말이야."

자매는 함께 한숨을 포옥 내쉬었다. 리젤로테는 따스한 찻잔을 두 손으로 감싸며 농담 반 진담 반으로 중얼거렸다.

"저러다 선물이라며 늦둥이 동생을 데리고 오실지도 모르겠어."

"……가능성이 없지는 않을 것 같구나."

"……내가 한 말인데 아득해지네."

잠시 실소를 터뜨린 자매는 곧 말머리를 돌렸다. 부모가 멀리 나가 있는 것이 걱정이 안 되는 것은 아니지만, 그들은 그 이상으로 제 부모에 대한 믿음이 강했다.

저리 멋대로 돌아다니고는 있어도 경호 인력을 확실히 데리고 다니고 있는 데다, 부모 중 어느 쪽도 자신의 안전에 소홀한 이가 아니다. 과하게 걱정할 필요는 없으리라. 그리고 무엇보다 감히 제국의 상황과 태후를 건드리면 크렌시아 제국 전체와 척을 지고 싸워야 하리라는 것을 모르는 이들은 없었다.

상황 부부의 행방을 제외하면, 이 두 자매가 앞둔 가장 큰일은 단연 리젤로테의 결혼식이었다. 결혼식 때 부모님은 당연히 오실 테지만, 당장의 일 준비는 두 사람이 주축이 되어서 진행해야 했다.

대화 주제는 곧 리젤로테의 결혼식에 관한 것으로 넘어갔다. 리젤로테가 생각났다는 듯 물었다.

"그러고 보니…… 언니는 결혼식 때 그거 썼었지?"

"아…… 그랬었지. 어머니의 제국 보관."

태후 사비나의 황후 대관식 때 그 검은 머리카락을 장식했던 여신의 눈물이 장식된 보관.

리젤로테는 분하다는 듯 중얼거렸다.

"게다가 본인 대관식 때 아버지의 제국 보관도 썼었고."

베아트리체는 피식 웃었다. 쿠데타 직후 약식이긴 하지만 황제로서 대관식을 홀로 치르면서 아버지가 썼던 제국 보관을 썼다.

확실히 제국 역사상 전례가 없는 일이다. 황제로서의 관과 황후로서의 관으로 두 번 대관 받은 이는 그녀가 처음이었다.

"그랬지."

베아트리체는 황후로서 대관 받았을 때, 어머니 사비나의 제국 보관을 쓰고 대관식을 치렀다. 바로 그들의 아버지가 어머니를 위해 과감히 고친 바로 그 왕관이었다. 자매는 어린 시절부터 보관의 새파란 다이아몬드를 동경 어린 눈으로 보고는 했었다.

"하아, 부럽다……. 여신의 푸른 눈물은 진짜 예뻐서 한번 써 보고 싶기는 한데…….”

말꼬리를 흐리는 리젤로테도 자신의 결혼식에 그것을 쓸 생각은 없었고, 베아트리체 역시 허락할 생각이 없었다. 황제의 권위에 도전하는 일이 되기 때문이다.

다른 의미 있는 물건이라면 가능하리라. 베아트리체는 동생에게 먼저 말을 꺼냈다.

“할머님의 푸른 다이아몬드 티아라는 어떠니?”

리젤로테의 갈색 눈동자가 동그랗게 커졌다. 진심으로 놀란 것이다.

그것은 상황 부부가 양위하고 물러나며 황후로서 내궁의 살림을 물려받은 베아트리체가 상속받은 재산 중 하나였다. 그 상속물 중에서도 가장 귀한 것이기도 했다.

“정말? 그거 써도 돼?”

“그래. 네 결혼 선물로 줄게. 어머니께서 공석에 처음으로 쓰셨던 거고 할머님께서 아끼시던 물건이니, 네가 물려받아도 좋겠지.”

“…….”

리젤로테의 얼굴이 따스한 미소로 감싸였다.

베아트리체는 손을 뻗었다. 리젤로테 역시 마주 손을 뻗어 언니의 손을 잡는다. 베아트리체는 낮은 목소리로 당부했다.

“행복해야 한다.”

“응.”

자매는 꽃처럼 마주 웃었다.

논의는 바로 끝나지 않았다. 국혼은 아니지만 그에 준하는 수순의 결혼식이다. 베아트리체로서는 신경을 안 쓸 수 없었다.

베아트리체는 거듭 당부했다.

“절대 예산을 아끼지 마렴. 다른 사람도 아니고 황위 계승권 1위인 네 결혼식이야. 제대로 된 준비를 해야지.”

언뜻 듣기에 매우 당연한 언니의 걱정에, 리젤로테는 샐쭉하게 반응했다. 조금 전 감동하던 것과는 완전히 반대였다.

“그거 진심이야, 언니?”

“당연하지 않니?”

리젤로테는 제법 진지하게 주장했다.

“동생 결혼식이 잘되기를 바라는 것이 언니의 진짜 마음이라면 말이지…… 빨리 언니도 연애해서 새 남편감이나 골라.”

내내 웃는 낯이던 여제의 얼굴이 밀랍처럼 차게 굳었다. 한참 만에 나온 베아트리체의 목소리는 표정만큼이나 딱딱했다.

“결혼……도 지긋지긋한데 연애……까지는, 너무 많은 걸 바라는 거 같구나. 그리고 네 결혼과 내 재혼이 무슨 관계가 있다고?”

리젤로테의 목소리는 굳건했다.

“깊은 관계가 있고말고. 내가 결혼하면 당연히 황궁 밖에 사저를 마련하고 독립하게 될 거야.”

베아트리체는 낮은 목소리로 타일렀다.

"로티."

"아니, 이건 언니가 무슨 말을 해도 그리되어야 맞아. 나는 결혼하면 바로 황궁을 나갈 거야."

"……."

"언니도 나와 사이가 틀어지는 건 바라지 않잖아? 내가 결혼 후에도 황궁에 남으면, 다들 황위 계승 구도를 두고 뒷공론이 생길거야."

베아트리체는 한숨을 쉬었다.

"그거야 그렇겠지만……."

확실히 개인적인 아쉬움을 떼어 놓고 생각하면 전적으로 리젤로테의 말이 맞았다. 언니로서 안타까워도, 황제로서 응당 반겨야 옳은 일이다.

잠시 망설이던 그녀는 조금 불쌍한 얼굴로 동생에게 호소했다. 진심을 담아서.

"하지만…… 네가 나가 버리면 네가 도와주던 황후의 업무는 누가 도와주겠니?"

리젤로테는 혀를 쯧쯧 찼다. 늘 유하게 부드럽게 휘어 있던 눈매가 날카롭게 튕겨 올라갔다. 그녀가 이럴 때는 아버지를 꼭 닮은 모양이 된다. 베아트리체는 약간의 그리움을 느꼈다. 그러나 그 그리움을 불러일으키는 눈매로 동생은 언니를 비판했다.

"그러니까 지금 일 시키겠다고 신혼 준비 중인 동생의 분가를 막겠다는 거지?"

"……네가 맡아 주던 일까지 가져오면, 난 진짜로 과로로 죽을지도 몰라."

베아트리체의 목소리는 제법 진지했다. 진심으로 하는 소리였으니까. 그러나 리젤로테 역시 완강했다.

"싫어. 정 힘들면 어마마마께 부탁드리던가."

"은퇴하고 제3의 인생을 만끽하겠다며 희희낙락 온 대륙을 돌아다니고 계신데 어떻게 그러니."

제2의 인생이 아니라 제3의 인생인 이유는, 제2의 인생이 이 세계에 와서 그들의 아버지를 만난 것이기 때문이다. 무거운 왕관을 벗어던지고 부부가 자유롭게 여행을 즐기는 것이 그동안 꿈꿔 온 제3의 인생이라며 환하게 웃던 어머니의 모습을 떠올리고 자매는 다시 한숨을 쉬었다.

당시에는 흐뭇하게 보았는데, 지금 생각하면 20년 넘게 매여 있던 업무를 딸들에게 넘기고 도망친 게 아닌가 하는 생각까지 들었다.

리젤로테의 의견은 여전히 강경했다.

"그러면 황권 문제도 법적으로 확실한 방법이 있지."

"무슨 말을 하려는 건지 알 것 같구나."

베아트리체의 불편하다는 듯한 핀잔에도 리젤로테는 꿋꿋이 단 하나의 해결책을 내놓을 뿐이었다.

"재혼해."

"싫어."

"황후 업무까지 언니가 감당하기 힘들다면, 당연히 적법한 황제의 배우자에게 넘겨야지. 황제의 동생인 내가 아니라."

"로티……."

베아트리체는 두통이 이는 듯이 관자놀이를 지그시 눌렀다. 이 대화는 리젤로테의 결혼이 결정된 이후 두 자매 사이에서 수없이 반복된 공방이기도 했다.

리젤로테는 겨우 찾은 틈에 쐐기를 박아 넣고 망치로 내려쳤다.

"그러니까 결혼해. 기왕이면 연애도 하면 더 좋겠지."

잠시 침묵하던 베아트리체는 낮은 목소리로 대꾸했다.

"너도 알잖니? 남편은 내게 불필요해."

"……."

"코모두스가 그러했던 것처럼, 누군가가 다시 내 남편이 되면 그는 곧 제국 보관의 주인이 된 듯이 굴겠지. 남편과 정적이 되는 것은 한 번으로 충분하다고 생각한단다."

리젤로테는 이 단단한 언니의 생각을 깨고 설득하기 위해 지난 몇 달간 꽤 애써 왔다. 곧 그녀가 황궁을 나가고 나면 이 크고 차가운 궁 안에는 언니 곁에서 애정으로 감싸 줄 사람이 하나도 남지 않게 된다. 떠나려 마음먹고 보니 못내 마음이 쓰였다.

"모두가 그리되지는 않아. 아버지도 결국은 어머니를 만나셨고."

내내 아바마마와 어마마마라 칭하던 리젤로테의 입에서 처음으로 아버지 어머니라는 호칭이 나왔다.

자매는 그야말로 이상적인 연인이며 부부인 동시에 정치적 동반자로서 일생을 보낸 부부 아래에서 자랐다.

그러니 당연히 부부로서나 황제와 그 배우자로서의 기준을 부모의 모습에서 찾을 수밖에 없었다. 그들의 부모가 그야말로 하늘이 맺어 준 듯 모든 것이 맞아떨어지는 한 쌍이라는 것이 도리어 독이었다.

그것이 결코 일반적이지 않다는 사실을 베아트리체는 잘 알았던 것이다. 쉬운 일일 리가 없다. 그래서 베아트리체는 처음부터 기대를 하지 않는 길을 선택했다.

그리고 부모의 경우와 베아트리체의 경우 결정적인 차이가 하나 더 있었다.

“황제가 황후를 맞이하는 것과 여제가 남편을 맞는 것은 무게가 다르단다. 게다가…… 어머니 같은 배필을 그리 쉽게 만날 수 있을 것 같지도 않고.”

“그야 그렇지만…….”

리젤로테는 딱딱하게 굳은 언니의 얼굴을 보며 한숨을 쉬었다.

언니가 처음부터 포기하는 길을 택했다면 리젤로테는 적극적으로 찾는 길을 택했다. 그 결과 리젤로테는 일생을 함께할 이를 찾아 냈다.

“위험성이 크다고 해서 꼭 그렇게 될 거라고 정해진 건 아냐. 그런데 언니는 반드시 그럴 거라고 생각하고 벽을 치고 있잖아? 그러다간 어머니 아버지 같은 인연이 있어도 놓칠 수 있어.”

“…….”

“정략과 감정이 일치하는 경우가 없지는 않아. 부모님이 그렇지. ……내 경우도 그렇잖아?”

베아트리체는 리젤로테가 소중히 매만지는 약혼반지를 유심히 바라보았다.

“그렇기는…… 하지.”

리젤로테는 내내 언니를 몰아붙이던 말투를 일부러 부드럽게 풀었다.

“어머니가 늘 하시던 말씀 기억하지?”

“…….”

“황족으로서 의무와 권리를 지키는 것도 중요하지만, 그보다 더 중요한 것은 인간으로서의 행복이라고 하셨지.”

"그래."

"언니가 지금 상황에 만족하고, 그래서 더는 결혼을 하지 않겠다고 하는 거라면 나도 더 이상은 말하지 않겠어. 그렇지만 정치와 현실적인 문제만 신경 쓰느라 언니 본인의 개인적인 행복을 무시하는 것은…… 틀렸다고 생각해."

베아트리체는 바로 대답하지 못했다.

그녀는 의아했다. 평소의 그녀라면 바로 이렇게 사는 것이 내 행복이라, 더는 그런 불필요한 것을 신경 쓰고 싶지 않다고 말해야 했다. 그런데 오늘은 그 말이 바로 나오지 않았다.

이 틈을 눈치라도 챈 듯 리젤로테는 나직이 덧붙였다. 조금 전처럼 쐐기나 망치가 아니라, 더운 물을 흘려 넣는 듯이.

"다른 것보다 언니 자신의 행복에서, 그걸 위한 가능성에서 아예 눈 돌리지는 않았으면 좋겠어."

동생을 돌려보내고 베아트리체는 깊은 고민에 빠졌다.

코모두스를 몰아내고, 그녀는 더는 결혼이나 남편이라는 존재를 일생동안 두지 않겠다 마음먹었다.

아니, 애초에 코모두스를 남편으로 고를 때부터 그러했다. 차라리 유능한 여인의 정치가 낫겠다는 말을 듣우 자를 일부러 골라 쫓아내기 위하여 맞이하였을 때, 여인으로서의 행복은 버렸다.

그보다는 위정자로서, 황실의 주인으로서 사는 것이 그녀 자신의 가장 큰 행복이라고만 생각해 왔다. 실제로 지금까지는 그러했었다.

그런데 이째서 동생의 말을 듣고 갑자기 흔들리는 것일까?

자신과 지나치게 닮아 있던 동생이 제도를 소란스럽게 할 만큼 열렬한 연애 끝에, 모두 신분이 부족하다 입을 모은 한 남자를 일생을 함께할 반려로 선택하는 모습을 직접 본 뒤여서일지도 모르겠다.

"……."

물론 그렇다고 해도 정치적인 면을 생각하지 않을 수는 없었다. 결국 자신은 모든 것을 정략으로 볼 수밖에 없는 인간이다. 황제인 아버지를 두고 황후인 어머니에게서 태어났으니 당연한 일일지도.

어쨌든 가능성은 매우 낮지만, 정말로 모든 조건이 착착 맞아 들어가는 사람이 뚝 떨어져 주는 행운이 있다면야, 생각을 바꾸어도 나쁘지 않을 것 같았다.

그녀의 아버지가 그렇게 누군가가 맞추어 준 듯한 짝을, 그것도 다른 세계에서 온 여인을 얻지 않았나.

다른 세계에서 온 인연을 찾기보다는 차라리 정략적으로나 감정적으로나 맞는 짝을 찾는 쪽이 현실적이다.

……그런 생각이 그녀의 스물여섯 인생에 처음으로 들었다.

그러고 보면 곧 스물일곱이 된다. 그녀의 아버지가 어머니를 만난 나이.

한 줄기 봄바람이, 얼음과 철로 만들어진 듯했던 여제의 심장에도 불어들려 하고 있었다.

외전

멀고 먼 미래의 당신에게

1.

"여긴……, 어디지?"

시연은 망연한 얼굴로 하늘을 올려다보며 중얼거렸다. 울창한 숲, 우거진 나뭇가지와 이파리 사이 밤하늘에 유달리 가까워 보이는 달이 휘영청 떠올라 있다.

무엇이 어떻게 된 것이 제대로 인식되지 않았다. 흐릿한 머리가 두통에 사정없이 얻어맞고 있어서 정확한 판단이 불가능했다. 팔다리는 물론이요, 온몸이 그야말로 몽둥이로 얻어맞은 것처럼 쑤시고 아팠다.

시연은 다만 거대하고 무서운 것으로부터 도망치려는 듯이 온 힘을 다해 다리를 움직였다.

난 지금 왜 이러고 있지? 여긴 어디지? 왜 이렇게 아픈 걸까?

그 순간, 번개가 내려치듯이 한 장면이 기억났다.

어두운 밤길. 등 뒤에서 쫓아오는 낯선 발소리. 신경을 잔뜩 곤두세우고 있던 그녀는 처음에는 자신이 과민한 탓이라 여겼다. 그러나 그게 아니라는 사실을 곧 깨닫게 되었다.

집으로 가는 지름길에는 주변의 민원에도 불구하고 제대로 된 가로등 하나 없었다. 그 무관심이 만들어 준 그늘에 숨어, 검은 손 하나가 뒤에서 다가와 그녀의 머리채를 잡아챘다. 그리고 비명이 튀어나오기도 전에 다른 손이 입을 막았다.

그대로 속절없이 끌려갔다. 처음에는 지나치게 경악해서 굳었지만, 다음 순간 이대로 끌려갈 수는 없다는 일념으로 온몸을 움직였다. 팔다리를 휘저어 가며 저항했다. 그러나 남자의 힘은 아예 차원이 다르다는 사실만 깨달았을 뿐이었다.

그 와중에 필사적인 그녀의 버르적거림이 작은 성과 하나를 내주었다. 신고 있던 높은 힐의 굽으로 괴한의 발등을 콱 찍는 데 성공한 것이다.

"크악!"

남자의 고통 어린 비명이 울리고, 동시에 그녀의 몸을 잡고 있던 손이 느슨해졌다. 본능적으로, 시연은 그 틈을 놓치지 않고 박차고 달려 나갔다.

고등학교 시절 100미터 달리기 기록이 20초에 가까울 정도로 운동과는 연이 없는 그녀였다. 그러나 위험에 직면한 인간의 생존본능이었을까. 그녀는 일찍이 단 한 번도 가능하리라 생각하지 못한 빠른 속도로 달려 나가 괴한의 손에서 벗어났다.

등 뒤에서 남자의 분노에 찬 목소리가 울렸다.

"너! 잡히면 죽인다!"

진심이 느껴졌다. 공포가 다시 뒷덜미를 차가운 혀로 핥았다. 시연은 젖 먹던 힘까지 다해 앞으로 내달렸다. 큰 길로. 사람들이 많은 곳으로.

그녀를 잡기 위해 달려오는 남자의 발소리가 그림자처럼 따라붙었다.

힘은 빠르게 떨어졌다. 숨이 차고 단내가 난다. 다리가 찢어질 것 같다. 그런데 발소리는 점점 가까워졌다. 남자의 욕설 역시.

그래도 큰길에 가까이 와 있었다. 10에서 20미터 정도만 더 가면 환한 가로등이 켜진 큰길에 도착한다.

시연은 온 마음을 다해 빌며 다리를 움직였다.

제발. 제발!

숨이 턱까지 찼다. 다리가 다시 힘을 얻어 움직였다. 이제 한 걸음만 더 나가면 어두운 골목길에서 빠져나가 큰길가에 도달한다.

됐어. 조금, 조금만 더 가면!

그때였다.

"억!"

강한 힘이 머리채를 잡아 당겼다. 뒤집어진 시야로 모자를 푹 눌러쓴 남자의 일그러진 얼굴이 보인다.

"에이…… 힘들게 하네."

"시, 싫……!"

그녀의 비명은 다시 입 밖으로 나오지 못했다. 남자가 다시금 그녀의 입을 막고 어둠 속으로 끌고 들어갔던 것이다.

희망이 다시 정말로 어둡게 가라앉던, 바로 그 순간이었다.

남자에게 질질 끌려가면서도 바닥을 딛고 있던 발아래가 순간적으로 꺼져 들어갔다.

남자의 당혹한 비명이 함께 울렸다.

"뭐, 뭐야?!"

그 혼란의 순간 와중에 바닥으로 떨어져 내리며, 시연은 보고 말았다.

그와 남자를 삼켜 버린 골목길에 일순간 나타난 거대한 공동空洞을.

시연은 소름이 돋아 주변을 둘러보았다. 그 남자는? 그 남자는 어디 있는 거지? 설마 주변에 있는 건? 또 쫓아와서 어딘가로 끌고 가려 하지 않을까? 겁이 더럭 났다.

주변과 제 몸을 살피던 그때, 그녀는 무언가 이상한 것을 깨달을 수 있었다. 자신의 팔다리에 무언가 이질적인 것이 있었다.

"……피?"

새빨간 피를 팔과 다리, 어깨, 몸통 등 온몸에 뒤집어쓰다시피 했던 것이다. 견디지 못하고 비명을 울렸다.

"꺄아아악!"

그러나 정체 모를 숲은 여전히 고요했다. 숲에 살아 움직이는 것은 오로지 그녀 하나. 메아리만이 작게 울렸다.

"이게 뭐야? 뭐냐고!"

시연은 거의 패닉 상태에 빠져 팔다리에 묻은 피를 옷이나 주변의 나뭇잎에 문질렀다. 그러나 끈적하게 말라붙기 시작하는 피는 제대로 닦이지 않았다.

"싫어어!"

그녀는 울며불며 손으로 다리에 묻은 핏줄기를 훑어 냈다. 그러다 무언가 이질적인 감촉이 닿았다.

—물컹.

"어?"

반쯤 굳어 가는 피와는 다른 감촉.

시연의 덜덜 떨리는 손이 그것을 잡아 올렸다. 그리고 그 형체를 본 순간 그대로 졸도하고 말았다.

기절하여 숲에 쓰러지는 그녀 옆으로 제대로 된 형체를 가지지 못한 사람의 살점이 철퍽 하고 떨어졌다.

2.

"헉!"

시연이 다시 깨어났을 때, 그녀는 자신이 지독한 꿈을 꾸었을 뿐이라고 생각했다. 의식을 되찾자 깨끗한 몸으로 푹신한 침대에 누워 있었던 것이다.

지독한 악몽이었다며 안도하려던 순간, 전혀 예상하지 못한 방향에서의 간섭이 그녀에게서 다시 현실을 앗아갔다.

"——————————."

전혀 못 알아들을 말이 침대 옆에서 들려왔다. 그제야 이곳이 익숙한 방이 아니라는 것을 깨달은 시연은 화들짝 놀라 침대에서 빠져나왔다.

마치 서양 배경의 드라마나 영화에서 볼 법한 화려한 방. 그리고 서양 배우 같은 외모의 드레스를 차려입은 한 여인. 그녀는 시연에게 알아들을 수 없는 말을 하고 있었다.

"———?"

"뭐, 뭐라고 하시는 거예요?!"

그녀의 입에서 나온 말을 들은 여인의 얼굴이 눈에 띄게 굳었다. 시연이 자신이 어설프게 하는 외국어를 모조리 동원하여 말해보아도, 여인은 전혀 알아듣지 못했다. 그녀가 하는 말을 시연이 알아듣지 못하는 것은 기본이었다.

결국 여인은 시연의 팔을 잡아 부축하여 일으켰다. 그리고 그녀를 침실 밖으로 이끌었다.

분명한 것은 하나였다. 그녀는 시연에게 어딘가로 함께 가자고, 그리 말하고 있었다.

으리으리한 촬영 세트 같던 침실처럼, 복도 역시 지나칠 정도로 이국적인 것들로 가득했다. 발아래 닿는 딱딱한 감촉과 그녀를 부축하여 안내하는 여인의 체온이 아니라면 그냥 꿈이라고 생각해 버렸을지도 모르겠다.

그렇게 이름 모를 여인에게 이끌려 시연은 성 안 깊숙한 곳으로 향했다. 그녀가 깨어난 침실은 아마도 성 외곽이었던 모양이다. 꽤나 넓고 크다고 생각했던 복도가 사실은 외부로 이어지는 샛길이었다는 것을, 거대한 회랑과 회랑의 심부에 이루어진 홀에 이르러서야 알았다.

모든 것이 지나칠 정도로 이질적인 이곳에서 시연은 처음으로 익숙한 무언가를 발견했다. 그러나 눈에 익은 무언가는 이 주변과 마찬가지로 너무나도 이질적인 것들에 온통 둘러싸여 있었다.

홀의 중앙에 걸린 거대한 초상화였다. 짙은 보랏빛 드레스를 걸친 20대 정도로 보이는 한 여인의 초상화. 상당한 시간이 흐른 듯, 그림의 외곽은 조금씩 색이 바래지고 있었다. 그러나 그림 자체가 가진 위엄과 아우라는 조금도 바래지 않았다.

여인의 머리 위에 쓰인 것은 짙은 파란색의 거대한 보석이 박힌 왕관. 머리에 쓰는 것만으로도 무거워 목을 들기 힘들지 않을까 싶은 것이었다.

어딘가 유럽 왕실의 왕족들을 그린 듯한 초상화다. 그런데, 그 안에 주변과 이질적으로 시연의 눈에 익은 것이 있었다.

그 화려함과 웅장함에 둘러싸인 초상화의 주인이었다. 그녀는 검은 머리카락과 눈동자를 가지고 있었다. 피부색 역시 시연과 비슷한 색이며, 눈매와 이목구비는 유럽 왕실 풍 그림과는 어울리지 않게 동양인임이 분명해 보였다.

'뭐지?'

시연은 저도 모르게 걸음을 멈추고 초상화에 시선을 빼앗긴 채, 한참 올려다보고 있었다.

"———."

시연은 자신을 이끌던 여인이 몇 번이나 난처한 듯 말하며 이끌자 그제야 정신을 차렸다. 기껏해야 초상화 하나인데 너무 정신이 팔려 있었다.

시연은 고개를 숙여 미안하다는 의사를 표시한 뒤, 그녀의 부축을 받으며 다시 움직였다.

목적지는 홀 바로 안쪽에 마련된 거대하고 화려한 방이었다. 시연을 안내해 온 여인은 안쪽에 무어라 몇 마디 전했다. 그러자 안쪽에서 이에 대한 대답이 울렸다. 여전히 알아들을 수 없는 말들.

시연을 데려온 여인은 문을 열어 주고 안으로 들어가라는 듯 손짓했다. 잠시 고민하던 시연은 천천히 안쪽으로 들어섰다.

문 안은 거대한 서재였다. 작은 도서관이라 불러도 좋을 만큼 높은 천장까지 사면 모든 곳이 책으로 가득한 방. 그 가장 안쪽에는 딱 봐도 비싸고 오래되어 보이는 나무 테이블이 있었고, 그 앞에 누가 보아도 이 화려한 거대한 곳의 주인임을 알 수 있는 여인이 서 있었다.

시연의 인기척을 눈치챈 듯, 여인이 천천히 뒤돌아섰다.

그제야 시연은 깨달았다. 여인의 머리카락은 검은 빛이었다. 물론 이제 초로의 나이에 접어들어 조금씩 흰 머리카락이 듬성듬성 보이기는 하나, 아마도 젊을 때에는 마치 흑단처럼 새까만 색을 띈 머리카락을 가졌을 것이다.

여인은 어쩐지 부드럽고 그리운 듯한 눈으로 시연을 바라보았다. 그녀의 입이 열렸을 때, 시연은 경악하고 말았다.

"어서 오세요. 다른 세계에서 온 여행자여."

"어?"

화려한 드레스와 고색창연한 앤틱 가구들 사이에 너무나도 자연스럽게 선 귀부인과는 어울리지 않는 말. 한없이 익숙한 말. 그녀의 입에서 나온 말은 한국어였다. 물론 억양은 미묘하게 달랐지만.

시연은 경악했다.

"……한국인이세요?!"

여인은 고개를 저었다.

"아니요. 하지만…… 아주 관련이 없다고는 할 수 없겠군요."

"네?"

여인은 감회가 벅차오른다는 듯 촉촉이 젖은 눈매로 그녀를 따스하게 바라보았다.

"우선 제 소개를 먼저 하죠. 저는 3대 빌레네 대공. 아리아 데 빌레네라 합니다."

한국어를 말하는 이라기에는 이질적인 이름. 그러나 옷차림과 이 거대한 성을 생각하면 참 잘 어울리는 이름이었다. 시연은 얼떨떨하게 답했다.

"저는…… 시연이라고 해요. 박시연."

"그래요. 시연."

"……저 분명히 숲에서 쓰러졌던 것 같은데, 어떻게 여기에 있는 거죠?"

자신을 빌레네 대공 아리아라 밝힌 여인은 조근조근 설명하기 시작했다.

"원래 보름 즈음에는 숲 근처에 경계를 강화하도록 되어 있답니다. 그때마다 '문'이 열리니까요."

"문?"

"네, 당신과…… 당신 전에 몇몇 이들이 다른 세계에서 이 세계로 넘어온 바로 그 문입니다."

그 순간 시연은 떠올렸다. 바닥이 꺼져 들어갔을 때 그녀는 괴한과 함께였다.

시연은 두려운 듯 주변을 둘러보다가 물었다.

"저, 혹시……, 저 말고 다른 사람은 없었나요? 시커먼 옷을 입고 모자를 눌러쓴 남자가……."

아리아는 고개를 저었다.

"살아서 발견된 건 당신뿐입니다. 숲을 경계하던 이들이 비명 소리가 들린 곳으로 달려가 당신을 발견하여 데려왔죠. 그리고……."

잠시 망설이던 여인은 곧 마음을 굳힌 듯 부연했다.

"당신의 몸에 묻어 있던 피와 몇몇 흔적들로 보아, 아마 함께 있던 사람은 이곳에 무사히 오지 못한 것 같습니다."

"네?"

아리아는 곤란한 듯 한숨을 쉬며 답했다.

"문이 열릴 때, 시신으로 발견되거나 아예 사람의 형체조차 제대로 되지 않는 '흔적'들이 발견되는 건 드문 일이 아니랍니다. 이렇게 온전하게 살아서 발견된 건, '그분' 이후로는 당신이 처음이에요. 천운인 거죠."

"그분?"

시연은 어쩐지 '그분'이라 말하는 아리아의 말투에서 짙은 그리움과 애정이 묻어나는 듯 느꼈다.

아리아는 갓 끓어오른 찻물에 감도는 김처럼 부드러운 미소를 띠고 답했다.

"예. 그분께선 저의 증조모이시며, 당신 이전에 이 세계에 도착한 다른 세계의 여행자였던 사비나 황후이십니다."

시연은 이 방에 들어오기 전 홀에서 보았던 초상화 속 여인의 모습을 떠올렸다. 그녀의 외모는 분명히 한국인이었다.

3.

“그러니까…… 여기가 지구와는 다른 세계이고, 당신은 먼 옛날에 이곳에 떨어진 한국인 여자의 후손이라고요?”

“예. 그 때문에 지금 제가 당신과 대화가 가능한 겁니다. 이 말, 그러니까 한국어는 그분의 후손들 사이에서만 계승되고 있으니까요.”

너무나도 충격적인 정보가 홍수처럼 쏟아져, 도저히 정신을 차릴 수가 없었다.

“후손들이라면……, 당신 말고도 다른 후손이 있는 건가요?”

아리아는 고개를 끄덕였다.

“예. 사비나 황후의 소생은 두 분이었답니다. 장녀인 베아트리체 님께서는 제국 역사상 최초로 여제로서 즉위하여 명군으로 칭송받는 치세를 펼치셨죠. 지금 황제께선 베아트리체 1세 폐하의 증손이신 켄티우스 5세 폐하이십니다. 그러니까…… 사비나 님께는 고손이 되시죠.”

입이 떨어지지 않았다.

아리아가 전해 준 정보는 간단했다. 시연은 괴한에게 쫓기다가 땅이 꺼지는 순간, 그 다른 세계로 가는 문에 떨어진 것이다. 그리고 정말로 운이 좋게 살아서 이곳에 도착했다. 그랬더니 먼 옛날 그녀처럼 이곳에 우연히 떨어진 한 한국인 여자의 후손이, 기다리고 있었다는 듯이 그녀를 구해 와서 이렇게 말해 주고 있는 것이다.

시연은 참지 못하고 외쳤다.

"말이 안 되잖아요!"

"……무엇이요?"

"이거 무슨 몰래 카메라 같은 거죠? 다른 세계니, 한국인의 먼 후손이니 하는 말들. 무슨 소설에나 나올 법한 얘기들이잖아요!"

아리아는 고개를 모로 갸웃하더니 되물었다.

"몰……래 카메라? 그건 무엇인가요?"

"……."

아리아는 정말로 시연이 무슨 말을 하는 것인지 전혀 알아듣지 못하는 듯이 보였다.

힘이 쭉 빠졌다. 순식간에 다리가 푹 꺾여 쓰러질 뻔한 것을, 아리아가 재빨리 잡아 주어 간신히 넘어지지 않을 수 있었다.

"감사……합니다."

아리아는 이해한다는 듯이 안쓰러운 눈빛으로 고개를 끄덕였다.

"충격적인 일이죠. 당연해요. 실제로 사비나 황후께서도, 처음에는 현실을 제대로 받아들이기 힘겨웠다고 하셨죠."

"……."

아리아는 시연을 부축하여 테이블 앞 의자에 앉혀 주었다. 그리고 그녀가 마시던 것으로 보이는 따스한 차를 한 잔 따라 권했다.

"하지만 그분께서는 결국 제국 역사상 가장 위대한 업적을 남긴 황후 중 한 분으로 남으셨어요. 지나치게 걱정할 건 없어요. 모든 건 당신이 결정하고 해 나가기 나름일 테니까."

"그분은…… 돌아가지 못하신 거군요."

"네."

고개를 숙인 시연의 눈에 부드러운 녹색 찻물이 담긴 찻잔이 들어왔다. 찻물에 비친 아리아의 얼굴은 차분하고 자애로우나, 더없이 엄정했다.

"그리고…… 저를 비롯한 후손들과, 또 역사에 기록된 그 모든 것들을 그분이 이곳에서 살아갔다는 흔적으로서 남기셨죠."

"……."

잠시 망설이던 시연은 목이 멘 듯 목소리를 억지로 쥐어짜 물었다.

"당신은 왜 이런 말을 해 주는 거죠?"

아리아의 입에서 나온 대답은 전혀 예상하지 못한 내용이었다.

"그것이 빌레네 대공가에 내려온 의무 중 하나랍니다. 의무라고 하면 조금 거창할까요? 정확히는 그분, 사비나 황후의 부탁이죠. 그분의 후손으로서, 우리 가문은 대대로 이 빌레네 공국과 숲을 관리하며 언젠가 올 지도 모르는 다른 세계에서의 여행자를 기다려왔어요."

"……."

"바로 당신을요. 내 대에서 그 당부가 이루어지게 되리라고는 미쳐 예상하지 못했네요."

그리 말하는 아리아의 표정은 조금 전, 시연을 처음 보았던 그 순간 감격으로 벅차오르는 감정을 숨기지 못했을 때와 같았다.

"지금 황제도 그분의 후손이라면서요? 왜 당신 가문만 그 의무를 가지고 있다는 거죠?"

아리아는 부드럽게 웃으며 답했다.

"황가에 그분의 피는 흐르죠. 그분의 정신도요. 그렇지만 황가는 제국의 것. 제국을 위해 헌신하고 제국을 지탱하는 것이 가장 큰 의무예요. 그렇기에 그분은 둘째 딸에게 남편이신 루크레티우스 1세 폐하께 결혼 선물로 받은 빌레네 공작위를 물려주셨어요. 초대 빌레네 대공이신 저의 조모 리젤로테 님께서는 결혼하여 황가에서 나와 독립하시며 자신의 성을 빌레네라 개칭하셨죠."

"그러면……."

"예. 빌레네 대공가는 황가와 혈통이 멀어지기 전에도 황위 계승권을 포기한 가문입니다. 동시에 혈통이 완전히 멀어진 뒤에도 대공 작위를 유지할 수 있는 권한을 받아, 그분이 남기신 개인적인 유산과 기록을 물려받아 보존하게 되었습니다. 그렇기에 저희는 사비나 님, 그분 개인의 직계입니다."

아리아는 손을 뻗어 시연의 손을 잡았다. 시연은 그제야 자신의 손이 얼음장처럼 차갑고 사시나무처럼 떨리고 있음을 알았다.

아리아의 손은 따스하고 굳건하게 그녀의 손을 감쌌다. 마치 백 년도 전에 이 땅에 와서 살았다는 한 여인을 대신하는 듯.

"이건 그분의 당부셨습니다. 만일 먼 훗날 다시 그분과 같은 고향에서 외따로 떨어진 분이 온다면, 자신이 그러한 것처럼 다른 세상에 홀로 내던져진 기분을 느끼지 않게 하기 위해서요."

눈앞에서 미소 짓는 아리아의 얼굴이 잔뜩 흐렸다. 그제야 시연은 자신이 눈물을 뚝뚝 흘리고 있음을 깨달았다.

여전히 상황이 제대로 이해되지 않았다. 마치 꿈인 것 같고, 이대로 잠에서 깨어나면 평소와 같은 일상이 다시 그녀를 반길 것만 같았다.

그런데 먼 과거에, 정말로 올지 알 수 없는 누군가를 위해, 그녀를 위해, 이러한 것을 준비해 준 이가 있다 했다.

그 사실이 도리어 이 상황이 꿈이 아니라 실제라고 말해 주는 것만 같았다.

따스한 배려가 가슴을 채웠다. 그러자 감사와 감동과 함께 부정하고 싶은 현실이 피부 위로 와 닿기 시작하는 것이다. 이 자각은 너무나도 힘들고 고통스러웠다. 시연은 도저히 더는 참지 못하고 울음을 터뜨리고 말았다.

"엄마……."

아리아는 마치 누군가를 대신하듯, 펑펑 우는 시연을 끌어안고 말없이 그녀를 위로해 주었다. 시연의 눈물이 완전히 말라 버릴 때까지.

4.

시연이 이곳에 온 지 벌써 일주일이 지났다. 그동안 시연은 이곳이 자신의 환상이나 꿈이 아니라 진짜 현실임을 받아들일 준비를 간신히 할 수 있었다.

그래서 빌레네 성으로 온 첫날 아리아에게 들은 말을 따라, 그녀가 먼저 아리아의 집무실로 향할 수 있었다. 한 가지를 요구하기 위하여.

회랑을 지나 홀 앞에서 시연은 며칠 전 지날 때와는 전혀 다른 감상을 가지고 벽에 걸린 거대한 초상화를 우러러보았다.

먼 옛날 이곳에 왔다는 저 여인은 이제 역사의 일부가 되어, 그 이름을 다른 세계인 이곳에 남겼다.

지난 일주일 간 아리아에게 들은 단편적인 몇 가지가 전부이지만 하나만은 분명했다. 아리아가 시연을 이렇게 친절하고 극진히 대해 주는 것은 증조모 사비나 황후가 그 정도로 후손들에게 존경받는 이이기 때문이다.

아리아는 자신이 사비나의 후손이며, 그녀의 기록과 정신을 이어받았음을 진심으로 자랑스러워하고 있었다.

그 사비나 황후가 자신을 위해 남겨 두었다고 하는 것을 이제야 겨우 마주볼 용기가 생겼다.

그에 앞서 한마디는 해 주어야 할 것 같았다. 시연은 소리 내지 않고 이세계의 역사에 남은 동향인에게 속삭였다.

'……고마워요.'

그리고 다시 바삐 걸음을 옮겼다. 초상화 속의 여인이 그녀에게 따스하게 웃어 준 듯한, 그런 착각이 들었다.

아리아는 시연의 말을 듣고 기뻐하며 집무실 한 켠의 작은 금고에서 종이 뭉치와 책자 하나를 가져왔다.

종이뭉치도 책자도 꽤 오래된 것으로 보였다.

"이것이…… 그분이 나중에 올 다른 세계에서 온 사람에게 남긴 기록이라는 건가요?"

"예."

아리아는 종이뭉치를 가리켰다.

"정확히 설명하자면, 이 서류들은 사비나 황후 본인에 대한 기록은 아닙니다. 그분 이전에 이 세계에 왔던 다른 세계의 여인에 대한 것이죠. 사비나 황후께서 대관식 이후 개인적인 친분이 있었던 에오스의 성녀께 요청하여 그 기록의 원본을 받아 보관하고 계셨던 것이랍니다.”

그 뭉치에 적힌 내용은 전혀 읽을 수 없는 글자들로 이루어져 있었다. 아마도 저 기록의 내용을 읽으려면, 이 세계의 말과 글을 배운 뒤여야 할 것이다. 내용에 대해 아리아에게 읽어 달라 할 수도 있겠지만.

하지만 어쩐지 자신이 배워서 직접 읽어야 할 것 같았다.

다름으로 아리아가 소중히 들고 와서 건네준 것이야말로 본론이었다.

“이것이 사비나 황후께서 직접 남기신 기록입니다. 당신에게요.”

아리아의 설명이 없이도 시연은 바로 알아볼 수 있었다. 표지를 넘기자 가장 첫 장에 한국어로 또박또박 적혀 있었기 때문이다.

멀고 먼 미래의 당신에게

자신처럼 아무것도 모른 채 이 세계에 떨어진 여인. 그리고 이 기록처럼, 너무나도 분명한 흔적을 남기며 살아간 그녀.

그녀가 자신과 같은 처지에 처할 미래의 사람에게 남긴 기록이자 배려였다.

시연은 떨리는 손으로 첫 장을 넘겼다.

—fin—

BLACK LABEL CLUB 019
이세계의 황비 3

1판 1쇄 발행 2015년 9월 30일
1판 5쇄 발행 2018년 6월 8일

지은이 임서림
펴낸이 신현호
편집부장 예숙영
편집 김수민
편집디자인 한방울
영업 · 관리 김민원 이주형 조인희
물류 이순우 최준혁

펴낸곳 ㈜디앤씨미디어
출판등록 2002년 5월 1일 제117-90-51792호
주소 서울시 구로구 디지털로 26길 111 JnK디지털타워 503호
대표전화 (02)333-2513 팩스 (02)333-2514
전자우편 dncbooks@dncmedia.co.kr
디앤씨북스 블로그 http://blog.naver.com/dncbooks

ISBN 979-11-5842-968-3 (04810)
ISBN 979-11-5842-965-2 (세트)